湖西遐思

朱 晶◎著

长 春 出 版 社
全国百佳图书出版单位

图书在版编目（CIP）数据

湖西遐思 / 朱晶著. -- 长春：长春出版社, 2025.

1. -- ISBN 978-7-5445-7724-3

Ⅰ. I267.1

中国国家版本馆CIP数据核字第2024S0M486号

湖西遐思

著　　者　朱　晶

责任编辑　叶　亮　吴冠宇

封面设计　宁荣刚

出版发行　长春出版社

总 编 室　0431-88563443

市场营销　0431-88561180

网络营销　0431-88587345

地　　址　吉林省长春市南关区长春大街309号

邮　　编　130041

网　　址　www.cccbs.net

制　　版　长春出版社美术设计制作中心

印　　刷　长春天行健印刷有限公司

开　　本　880mm×1230mm　1/32

字　　数　288千字

印　　张　13.875

版　　次　2025年1月第1版

印　　次　2025年1月第1次印刷

定　　价　69.80元

目　录

品文探艺

《周恩来邓颖超通信选集》：待到海棠重放时

　　隆冬时节，大地上海棠沉睡。可我似乎嗅出它的清香，已见它热烈地盛开，似乎听到一位老人在枝前花畔的喃喃自语。

　　那是 1988 年 4 月，北京中南海西花厅海棠花正在绽放。84岁高龄的邓颖超同志在庭院中踟蹰绕行，深情地诉说着："看花的主人已经走了，走了 12 年了，离开了我们，他不再回来了。"这就是她口述的《从西花厅海棠花忆起》。关于此文，她嘱咐身边人员："如果有一天我也走了，喜欢海棠花的主人都走了，你们认为可以发表就发表，作为我的遗作，是对恩来的回忆和缅怀。"1998 年 2 月，中共中央文献研究室编成《周恩来邓颖超通信选集》，由中央文献出版社出版，以纪念敬爱的周恩来同志100 周年诞辰。《从西花厅海棠花忆起》作为全书的代序，在邓颖超同志去世 6 年后发表，实现了她的夙愿。

　　"烽火连三月，家书抵万金"。在为共产主义理想并肩奋斗、共同生活的漫长岁月里，周恩来和邓颖超之间鱼雁频繁，可惜保存下来的却很少。《周恩来邓颖超通信选集》，收入他们 1938

年至 1971 年的书信 74 封，弥足珍贵。这些书信，透露出他们波澜壮阔的革命人生的一个侧面，袒示了他们丰富而恢宏的内心世界，令人掩卷难忘、感慨万千。

他们不是那种在个人生活领域都戴着面具的"政治家"。他们率真，坦荡，心如赤子，一往情深。30 年代，他们就以"超""颖妹"与"来""翔"相呼，后来干脆称"凤"道"鸾"，到了老年仍是"小超"与"阿来"，十分亲昵。周恩来传记作者一致认为，通信在他们恋情中起了很大作用。《通信选集》所载周恩来 1942 年 7 月住院治病的 6 封信，就足以显示周对邓的依恋与挚爱。10 多天时间，几乎隔天一信，信信有复。"夜半不能成眠，非吗啡针不能入睡"，当然不仅仅是病痛所致。"病中说错了一句话，内疚无似。"不知错说了什么，但有"吻你万千"以及"结婚十八载，挚友兼爱妻；若云夫妇范，愧我未能齐"的痴诚，对方怎能不感动不谅解？

40 年代，周恩来进入日理万机的工作节奏，他的信写得很长并极认真，内容更多涉及时局及党的事务。而邓颖超的信，则依然充满了对爱人无微不至的体贴，处处萦绕着浓郁的情愫。

"你去也，是那样闪击式的迅速；你回也，又是这样的姗姗地来迟！七八日来，使人由欢迎、期望、等待，以至转到失望、惘然！在这过程中，给我以极大的波动，引起我的内心极复杂的情绪！等你回来我一定要拥抱着你，向你低声倾诉的。真是'别时容易见时难''剪不断，理还乱，是离愁！'我深深地体味到了。但不知你可有同感？异地而处的你，或许有另外一种心情吧？"（1944 年 12 月 1 日）

有刻骨铭心的思念，也有盼归未及的怨怼，完全是真情的自然流露。1948 年 1 月 22 日，在 3 次致信寄物仍无回音的情况下，"小超"忍不住发出了责备："收件人虽忙不克写信，开个收条总可以吧，亦是应该的吧，你说对不？" 10 天后，"来"回信检讨："你怪我也好，骂我也好，实在是忙得不可开交。正好陈毅同志来而复返，他可为此作证。"

1964 年端午节，邓颖超给周恩来书赠条幅："夫妻庆幸能到老，无限深情在险中。"既是对他们一生伟大爱情的概括，也预示到未来日子的艰险。《通信选集》收入的"文革"期间 12 封信，全出于邓颖超手笔，主题就是一个：竭力劝告周恩来抓紧治病！抓紧休息！言辞殷切，感人肺腑。不幸的是，乾坤难转，敬爱的周总理被拖入狂潮，身不由己，只能鞠躬尽瘁，死而后已。

人类创造了无数奇妙的爱情故事——那些战胜贫困、痛苦和厄运而保持了纯洁与忠贞的爱值得赞美，那些声名显赫的明星与巨头的悲欢离合或许也有人羡慕，然而，周恩来和邓颖超以中国无产阶级革命家的生活方式，树立了一种"战友的、伴侣的、相爱始终的"爱之楷模。50 年共同献身革命其爱情所经历的考验，所迸发的悲怆与壮美、深长与永恒，完全可以使他们毫无愧色地进入"世纪情侣"的行列。

当年中南海西花厅的两位主人都喜爱花。他们通信中多处写到赏花的心情，以赠花表白心迹，还不时向外出的对方报告："丁香已开放，海棠正含苞"，"海棠桃李均将盛装笑迎主人了"。

终于有一天，在海棠花开放的时候，周恩来永远地离开了。邓颖超对花溅泪，表述了她自己、也是亿万人民对敬爱的周总理的怀念："你到哪里去了啊？我认为你一定随着春天温暖的风，又到祖国的高山、平原，也飘进了黄河、长江，经过黄河、长江的运移，你进入了无边无际的海洋。"

（《吉林日报》2000 年 1 月 14 日）

《三门李轶闻》：早春的报告

重读《三门李轶闻》，最突出的感受是亲切。

虽然那是发生在十几年前，人称"不该发生"，却已渐被淡忘的事情。

三门李"队屋子"里的烟气扑面而来，我似乎看到了"在大蛤蟆头的烟雾缭绕中，有五个低垂着的头"，甚至看到了他们"发梢额角""闪着亮晶晶的汗珠"。而次年秋收，在那块"丰饶而又贫瘠、富裕而又荒凉的大盐碱滩上"，人们又看到了这五张面孔绽开的笑靥。乔迈庄严地写道："他们在我们国家九百六十多万平方公里地面上的这一个小小村落里（在五十万比一的地图上都查不到的），以党的一个最基本的细胞，重新恢复了党的威信，重新获得了人民的依赖。"

小小的三门李，在中国农村社会主义改革的早春，发生了一件值得看重的"轶闻"。乔迈敏锐而坚决地抓住了它。

《三门李轶闻》1981 年 7 月刊发于《春风》杂志，1983 年 3 月 24 日《人民日报》全文转载并加"编者按"，按语称赞该作"表现了对农村经济体制改革难能可贵的敏感和热情"，"从党群关系方面提出了共产党人在四化建设中的位置以及做什么榜样的重大问题"。同年，获全国第二届优秀报告文学奖。中共黑龙江省委、吉林省委接连发出通知，把《三门李轶闻》作为农村社会主义教育的"整党教材"。

当年的荣誉自然说明了这篇报告文学的重要性，然而时间的过滤更能检验一部作品的真正价值。我开头所说的重读之亲切感，或许可以验证《三门李轶闻》的生命与魅力。作品的题材令我感到亲切，作品的描述方式令我感到亲切，作家的热诚态度也令我感到亲切。就是说，三门李土地上所发生的故事，并没有过时，中国共产党人继续经受着各种各样的考验，继续迎难克险创造着各种各样的业绩，而面对这一切，报告文学仍然需要乔迈式的关注——既热情而敏锐，又保持着清醒与良知。

80年代中期以来，报告文学的内容与文体发生了很大变化。随着全社会文化视野的开阔，一部分报告文学题材趋于揭示某些生活领域的"隐秘"或走向更广阔更宏观的"综合""全景式"的"大裂变""大趋势""大写意"风行一时，有人推断："大"波乍兴，90年代后期，"重大工程与政治事件，必将成为报告文学的热点题材"。

《三门李轶闻》应当属于另一种写法。非全景式，没有什么"多角度""多层次"，而是蹲在一个屯子里，老老实实写几户人家，写冬天分作业组，写春播、夏锄、秋收；聚焦于社会基层，盯住一个小细胞，观察其运动和变化。麻雀虽小，五脏俱全。乔迈善于做这种典型的解剖，尽管他并不缺乏宏观概括的才能

（后来他写出过广角、长篇的《漠河大火记》《中国之约》等）。

在这篇著名的报告文学中，乔迈显示了一种透骨的敏感。他深知那块不起眼的穷乡僻壤所发生事件的重要性，他珍视那5位普通农村共产党员陷于困境而后奋发的榜样力量，因而写起来得心应手，游刃有余。如果说，"划分作业组"是全篇的精彩段落，那么，春播、夏锄中几笔着意又不触目的点染，凸现了"党组"无私助人的襟怀，把作品的精神境界推向了一个新高度。乔迈的叙述语调与题材韵味相当贴切，它从容不迫，平易，简洁，充满乡土气息；它时含忧虑，间或沉重，又多是明快开朗而且正气凛然。在这个题材的独创性处理上，乔迈高出一般报告文学作家的地方，也许就在于他的耐心。他没有满足于发现"问题"，他一点也不性急，他等到了"柳枝泛红，北雁南飞"的秋天，等到了"党组"打出 55 吨粮食，让共产党员重得人心、重获丰产的事实为文章画上漂亮的句号。

早春时节，乍暖还寒。春的先知者是幸福的。《三门李轶闻》就是一枝报春花。播下春之"种子"的乔迈，在他文学耕耘中理应获得新的丰收。

（《中国报告文学精品文库》，1997 年 3 月）

《诗问》：质疑与追问

这是谢文利的第四本诗论。

1985 年，中国青年出版社独具只眼，出版了他的第一本书《诗的技巧》。出人意料，此书竟接连重版七次；上海《文汇读书周报》近刊一则"树人书店最受欢迎的十本书"，《诗的技巧》榜上有名。1989 年，他那 567 页的《诗歌美学》印刷 5000 册，据说仍是供不应求。第三本书叫《诗歌语言的奥妙》，北方文艺出版社刚刚发行，中国青年出版社又要推出这本《诗问》。这似乎也可以构成一种"现象"了——在难以说得上红火的诗论界，偏偏有这么几本"火"的诗论。

谢文利是有名的"拼命三郎"。他称自己为"瘦马"：属"马"而且瘦，倒挺贴切。他的确像一匹不停蹄的"马"，一匹不辞劳苦、锲而不舍、瘦骨嶙峋的"马"！凡熟悉谢文利的，没有不佩服他的勤奋与毅力。然而，对于他不识时务地痴迷于诗与诗论，有的朋友并不敢恭维，岂知他的书竟仍能接二连三地打动那些或游手闹市或居于僻壤与诗有"缘"的少男少女们。

难得文利对诗对青年作者的一片苦心。《诗问》的价值与特色也许正在于以青年为主要对象。我想，它会因此同样受到青年朋友的欢迎。

粗读手稿，我首先注意到"诗问"文体的独特性。说实话，我非常惊叹《诗问》中奔涌的文思与澎湃的气势，这几十万字上千个问题是从哪里喷出来的？！能如此连珠炮似的发出"诗问"的家伙，绝对要怀着一颗年轻的灵魂。

泰戈尔说，麻雀的翅膀系上了黄金，便飞不起来了。

若诗人的笔尖系上黄金了呢？

诗坛是不是应该少讲实惠而崇尚实力呢？

……

不是雾漫长江，孔明才得以草船借箭吗？

不是声噪诗坛，鹦鹉又何以借尸还魂呢？

是理论还是诗句？《诗问》通篇可以当诗来读，同时又旁征博引，处处闪烁着知识与思辨之光。质疑与追问是一种高智心态，《诗问》的文体使我想到了中国古代诗话及西方某些现代哲学家的笔法。清代薛雪的《一瓢诗话》有这样的句子："昌黎先生云：'陈言务云'。可知不云陈言，终无新意。能以陈言而发新意，才是大雄。古今来能有几人？若以饾饤为有出，拾掇为摹神，已落前人圈阓，岂能自见性情？"金圣叹评点杜诗《哀王孙》感言："借一王孙说来。当时情事历历，岂非诗史？"而德国人尼采的论著不乏随感式的诘难，英国人维特根斯坦的哲学笔记也有类似的句式："人的最大幸福是爱情。假设你谈到精神分裂患者：他不爱，他不可能爱，他拒绝爱——不同的是什么呢？"美国一位叫亚当斯的学者说过："质疑的态度从最广泛的意义上说是促进创造性思维所必需的。如果你盲目地接受现状，你就不会有创新的动因，你就不会看到需求和问题之所在，所以对问题的敏感性是一个人富于创造力的重要特征之一。"我举出上述例证的意思是：这种情理交融的格言式文体，灵活而鲜明，大约会成为通向当代文学青年心灵的一条捷径。《诗问》洋洋洒洒的设问、疑问、诘问，自然有强化语势的效用，但由于总体框架限定于"问"，内容及表达上个别地方就不免出现了重复、雷同甚至为问而问的情况。

《诗问》的具体内容，博采多家，自成系统。"心同野鹤与尘远，诗似冰壶见底清。"文利对诗寄托着高洁的志趣，"惟陈言之务去，惟杂念之务去，惟俗欲之务去"，千真万确，语重心长。可世间为诗之人又有哪一位能完全摈除"陈""杂""俗"？话又说回来，也许正是因为今人"陈""杂""俗"过繁，才更须振臂一呼吧？！书中关于自然的恬淡与人世的喧嚣，关于生命力、想象与诗思，关于诗格与人格，关于诗的"生态环境"，关于痛苦、孤独与诗情，关于翅膀与黄金，关于诗人之"狂"，关于诗魂与官场、情场、赌场、市场，关于恋爱与诗兴，关于灾难的世界与诗意的空间，关于诗与舞蹈、与音乐、与书法、与演员、与摄影……皆属清新脱俗、有胆有识之论。思路上明确针对诗歌创作的要点、难点与通弊，但又不求专深，而是以知识与观念的广泛集纳适应诗歌初学者多方面的需要。恰如学兄丁国成在文利的《诗歌美学》序中所说："他的诗美学有别于学院派的纯理论。尽管书中旁征博引、广泛吸取古今中外美学研究的已有成果，但绝不是从书本到书本的术语搬家或概念演绎，而是由创作出发，引出合乎诗艺规律的美学结论。字里行间透露出他的创作体会，给读者特别是诗歌爱好者指点迷津。……而这，正是诗人兼诗论家优于纯粹诗论家的地方。"

遥想 31 年前初入吉林大学，班里新同学见面会上文利曾慷慨致辞，围巾一甩，"手之舞之，足之蹈之"。今夕捧读《诗问》，似见"眼前香烟袅袅，桌上灯光幽柔。这时，香茗在侧，金笔在手，以茶清心，以烟钓意，或悠然意远，或精骛八极，能不皆为佳境吗？"由风华正茂而至文采飞扬，作为老同学老朋友，我深为文利笔耕的成绩高兴——"瘦马"，真诚地祈望你能铭记公木老师的教诲、青年朋友的期待，扬鞭奋蹄，跑出新的纪录。

（《诗问》序，中国青年出版社，1992 年 11 月）

难忘真情

电影对人灵魂的影响和人对电影的倾心，并非一件简单的事。

不少电影如过眼烟云，一晃就消逝了，一点儿印象都留不下。

有一些影片挺好看，演员漂亮，造型新颖，故事巧妙，或者场景奇异、打斗精彩……总之会让你耳目一新，看得津津有味，可内心深处那根"弦"，往往拨不动。

僵涩、闹心、低劣的片子时有所见。观后反觉后悔，常常好一阵子不舒服。

然而，终究还有被激动被震撼的时刻。也许一个片段、个别场面、几组镜头，也许一段情节、若干思绪、整个基调，影片的人物命运或氛围情致令你经久难忘。想一想天云山雪地上拉平板车的冯晴岚吧。蹉跎岁月，她与罗群用 5 元钱办婚礼，20 年共度坎坷，正当苦尽甘来，罗群却溘然长逝……眼科女医生陆文婷忍辱负重 18 载，人到中年，鞠躬尽瘁，她那从明亮到暗淡的眼神里，叠印着多少中国知识分子前赴后继的身影！在东北一角偏远的山村，那位与农民同呼吸共命运的中年医生周虹——似乎早已被评论家们所忽略，可我忘不了：当他登上盛开勿忘我花的山坡，送走钟情于他的姑娘雯雯后那盈眶的热泪。当然，众乡亲簇拥着与焦裕禄依依惜别的情景更令人感慨万端，为什么一位普通的县委书记的病竟能使那么多淳朴的农民含悲痛心，为什么？而"捧着一颗心来，不带半根草去"的小学教师王双铃面对烛光的微笑，不同样可歌可泣吗！

不必说这些影片是多高层次的"杰作"。我只觉得它们为当今中国人所迫切需要。这些影片的普通人形象迸射出一种辉煌的美，这是苦难中奋斗的美，这是为人民大众忘我奉献的美，这是真情与赤诚的美。你不能不为之牵心动容，你不能不在难以遏止的或奔涌或苦涩的泪水中得到灵魂的净化！

看过这样的影片，对摄制者的谢意油然而生。感谢谁？作为导演，他们未忘使命与追求。作为演员，他们无愧于中国社会主义艺术家的天职。但是，这里我要特别提出：感谢影片的编剧们，感谢一切怀着真诚与良心讴歌社会主义新人的电影作家们。

"从血管里喷出的都是血，从水管里流出的都是水。"艺术的真情与胆识从来不可伪饰。实践孕育真知，思想制约情感。置身于不乏消极现象的生活现实，起伏于鱼龙混杂的文化潮流，我喜爱那些用社会主义时代精神激励人们的新时期中国电影。我尤其钦佩那些投身于火热改革生活，蕴蓄着高尚创作冲动的剧作家们，因为他们在努力做一件目前很不容易成功的事：以真情发现美！

（《人民日报》1992 年 3 月 18 日）

《老阿姨》：共产党人的生命光彩

在娱乐电影大潮汹涌的当下，看到长影新片《老阿姨》，感慨良多。影片采用如今健在的老阿姨龚全珍的回忆视角，以疏淡、沉郁的笔调，讲述了她与开国将军甘祖昌共同生活 33 年的心路历程，赞美了甘祖昌解甲归田、心系农民的老红军精神。《老阿姨》这部影片堪称两位共产党人朴素而闪光的命运二重奏。

人，各有各的活法。共产党领导人民翻身、解放，就是为了让人民过上好日子。人们追求富裕，享受物质生活，完善自我，完全是正当的，是革命和建设成功的标志。当然，人与人的生活水准有差距，对生活的态度有不同，这也挺自然。有一种人，从底层和贫困中走来，但他们至今不悔，而且时时处处想着为更多的人创造幸福。这就是甘祖昌和龚全珍的活法。《老阿姨》的编导者选取这个真实的故事，显然是有感而发。他们不是赞美贫穷，不是要扫那些正过着优裕日子人们之兴，而是注视并张扬着一种现实中逐渐稀缺的精神，一种正在被轻视的品质。这些历史影像的组接，强烈地敲击观众的心灵，让我们感受到对前辈与传统的深沉的纪念与致敬。

甘祖昌与龚全珍的故事，始自特殊年代他们那不协调的婚姻。影片并未回避组织介绍及二人年龄和文化上的差距。关键在于，时任新疆军区后勤部长的甘祖昌对此真诚而坦然，大学生龚全珍也有个从不同意到接受的真实过程。如果说，是甘祖昌的一场车祸促成了两个人的重新组合，那么，对于龚全珍来说，开始主要还是出于对老甘的尊敬与同情，长期的共同生活才逐渐造就了他们相互的真爱。

女主人公的述说，平静又不乏激情。以1957年甘祖昌解甲归田为界，影片设置了新疆与江西两个时段，影像前期黑白后期彩色，形成一种遥远的年代感，凸显了两位共产党人的生命光彩。值得一说的是，编导在片中几次穿插甘祖昌与红军烈士灵魂的交谈，黑白时段衬以淡色，有幻觉中的战友出现，颇具震撼力。一位战友说："你以为让你当将军是让你当安乐王享福啊，毛主席让你当这个将军，那是让你为人民守天下保江山。这是给了你更重的责任，要你更好地建设这个国家。"这振聋发聩的话语，既揭示了甘祖昌保持革命本色的精神动力，又是对一切健在同志的提醒与警策。

作为经历过长征的老红军，甘祖昌负过三次重伤，多病缠身且肩担重任，当年苏联专家曾断言他活不过60岁。正是在历经坎坷的情况下，得力于老伴龚全珍的陪伴照顾，开国将军创造了生命的奇迹，到1986年3月28日活了81岁。

甘祖昌生命中最重要的决定是：放弃军中高官位置，并且拒绝了司令员提出在北京、上海、南昌郊区选址为他安置的优惠条件，毅然回老家江西省莲花县沿背村务农。这个惊世骇俗的举动，镜头呈现的却是甘老的坚定、淡然：先是在授衔评级时自甘人后，得以晋升则念念不忘自己的引路人，直至带领全家推独轮车回乡。正如与司令员告别时表示的，甘祖昌要把南泥湾开荒种地的精神和经验带回老家去——他带领村民修水库、造良田，解决5000亩田的水资源、吃回供粮、晚上点灯几大问题，持续资助红军家属困难户——用龚全珍的话来说，退伍回乡的老甘"就像放虎归山"。影片中老甘困难时期为民请命一场戏尤为感人。看到吃谷壳、老笋根拉不出屎的乡亲，看到饿昏了的乡亲，老甘忧愁在心，给党中央发电报，穿上将军服、拿着烟袋杆，向粮库主任叫板。李雪健饰演的这个人物此时充分展示了老共产党人的威严及其忧国忧民的阔大胸怀。

甘祖昌文化不高，但心中丝毫不缺少对妻子和儿女的爱。虽然他和龚全珍没有青梅竹马，没有花前月下，但是，共度时艰，相濡以沫，最终达到了两情相悦，琴瑟和谐。这一切，在影片中处理得平实而恬淡。比如，龚全珍决定离乡任教，老甘表示了理解，抱着孩子送到山坡；当学校教舍因雨垮塌，老甘召集孩子集资协助重修；"文革"时龚全珍遭打击，又是老甘苦口婆心加以劝慰，鼓起她继续生活的勇气以至于龚全珍发自内心地说："一直以来，我已经习惯地把老甘当我的首长、我的导师，今天我第一次刻骨铭心地体会到他的爱。"片中几次表现龚全珍开会、干农活时脱袜子、光脚，在漏雨的教室与学生一样光脚上课，这并非简单的入乡随俗，而是意味着龚全珍对甘祖昌生活方式、精神取向的认同与追随。影片里小平荣入队要花裙子那场戏，令人忍俊不禁。小姑娘振振有词："都新中国了，当农民又不是当贫农，农民家的女孩都能穿得起花衣服。"顶得老甘不得不服输，悄悄拿出了结婚时司令员送的花布。穷人有穷人的快乐，孩子的可爱，大人的宽容，涌动着一股人性的暖流。

龚全珍与甘祖昌同甘共苦，相依为命。他们的故事，朴实无华，历久弥新，依然有着心灵的冲击力。一位老将军说得好："开国将军甘祖昌，全心为民好榜样；齐鲁巾帼龚全珍，一路同行铸辉煌。"

（《人民日报》2016 年 7 月 19 日）

电视剧《白鹿原》：乡土苦难的史诗

（一）

　　当代文学经典《白鹿原》改编为电视剧播出，是让广大观众欣喜的一件事。陈忠实的长篇小说《白鹿原》，"酝酿构思"于1985年，写中篇《蓝袍先生》过程中引发"对民族命运的思考"。1988年4月1日动笔，1991年腊月25日定稿。1992年在《当代》杂志（六期）发表，1993年6月由人民文学出版社出书。小说问世后，电台播讲，先后改编成秦腔、话剧、舞剧，被称为"一代奇书""里程碑之作"。1997年12月，小说修订本获第四届茅盾文学奖。2001年，文化事业家赵安与陈忠实签订改编电视剧合同，2010年，《白鹿原》电视剧获立项批文。在多数编剧大腕畏难推辞的情况下，申捷担起改编重任，耗时两年时间将50万字小说改编成近百万字的电视剧本。在出品方确定艺术总监张嘉译、导演刘进后，又做了近一年的组团、采景、美工、演员体验生活的筹备，2015年5月正式开拍。94位演员，400位制作人员，4万人次群演，创作团队足迹踏经陕晋苏沪京五地，大规模转场10次，总投资2.3亿元，历时227天终于拍竣。

2017年5月，电视剧《白鹿原》在安徽电视台播出（77集），可以说不辱使命，未辜负陈忠实和观众们的期待。

（二）

《白鹿原》扉页题词，引录巴尔扎克之语："小说被认为是一个民族的秘史"。电视剧与小说同样，是一部沉郁、厚重的揭示"民族秘史"的史诗性巨作。作品以陕西关中平原"仁义村"白鹿原为聚焦点，通过白、鹿两个家族祖孙三代的恩怨纷争，体察中国农民的苦难命运，透视自清末民初至新中国成立之际半个世纪的历史风云。

《白鹿原》的主旨与闪光点在于，史诗性地书写了带悲剧意味的乡土苦难。这主要体现在白鹿原三代农民所背负的人生重压，他们的痛苦与抗争，他们的失败与觉醒。陈忠实写到田小娥之死时，郁愤填胸，冒出三句话："生得痛苦，活得痛苦，死得痛苦。"这可谓是白鹿原农民命运的集中写照。

电视剧有层次地展示了白鹿原农民所遭受的兵扰（清兵围困、军阀征粮）、天灾（干旱、断水、求雨）、大饥荒、大瘟疫以及封建宗法制度给人们生命和心灵造成的戕害。这一切，无疑是白鹿原全体农民的灾难，无论佃户还是地主。具体呈现，主要在白、鹿两家演绎，村祠堂和戏台是典型场景，表征着白鹿原人的生存境况和宗法文化。

如果说鹿子霖是自私奸猾、工于算计而良心未泯的旧乡绅，那么族长白嘉轩便是奉礼法、施仁义，操劳田畴，维护乡规的封建式精英人物。电视剧在白鹿两家的纵横捭阖中着力描绘白嘉轩的为人处世：尊深谙传统文化的朱先生为精神教父；与鹿子霖分庭抗礼又相互纠结；奉长工鹿三亲如兄弟；视田小娥为败坏乡风之妖孽；因儿女"离经叛道"而怨愤结缛——对白灵忧心不忍，对白孝文切齿绝望；遇国共斗争，躲避应付岳维山、田福贤，倾向信任鹿兆鹏、黑娃；大灾袭来，不忘救助乡亲、难民，痛失爱妻仙草难掩肝肠寸断……白嘉轩是白鹿原人的主心骨和"耕读传家"的榜样。他是个矛盾统一体，既勤劳、正直、务实，敢为村民利益挺身而出，又是宗法传统人格的代表，严守礼教乡规，残酷无情地打压、惩罚他认为的违逆者（如鞭打田小娥、白孝文，造塔"镇妖"）。天灾人祸，时局动荡，下辈人的分崩离析，造成这个"能人"身心的双重痛苦；传统信条的屡屡碰壁，使得他陷入茫然、凄惶而难于自拔——他身上浓缩了白鹿原农民的多重苦难，隐藏着我们民族的"秘史"。

白鹿原女人的苦难，也极为深重。如果说小白灵多次被婆婆强迫裹脚，冷秋月婚后被弃、变哑、发疯至死，皆让人痛心疾首，那么田小娥所受到的蔑视、欺骗和摧残，就更令人发指。田小娥形象的症结并不在于她的性滥交，而在于女人是否应有爱情的自由。作为郭举人的小妾，她是被糟践的人物，与黑娃相爱而得到新生，但白鹿原的祠堂拒绝她，白鹿原人唾骂她。黑娃出走，她又屡受鹿子霖、白孝文的侮辱与损害。试问，田小娥的苦难，有哪一个人物可以比拟？

白鹿原乡土的苦难，在第三代人身上依然延续着。他们的愿望与父辈有所不同，不是据守土地寻找活路，而是脱离土地实现自己的精神追求。他们似乎走上了各自的位置，然而命途多舛，悲剧伴行。鹿兆海加入国民党军队抗日有功却倒在国共内战的前线；黑娃敢作敢为，虽绿林栖身走过一段弯路，但追求光明矢志不渝，可叹的是解放之初被白孝文枪杀；而白灵历尽艰险，赤胆忠心，也横遭诬陷，禁闭审查时死于战火。

车尔尼雪夫斯基认为，悲剧最能打动人心的是"人们的苦难与死亡"。苦难与悲剧密切相关，朱光潜说，"悲剧总是有对苦难的反抗。"对苦难的反抗，意味着某种价值的毁灭，构成一种英雄精神。美国批评家哈罗德·布鲁姆说，"史诗——无论古老或现代的史诗——所具备的定义特征是英雄精神"，"史诗英雄是反自然的，他们追求对抗性"。《白鹿原》的史诗性，正在于它那辽阔的历史视野及黄土高原般的雄浑气象，在于它以从未有过的人性深度、精神幅度剖示了白鹿原农民的生存状态和命运变迁。他们对自然与社会双重苦难的悲剧性抗争，彰显了具有神秘风采和精神伟力的"白鹿精魂"。

（三）

《白鹿原》从小说到电视剧的改编，褒贬不一。有人说，电视剧"降低了原著的艺术水平"，"削弱了原著的魔幻主义色彩"。其实，2016年4月去世的陈忠实应当看过改编的电视剧本，他曾明确表示："我寄希望于电视剧。"电视剧与小说表现形式不同。电视剧趋向于通俗与娱乐，它自然应当努力将小说的"纯文学因素"化为视觉形象，完全有权力发挥小说的现实主义而避开所谓的"魔幻主义"。事实上，电视剧虽淡化但仍保留了白鹿、白狼的若干"魔幻"段落。敏感的性描写，陈忠实也自知应把握分寸。他看《白鹿原》话剧时就指出过，"鹿子霖乘人之危达到窃色的意图，与田小娥在舞台右角的性动作，看起来我觉得扎眼。狗蛋……直白赤裸裸说出'日一回'的话，也颇夯口锥耳。其实这些行为和语言是原作中我写下的，那是供不出声的阅读，而不宜响出声来。"

应当说，电视剧《白鹿原》的改编，难度很大，十分成功。剧组立志拍摄"几十年以后仍能观赏"的精品的艺术追求是可贵的。电视剧忠实于原著的核心题旨与精神风貌，保持了小说的浑厚苍凉的史诗性格调，真实塑造了神采各异的白鹿原人群像。

从小说到电视剧，具体的情节变动，笔者认为有两点值得注意：

一是强化了白嘉轩与鹿子霖关系的互动性和复杂性。

这两个人物，一正一邪，相互较劲，贯彻始终。电视剧加强了二人的互动，在他们之间增添了一些反色彩的或沟通或误解的喜剧性因素，如鹿除了对白下绊子，还有对他的畏惧、服气；白除了对鹿的不断揭露，也留有一定的尊重与同情。结局处，鹿子霖的疯死改成随儿子和白嘉轩进城，在全剧冷峻的格调里漾出一股温馨的气息。

白、鹿二人是作品情节线索的主干，他们关系的人情化，丰富了两个人物的性格层次，对全剧的内涵及节奏补益不小。

张嘉译、何冰功力深厚的表演，也让两个角色达到出神入化的境界。

二是国共斗争的强化，第三代子女命运的细化。

《白鹿原》原著，涉笔国共斗争，写得较冷静、疏淡，作者态度也较客观、隐蔽。陈忠实坦言："我感觉写的最困难的人物是那些革命者，因为那些革命者的生活想重新体验都太难，而且我也没有接触那种人。"强化国共斗争的叙事，除了为适应电视剧观赏的需要，也平添了作品的亮色，如主题歌所唱的："日子总会亮堂，麦子终又再黄"。

白灵离家求学，西安围困救助伤员，及至加入共产党，饰演者孙铱（对于她的表演批评不少，我倒认为她气质切合；受赞誉较多的李沁饰演的田小娥，反觉得缺少乡土野气。）充满激情表现了她独闯世界、投奔革命的可爱性格。闹瘟疫时返乡参加救治病人，回城在原上与远眺她的父亲的挥别，尤其让人感动。白灵之死，由原著中苏区肃反被活埋，改成受审查牺牲于战火，惹出一些质疑。笔者认为，该剧不以苏区党内斗争为重点的特定故事结构，这是更接近真实、更容易让观众接受的处理方式。

至于全剧结尾黑娃被白孝文害死，原著有白嘉轩找白孝文搭救黑娃之举，但县长白孝文毫不理会。而电视剧改成白嘉轩派孝武找回鹿兆鹏，虽未能救出黑娃，却大义灭亲，抓走了白孝文。这"恶人有恶报"的戏剧手法，不合原著风格，反而弄巧成拙。

特别让观众感到郁闷不解的，是鹿兆鹏的婚姻安排。此人思想先进，多经考验，已是剧中成熟的革命领导者。可在婚姻上，先是在家里的逼迫下娶了冷秋月。如果真心反封建，他完全可以拒婚、逃婚。然而他拜了天地，却把媳妇丢在家中，自己出去干革命了，结果导致冷秋月的死亡悲剧。接着，他明知白灵是弟弟兆海的女友，却接受了白灵的追求，假扮夫妻弄假成真，酿就道德上的失误。这种矫情、扭曲的婚姻态度，严重削弱了鹿兆鹏形象的积极意义，应说是作品一个明显败笔。

（《文化吉林》2017 年 7 期）

《童年旧事》：真挚

为人作文，难得真挚。

如果一个人，城府很深，睥睨莫测，或者八面玲珑，玩世不恭，你怎么和他推心置腹？读文章也是，也许有人愿意找那些佶屈聱牙、虚情假意的东西，可我还是喜欢与读者交心的、真诚的作品。

我不认识梅洁，偶尔读了她的《童年旧事》，似乎被什么强烈地触动了。

"在人生的路上，不知要遇到多少人，然而，最终能留下记忆的并不太多，能够常常眷念的就更少了。"这类感触，大约是人人共有的吧。可所谓"童年旧事"，实在是一些又遥远又不那么新鲜的小事，这些"旧事"竟又被作者写得如此细腻，如此动人。

"我"回鄂西老家探亲，"总想找一找阿三"。阿三是谁？"我"小学高年级读书时的同班同桌同学。作品先从阿三的手写起——阿三年年冬天手上生冻疮。"我"有时不敢看，一看，心里就酸酸地疼，好像冻疮长在我手背上似的。

"你怎么不戴手套？"上早读时，我问阿三。

"我妈没有空给我做，我们铺子里的生意很忙……"阿三用很低的声音回答。阿三说话的声音很好听，带着女孩子的腼腆和温存。

知道这个情况后，我曾几次萌动着一个想法：

"我给阿三织一双手套。"

这完全是一种孩子之间，同学之间正常的同情心。虽说是正常的，但在女孩子的"我"心里只能"萌动"而已，"有时想得很强烈，但却始终未敢"。为什么？在我们这个文明古国，"男女有别"的世俗心理在十三四岁孩子的心中就已设下了"禁区"。不但是严格的自我束缚，而且在"王"们——同学中那些淘气的男孩胡闹起哄；或者冲着一个男生喊某女生的名字，或者冲一个女生喊某男生的名字。如果说，这还不仅仅是孩子间的恶作剧，那么，当"我"那"右派"爸爸画"×"的名字"满世界地贴着"时，"王"们以"扯起喉咙喊我父亲的名字"为"最痛快的事情"，就有点近乎残忍了——尽管他们并非有意要残害谁的心灵。而恰恰这时，阿三偷偷地轻轻地向"我"做了这样的表白："我没喊过你爸爸的名字……"

读到此处，我真有点柔肠寸断之感。我不免也生发出人们通常的感慨："人啊，人！"人生什么时候最脆弱？人在什么时候美好可爱、表现出自己的尊严和价值？什么样的人才值得我们珍视和眷念？恐怕要看人生挫折或痛苦的时刻，看一个人如何对待世上的不平，如何对待社会下层的弱者，孩子们也无例外。由此也就不难理解："我"为什么"总愿意跑得老远"去阿三家附近的铺子买辣酱，为什么"阿三那双明亮的、充满善意的眼睛常常出现在我的眼前和梦中"。

梅洁很注意通过写"眼睛"显示岁月和人的命运的变迁。"画眼睛"一说，似乎是散文笔法的老生常谈了，问题在于怎么写。我觉得，梅洁是写得好的。在《福哥儿》中，就曾写到福哥儿"宝石般的眼睛"怎样在"文革"时变成了"眼光滞滞地"；而《童年旧事》里，经过若干年后，阿三的眼神也从"明亮"变得"平静而淡漠"了。作者慨叹于"岁月夺去了我儿时的阿三"，心儿"痉挛般地抽动起来"，但在理智上她明白：沧海桑田，人的变化是不可避免的，"成年的阿三已不属于我的感情世界"。尽管这样，临别时阿三那平淡的一句话："很难过，我们都长大了……"依然动人心弦，甚至"令我一生再不会忘记"。

《童年旧事》的魅力在于它的清澈、纯真，在于它往事忆念中携带的反思价值。回忆，不可简单地理解为对纷纭现实的远避，而应看成对当代人更丰富的精神结构、更连贯而认真的生活态度的追索。作为读者，我在《童年旧事》与时下世态中存在的人际摩擦、倾轧、物欲漫染的对比中，受到了新的精神启悟与灵魂净化。

回忆，还是一个具有普遍感召力的艺术手段。那少男少女之间无邪而微妙的友谊，那未开化而压抑着的、那未成熟而含蓄着的种种美好的欲望，那些普通人昔日的欢悦、痛苦与今天的哀婉、失落，对于情感丰富、认真生活的人们来说，可以勾起多少神秘而甜美的怀恋啊！

（《作家》1987 年 8 期）

《廊桥遗梦》：燃烧的灰烬

那确实是一种像灰烬的东西：曾经热烈地燃烧过，变成滚烫的粉末，最后随风飘逝……

我说的是人类的情感或者爱情。

与此相关，美国衣阿华州就有这么一个"传说"。

某作家，受委托为一对兄妹记述他们母亲的一段往事。这位母亲，1989 年去世，终年 69 岁。24 年前的 1965 年初秋，丈夫带着孩子外出度假，45 岁的农妇弗朗西丝卡与《国家地理》杂志摄影记者、单身"远游客"罗伯特·金凯邂逅，他比她大 7 岁。两人一见钟情，在麦迪逊县田野和美丽的罗斯曼廊桥之畔，他们难舍难分地热恋 4 天。此后未再相见。农妇年年订阅《国家地理》杂志，从图片上追寻记者的踪迹，而记者则珍存着当年农妇约他相会的一张便条。记者先于农妇 7 年辞世，生前立下遗嘱，托付律师把他的遗物（旧相机、手镯和一条项链）寄赠给弗朗西丝卡。两人的遗嘱有一个共同的内容：把骨灰撒在罗斯曼桥下。

当然，这是虚构的小说，痴情的"梦想"，甚至会被人看作一桩老而又老的婚外恋故事。可就阅读的直感而言，我敢断定：它非常优美，具有强烈的情感冲击力，在道德上严肃而不低俗。《廊桥遗梦》正视现代人内心隐秘的勇气，它所表现的爱情自由与操守的矛盾，为人们提供了一种新的道德思考角度和选择方式。据说，这本书在浪漫的意大利反应平平，我国外国文学出版社1994年6月印刷10万册（作者罗伯特·詹姆斯·沃勒），似乎也未引起特别的注意。日本译本，1993年3月初版18万册，到1994年7月，猛增至200万册。在美国，1992年以来印行60版，售出500万册，连续120个星期位居《纽约时报》畅销书榜首。有不少热心读者纷纷查找故事发生的1965年《国家地理》杂志，企望找出男主角拍摄的麦迪逊桥照片；名不见经传的麦迪逊镇因此成了风靡一时的旅游景点。前不久，美国著名电影家克林特·伊斯特伍德已决定将该小说搬上银幕，由他自导自演并邀请好莱坞著名影星梅丽尔·斯特里普出任女主角，片名为《麦迪逊桥之恋》。

一本书出版，读者见仁见智不足为怪。或许会有人对《廊桥遗梦》提出异议。可一部爱情小说竟能引发如此众多读者的兴趣，其中必定有值得琢磨的地方。这部小说，大陆版本才8万字，可以一口气读完。书中有位爵士乐演奏家，他在谈到应男主人公之约写一支叫《弗朗西丝卡》的曲子时说："我要保持它简单、优雅。复杂的玩意儿好弄，简单才难。"这适用于《廊桥遗梦》。《廊桥遗梦》好就好在"简单、优雅"。小说的叙述方式别致、潇洒，既有逼真纪实又有心理分析，同一故事的多角度叙述收到了相当动人的效果。当然，这还不是主要的，形成作品吸引力的关键在于所触及的那个尖锐而普遍的人生难题。男女主人公的爱，不仅仅是精神上的激情，作品没有忽略那短暂而难忘的性爱带给他们一生的烙印。4天的相会对他们是珍贵的，但更珍贵更持久的是他们保持一生的刻骨铭心的思念，是他们共同的珍藏内心秘密以及毫不企盼宽宥和忏悔的坦然。这里倾诉的是一种达观的自制与超脱，是一边恪守着各自的道德尊严一边又释放着痛彻肺腑的真情。我以为小说这一部分的描写更有价值，更能震撼现代人的灵魂深处。因为他们经历了太多相会、欢聚、承诺之后的背弃和遗忘；由于轻率、放纵、冷酷的横行，爱的执着与信念已在人性中变得越来越稀薄。

"春蚕到死丝方尽,蜡炬成灰泪始干"。欲哭无泪、欲喊无声，可能是人生凄恻无奈的时刻。然而，对于更多尚未麻木的柔弱心灵来说，仍不拒绝缅怀真情，而且往往是"灰"尽而"泪"未干，以寄托他们对大善至爱的追求。麦迪逊桥之恋，极易勾起人们心头的感慨，如同那位爵士乐演奏家对主人公际遇的深切同情。我相信小说结尾他说的话是十分真诚的：

"我就在这儿，在天擦黑的时刻，把这老号弄得呜呜哭，那是我在吹那曲调，为了一个叫罗伯特·金凯的男人和他管她叫弗朗西丝卡的女人。"

（《东西南北》1995 年 6 期）

《拜托》《二皮》：王长元短篇小说赏读

王长元，大安人氏，文雅谦和。年过不惑，任《小说月刊》主编、吉林省文联秘书长，有人说他"少年老成"。可做起小说来诙谐泼辣，颇有一股子野气，从《野村风流纪实》到《野婚》，描摹底层劳动者的苦乐人生，练就吉林文坛上别具一格的苍劲笔触。

近读他的新作《拜托》《二皮》（《春风》六月号），拍案称奇，愿向小说同好推荐。

《拜托》写一个人与牛的生死恩怨。拐子10多年前为两头公牛"拉架"，受伤致残，他将那仇恨"转移"到屠刀上，干起宰牛营生。乍暖还寒四月天，他磨刀霍霍，准备下手。可今日遇到的这头牛似乎有异。小说走笔极精细，妙在屠牛过程的延宕和牛的悲伤形象的传神刻画。拴在木桩上的牛形容枯槁："黄萎萎的毛，像秋后的荒草，干涩涩的少了光泽，脊背、后胯等部位，连个毛刺儿都不见了，剩下一片光秃秃亮闪闪的皮板"，显然它劳作不堪、被人榨取已尽。拐子却毫不动心。操刀前。牛蹄下浑黄的尿冰、牛背上惊飞的小麻雀，渲染出一种恐怖的氛围。然而屠戮屡遭停顿：见拐子在皮围裙上鏖刀，老牛竟"呜"地哭了起来。拐子点着了烟。感到这牛有"难心"事，就抱一捆羊草"安慰"它，牛"一根草刺儿"也没吃，"眼泪还在大滴大滴朝下掉"。小伙计催促了。牛不是他的、圈不是他的、连手中的刀都不是他的，拐子正待应命，突然"那头黄牛已凄然跪在地上，两眼酸酸地看着他"。他承受不了这凄惨的"跪拜"，也哭起鼻子，把牛扶起。他的"磨蹭"惹恼了老板，只得再次"摸了下黑漆漆的裤裆"（以残疾唤起狠心），刀下头落——"那牛眼睛依旧大大睁着，眼珠就像钉住一样，一动不动地看着天空"。腹腔剖开，拐子才明白老牛的"拜托"是什么："一只湿漉漉的牛犊正在那里喘息"。他泪珠又噼里啪啦落下来，抱着牛犊往家跑时，冲着那血淋淋的牛头高喊一声："伙计，放心地走吧！"——"那牛的眼睛还真就慢吞吞闭上了"。

小说开头与结尾的对照意味深长。"一夜过去，磨石表面已结出一层薄薄清霜"，拐子"几乎带着一腔愤恨将泡长尿浇洒在磨石上。于是，就在那热气腾腾的尿雾中"磨起刀来。而最后，拐子辞了"杀牛这营生"，"小草发青，柳树吐毛毛狗"时节，守着"颠颠跑"的牛犊，又哼起了《三月是清明》的小调。由杀气腾腾紧磨刀到春日融融伴牛犊，这期间，不但经历了老牛与小牛的生死转换，而且实现了濒危状态下动物母性对人性的寄托与感化。这人接受牛"拜托"的故事，在昭彰大善与博爱上，有着丰富的启迪价值。

　　如果说《拜托》是色调沉着的具象素描，那么《二皮》就是线条"轻松"的浮世漫画。二皮进长春，坐敞篷车走了一天一夜。虽说改革开放已多年，像二皮这样恋着乡村未进城的农民兄弟仍不乏其人。是"老亮、狗头他们硬撺弄"，他才来的，不只为打工挣钱，也想"开眼界"，看看狗头照片背后那个高高的"香格里拉"。小说分两条线写，近似于八字形结构。一是二皮从工棚出去闲转；二是马三梦见黑道哥们儿大傻被"老警"用木棍敲脚趾头，把"他的尿就给敲出来了"；梦见自己和大傻合伙用假戒指诈骗一个老太太。二皮转悠到香格里拉楼下，马三正愁"活计"也遛到这里，两条线索合并。"比小南山矮不了许多"的高楼引起二皮好奇心，"用手指头小学生一样，一层一层数起来"。马三注意到二皮的"老屯"相，决定"就热黑他一下"，说"这楼是随便数的吗"，问他"懂不懂规矩"，掏出小本本要罚款。二皮当然不知就里，只好问"咋个罚法"，听说照顾他"老实"数一层罚 20 元减为 10 元，自己数至 18 层报出 3 层半只计 3 层——"算来余下 15 层的钱就给他不声不响地落下了，捡钱，怕也没有这般容易哟。他就怀着这份喜悦，把钱交到马三手里"。回到工棚，撞"财运"的兴头未尽，又主动"请客"与大伙同乐。没想到"冤家路窄"，在小饭店又碰上马三——马三为避开"是非之地"才溜到这儿，分开的两条线又重新交织。麻秆儿打狼，两头害怕。马三壮着胆过来敬了一杯酒，反倒又抬高了二皮的身价："才进城几小时呀，竟有了喝酒的哥们儿！"故事荒诞，当代二皮式农民的愚昧却活灵活现，更为可怕的是他们的愚而自以为得计，是他们身上复活的阿 Q 式精神胜利法。这个发现，应说是《二皮》在当代农民形象塑造上的一个突破。

《拜托》与《二皮》是纯正意义上的短篇力作。情节凝练，想象奇谲，意味苦涩，显示出深邃的人性洞察力。老牛落泪，杂闻传说习见，《拜托》却点石成金；羡高楼被罚款，几近荒唐，但经《二皮》生发，揳入灵魂病灶，越荒诞倒越逼近真实。王长元小说创作筚路蓝缕，脚步坚实，目前大约正经历某种蜕变，但愿他增强自信，继续关注农民的灵魂与命运，勇敢地踏入新的艺术境界。

（《吉林日报》2003 年 7 月 19 日）

《捉灯集》：率真的自由理性

我喜欢唐韧的《捉灯集》（时代文艺出版社，2003年6月版）。这里的文章，谈笑风生，妙语频出，活泼精悍，论俗不赶潮，析雅不蹈虚，剔尽了学究气。如此手笔出自一位大学教授，十分难能可贵。"捉灯"，取自法布尔《昆虫记》中《捉灯有感》。法布尔晚年，一次提灯散步，发现沿途自己只能看到几块小方砖，无法看清整个方砖地，从而产生顿悟：一个科学探索者如同捉灯人，行进间只能看清庞大未知体系的一个点，"就让我们从一个点到另一个点地移动我们的提灯吧。"

《捉灯集》涉及的影视、文学现象，人们或有同感，或见怪不怪，然而作者皆有感而发，所议所思，举重若轻，令人折服。例如中国版电视剧《钢铁是怎样炼成的》，观看时似乎觉得不那么对味又说不出什么，《老读者不敢相认》一语道破：保尔平添一段"艳遇"，冬妮娅"原生态"被破坏……如此"改编"确实有点离谱了。《学风随笔》讲述的南太平洋岛土人仿造飞机却引不来飞机的故事，不免使人联想到时下某些新潮"学人"的食洋不化。而用"俺"的口吻评议写山东英雄的电视剧《水浒》，把《抉择》中"李高成高瞻远瞩地谈论东欧剧变"比况"让枪棒教头林冲去耍青龙偃月刀"，则亦庄亦谐，辛辣俏皮，让人忍俊不禁。唐韧的批评随笔，贵在有胆有识，不乏真知、新知、良知。她的批评，虽然多从细微的艺术问题入笔，却并非简单的随感或时评，而是凝聚着很大学术含量的研究性批评。

作为一位学者，唐韧注重学术的良心和操守。《捉灯集》里，《略谈当前艺术创作的反历史唯物主义倾向》《百年屈辱，百年荒唐》《虚无的磁场》，在庸俗习气流行的当今文坛，尤其具有振聋发聩的价值。文章触及的当代文学名家名作，大都好评如潮，备受推崇，而论者敢于挑战，敏于反思，显示了追求真理的无畏精神。从商业文化到先锋派玄论，从曲解历史到对鲁迅的误读，文章有力地评析了当代文化领域背离历史唯物主义的若干倾向，尽管类似的声音过于稀少，然而它肯定反映了多数中国人的意见，而且人们有理由对唐韧提出的、目前依然未见扭转的文化宣传逆差表示忧虑："从唯物史观到敬业精神这些宝贵的真理和高尚道德准则的灌输，只能通过教科书、文件、社论以死记硬背和填鸭式考试为途径缓慢而低效地进行，而从唯心主义到享乐主义等谬误和腐朽的意识形态却阔绰地拥有众多荧屏、银幕、音响、花花绿绿的报刊，在有声有色、生动活泼地高速流播。"

她感慨于"中国不缺少圣贤，也不缺少醒世通言喻世明言，只缺乏大批坚持自己思想权力的普通人"。她大约就想做"坚持自己思想权力的普通人"，而正是那反复强调的"在文理科两个思维频道同时前进"的自由理性，拓展了她"心智"的幅度，造就了她独特的文品。

（《文艺报》2004 年 2 月 5 日）

高君小说印象

高君是吉林省一位崭露头角的小说新人，是酷爱写作如生命的青年写作者。他辞掉银行、电视台工作，投身风险极大的小说书写，令文学界朋友刮目惊叹。自 2002 年发表第一篇小说，已在《春风》《鸭绿江》《作家》《钟山》《山花》《中国作家》等刊发表中短篇小说 20 余篇，一部长篇小说已脱稿，其中短篇小说《如花的裙子》被多家选刊转载，近获第二届吉林文学奖（2002—2005）。

阅读高君小说一个突出印象，觉得其作品关注的中心是——"荡漾"背景下的爱恨情仇。这里借用高君小说的一个标题：《荡漾的背景》。"荡漾"，似乎可以贴切又微妙地传达他小说的总体背景和情境———一种波动、起伏的，跃动着底层人群身影的社会断面。

那么，高君小说能被当下阅读界所接受，究竟取决于哪些因素呢？

其一，人物命运聚焦点：底层漂泊者的爱恨情仇。

　　高君小说十分好读。这与他笔下人物和故事的特色相关，其描写对象不同于某些主流小说的单一或单调，也不同于某些先锋小说的内敛与隐晦。它应属于兼传统与现代所长的新现实主义潮流。以社会转型期为大背景的高君小说，关注的多是一些命运坎坷、性格复杂的底层漂泊者。他们或游离于既定"轨道"或沉浮于动荡商海，特定的人生遭遇引发出特定的人生行为。他们不再是单面人，他们跋涉在情欲和血污之中，呈现出美与丑、善与恶的多向性，如尼采所说，"野兔有七层皮，一个人则可以撕掉 7×70 层皮，仍然难以认识和找到他自己。"然而，与那些玩世不恭的黑幕小说迥异的是，高君作品丝毫不掩饰对于那些被侮辱被扭曲被损害者的深切同情。

　　《如花的裙子》（《钟山》2004.6）写一个打工女孩的纯洁梦想和一个无业青年以"偷窃"表达的情义。就小说的视点，马兵道德上具备可同情性：他家乡的土地被工厂主吞并；自己的女友被工厂主占有；为给妹妹治病他一度专"偷"这个工厂主，妹妹不治而亡他本想歇手，可碰上了鲍如花，这个和妹妹一样的花季少女可怜而单纯的愿望让他动心，但他又力不从心。于是，陷入了作为弱者的精神"窘境"，最后毅然决然地以自己受到惩罚为代价，给鲍如花奉上一件"如花的裙子"。中篇《荡漾的背景》（《钟山》2005.2）的安冬也是如此。开篇读者以为她是出身于孤儿院的自由小说家，逐渐才知悉她经历曲折、身份神秘。养父养母诱她堕落，陈氏兄弟勾引又抛弃了她，饱经沧桑的于美人则推测她是"吃了官司跑出来"的人。小说的结局令人震撼：小"老包"行至江心拔下船底的木塞，弄得船沉人溺，不知是了结了安冬与胡二姐一段仇雠之怨,还是另一场罪孽轮回的开启?安冬妖娆的身姿与晦暗的灵魂,使这个故事蕴含一种人性复杂性解剖的标本价值。

其二,叙事已具备相当灵活的语感、悟性和节奏。

打球要有球感,绘画要有手感,写小说要有语感。高君有悟性,是个写小说的“料”。他会讲故事,描形状物已基本达到得心应手,并懂得如何隐藏情节的走向。小说的意味来自感知层面与内涵层面不断的疏离、错位,再归为同一的过程,高君就善于通过叙事的机巧、节奏的变化逐步凸显作品的锋芒与力度。

中篇《有风吹来》(《鸭绿江》2004.10)前半部铺叙平安办事处偏远、单调的日子,节奏颇缓慢。小职员段品红的生活,“如一个安闲的老者,简单、平静、不疼不痒”。每天起床的千篇一律,与大狗小秀的亲密关系,皆勾画得细致入微。段品红对刘海独自打电话一系列动作的旁观,描写意图暧昧,极易让人猜想到银行内的不轨行为,直到结局读者才恍有所悟:那也不过是刘海单调而悲苦日子的某种写照。小说后半部情节急转直下——武力与贾明拐走50万元人民币,一波;刘海原来是县行长的大姑爷,暗中为岳丈有小儿麻痹症的二女儿招对象,段未上钩而肖越却孤注一掷,又一波;老行长因失款事件担责退位,肖升迁县行“上中层”的梦想落空,再一波:刘海哀呼,老婆“让煤气给熏死”,至此故事戛然而止。

高君小说注重写实,但又不乏现代感,他细腻的叙述充溢着丰富的情致,时而又见苍劲的笔触。中篇《段落》《中国作家》

2006.9）里父母吵架及全家人的舌战，可能是当代小说鲜有的带俗文化色彩的粗口詈骂。野蛮的言语背后或许表征着那个特定年代人们心理的压抑与变态，然而就语言的规范来说仍可再做提炼。顺便说，高君的叙事语言还存在一些烦冗、拖沓之处，似应下一点推敲、节制的功夫。

其三，创作主体对素材刻骨铭心的体验，对小说写作刻骨铭心的追求，作者与他的人物、与小说文本构成一种血肉交融的深刻关系。

这个主体条件，在当今浮躁的社会、浮躁的文学场域，难能可贵，不能不予以强调。小说描述的领域，作者未必完全亲历，但题材中基本的筋骨看得出高君生活的印痕，感受得到他搏动的血脉，如干谷县那个地域，银行这个行当，以及兄妹关系，用段品红、马兵命名贯穿的人物系列与家族伦理网络等。对于一个有天赋又真诚的作家来说，这是他的良知所在，是他小说创造的活力因子和内在根源。高君小说萦绕着深挚的"兄妹情结"，多篇作品都写到妹妹和她的病（一种患病率十万分之一的骨髓病）。这既是小说的痛点，又是其亮点。《段落》里三哥段品红面对妹妹四粉病重到病危的心理历程的描写真实到位，而四粉病危时把所有认识的人想了个遍，要第二天早上逐个去看望他们的临终心愿，也叫人扼腕、揪心。段氏兄妹之情，充满了对死亡的无奈、抗争，对生命的执着、留恋，成为高君人生故事净化人们灵魂、增强他们生命信念的元素。

"小说救了他，如果他的小说能够脱离他的生命先于到达而被呈现出来，那么，当时他早就把自己的破命给扔了。现在，他仍愿用生命去喂养他的小说，去保证和满足小说所要的所有条件，愿意去做它的仆人它的奴隶，为它耕种为它收割，为它放牧为它歌唱，为它哭为它笑，除了为它死。"这是小说主人公"他"置身于命运磨难的无悔选择，似乎也可视为小说作者高君"用生命去喂养他的小说"的衷心表白吧。

（《吉林日报》2007 年 2 月 8 日）

《魔鬼不敢走的路》：生命的壮丽

《魔鬼不敢走的路》，是张彬彬穿越罗布泊归来写成的一本书。

这是生命的写作，这是无须夸饰和辞采，本身就瑰丽多姿的一段生命历程。

这里是覆盖着沙漠、红柳、风化的碱壳岩地、楼兰雅丹、营盘龙城的生命禁区。像一个赤膊散发的勇士，曾经绵延 2179 公里的塔里木河，距离罗布泊 400 多公里就断了流，它在那里疲惫而无奈地遥望远方，已失去中国第一大内陆河的威猛。这一片茫茫戈壁，偶尔可见惊恐的黄羊、机警的野骆驼和阴沉的狼。过了老开屏，进入风蚀区，一派奇特壮观的"雅丹"（维吾尔族语：险峻的山丘）地貌。河湖沉积，风力如鬼斧神工，把岩石滩地雕成干涸、闪亮的波涛及千姿百态的风物。再往前走，就是"死亡之海"罗布泊了。哺育了古楼兰文化的罗布泊，17 世纪还是飞鸟难逾的浩淼大湖，19 世纪后气候变迁，河流改道，湖面缩小，直到 1992 年才干涸见底。眼下盐碱壳遍布，龟裂、翘立，凄凉如凝固的白色浪花，一望无际。就是它，吞没了彭加木、余纯顺等探险英雄。

这里笼罩着空旷、寂寥与死亡的威胁。罗布泊之域，白天
70多摄氏度、夜间零下40多摄氏度的温差，细菌都难以滋生，
何况人类。大漠的空旷死寂，对于人的精神具有一种摧毁的力量，
尤其当她独身一人的时候。不仅如此，每当张彬彬爬进自己的
睡袋，寒意侵袭，风声凄厉；或者踏过余纯顺殉身之路，在楼
兰古城目睹横七竖八倒伏如尸的红柳胡杨的残枝，闻听状若狗
吠狼嚎的沙鸣，想象着不明飞行物"亮球"的升腾与坠落，似乎
便有某种令人毛骨悚然的阴影从心头掠过。

1999年11月11日，《威海晚报》副总编辑唐守业、《城市
晚报》记者张彬彬、《库尔勒晚报》摄影记者李立、向导吴仕广、
后勤人员杨俊、司机蒲新平和小李，从新疆库尔勒市出发，由
西向东转而南下，11月15日抵达罗布泊湖心，再自东而西又
至西北，11月20日返回库尔勒市，历时10天，行程1800公里，
完成穿越罗布泊的壮举。历史上真正进入罗布泊腹地的人，截
至1998年10月1日，不到120名，而新中国成立后，在那里
有名有姓的失踪学者就达40余人。

张彬彬和她的同伴值得为此行而自豪。

我对张彬彬了解不多。只知道她是位勤奋、文笔漂亮的记
者和散文作家。这次她穿越罗布泊，我也是过后才听说，十分
钦佩她。读了附录于本书的《惊人美丽的生命激情》，对张彬彬
有了更深的了解。有了张彬彬这样的人，才会有张彬彬成功的
远行；有了这次豪迈的跋涉，才更可以理解张彬彬其人。

"我所诉说的一切都是那么表面而肤浅，与我所探询的死

亡、所寻找的苦难、所叩问的生命相比，我的笔显得那么平庸笨拙，我的语言显得那么苍白无力。"张彬彬自惭语言表达不出穿越罗布泊的丰富感受，未身临其境的读者自然更难以体会此中之奥妙。然而，只要尚未到麻木的程度，人们就不能对张彬彬这样的感慨无动于衷："在罗布泊，人面对的是茫茫大漠，可心灵却是一片海蓝蓝。回到大都市，车水马龙，可人的心灵却变成一片荒原。人融于大自然中，显得极其渺小，可胸怀宽广，心性却伟岸……"

人往往发现不了自己的潜质。探险，是人性开发的有效途径。面对困苦，人会惊异于自己生命力的顽强；而新的未知世界，却能极大地激励人的适应性和创造力。从这个意义上，每个人的生命都可以是壮丽的，只要你有勇气摆脱自己的平庸。

而最让生命迸发光彩的是真挚的爱。这种爱，无论对亲人、朋友还是一切善良的人类，必定因其历经痛苦和灾难而净化，而益发博大和深沉。

张彬彬从营盘古城带回一个古欧罗巴人头化石。这显示了她的达观。事实证明，人头化石并非不祥之物，当然也不必对它期以什么佑护。它仅仅是人类生命的一个记号，历史的一个象征。但它昭示着一种新生。因为今天来自过去，而火总是从冷寂中燃烧起来。

（《城市晚报》2000 年 9 月 18 日）

《颜色醒了》：青春思绪的诗意绽放

这是位目光清澈、唇上泛着阳光的女孩。尽管文科研究生的学业缠身，抽象思辨不断盘绕脑际，她还是保持着率真、自由的天性。《颜色醒了》（吉林人民出版社，2004年1月版）就是吕丁丁这种洒脱、欣悦心态的生动写照。文章掩饰不住"我"的孩子气。吃妈妈做的"柔滑松软"的"锅出溜"，那"快快送入口中"的急切，与游云南见到街头"五花米线"的情景差不多："我的毛病又犯了。连忙交钱坐下，等着老板端上来一只小小的咕嘟咕嘟作响的小罐子。"（《妈妈的小饼》与《深褐色的小罐子》）而上网"鬼扯"，"自己出血找乐"，面对因电话费大大加码"火冒三丈"的老爸，不得不"拍脑袋"认错（《斑竹梦》）；校园里等看流星雨的不眠之夜，"跳着脚把脑袋转得像风车"地欢呼，却偏偏忘记了准备多多的"许愿"（《预约心愿》）。全书随处都跳荡着这个清纯可爱的女孩形象。好奇地贪婪地感受生活，享受人生，迸发着青春的生命活力，伴随着对善与美的渴求。她正经历着精神的成长，她属于全新的一代人，是需要我们刮目相看的智力、情趣和行为方式出现新觉醒新色调的一代人。

丁丁对音乐的细腻感受和精彩描摹令我惊叹。我不懂音乐，惯于认为音乐只可意会不可言传。在丁丁笔下，音乐竟然可以感觉触摸，有了温度、色彩、形体和质感。每当旋律入耳，"我的皮肤上会弹跳出被人爱抚的悸动，它均匀地披上一层清爽的寒气，然后再一点点温暖过来"。二胡"含泪的嘶鸣"，弓弦"一寸寸从神经上摩擦过去，心尖在这样的摩擦下发出嘶叫和颤抖"。小提琴曲"在空旷的房间里划出一道细碎的印痕"，"疾风骤雨般的琴音坠落下来，轻慢时有如女人的高跟鞋"（《爱抚》）。至于"夜晚音箱中飘散的爵士乐，完全是一团团柔软且良善的橡皮人。它们随着强烈的节奏把自己扭捏成各色各样的形状姿态"（《布鲁斯琴音》）。丁丁自幼习练钢琴，精通乐界"手语"，如今纸上谈乐，以文传音，尤其别具一格。这不仅显示了她深湛的音乐素养，更是她艺术想象力、文字功力及其优雅情操的集中展现。

最能表明作者潜质的，是书中的批评随笔。涉及文学现象，丁丁观察依然细致入微，难得的是持论坦率与正直，而且走笔不乏机智。她忠于自己的信念，不囿定见，不当"另类"，也不愿趋时。诗歌能否描写"女人的乳房"？有人"困惑地摇头"。虽然话题有点暧昧或敏感，可丁丁却十分坦然："女人的身体本来不就是一首诗？"问题不在于能不能写性，"这里的区别是，此类巫山云雨男欢女爱如何写得优美且耐人寻味罢了"。对于网络"江湖诗人"沈浩波，她的态度很明确："沈浩波是作为一个颠覆传统审美观的先行者来出现的，他的直白、粗野、无所顾忌自有着过人的勇气和开拓性的"(《诗与乳房》)。"用漫画的形式让机智的小女孩说出成人的观念，这就是季诺的人生追求"。丁丁喜欢这位阿根廷画家，她赏阅季诺漫画悟出的心得相当透辟："快乐地思考——这是各类文体在当今社会存活的很重要的一个条件"(《快乐地思考》)。在《为什么九丹不会疯》《这是不是堕落》中，针对备受争议的九丹、易被误读的亦舒，丁丁都力排众议提出了自己的独立理解。

《颜色醒了》以颜色为板块分切了作者的不同思绪。黑色，似乎会"跋扈"地遮蔽一切；白色，乃"我"的"钟爱"："白的简约，成就了心底的绮丽"；紫是神秘，红为忧伤，绿则放达。就丁丁视野所及，她的散文可谓色彩缤纷。《鱼的音》，写"我"对小鱼的伤悼。夜里，"我"听到了鱼在水缸中泛出泡沫的呼吸，梦中仍在惦记，岂知那是在求救？次日早，四条小鱼全被憋死了。能谛听到鱼儿的呼吸，痛惜鱼儿的生命，这种细心与善良，在人的成长中殊可宝贵。《隐忍的淡紫》，由丁香花生想到丁香再回忆自己名字的来历，使读者随之察悉"我"的内心深处："也许冥冥中，这种小花从我一出生就与我难分难舍……对于丁香花的爱，一直都是我缠绵、悠远的思绪，都是我不可遗弃的寄托。"特别值得玩味的是《温柔的背叛》，文中讲述了一位"同我一样喜爱温婉"的女孩的人生变故，她曾经和我一样生活无忧无虑，"没有受过任何精神上的打击"，终日沉浸在"一种完美的乌托邦式幻想"里，突然有一天，她"离开了自己生活的轨迹而去找寻新的生存空间"。对此，"我""钦羡"而共鸣："能够离开且不回头，是一种生活的馈赠；在离去者的身上，看似轻渺的脚步，其实牵绊着无尽的挣扎"；"或许她会回来，也或许不会。但是她的心中永远保留着以往的回忆，并且一定怀着一份回头的向往"。

说的是那位"朋友"，也意味着"我"的一种比况，还可以代表一切同龄的人生跋涉者。正是这种审视人生波折的自觉，使作品有了一种超越同类青春散文的精神强度。

（《吉林日报》2004 年 2 月 7 日）

《绿卡》《甜蜜蜜》：浪漫与坚韧

生活永远离不开爱情。而爱情并不总是一支甜蜜的歌。当谈情说爱的图像和文字铺天盖地而来，仍有不少人感到现实中爱情的稀薄与淡漠。这或许与社会的急剧变动，与人们的物欲膨胀、心态浮躁相关。什么是爱情？怎样才算得到爱情？难有固定、统一的答案。爱情，短暂而持久，激越而深沉。它始于偶然，似乎终于命定；它是肉体的，也是灵魂的；是实在的，也是虚幻的；它极易破碎，又十分强韧；它甜美幸福，刻骨铭心，又充满痛苦，令人柔肠寸断。

爱情需要激情和寻找。林语堂有一段话说得好："一个人出生后，他的灵魂就到处寻找那与他相配的另一半。他也许一辈子也找不着她。也许要十年、二十年。但他们碰面的时候，马上认得出对方，全凭直觉，无须理由，双方都如此。"中外不少优秀影片表现了爱情这种"魔力"。这里，兹录下两部佳片的欣赏心得。

《绿卡》（又名《绿卡情缘》，美国塔奇斯通影片公司1990

年出品，编、导、制片人：彼得·威尔，获 1991 年美国金球奖和奥斯卡最佳原著编剧提名）。

影片开头，一非洲孩子在街边敲手鼓，神情抑郁，鼓声激昂。这既是男女主人公会面的"非洲咖啡馆"，一个可信的地域性细节，又似乎有所寄寓。鼓声后来几次出现。女园艺家布朗蒂（以下简称布）达成一项假婚协议（双方仅仅交换一下戒指）：女方因此可用"已婚妇女"身份租得一套平台宽大、可栽苗种草的公寓，男方乔先生则会得到移民的"绿卡"，他的临时签证只差六周就到期。

这里，情节似有漏洞：为什么布必须找乔，而不与她正相恋的男友菲尔办手续？后面也未交代清楚。但随着观众对男女主人公关系的认同，它渐被"忽略"。

乔原是作曲家，在这里无固定工作。他在一家餐馆端盘子又偶遇布，可她躲闪不认。被称为"法兰西灵魂"的著名影星德帕迪厄扮演乔，他粗壮和善，浑身透出一股男子气。这不是弱肉强食式的凶悍，而显示在男人的自信和可依托感上，甚至表现在他的温情、他潇洒的音乐家风度中。女主角的羞涩、妩媚，与之恰成映衬。安迪·麦克道尔的柔曼优雅气质，无愧于"南方甜姐"的美誉。

男女主人公由陌生、不适应到相互倾心，拍得相当细腻。他们"浪漫"地互相利用的瓦解过程，也就是他们建立真情的过程。

乔不拘小节。变着法儿在屋里吸烟；乱动女主人照片，直到摔坏人家的镜框；不客气地要咖啡，口味又很怪；未经允许拔掉实验植物，种上他买的花……弄得布心烦意乱。可为了对付移民局的查询，只好耐着性子应付乔，甚至要回答他诸如此类顽皮而越轨的盘问："你月经是什么时候？月头还是月尾？"

在劳伦家弹钢琴是他们关系的一个转机。虽然乔的琴弹得有点"生猛"，但他的真诚和想象力博得了听众的好感。布第一次露出欣然的口吻："你一直在哼一支曲子？"乔幼时纹在左臂的三个标记：五星、心、刀，也使布对他的经历发生兴趣。于是，早就倾心于布的乔不失时机地发动攻势，把布的男友赶走。此刻银幕响起鼓声，布也对乔下了逐客令。乔喊道："你是食草动物！"布大喝："我恨你！"这显然是一场反色彩的吵架，骂里含情，恨中透爱。次日，移民局进行背靠背调查，影片出现一组对比蒙太奇镜头，他们分别在调查人面前评说"配偶"，无异于倾诉着相互的爱慕："他有激情，他就是生活！""她冷静，可我不能平静！"

事情最后败露在乔手里。他说错了话，被识破。移民局遣送他出境那天，他把写成的曲谱寄给布，并约她在"非洲咖啡馆"告别。这时，布当然不会再掩饰自己的爱意，而乔喃喃地做出保证："我会每天写信给你，问同一个问题：'你什么时候回到我的身边？'"他们再次互戴戒指，不过此时已无浪漫戏谑，而是真心相许了。

《绿卡》被称作"浪漫喜剧片"，无壮举，有柔情，其成功的关键在于借假定性情境描写真实人情，于不自然的社会桎梏中表现人的自然而又脱俗的情感。庸俗是纯真的天敌，而纯真往往闪耀在普通人与逆境抗争的过程中。影片结尾，正是两个小人物不俗的离别：布仁立街头，乔走向汽车，不断有人从他们中间匆匆走过。他们依依不舍，而外人未曾理会，这离别尽管悄无声息看似微末，然而对于亲历者来说却自觉无限庄重，永萦心头。

《甜蜜蜜》(中国香港嘉禾电影公司 1996 年出品，编剧岸西，导演陈可辛，获次年香港电影金像奖大奖)。

较之《绿卡》,《甜蜜蜜》更贴近世俗，更充溢着命运的波动。内地一些人（包括笔者），常怀偏见，认为香港电影粗制滥造、商业味道过重，《甜蜜蜜》足可以令人对港片刮目相看，这一类高超的"通俗影片"，值得我们认真的欣赏与回味。

《甜蜜蜜》透过香港回归前两个赴港打工青年的人生经历。讲述了一段动人的情缘。这是一部为漂泊者、孤独者制作的影片，是竞争社会、物欲横流年代的精神恋歌。男女主人公奔忙在熙熙攘攘的市声和人群里，可他们的心孤苦而寂寞，它们在苦苦地等待和寻找，直到发现灵魂的"那一半"，直到归于那温馨的真情栖息地。

作为爱情片，《甜蜜蜜》的"主要特征"并非如有的评者所说，是"爱情至上"，"爱情可以超越一切"。爱情确有它独特的力量，但正如影片所表现的，它只能在茫茫的人海中给追求者心灵以不可或缺的慰藉和补偿。在本片里，黎小军和李翘终于获得了，而现实中还会有许许多多的失落者、失意者。爱情超越不了"一切生活中的苦难"，超越不了"小人物的无力和无助"。影片涉及六对爱情关系，它们并不都是"甜蜜蜜"：除了黎小军和李翘，有姑母对美国影星威廉·赫顿的单相思，英文教师（由本片摄影师杜可风客串）与得了艾滋病的泰国妓女芥兰的相濡以沫，边炒股边吵架的一对夫妇，还有小军与小婷、李翘与豹哥各自的短暂缘分。这几重人物关系的设置，颇具匠心，不但成为影片爱情主题的有力烘托，而且构成多角的网络，真实地表现了世俗社会中爱的艰难。

小军和李翘的关系是全片的主线和重点。尽管人物情感的脉络充满波折，相当复杂，应当说影片梳理得十分清晰和自然。由此显示了编导者深湛的功力。

合卖邓丽君歌带，是小军和李翘关系的第一个转折。

他们萍水相逢。1986年3月1日，黎小军从无锡到九龙，地铁车上与李翘背靠背。下车后各奔东西。一次，去麦当劳应聘，才认识李翘。李翘推荐他补习英文，得了"提成"，小军反而高兴地视李翘为好友，每天骑车送她上班。两人都喜欢邓丽君，联手卖邓丽君歌带，生意却在寒冷的元宵之夜遭到惨败。在小军住处吃完"云吞面"，小军一件一件帮李翘加上衣服，又一件一件把它脱下来……二人遂生爱意。此后，小军一边吞吞吐吐地给小婷写信："亲爱的小婷，最近我……"，一边在527号房间的被单下和李翘做爱。

影片这段情节笔法诙谐。傻里傻气的小军不懂得炒股炒外汇，"什么马克升……啊？"李翘回答尖酸："马克思的哥！"小军终于学上了厨艺，并终于能买得起两个金手链了：一条送小婷，一条送李翘。没想到，却遭到李翘一顿抢白。从广州到香港打工的李翘，尽管也承认小军是"肯陪我吃苦，又陪我开心"的好友，尽管已和小军上了床，但她还是觉得自己和小军有不同的

"理想"。

《甜蜜蜜》男女主人公不同的性格气质，是形成影片魅力的重要原因。一位韩国评论者这样写道："现在韩国的年轻男人少有这样纯洁的了，所以韩国女孩们迷恋黎小军的形象。而在麦当劳和鲜花店打工的李翘则是为了生活的安定富足什么也不怕的女人，当然她也有温柔脆弱的一面，她引起了韩国男人的好感，因为韩国女人不愿意做很辛苦的工作，只想依赖男人生活。已经太熟悉这类女人的韩国男人看到李翘的形象便觉得新鲜。"

路遇邓丽君，是他们关系的第二个转折。

小军把小婷接到香港成婚。为使自己变成富足的"港人"，李翘已与黑社会的豹哥同居。可是，就在一次李翘开车送小军回家的路上，见到了被人群围绕的邓丽君。小军下车请邓丽君在自己衣背上签名，看到小军背上的字迹，李翘感慨万千，不觉碰响了车笛，两个人都被惊醒了，被压抑的内心深处的激情又重新迸发出来。小军决定与纯洁而幼稚的小婷分手，李翘也要向豹哥说清原委。

同观邓丽君去世的电视报道，是他们关系的第三个转折。

那已是1995年。小军离开小婷后，因李翘失踪而追随师傅到美国"卖手艺"，心情一直郁闷。李翘陪豹哥避难去台湾又赴国外，两年辗转六个地方，"跑不动了"，落脚在美国。不久，豹哥偶遇抢劫暴死街头。没想到，就在这个城市，就在邓丽君去世的5月8日，就在同一橱窗前，观看邓丽君去世电视报道的小军和李翘再度邂逅。黎明的表情是惊异得已经木然，而张曼玉则是呆滞转为苦涩再现出灿烂的笑容。两位演员出色的表演，在观众心中留下了难忘的瞬间。

邓丽君的歌声在全片穿插、伴随，邓丽君似乎成为男女主人公爱情历程的见证者。到此处银幕响起邓丽君演唱的、由印尼民歌曲调填词的《甜蜜蜜》："在哪里见过你／你的笑容这样熟悉／我一时想不起／啊，在梦里……"影片重新闪回片头二人背靠背乘地铁、下车各奔东西的情景，再一次强化了这个爱情故事的偶然性和底层色彩。

小军和李翘重燃的爱，是交织着酸甜苦辣的爱，是历经人世沧桑的爱，比起一般的青春之恋，它已变得从容而宽阔，它有了更深刻的内涵和更坚韧的强度，它就像是一条扯不断的红丝线……

（《电影文学》1999 年 3 期）

《喀迈拉的世界》：敲响人类生命伦理迷失警钟

你听说过吗？因为有了罕见的基因，会让人戒掉毒瘾，人能神奇地返老还童；

你能想象吗？通过基因转移，似猿非猿、似人非人的物种戴夫和不同于普通鹦鹉的杰勒德，有着人一样的思维和语言，甚至成为人类家庭中的成员；

你见到过吗？通过生物变异，容器里可以长出牛排；兔子身上注入萤火虫的基因后能发出光亮；基因的转移会使动物身上长出彩虹般的毛，而且可以呈现出企业的各种商标和名称——成为大自然里"活动"的广告；通过基因变异，人们还可以培育出只有一只独眼的白色巨鸟以及蓝色的玫瑰花……

这些离奇的情景和事物时时出现在《喀迈拉的世界》里。《喀迈拉的世界》（原名《下一个》，译文出版公司、时代文艺出版社联合出版，2008 年 1 月），是迈克尔·克莱顿创作的 2007 年美国最畅销的小说，它一面市就横扫美国各大畅销书榜。在亚马逊网站的小说类排行榜连续数月名列榜首。

《喀迈拉的世界》故事主线是一个拥有神奇身体的人的遭遇——弗兰克·伯内特被诊断得了癌症，同时被发现体内有一种奇特的细胞株，能产生出强大的叫作细胞因子的抗癌化学物质。他体内神奇细胞的高利润前景，让弗兰克成了各个机构和部门争夺的研发对象，弗兰克家族的不幸也由此产生——他们身上抗癌细胞的所有权问题引起了争端。然而，法院裁决弗兰克对此没有自主权，研究机构可以随时从他及其子孙身上提取抗癌细胞。为了躲避被强行提取，弗兰克家族开始了逃亡之旅。然而，想从其家族细胞获益的机构不止一家，因此他们暗中得到的种种"保护"也都是各怀鬼胎。这部情节跌宕的作品，就好像是一部好莱坞大片儿，生命尖端科技所造成的人物命运的起伏跌宕，确实有着吸引读者手不释卷的魅力。

喀迈拉是古希腊神话中长着狮头、羊身、蛇尾的吐火怪物。喀迈拉因其形象特征而被引申在生物学研究领域，成为表述"嵌合体"的术语，指的是来自不同的个体生物分子、细胞或组织被结合在一起，形成一个新的生物变异体。基因重组、克隆技术均与此有关。基因本身就具有扑朔迷离的色彩，将基因与悬疑惊险纠葛在一起，小说的看点自然十分丰沛。除了弗兰克家族的主线之外，作品中还有很多围绕着基因问题而展开的、非同寻常的故事。像戴夫这样拥有人类基因的一个猩猩孩子，它因为人类父亲亨利私自非法地做转基因胎儿的试验而诞生。他是猿，还是人？这个叫戴夫的会说话的猿猴是亨利的儿子，还是亨利用以试验的动物？在人类社会中的戴夫处境困顿而艰难，像他这样的生灵并非自愿地来到这个世界，并非自主地活着，并非自择地成为科研对象，最后可能并非自然地死去。这里，有必要指出，小说的尖锐性正在于它深刻地揭示了尖端科技在商业化时代所受到的挑战。一方面，作为生命科学的新成果，克隆技术、转基因理念正在为人类生活开辟革新医疗、食品等方面更广阔的应用空间；另一方面，在利益的驱动下，某些科学狂人的"探索"也可能违逆既定的法律规范，造成可怕的伦理悲剧。例如作者笔下人兽同体的基因混杂生物，就突破了现代科学与法律的底线。这绝非是什么"科学奇迹"，而是必须严加谴责、坚决禁止的反人性、反人道主义甚至将导致人类自毁的歧途。

一些读者说起《喀迈拉的世界》的时候，可能会拿它与《达·芬奇密码》相比，尽管二者都有超现实的虚构情节，各出自美国悬疑小说高手，并且两部作品中大量人名、地名和事件又都是真实的，让人阅读时难辨虚幻与真实。但《达·芬奇密码》是顺着一条线索讲述下去，试图在悬疑故事背后对丰富的欧洲文化进行一次探险式的诠释。而在充满追逐和奔逃的《喀迈拉的世界》里，不同人物的生活与命运交织出多条线索，却被叙述得有条不紊，不但拓展了其中危机故事的幅度，也延伸了现代高科技飞速进展的背景下，人类在利益的追逐中传统伦理的瓦解与颠覆、文明精神的异化与失落的主题。《喀迈拉的世界》叙事恢宏利落，语言简洁明快，既没有冗长的背景交代，也没有矫揉造作的刻意煽情，作家法律知识、科学素养之深广，科学猜想力、艺术想象力的超拔，令人惊叹。

《喀迈拉的世界》是美国畅销书作家迈克尔·克莱顿的最新

作品。他1942年出生于美国芝加哥，曾在哈佛大学攻读文学、考古人类学、医学，之后弃医从文，写出一部又一部畅销小说。1969年出版了第一部畅销书《天外细菌》。使他的声望达到巅峰的是由好莱坞导演斯皮尔伯格拍摄、由他编剧的《侏罗纪公园》。迄今，克莱顿已创作了15部畅销小说，全球总销量超过一亿五千万册，有12部被拍成电影，被称为"活在当代的文艺复兴式人物"。他是美国唯一一个同时在畅销书、电影、电视剧三个领域取得非凡成就的作家。1995年，他作为特效技术团队中的一员，因电脑特效方面的成就，获奥斯卡技术贡献奖。他凭哈佛医学博士身份，创编经典电视剧《急诊室的故事》，1996年获艾美奖。

在这部生命基因伦理小说里，克莱顿并未停留在探讨一般的基因工程上，而是提出了基因工程中的一些新的关键词：基因专利权、基因所属权、人体组织的使用权等等。《喀迈拉的世界》以紧张惊险的科幻故事，对生存与人性、科学与道德、生命与价值等终极问题进行了严肃的叩问，深切感受到人类文明与未来生存的危机，为人类生命伦理的迷失敲响了警钟。毋庸讳言，雄厚的现代科技文化素养，造就了克莱顿"高科技惊险小说"的特色与品牌，然而也正是靠所谓科技"前沿性"与商业化的结合，形成其小说似真似幻、亦新亦奇的神秘感，从而产生混淆真实与虚构的界限，使读者在切近又荒诞的生命图景中难辨真伪，误受某些反科学的假想或伪说的副作用。克莱顿小说这种哗众取宠的性质，恰如书中一人物对时髦女郎的感受："身边充满了他有生以来从没有见过的漂亮女人。不错，她们都整过形，可她们真是太性感了。"在克莱顿的世界，也应警惕类似的阅读陷阱。

（《中国图书商报》2007 年 1 月 29 日）

【补记】《喀迈拉的世界》的作者迈克尔·克莱顿已于 2008 年 11 月 4 日因癌症去世。

辛承佑刻《南永前图腾诗字句印》：
真力弥满　意趣飞扬

南永前图腾诗的审美辐射力，实在令人赞叹。四川、湖北、浙江、海南和吉林的诸多青年学子，以及北京的资深诗评家纷纷予以热情关注和高度评价，而且超越民族和国界，图腾诗还引起了美国、韩国、斯洛伐克诗坛和几届世界诗人大会的强烈反响。

这不能不说是新世纪中国诗歌值得思索和探究的重要现象。更让我称奇的是，这组新诗竟能触发南北多位画家书法家篆刻家的创作灵感，继2005年"南永前图腾诗名家书画邀请联展"（辑四川、陕西、内蒙古、青海诸家手笔，由珠江文艺出版社印行）之后，朝鲜族摄影家、篆刻家辛承佑又奉献出他这部精美的《南永前图腾诗字句印》。因新诗而生书情画意，形成"诗书画的时代共振"，可以说南永前图腾诗创造了一个新的罕见的纪录。因为即便是古典诗词，书画家们的选择也相当苛刻——未见有多少当代旧体诗词大家可获"联展"的殊荣。

由此，自然使我想到南永前图腾诗的普泛性与恒久性的独特价值，亦即它超民族、跨地域，融通各种艺术疆界的奥秘究竟何在。各方评家对这个问题已有深入的探讨。我要强调的是，这取决于南永前新异的创作思维和他深湛的语言功力。

南永前认为，"远古时代的氏族图腾意识，它不是已销声匿迹的历史烟云，它融进现代人意识的浪花随处可见，并对未来还将有着不可低估的影响和作用。"这是一个十分深刻的见解。他所说的"图腾意识"，就是原始时期图腾·神话思维的现代延伸。人类思维史研究表明，原始思维方式保存在图腾、禁忌和巫术之中，作为人类最早的文化符号，图腾集中、囊括了原始思维的各种形态，在人类的进化过程里，它虽然逐渐被科学思维所扬弃，却被艺术思维所吸纳。也就是说，人类思维的发展演变，在进入高级阶段之后，低级阶段的图腾·神话思维模式并没有消失，而是融汇于艺术思维继续发挥着创造性活力。在当代文学（如科幻童话、魔幻现实主义小说、民间故事等）和电影（如科幻片、童话片、灵异片等），不难领略到它参与制造的奇异景观。在文化人类学看来，文学本质上是"人类经验整体的一个组成部分"，因此，"文学作品必须首先被视为集体信念和集体行为的方式。这样一来，神话和仪式就成了文学表达的基本要素了。"（【美】约翰·维克雷编《神话与文学》，第 5 页），而爱尔兰大诗人叶芝说得好："我们所有的艺术都可以在弥撒中找到痕迹，而这弥撒如果不是发源于赤身裸体的原始人在危险和精神中学会的原始仪式，它就会缺乏权威性。古老的形象，古老的情感，就像海涅所说的众神一样，利用新灵魂的信念和激情，再次苏醒主宰生活，这才能成为杰作。"（【美】奥登等:《诗

人与画家》，第 37 页）

　　叶芝似乎说的正是南永前的图腾诗。叶芝推崇诗歌从古老
仪式与"新灵魂的信念和激情"结合中再立新的精神支点，而南
永前恰恰是在回溯民族命脉源头之际得到启悟，打开了自己书
写的新天地。以图腾为母题，在视觉能指上聚焦于自然物象，
从而脱开世俗的困扰，走向清澄；在精神图式上追寻民族与人
类的共通点，从而脱开私己的悲欢，走向恢宏。图腾诗的心灵
感召力正在于它从民族性到人性的返璞归真，在于它重抒自然
寄托所昭彰的人间理想，在于它由细微与博大所构筑的从容静
穆之美。用 18 年工夫书写 42 首诗作，这本身就打破了灵感式
"一挥而就""倚马可待"的惯例——写诗需要直觉、灵感，也
需要沉淀、苦思。"为人性僻耽佳句，语不惊人死不休"。语言
的反复锤炼，非但未能阻断兴会、节奏，反而使图腾诗更为凝
练、酣畅，真力弥满，意味无穷，铸就其经典性品格。《水》的
表意结构即建立在一种语言的对立、辩证关系中。水"无足无
翼无形无色"——"无足为最大之足 / 无翼为最大之翼 / 无形
为最大之形 / 无色为最繁多最缤纷之色"。水"最温柔"又"最
凶猛"——"柔为和煦之春风摇荡之垂柳 / 柔为平湖之明镜婉
转之鸟鸣 / 若是逞凶虎王狮王挡不住 / 高山峻岭挡不住 / 熊熊
烈火挡不住"。诗人不用僻奥词语，不造晦涩意象，就在悖反的
格局间强化形象的对比，把语义引入深层，"水之奥秘水之神圣"
皆在与人须臾不可分离的联系，"水之神话与人共生息 / 水之神
威与天宇共存"，于是"水水水 / 开启与闭锁一切一切 / 生命与
灵魂之门之神灵"，结句扣回开篇的命题。

应当说，辛承佑对于南永前图腾诗有深刻的领会。尽管我不熟悉辛承佑，不懂篆刻艺术，但拿到这部《南永前图腾诗字句印》书稿，还是很喜爱很兴奋，我羡慕治印者的才艺，也知道治印的艰辛，所以禁不住要说几句外行话。第一，篆刻印传新诗，是诗人的福祉和造化，是篆刻家的善举和义举。诗句入石，缩龙成寸，象中见道，意趣飞扬。第二，辛刻"字句印"，囊括从"圆融"到42首图腾诗全部诗题，选句则颇费思量，可以说见微知著，取精用宏。如《月亮》摘"圆是为了缺，缺是为了圆"，《土》摘"生灵永恒的福音"，《黄牛》摘"默默地行走"，《喜鹊》摘"面对人间 唯有一桩化忧为喜的夙愿"，《白鸽》摘"呼唤 天地人和世界圆融"等，都各有用意，或点睛，或警策，或务平实，或表愿望。第三，历史悠久的篆刻与图腾诗的母题在精神意象与艺术气度上十分契合。选择南永前图腾诗作"字句印"，显示了辛承佑的眼力与妙意。在用篆及章法上，本书的突出特点是：以甲骨大篆为主，借鉴古代"族徽"多用动物图形印，突破印章的规正边框，多字印则营造印面更形变体，印风古朴刚健，瘦硬冷峻，奇拙间蓄秀雅，厚重中透空灵，不仅出色地传达出南永前诗歌的神韵，而且再造了图腾诗高古沉雄的意象空间。书中印迹，字字有来历，"月""水""鹿""马""羊""龟""火""燕"等，印味尤其追求象形会意，简直呼之欲出。"白衣魂""默默地行走"显然仿拟封泥，印形方劲圆转，字迹朱白相间，笔势敦厚淳朴。而书中刻字最多的一方："珊瑚为聚集不散的合力 不可战胜的群体"，细细品味，刚柔相济，疏密有致，可用两句"套话"表达我心中的感受——其刀法堪称"壮士舞剑"与"美女拈针"兼具，布局则可谓"宽可走马，密不透风"了。

新诗与书画的互动联姻，被称为"当代诗歌的一次拯救行动"。唐小林博士这样谈到它的文化意义："它既是一次与古老的华夏艺术传统的对接，又是一次当代诗歌企图借助其他艺术形式获得拯救的一种大胆尝试。"

（《南永前图腾诗字句印》序，时代文艺出版社，2006 年 8 月）

电影是什么

（一）

新的千年开始之际，又提出"电影是什么"似乎有点迂腐可笑。然而，这却是中国电影难以回避的问题。这当然不是指纯理论的探讨。没有谁会按照"电影"的定义去拍片。不过，无论你以哪种方式运作制片，无论你追求的艺术目标如何，你总有自己心目中的"电影"，你总要依照电影发展的最新态势和认识来调整自己的电影实践，选择不同的类型、语境、影调，并确立新的电影信念。

自 1895 年法国人卢米埃尔兄弟拍摄出第一部纪录片，电影经历了从无声到有声、黑白到彩色、单一样式到多种形态的革新，逐步融汇摄影、文学、戏剧、音乐、美术等要素而形成以影像运动和视觉造型为特点的综合艺术。广阔的传播功能，丰富的美学表现力，使起初被人视如"杂耍""游戏"的电影成为 20 世纪最灿烂的文化奇观之一。谁也没有想到的是，电影的辉煌过于短暂，刚过半个世纪，它就开始遇到种种挑战和危机。

（二）

滥觞于欧洲的电影，第一次世界大战后重心出现转移，一是美国好莱坞逐渐称雄世界影业。这个 1909 年首先由格里菲斯定为外景点、1923 年树立标牌的洛杉矶郊区小镇，此后成为美国文化的象征。二是俄国"蒙太奇"学派的崛起。40 年代意大利的新现实主义，50 年代法国的《电影手册》和"新浪潮"，以及此后瑞典伯格曼、德国法斯宾德、日本黑泽明、西班牙布努艾尔、波兰基耶什洛夫斯基等人的影片，构成了世界电影的重要现象。这期间，中国、印度等第三世界电影的兴起，也是世界电影画廊不可忽视的组成部分。

电影百年变革，阐释和探讨电影本性的论著汗牛充栋。本文只能就 80 年代以来对中国电影影响较大的几种观点略加陈述。

电影属于重要的意识形态。这个观点，源于马克思的上层建筑学说和列宁的著名论断："电影是一切艺术中最重要的艺术"。在坚持这个观点的时候，我们有过"工具论"的教训，一度助长了电影创作中的概念化倾向。1987 年提出的"突出主旋律，坚持多样化"，是电影观念的积极调整，既注重正确导向又体现了鼓励创新的灵活性。其实，西方有识之士也不否认电影的意识形态性。1996 年全美畅销书、印行五大洲的《认识电影》就明确指出："每一部影片都具有一种倾向性，具有一定的意识形态观点","经典电影的传统是力图避免说教和纯抽象这两种极端,但即使是最轻松的娱乐片也隐含着某种价值判断。"作者认真地把"影片意识形态的明示程度"细分为"中性的""暗含的""明示的"三大类。

电影是带时空维度的视听艺术。没有人无知到否认"电影是艺术",但对于电影的艺术本性的认识,我们长期停滞在狭窄而粗浅的表层上。美国人关于电影是"梦幻"的说法从未被接受;电影是"视觉艺术""综合艺术""蒙太奇艺术",则公认为定论。具体到拍片:故事,戏剧冲突,人物,教育意义,几条准则,缺一不可。几十年来,不是没有好影片,但类型单一,艺术上鲜有突破,虚假、僵硬已成痼疾。1979年,白景晟发出电影"丢掉戏剧拐棍"的呼吁,80年代初,一批青年电影家拍出《黄土地》等"影像形式美学"的探索片;继而克拉考尔的"物质现实的复原"、巴赞的长镜头理论传入,"纪实美学"乍兴,电影语言现代化问题、电影与文学关系问题的讨论热烈展开,中国电影迅速摆脱虚假模式,走向成熟,陆续拍出如《老井》《红高粱》《人到中年》《芙蓉镇》《开国大典》《周恩来》《秋菊打官司》《离开雷锋的日子》等一批优秀影片。这一阶段,探索片借鉴西方现代电影,进行了若干有价值的先锋实验,但在电影市场遭到溃败,不仅使这支队伍被瓦解,而且降低了整个电影界艺术创新的热度。

电影是商品。对于中国电影来说,这是近十多年才不得不正视的事实。不容争辩,必须适应。问题是如何面向市场调整创作,并保持电影的思想艺术品位。80年代中期,陈昊苏同志多次提倡"娱乐片"。1989 年 2 月 18 日，在《文艺报》发表《浅释娱乐片主体》，重申自己的观点："由于过去长时期特别强调教育功能曾导致对娱乐功能的贬斥，现在提出娱乐片主体确实带有拨乱反正的意义。"他强调其立论着眼于"恢复电影艺术的本质，即尊重它作为大众娱乐的基础的特性"。陈昊苏的主张引起了争议，主要涉及如何摆正"娱乐片主体"与"主旋律"的关系，尽管他认为二者并不矛盾。当然，娱乐是否为电影特性的"基础"和"本质"也可讨论。但是，娱乐片在电影格局中的主体位置已是不争的事实，陈昊苏所提出的拓宽娱乐片的路子，提高娱乐片水平的主张，值得进一步探讨，可惜讨论并未深入下去。90 年代后期，有的理论家在电影从审美文化向文化工业转型的名义下，强调电影的文化工业属性，以消解其精神价值与艺术独创性为代价，肯定消遣性与商业策略对电影的肆意浸染。

（三）

电影作为意识形态、作为艺术、作为商品，是复杂的同一关系。三者共存于具体作品，各种属性的呈现则纷纭多变；宏观格局中，三者也不能简单地分门别类。

意识形态色彩浓重的"主旋律"影片，生产比重不大，有一定政府资助，摄制者也注意到强化艺术质量，它们暂无危亡之虞。

而其他片种几乎普遍陷入经济压力之下。随着社会主义市场经济的转轨，中国电影改变了过去计划体制下的投资和发行方式。据有的材料介绍，1992 年制片厂投资拍摄的影片不到

20％，1994 年为 43％，1995 年只有 16.7％。各种社会集资、境外合资对电影的题材、样式、制作已起到很大的制约作用。1994 年后中影公司垄断发行体制的解体，更使制片厂和从业人员直接面对市场，加速了电影的商业化进程。

现在的问题是，仅靠筹集拍片资金是否就能维持电影的生存？经济运作趋于"自觉"而艺术创作走向盲目，是否可以保证电影的长远发展？答案是明显的。为了不至于陷入新的滑坡与怪圈，人们有必要利用新的经济文化条件，开掘电影的潜质，寻找吸引新世纪观众的对策。

例如，如何对待电视、电视剧的挑战。时下"影视合流""影视同一"的呼声此起彼伏。制片厂拍电视剧积累资金，电影借助电视台播放作品（包括电视电影），未尝不是办法。可是，电影要想存在下去，必须保持自己的特性与独立价值，绝不能混同于电视剧。国外影业，在拍摄高成本、大制作的科幻片、灾难片上，在电影院、放映厅的改造等方面下了不少工夫。我们限于条件，不妨做低成本、小制作的文章。平心而论，电视剧的优势在长篇连续剧。短篇是电影的领域。这一块，电影拍好了，可以同电视单本剧"争夺"市场。

其次，走向国际，还是固守本土。十几年前，这似乎还是个怪问题，因为中国电影除了个别作品尚无"走向世界"的可能。如今，加入世贸在即，电影与国际文化"接轨"势在必行，更多的外国影片涌进，你如何去竞争？这方面，张艺谋的电影可资借鉴。不管批评家怎样看待张艺谋在国际获奖，他的影片受到国内外普遍好评恐怕谁也否认不了。普通人命运与浪漫传奇巧妙的结合，民族根性与人类精神的强烈交织，使张艺谋的影片找到了本土与世界的某些沟通点。当然，张艺谋拍片的投资条件别人难以具备，而且他的经验也不可重复照搬。吴天明拍的《变脸》，国内发行并不好。日本一公司花150万美元买下放映权，日本票房收入达300多万美元；最近美国同时上映的25部外国影片中，此片票房名列第三。这证明其他中国电影同样可以走出国门。

再有，如何适应"向大众文化的转型"。电影回归世俗，我们的电影家应当放下架子。影片选材、样式、节奏、趣味等等必须顾及大众的需求，包括发挥影星的感召力。某些假行家拙劣的媚俗也不足取。他们拼凑的没完没了的"贺岁片"，拿观众开涮，远不如一些港台片拳脚硬朗，骨肉情深。任何时候也别忘记：电影是幻想、是创造，电影是人类的自我观照，电影是诗与美，电影是痛苦与欢乐。

美国人路·贾内梯说得好："没有一种理论能够解释所有的电影。因此，这个领域里的新发展已经强调某种折中的方法，把各种理论战略综合在一起。"他引用的一句俏皮话也挺妙——"世无常规，问题在于如何进行"。

（《电影世界》2000年1期）

诗歌活着

1. 诗歌存在着并陷入困境，是公认的事实。

问题在于如何看它的前景。

不少人持悲观态度，认为诗已远离生活的文化中心，已远离人们普遍的兴趣。有人预言，诗歌正在走向消亡。

有人提出"诗的不死不活论"："诗会死么？不会，一万年以后也不会。诗会大活起来么？不会，至少眼下毫无大活起来的迹象，倒是不乏相反的迹象—— 一天比一天缺少活气。"

当然，也有乐观论者："如火山之熔岩喷射过，如春之日月辉煌过，然而也冷却过，暗淡过。不过，不必'独怆然而涕下'，诗依然很潇洒。"

我喜欢这种态度。

我的表述是：诗歌活着——如像雷达在一本书中对当前文学处境的描述——文学活着。

2. 诗的生死与兴亡，只对于关心它的人有意义。即便在诗歌鼎盛的时代，对于不读诗的人，诗也不存在。

所谓诗歌活着，那就是说诗仍然与人们的精神生活有着千丝万缕的联系，诗仍然是当代文化的一大奇妙景观，诗仍然激荡着、充实着、陶冶着人们的心灵。

从 1990 年墨西哥的帕斯到 1996 年波兰的维斯瓦娃·申博尔斯卡共有四位诗歌大师获得诺贝尔文学奖。能说诗歌在消亡吗？再看遍布中国农村、企业、军营、学校数以万计的诗社、诗歌出版物，可以说又从另一角度证明了诗歌的生命力。

3. 诗，既产生于自勉也通行于交流。只要有文学存在，只要人类未丧失思维的功能，只要心与心之间需要呼应，诗就不会灭亡。因为诗体现着人类一种特殊的不可遏制的精神追求。那位主张"诗的不死不活论"者有一段话说得很好："'诗人'不是指靠写诗吃饭的人，不是指靠写诗去赢得'生存状态优越感'的人。诗人应是本义和褒义上的'精神贵族'，不过这单说的'贵族'是跟威风、神气、架势、名号毫不沾边的，指的是：一、在物质和精神面前，永远承认精神的绝对优越地位、贵族地位；二、全部兴趣、心思、行为都用在保卫精神、建设精神上，必要的时候还要敢于献身或殉身。"

市场经济条件下，金钱关系越是蔓延、越是物欲横流、人心就越易孤独，越需要高尚的精神和情操，越需要美好的诗。

4. 既然诗是一种特殊的精神追求，诗的创作就不应当粗制滥造。据说，清代乾隆皇帝写过 41800 首吟风弄月之作，有的甚至刻石树碑，如今流传几首？而毛泽东诗词，收入《诗词集》的才 67 首。1996 年诺贝尔文学奖得主维斯瓦娃，半个世纪仅公开发表过 200 首诗。可见，诗贵精而忌滥。

诗之精在语言与意境的锤炼。真正新奇、独创、具有高度审美概括力的诗作，反而会引起广泛共鸣，流传久远。一些自诩为"先锋""前卫"的诗人之所以逐渐被读者所疏远所抛弃，大约是因为他们用隐晦、怪诞的语言壁垒，把"自我"与诗与现实隔绝开来，遁入了新的"象牙之塔"。

这倒是一条致诗歌于死命的危途。

5. 我于 80 年代初写过一段诗评，还算是一个关心诗歌的人。作为《青春诗歌》的读者，我喜欢这本刊物，虽然我已经不再年轻。我相信，只要这本刊物坚持以青年诗歌爱好者为主要对象，只要它贴近青年人的心，只要它保持真诚、清新、温暖、机智的语调，《青春诗歌》就会不断焕发出新的光彩与活力。

（《青春诗歌》1997 年 2 期，《诗刊》1997 年第 9 期
"中国新诗选刊"选载）

《儒林外史》注释前言

　　《儒林外史》，作者吴敬梓（1071—1754），字敏轩，号粒民，又自号秦淮寓客，晚年称文木先生、文木老人。安徽全椒人。吴敬梓自幼熟读经史，博涉百家，18岁考中秀才，23岁父亲病故。经年屡试不第及与族人不睦，宁静平和的心态变为愤世嫉俗甚而悖礼放达。33岁离乡迁居南京，从此告别科举，生活拮据到以藏书易米。家境逆转，世态炎凉，使他对社会现实和下层人民的疾苦有了更深切的感受。孤高耿介的吴敬梓呕心沥血十余载，约于1749年完成传世之作《儒林外史》。

　　描写"儒林"之"外史"，既不同于体现官方意志、粉饰太平的"正史"，也不同于民间流行的荒诞不经的稗官野史，而是写名不见经传的众生相，其主旨为"写世间真事"，针砭时弊，讽喻世人。《儒林外史》的故事背景发生在明代，人物的神情心态却是清朝的。吴敬梓托明写清，以功名仕禄为中心，描摹形形色色儒林文士的性格与命运，展现了一幅封建科举时代的社会风俗画卷。

　　与吴敬梓同代的闲斋老人当时就指出，《儒林外史》的品位已高于明代的"四大奇书"。鲁迅论评中国古典长篇小说，评价最高的是《红楼梦》和《儒林外史》。茅盾甚至认为，《儒林外史》是与现代小说观念最接近的古代小说。

　　《儒林外史》以写实方法讥讽世态人心，虽然行文不乏对比、夸张甚至荒诞，而情节的展开又是冷静、平实，极具分寸感的；那不时穿插的若干谐趣戏笔，从中引发的却是酸涩与悲凉。周进受辱、范进中举、马二先生痴迷举业的刻画莫不如此。吴敬梓在讽刺艺术上最大的成就，就是塑造了严监生这个守财奴的典型。这可视为《儒林外史》对世界文学的重要贡献。这个集中了人类弱点同时又浸透了民族劣性的中国古典文学的独特形象，完全能够与莎士比亚的夏洛克、莫里哀的阿巴公、巴尔扎克的葛朗台等举世闻名的吝啬鬼形象相比肩。

　　全书无主线，没有贯穿始终的中心人物，故事连环组合。这种连环结构，优点是行文灵活多变，"集诸碎锦"，"时见珍异"，但也显露了古典小说从短篇向长篇转型的痕迹，如鲁迅所说，"虽云长篇，颇同短制"，似可看作《儒林外史》艺术上的不足。

　　现今印行的《儒林外史》，多以清代嘉庆八年（1803）卧闲草堂刊本为底本。本书也以"卧"本为主，参照了其他版本。为了便于普通读者和青少年无障碍地阅读原著，我们采取文中夹注的方式，对生僻疑难的词句进行了认真细致的注音、解词、释典。需要指出的是，由于古今汉语发生了很大变化，虽然《儒林外史》已大量运用简洁质朴的白话语言，但书中仍存在若干与当代语言规范不同之处。本书尊重原著，除了极个别已消亡的异体字、错字和标点略作订正，保持全书语言文字原貌，通假字力求标出，望读者学习借鉴时注意。还要说明的是，本书注释参考了前人和今人的诸多研究成果，这里一并表示衷心的谢意。

（长春出版社，2008年1月版）

《聊斋志异》注释前言

　　蒲松龄，字留仙，号剑臣，别号柳泉居士，世称聊斋先生，山东淄川（今淄博）蒲家庄人；生于明崇祯十三年（1640），卒于清康熙五十四年（1715），汉族。作为清代杰出的小说家、诗人、文史学者，蒲松龄除了这部已流传三百余年、饮誉中外的《聊斋志异》，一生著作丰赡，诗词、骈赋、散记、俚曲、戏曲、杂著，无所不精，又有《聊斋文集》《聊斋诗集》《聊斋俚曲》等多种作品问世，堪称中国封建社会末期的文化巨匠。

　　有人说，蒲松龄的生平可用八个字概括：读书、教书、著书、应试。他之所以能写出《聊斋志异》，与其坎坷的生活经历密切相关。《淄川县志》这样介绍他："性厚朴，笃交游，重名义，而孤介峭直，尤不能与时相俯仰。"他出身败落的地主兼商人家庭，热心功名，19 岁应童子试，县、府、道三级连拿第一，取得生员（秀才）资格，尔后八次应试，屡屡落第，71 岁方补入安慰性的岁贡。此期间，30 岁前应友人之邀去江苏当过短期幕僚，至 70 岁退老归家，坐馆授徒，潜心写作。蒲松龄经历了明末清初的社会动荡与思潮起伏，加之个人命途多舛，毕生孤寂困顿，深切感受到了社会现实的黑暗、科举制度的荒唐，身受其害，骨鲠在喉，不吐不快，用他自己的话来说，"才非干宝，雅爱搜神；情类黄州，喜人谈鬼"，于是"集腋为裘，妄续幽冥之录；浮白载笔，仅成孤愤之书"。

《聊斋志异》全书近五百篇，神思超拔，文锋犀利，迸发着反封建的民主精神。孤鬼花妖、冥间地府无疑是蒲氏志怪传奇的聚焦点、演绎点，然而，大千世界，人间百态，或禽兽虫蝶，或山川沟壑，或潜鱼腾龙，或风霜雷电，或书斋科场，或官署衙门，或市井店铺，或闺阃宅庭，亦吞吐幻化，尽收笔底。其中，对科举弊端、官场腐败的讽刺揭露，极为痛快淋漓；那些被赋予美好人性的花妖鬼狐，以及人妖之间那种生死不渝的爱情故事，尤其感人至深，恰如郭沫若对此书的高度赞誉："写鬼写妖高人一等，刺贪刺虐入骨三分。"应当说，《聊斋志异》继承并发展了魏晋志怪、唐宋传奇的优良传统，以浪漫主义乃至荒诞奇谲的笔法，独创而又深刻地揭示了那个特定时代的风貌，达到了中国古代文言小说的艺术巅峰。有的专家把蒲松龄与世界短篇小说大师契诃夫、莫泊桑相提并论，这并不为过。就文体与意蕴而言，《聊斋志异》确实已经突破了古今"短篇小说"的规范，不少作品与辞赋骈文相组接，有的已变异为文史或风俗的笔记实录，更有若干魔幻章节不逊于甚而超越了现代人的思维框架，"出于幻域，顿入人间"，完全可以认为，作品的文学想象幅度与风俗文化含量，大大丰富了世界文化的宝库。说到《聊斋志异》的深远影响，在指出它已成为中国人家喻户晓、脍炙人口之案头书的同时，我们还想提及——毛泽东对这部作品多次引用与称赞，周恩来早年曾把书中的《仇大娘》（卷十）改成话剧，邓小平对此书有浓厚兴趣。如今广为流传的"黄狸黑狸（猫），得鼠者雄"之句便出自《驱怪》（卷四）一文。

关于本书的注释，需要做以下说明：一、注释选用的底本。《聊斋志异》的版本，除收藏于辽宁的半部手稿，有抄本、刻本、补遗本、评注本多种。近年朱其铠先生主编的《全本新注聊斋志异》（人民文学出版社，1989 年 9 月版）辑订比较完备，本书以此作为底本，也参考了其他版本，书尾附录及个别文字有所更动。二、注释体例，仍采取文中夹注的方式。由于《聊斋志异》用文言写作，夹杂骈体韵文，典故甚多，阅读难度颇大。为了便于普通读者和青少年无障碍地阅读，我们对生僻疑难的词句进行了认真细致的注音、解词、释典，必要之处辅以简略的串讲，常用难词不避重复。此外，本书注释参考了前人和今人若干研究成果，这里一并表示衷心的谢意。

（长春出版社，2010 年 1 月版）

《三国演义》注释前言

《三国演义》是中国章回体长篇小说的开山之作，也是生命力最为旺盛的中国古典小说之一。

《三国演义》最早的版本刊刻于明代嘉靖壬午年（1522），至今已近五百年。作品于明代中叶就被介绍到海外，先后传入日本、朝鲜、俄国及其他国家，已成公认的世界名著。在本土，三国故事早已广为流传，小说问世后，更是影响深远，清初学者李渔有言：“一书之奇，足以使学士读之而快，委巷不学之人读之而快，英雄豪杰读之而快，凡夫俗子读之亦快。”加之随小说而陆续风行的一大批“三国戏”、三国“平话”、三国故事版画年画，以及《三国演义》人物和语言的广泛流播，“三国文化”已成中华文化的一道亮丽的风景。近年出现的“三国热”，更是通过电视、网络渠道，将其文本全方位覆盖，把《三国演义》的传播推向了一个新的高潮。

“史书与讲书的结合，即文人的史书与民间创作的结合”——被视作《三国演义》成书的基础。前述本书最早刊本《三国志通俗演义》，作者题名是："晋平阳侯陈寿史传、后学罗本贯中编次。"就是说，晋人陈寿的《三国志》是小说史料的主要依据，南朝裴松之的《〈三国志〉注》（受宋文帝之命而注，文字多出原著三倍），也是其重要来源。

至于民间传说的三国故事，隋代就已广为流传；唐朝李商隐诗有"或谑张飞胡，或笑邓艾吃"句，宋话本则已讲述"当阳桥上张飞勇，一喝曹操百万兵"；元代《三国志平话》及大量"三国戏"已使三国故事深入人心。正是在这样的基础上，罗贯中"据正史，采小说，征文辞，通好尚，非俗非虚，易观易入，非史氏苍古之文，去瞽传诙谐之气，陈述百年，该括完事"（高儒《百川书志》）。作者罗贯中的生平，有关记载很少。他名本，号湖海散人，生于山西太原，"与人寡合"。生卒年在元末明初，大约1315年至1385年之间。相传是施耐庵的弟子，参与了《水浒传》的写作。曾做过元末浙东起义军首领张士诚的幕僚。除《三国志通俗演义》外，还有《隋唐志传》《残唐五代史演义》《三遂平妖传》等小说，以及杂剧剧本《赵太祖龙虎风云会》《忠正孝子连环谏》等。史书与民间传说只是罗贯中创作的基础，真正使《三国演义》升华为一部文学名著，主要靠作家的艺术创造。

关于《三国演义》的构成，清代史学家章学诚有一个被普遍接受的说法："七分实事，三分虚构。""七分实事"并非完全照搬史书，而这"三分虚构"却决定了作品全新的风貌。如何看待《三国演义》的虚实关系，一直存在争议。有的学者不同意"七实三虚"说，强调艺术虚构占更大比重，而且是小说成功的主因；而另一些学者则以史校书，多方挑剔小说情节和人物背离史实之处。其实，《三国演义》成功的关键，恰在于正确处理了史实与虚构的关系，亦即以虚实结合、亦实亦虚的方法，达到历史真实与艺术真实的统一。具体来说，作者在突破史实、虚构创造上，采取了以下手法：一是传说衍化。作品中不少情节和人物都是正史上没有的，却流传于民间。作者采集民间故事，发挥艺术想象，创造了"桃园三结义""过五关斩六将""华容道义释曹操""蒋干中计"等精彩情节和诸多历史上不存在的人物。二是妙笔生花。《三国志》"吕布传"记有"布与卓婢私通……心不自安"；"董卓传"点到王允与吕布等共谋诛董寥寥几笔。罗贯中以一当十，由此生发出王允、貂蝉"巧设连环计"的曲折故事。而赤壁大战的三气周瑜、孔明南征七擒孟获，也是借题发挥、由点及面的创造性想象之结果。三是移花接木。书中确有若干改动史实，张冠李戴的描写，但这是塑造人物的需要，不可指责其违背真实。例如，"怒鞭督邮"者本是刘备，换到张飞身上，既不失刘备的仁德，又实现了张飞的疾恶如仇。"草船借箭"是赤壁战后孙权的发明，变成孔明战前的惊人之举，更显示了他的神机妙算。

《三国演义》描写了自汉灵帝中平元年（184）至晋武帝太康元年（280）共九十七年的历史。全书大体可分为三大部分：第一部分从第一回至三十三回，写东汉末朝廷衰败、黄巾起义、军阀混战的乱局，董卓集团覆灭、曹操集团崛起；第二部分从第三十四回至一百〇四回，写刘备、孙权集团的壮大，三国鼎立、争雄；第三部分从第一百〇五回至一百二十回，写三国的先后衰亡，司马氏篡魏，建立西晋王朝。

透过魏、蜀、吴三国兴衰历程的描绘，全书贯彻始终的主旨是"天下合久必分，分久必合"。小说在复杂激烈的政治、军事、外交斗争中赞美圣君贤相豪杰，鞭挞乱臣贼子奸雄，同情社会动荡带给人们的苦难，从而揭示了分裂必然走向统一的历史趋势。

这里有必要注意本书"拥刘贬曹"的主题倾向。这是《三国演义》一个基本的政治伦理倾向，也是这部小说的历史悲剧性的思想根源。罗贯中写"三国"，史料依据陈寿的《三国志》，但并未蹈袭陈寿"以魏为正统"的思想倾向，而是沿袭民间的传统与南宋朱熹《通鉴纲目》的观念，对三国争雄坚持了相对客观的历史尺度，然而归结到道德尺度，取舍的天平倾向刘备而贬斥曹操了。"天下者，非一人之天下，乃天下人之天下，唯有德者居之"，即为罗贯中一再表达的伦理思想的核心。在书中，作者着力阐扬刘、关、张的"义"，以刘备的仁义、关羽的忠义、张飞的正义与曹操之流相对比，感叹于尽管有诸葛亮、赵云这样的贤相良将相辅佐，也未能改变刘蜀失败的命运！这种"拥刘贬曹"的主题倾向，既是作者"兴复汉室"的封建正统思想的流露，也包含奸雄得逞、生灵涂炭、刘蜀败之以义的无奈，同时又是在外族入侵中原的特定背景下，人心思"汉"，呼唤"仁义"治国的一种社会理想的表达。

作为第一部历史演义古典长篇小说，《三国演义》取得了非凡的艺术成就。第一，宏阔严谨的艺术结构。《三国演义》时间跨度长，人物众多，事件繁杂，要理清脉络、掌控布局，需要精湛的艺术功力。小说采取多线交叉，以事带人的结构，纵横交织，宾主有别，前后照应，详略得当，使情节格局既整齐匀称又参差错落。第二，形态各异的战争描写。战争是《三国演义》情节进展的主要载体。书中描写了大小四十多场战争，既有官渡之战、赤壁之战、彝陵之战等重大战役的宏观再现，又有长坂坡之战、街亭之战等中小战役的细描，说《三国演义》是一部汉末三国时期的战争史，称其为中国军事文学的典范之作，并不为过。小说将战争场面与历史时间、人物命运结合起来描绘，因而写出了各自的独特风采。在作者笔下，战争的形态丰富多彩，兵法斗智与武力血拼、刀枪旌旗与昼伏夜袭、火攻水淹与马奔车战、运筹帷幄的统帅谋士与冲锋陷阵的将校士卒，皆活灵活现，各有千秋。第三，光彩传神的人物群像。《三国演义》中塑造出的一系列鲜明生动的人物形象，无疑是其最突出的艺术成就。这些鲜活而不朽的人物形象，决定了《三国演义》的生命力与艺术魅力。其中，可以称之为艺术典型的诸如：突出主要性格特征的智慧忠诚的诸葛亮、神勇忠义的关云长、疾恶如仇的张翼德；呈现多重复杂性格的足智多谋又阴险奸诈的曹操、儒雅睿智又敏感偏狭的周瑜、骁勇善战又见利忘义的吕布等等。第四，脍炙人口的语言艺术。虽然《三国演义》的时间域接近中古年代，但写作于元明之际，文言口语化，"文不甚深，言不甚俗"，可谓流传久远，脍炙人口。人物语言独具个性，场面勾勒细节刻画颇具功力，大量穿插的诗文骈赋更为全书增色不少。一些高度典型化或传奇性的片段如"三顾茅庐""苦肉计""大意失荆州""乐不思蜀"等已化为群众口头的成语。

最后，还须略说一下本书的主要版本概况。前面提及，《三国演义》的成书，正史与民间传说是两个主要渠道，作者的艺术创造是关键环节。实际上在小说流传过程中，各种版本的修订、增删梳理也是作品完成的一个重要方面。

最早刊本《三国志通俗演义》，署名"晋平阳侯陈寿史传、后学罗本贯中编次"，全书二十四卷，二百四十则（未分章回）。简称"嘉靖元年本"。

《李卓吾先生批评三国志》，一般称"李评本"，将"元年本"二百四十则改为一百二十回，回目变上下二则标题。中有眉批、总批。评语系明万历、天启年间无锡人叶昼所写，假李卓吾之名，又称此本"伪李评本"。

《笠翁评阅绘像三国志第一才子书》，简称"李渔评本三国志"。加了李渔（笠翁）大量眉批，还修订文辞，削除论、赞、评，删改诗文。

《第一才子书三国演义》，六十卷一百二十回。俗称"毛本"，即清代毛纶、毛宗岗父子的评改本。最早刻于清康熙年间。评点的底本是"伪李评本"，辨正史实，增删文字，更换诗文，回目对偶，并把书名定为《三国演义》，从此成为最流行的本子。"毛本"虽然进一步强化了小说"拥刘贬曹"的倾向，但对于全书文本的取精用宏、臻于完美却功不可没。

（二十一世纪出版社，2011 年 8 月版）

阅世察人

绝望与信念

——湖西随笔

（一）英国大哲学家伯特兰·罗素讲过这样一件事：

几个美国学生带他到树林里散步，那里开满各种绚丽多彩的野花，可他们没有一个能叫出哪怕是其中一种花的名称。有人还说："具备这样的知识有什么用呀？它又不给人增加任何收入。"哲学家感慨于现代竞争生活锈蚀了人们"志趣高尚的娱乐"，他写道："文人小圈子与社会生活没有重要的接触联系，而人的感情要有这样一种严肃性和深度，要使悲剧情感和真正的幸福形成的话，这种联系是必不可少的。对所有那些有才能的年轻人，对那些迷惘惶惑、感到无所事事的人来说，我的劝告是：'放弃写作的企图，相反地，尽量别去写什么。走到大千世界中去吧；去做一个海盗，当婆罗洲的国王，到苏维埃俄罗斯去做劳工吧；去寻找这样一种生活，让基本的身体需要的满足占据你的全副精力吧。'……我相信，经过几年这样的生活，这位前知识分子就会发现，尽管他怎样遏制自己，却再也不能阻止自己不去写作了，在这个时候，他就不会觉得自己的写作毫无意义了。"

这是罗素《走向幸福》（上海人民出版社，1988年）中的一段话。此书不是单纯谈写作的，也不是深奥的思辨性专著，它面向人们的日常生活，针对西方人"追逐金钱""生存斗争"所产生的疲惫、孤独、痛苦与不幸，就如何走向幸福，提出了种种有益的规劝。

幸福感因人而异。有满足于官能享受的；有算计着金钱、财物积累的；有的为性情愉快而陶醉；有的则注重事业的追求。不论为什么，已经幸福或感到幸福的人，不必读这本书。

如果在人生的角逐中，你因失意而烦恼，你自以为经受着被压抑被埋没、遭遇挫折和打击的痛苦；

如果你一度迷恋金钱和名位，在聚敛财富、争夺虚荣过程中——或因破败或因暴发而感到了茫然与空虚；

如果你争强好胜，一闷劲儿地拼命忘我地工作，但因此忽视了世俗的义务，甚至牺牲过天伦之乐；

如果你备尝现代人际间竞争、倾轧、背弃之苦，置身拥挤的人群反觉孤寂，沉溺于声色犬马却通体冷漠；

如果本应亲密无间的家庭使你觉出了疏远，情爱发生变异，你对子女的殷切期待变成伤心与失望……

那么，你不妨抽暇读读它。

《走向幸福》涉及的社会现象社会心理酷似当今中国。读书本身肯定解决不了幸福的实践，但它可能会改变一个人悲观的内在情结，而一旦产生摆脱不幸的渴望，就开始了走向幸福的路程。罗素写这本书时，已年近60岁，后来一直活到98岁。

这样人生幸福探求者的经验和告诫是值得重视的。

（二）有两个人的"智力结构"引起了我的兴趣。

一个是柯南·道尔笔下的福尔摩斯：

文学知识：无；

哲学知识：无；

天文学知识：无；

政治学知识：浅薄；

植物学知识：不全面；

地质学知识：偏于实用，但是也有限；

化学知识：精深；

解剖学知识：准确，但是没有系统；

惊险文学：广博；

英国法律：有充分的实用知识。

另一位是达尔文。他在《自传》中有如下陈述：

观察力："热爱科学，对任何问题都不倦思索，锲而不舍，勤于观察和收集事实材料"；

记忆力："我的记忆范围很广，但是比较模糊"；

思维能力："我在想象敏捷上并不出众，也说不上机智……我追踪纯粹抽象思想长链的能力十分有限，因而我在哲学和数学上从无建树"；

语言表达力："我很难明晰而又简洁地表达自己的思想……我的智能有一个不可救药的弱点，使我对自己的见解和创造的原始表述不是有错误，就是不通畅。"

这两位——一个虚构、一个真实存在的——著名人物的谦虚求实精神，使我深深感动。

他们的"智力结构"表明：有所为必有所不为，智力结构的不平衡正是扬长避短、激发才能的主观条件之一。评论才能亦同样，批评家不必到处附庸风雅，求"全"、求"通"。

从科学创造的角度说，文艺评论家的才能突出地表现审美评价的能力上。评论家的确需要思维的机敏，形象的感受力、联想力，以及审美的悟性。但是，归根结底，批评要对作家作品、艺术现象的特征和价值做出理性的分析与判断。没有理论的概括和评价，批评就未能完成自己的使命。

与理论家不同，批评家的创造性主要不表现在观点体系的构筑，而应落脚在与创作现象与接受者的沟通，因而他的理论观点运用往往更灵活、更切近实际、更注重社会的要求及群众的可接受性。法国文学理论家托多洛夫在《批评的批评》（三联书店，1998 年）中说得好："批评是对话，是关系平等的作家与批评家两种声音的相汇。公开承认这一点是很有益处的。不过，许多流派的批评家在拒绝承认对话批评上不谋而合。教条论批评家、'印象主义'评论家以及主观主义的信徒们都只让人听到一种声音，即他们自己的声音。而历史批评家又只让人听到作家本人的声音，根本看不到批评家自己的孩子；'内在论'批评中的认同批评把与作家融为一体直到以作家的名义讲话奉为理想，而结构主义批评又以客观描述作品为金科玉律。殊不知，这样禁止与作品对话，拒绝评判作品所阐述的真理无疑削弱了作品的主旨所在：探索真理。"

倘若提出更高的要求，文艺批评应当具备进入那个时代思想库的价值。马克思对一位法国著作家的赞扬似可成为这种文体的楷模："法国人对社会的批判，至少部分地具有很大的优点：它不仅在各个阶级的关系上，而且在当前交往的一切范围和形式，指出了现代生活的矛盾和反常现象，同时对它们的论述既有直接生活的激情，又有视野广阔的见解，既有世俗的细腻刻画，又有大胆独到之见，像这样的论述在任何其他国家是找也找不到的。"（《马克思恩格斯全集》42卷，第300页）

（三）美国人内森写过一篇《奉告青年评论家》的文章，有几句话挺有嚼头：

"许多评论家的主要缺点，是人家本应当注意他们写出了什么评论（如果值得注意的话），然而他们却拼命要人家注意他们本人。"

"当评论家，这自然意味着无所依傍，自命不凡。不要为此担心。胆小怕事、唯唯诺诺的人，永远不能成为艺术家。真正的艺术表现，不论在哪个领域，都需要有啥说啥，坚定不移。"

"你当评论家当得越好，越公正直率，将来在殡仪馆给你送花圈的朋友就越少。……在评论家中，谁在艺术界有一大群知心好友，谁就是个口是心非的人，专门撒谎的人。"

内森的话可能说得偏激一点，但他的意思很清楚、很透彻，而且不易做到：评论家要公正，要具备独立意识，要潜心于事业本身。

批评日渐困窘，而当种种隔膜与非议来自批评对象，尤令迂腐的评者伤怀。事实上，从创作者到接受者，多数人的兴奋点早已转移到传播媒介方面。电视台和报纸记者的独家报道比几万字论文更能让艺术家展颜。面对声色文化大行其道、金钱交易全方位渗透、生吞活剥西方生活方式精神方式的浪潮汹涌而来,传统批评已难觅社会支撑点。现代批评同样罕见心灵知音,摇笔杆的文人能否甘于寂寞? 当自己有价值的追求被冷落遭贬低之时如何坚持公正、独立和事业精神?

陷入哈姆雷特式困境——生存下去还是走向"毁灭"——的批评家们,确实该想想自己的生计了。

(四)作为"域外俗文化译丛"之一,新近由上海人民出版社出版的《狂欢史》,是美国学者伯格·帕特里奇60年代的著作。

这本书不是严格意义上的历史学著作,其体例类似文化风俗史的札记,着重于钩沉录实并作伦理的评价。"狂欢是一股勃发直泻的洪流,是因为节欲和克制而造成的疯狂冲动,它具有一种歇斯底里和无法抑制的特点。"作者开宗明义,表白"狂欢"所指,强调论及的是"与性相关联的狂欢"。

帕特里奇选材的角度、描述的笔法,以及揭丑探秘的坦率,相当别致。

人类几千年文明史所建立的物质或精神业绩是宏伟而辉煌的。在这个漫长的历程中,人不但大大改变了他们赖以生存的这个星球的自然环境,而且人的自身——从肉体到灵魂也发生了深刻的变异,其中有进化、成长与升华,也有堕落、异化与疯狂。

人的丑恶与病态,任何时代都会存在,除了有史以来不可避免的自私、贪婪、凶残、怯懦、盘剥、压迫、欺骗、背叛等等,"与性相关联的"强奸、通奸、卖淫、同性恋、性变态(自虐、施虐、受虐）、乱伦、群奸、兽奸、裸舞、吸毒……同样不胜枚举。昔日一件件畸态艳事，零星罗列，也许只能作今人茶余饭后的谈资或野史之花边秽闻，然而按国度和年代纵向联结起来，就可能构成一幅独特的历史图像，依据这一角度，可以察悉人类社会非理性的荒诞侧面，揭开非正规历史那重重黑幕。

性，肯定是全方位观照历史一个必要的文化与伦理的视角，由此入笔便于对弗洛伊德心理学做更广泛的发挥。帕氏分析古罗马纵欲向中世纪禁欲转折的契机，提出所谓"欲望疲劳"的见解，触及了当时社会心理的普遍弱点，作者对奴隶、封建社会荒淫无耻的揭露称得上毫不留情。但是，性心理并非是社会风俗嬗变的终极原因，其深层起决定性作用的往往有更重要更复杂的政治或经济的根由。帕特里奇涉笔20世纪尤其显得匆促而粗率，有意无意忽略了资产阶级颓废派其卑劣与腐朽丝毫不逊于前辈的"狂欢史"，忽略了在亚洲在非洲西方殖民者的"狂欢"带给东方民族的灾难。

尽管如此，《狂欢史》还是有它的警策价值。帕特里奇的深刻之处，不但在于看到了"在人的身上，既有文明倾向，又有动物本性"，看到了"任何节制都会带来某种紧张，这种紧张状态持续到一定程度，又必然地导致一种释放"。而且在于他意识到了走向科学世纪的当代人仍然要探究如何"保持天性与知识之间的平衡"——如果人类不注意对此进行一定社会心理的调节与宣泄，"在一般道德规范之外"设置"一孔安全阀"，那么，"抛弃科学时代的种种智慧的狂欢活动，也就有了继续下去的可能与必要"。

（五）像伟人、名人那样能够影响历史进程的个人经历，一般人不会有。但并非说，不存在左右着普通人人生方向和命运变迁的关键时刻。

当然，作为现实的人，我们很难预知自己生活的"关键时刻"何时到来。也许我们已经错过了不少时光，也许机会还在未来等待。

美国人华·布劳克威主编的《关键时刻》（三联书店，1987年），饶有趣味地评述了十五位外国历史名人一生中重要时刻，其中有民族英雄、哲人文豪、政治家、军事家、艺术大师……也有历史上最凶恶的战争狂人。

除了希特勒，他们如何造福人类、彪炳千秋的事迹，显示了每个伟大人物一生中"维系其成败得失的时刻，在此紧要关头做出的行为抉择，代表了他所能采取的最高水平的行为。"这一定会给后代人以许多激励与鼓舞。

我之深受启示，不但由于他们高贵的品质、当机立断的能力，而且由于他们性格的弱点，危难时刻的幽默以及各自的人生遗憾。

面对奴隶主法庭的审判，苏格拉底本有机会逃亡，但他放弃了。在享用敌人的毒药之后，他劝阻门徒不必泪眼相看，留下嘱托：代他给医神阿斯克利皮厄斯送上一只鸡，以谢毒药给予他的永久解脱。

法国民族英雄贞德，当时和后世都被尊崇为"圣女"。在她被教徒出卖而走向刑场的时候，布尔的妇女恳请这位17岁的少女摸一摸念珠为她们祝福，贞德的回答是："您自己摸一摸吧，你摸跟我摸一样好。"

米开朗基罗那些辉煌的雕塑和壁画，无人不晓。可谁又知道他生性嫉妒和吝啬呢？后代传记家不吝笔墨地去描写他的"可怕"，他与拉斐尔的争吵，甚至还有人考证他"搞同性恋"。可是，该文作者泰勒说得好："世界和教会都负于他甚多。……因为没有米开朗基罗，艺术家要阐明现代世界是永远不可能的。"

18 世纪英国历史家吉本用 20 多年时间写出了传世之作《罗马帝国衰亡史》。他为此牺牲了自己最为痛惜的初恋。未婚妻苏珊娜后来成了著名文学家斯达尔夫人的母亲，而他自己却在寂寞而忧伤的独居中备受世人嘲笑。

珍重人生的每一次选择吧，朋友，以诚实的劳动和坚忍的韧性迎接自己生活的"关键时刻"。

（六）法国学者古茨塔夫·勒内·豪克所著《绝望与信心》（中国社会科学出版社，1992 年）吸引我注意的，与其说是"信心"还不如说是"绝望"。

我想知道他说出了哪些"绝望"，我想知道他如何在"绝望"中树立起"信心"。

书的副题为"论二十世纪末的文学和艺术"，作者关注的却不单单是文艺，而是在"一方面焦虑转化为绝望，另一方面希望扩展为信心"两极对立中思索人类的生存与前景。

豪克清晰地看到了人类生态与精神的危机：

饥荒、环境污染、能源消耗和热核使人类面临自杀的危险；

2000 年，有 400 多种哺乳动物绝迹；

土星 5 式火箭的不断发射将造成地球免遭紫外线辐射的臭

氧层的消失；

核武器的能量已达到地球上每个人可分摊 15 吨以上 TNT 的骇人程度；

色情泛滥、恣意纵欲导致爱的冷漠乏味和性的枯萎无能；

在法国、奥地利和瑞士，有 40％的青年人感到了"生存的真空"，而在美国竟有 80％的青年人谈到自己时说，"我是什么？我根本就没有意义。"……

作者借用德国哲学家弗兰克尔的话，指出了产生绝望的原因："我们早已失去动物的自信本能，而且社会的传统和过去几代人的确定价值也土崩瓦解、支离破碎。今天，对于许多人来说，无论是本能还是传统都不能告诉他们必须做什么和应当做什么。他们甚至不再知道，他们究竟需要什么，于是乎就只好随波逐流了。"

数字统计于 20 多年前，弗兰克尔的话也说在 20 多年前，然而危机并没有过去，类似心态者仍大有人在。非常难得的是，作为一位西方学者，豪克竟能够对于人类摆脱困境怀着真诚而充沛的信心。

第一，豪克称，他的历史乐观主义不同于"假理想主义的固定不变的希望倾向"。他强烈反对把"希望的原则""降低为意识形态的婢女和简单的蛊惑、煽动"。尽管理论上他对马克思主义不完全拒斥，但其基本的思想武器是种种神学希望论和人道主义未来学。豪克认为"绝望"与"信心"是辩证的"两极"，借分析卡夫卡创作表达了"希望"脱胎于"危机"的现实主义观点："他之所以要走完这忧郁、荒谬、无意义、无聊、孤独和没有友情的道路，乃是因为他意识到，当他义无反顾、勇往直前地走下去，走进那阴森恐怖的深渊时，光明就会渐渐显露出来，虽然这光明非常微弱，但毕竟带来了美妙的希望。"

第二，豪克强调"危机与文学艺术有特殊的关系"，他同意这样的说法："伟大的思想家，诗人和艺术家之所以喜欢险象环生的氛围和置身于生机勃勃的激流之中，是因为他们本身就是富于力量的人。……没有西罗马帝国的入侵，奥古斯丁的《上帝之城》就不会成为无与伦比之作。但丁正是在放逐之中创作了他的《神曲》。"他进而指出，"在今天的文学艺术中，如果我们只表现焦虑之梦和绝望的歇斯底里。而不是表现希望和信心，乃至确信的情绪，那么毫无疑问，这只是表现了'自然'生命的一半"。

第三，为克服当代文化的病态与片面性，豪克提倡并寄希望于综合的思维与方法。他说："综合的方法反对对世界文化愈来愈具有灾难性的分裂。人应当在他的'总体性'中，而不是在他的个别性中获得拯救。"他期待生活与艺术中"第三种风格"出现，"在人类（如果这是指具有向前思维的人类的话）的生活范围内，始终应当从一对对立物中产生出'第三个'无可争议的真理来。"

豪克的这些主张，或许带有若干空想性质，或许触摸到了现实世界问题的某个症结，他对此的解释是："从'分裂'的存在走向'调和'的存在，这条道路并不排斥对立，而是试图像观念艺术那样进入不和谐的和谐状态。"我想，习惯于占据"两极"立场，缺乏足够耐性的人们不妨按豪克的主意试做一番，以观其效。

当代中国正在发生的文化激变，与豪克论述的对象毕竟有很大的不同。然而，豪克和他的同道陷于绝望的泥沼而敢于自拔，我们岂能无所作为？！

改革开放进程中的中国文艺家总会有人坚持或重建社会主义的精神支柱，总会有人不忘良心与使命，人们有理由期待着那种不避柔情、痛苦与血污，同时又具备相当历史强度的新文艺的涌现，它必将如豪克所瞩望的，"以勇气代替忧伤、用确信代替疑虑、用希望代替绝望、用善代替恶、用责任代替哀叹、用信仰代替怀疑、用冷静的思考代替似是而非、用谦虚代替傲慢"。

（七）曾经确有过这样的纯真年代。

到处是无邪的眼睛、开朗的容颜、纯洁的身体。

生活的某些层面，虽然并未停止过权与欲的角逐，不是没有世故、狡黠、自私、隔阂或虚伪，但在广大的普通人那里，那多数或着军装或着粗布衣或着灰、蓝色中山服的人与人之间，通常是不设防的，往往真心实意地"毫不利己，专门利人"。

"执手相看泪眼"，简直就是恋人们最刻骨铭心的时刻了。

而每一片心海，几乎都闪动着"理想"的帆影。

一位有名的播音员在一部有名的"史诗"影片中感叹：看，花儿开放着鲜艳的笑脸；听，流水发出叮咚的乐音……

然而，如果纯洁陷于封闭与蒙昧，如果真诚不察丑恶的凶顽，当社会风云激变，"纯真"便立即会土崩瓦解。

在一个阴霾消散的早晨，人们吃惊地发现：

冷漠竟成了深沉，贪婪变为进取，奸诈已达到圆熟。

造假欺骗屡试不爽，黄口孺子未老先衰，连爱也有欲而无情，时时充当交易或谋利的手段。

童年不可复返，天真不必矫饰，失落的纯洁却应当努力找寻。

那是打碎面具的本真；

那是超越等级、尊卑的坦诚；

那是突破忸怩、暧昧、混浊包围的爽朗；

那是巧言令色、繁文缛节中的朴实；

那是超脱钩心斗角、机关算尽的正直；

那是功高不自居，发达不忘本，置身精英行列而不弃世俗；

那是老人病榻前的守夜；

那是对过路盲者的扶搀；

那是声情并茂的亲吻；

那是一颗鲜活、透明的赤子之心。

罗兰·巴特说："应该打消占有欲——但清心寡欲也不应露面：别说什么奉献。我不想用'贫乏的生活，寻死，极度的慵倦'去代替热烈忘我的情欲。"

爱因斯坦说："我们年长的人，特别能体会那种最纯洁的真与美。""千万记住，所有那些品质高尚的人都是孤独的人——而且必然如此——正因为如此，他们才能享受自身环境中那种一尘不染的纯洁"。

他们在不同的位置讲出了各自的真理。

（《文艺争鸣》1993 年 4 期）

民工潮、玩钱大款及其他

（一）随着周末版的风行，报上好看的东西多起来。有些让你开眼咋舌的奇闻趣事并非"花边"、点缀，而是洋洋洒洒、滔滔不绝，赫然触目地刊在大报的重要位置。用办报人的说法。这叫作放下"架子"。一篇《与玩钱的大款对话》说，某位陈老板，因发迹前身体欠佳，连吃九年"上海第一的野山人参"，每支价格几万块，"绝对是同体积黄金的五倍"。大款们在"梦上海"夜总会一掷万金———一次喝掉三瓶路易十三洋酒，每瓶6000多元。报上绘声绘色地描绘着"明星"的"情人现象"，非常雄辩地论证他们"享有舆论上的特权"，某香港歌星在北京举办音乐会，带着四位异性广东歌迷住入同一大酒店，他一边搂一个让记者拍照，笑称不要误以为他们是亲兄妹。有家报纸副刊还十分客观地描写了上海的"男妓现象"。

诸如此类，俯拾即是。记者能挖空心思采写到这些秘闻怪事真不容易，应当说人们也的确需要开眼开脑，了解当今世相的种种。但所有这些，都没有一则短讯那样令我震动——

据报道，最近一位学者乘坐"盲流列车"由成都去广州，专门考察了所谓中国的"民工潮"现象，记录了"列车超载，底盘的钢板压松了"以及车到贵阳之后等车者"无法登车"，车内环境"恶劣"的状况。

我们有多少记者和作家能够如此认真地观察和体验社会基层大众的疾苦？热心并抓住类似的选题？

我想，这位学者的举动，对于我们新闻界文艺界人士调整自己的工作方式、考察社会的视点会有所启示。

（二）张艺谋这次在奥地利又说了一句精彩的话："我只是一块敲门砖"。这话准确而又谦虚地讲清了他对于中国电影走向世界的先锋作用。

许多同行都佩服张艺谋的选材，认为他成功的奥秘在于借助了文学的力量，他拍出好片子靠的是好小说。这种看法只说对了一半。那么多好小说摆着，为什么偏偏让张艺谋抓走了？关键在胆识和功力。2月24日《中国文化报》上登了张艺谋一篇几百字的短文，评他大学一位同学的摄影作品。张艺谋说："鬼才知道一个人究竟最适合干什么。……同做一件事的人很多，凡是比旁人做得好的，必是那最愿动心思，最善于自个儿想办法的。"他拍电影拍得比别人好，道理也在这里。从这个意义上，张艺谋的眼力和电影自然要高出于当代中国的传统电影大师，也高出于他那些"第五代""第六代"的哥们儿。无怪乎，这次参加维也纳电影节，素有国际歌剧圣坛之称的维也纳国家歌剧院老板加博先生竟打算邀请张艺谋去奥地利执导一部歌剧，题材、剧目、演员、音响、舞美全由张艺谋自定，弄得张艺谋受宠若惊。

（三）类似的报道看过不止一次：某妇女因民事纠纷光天化日下被人剥光衣服，当众受辱，围观者数百人，一时间竟无人上前制止；某人落水，几位旁观的小青年不但不去救助，反而讽刺挖苦匆匆跑来救人的解放军战士，有的甚至伸出爪子要价，否则就真的见死不救。《吉林日报》3月9日报道了2月6日发生在白城市的一件事：一名中学生中午时分在一公园大门口附近无端被歹徒刺伤，当时小贩叫卖，游人纷纷，长达一个多小时的时间竟无人理会这个趴在地上的孩子的呼救，终于使他死于非命……

这究竟是怎么回事？中华民族的一些人得了什么病？读这则消息的时候，我的心无法平静。我真希望神州大地上忙于挣钱的人们先停一停点钞票，那位唱"只要人人都献出一点爱"的歌手也请暂时放下你的麦克，再看一眼那个血迹斑斑的孩子……笔者宁愿相信有更多人遇到这种场合不会那般麻木、那般冷酷，但有一条"处世准则"似乎已被相当一部分人所接受：自私乃人之本性，事不关己远远避开，推己及人助人为乐、为公共事业奉献，不但不值得而且已成一种虚伪与蠢行。一个走向发达的健康社会怎能没有蔚成风气的人与人之间的善良、友爱与互助？假若随着物质文明程度的提高，人的道德质量反而下跌以至于精神支柱崩溃，岂不是十分可悲的事？

（《长春日报》1993 年 4 月 4 日）

单单"上酸菜",行吗?

东北文化,在原初意义上是一种拓荒的农民文化、边疆的地域文化。眼下,在精神领域,它正逐渐融入、蜕变为商品社会的大众文化。

东北文化目前似乎相当火爆。"火"的是什么?小品、电视剧。赵本山、范伟、黄宏的小品,红遍大江南北,堪称东北文化的特色产品。电视剧《希望的田野》《刘老根》续之又续,可能形成了一定的观众群。《圣水湖畔》《别拿豆包不当干粮》等也引起了媒体的注意。有意思的是,头几年一个短小的网络动漫《东北人都是活雷锋》竟也"火"得一塌糊涂,一时间"翠花,上酸菜"成了人们的口头禅。

这里,我愿就"关东"电视剧说点感想。

其实,追求"关东风味"的电视剧早在20世纪80年代就"火"了一阵,被人称为电视剧的"东北现象"。当时,《少帅传奇》(吉林电视台)、《篱笆·女人·狗》三部曲(大连市电视台)、《赵尚志》(黑龙江电视台)、《雪野》系列剧(辽宁电视台)、《雪城》（黑龙江电视台）等，都是风情鲜活、沉实凝重的力作。它们有的题材上别开生面，传奇人物演绎历史壮剧，又不失东北的地域特色，如《少帅传奇》《赵尚志》；有的聚焦于底层农民，将黑土地般的质朴糅入人物的血肉，在生活的变革中真切展示他们的艰辛、苦痛与欢爱，实现了个人命运与时代风云的巧妙结合，如《篱笆·女人·狗》三部曲。

近期的电视剧，较之20世纪80年代的拍摄条件、文化环境肯定优越得多，但是除了《希望的田野》等个别佳作，似乎整体上并未延续前阶段"东北剧"的辉煌。那种东北文化的质朴感逐渐稀薄，商业化的操作之下，浮躁气反而愈发扩散。

电视剧小品化。电视剧与小品完全是两回事。可有些演小品成功的笑星，却不知深浅地凭名气和财力投拍电视剧。虽说其作品着眼于农村，格调还算健康，但以小品的套路结构全戏，用二人转、大秧歌当作文化标签；表演夸张作秀，致使叙事断裂，情节破碎，往往于嬉戏间冲淡了思想内涵和情感浓度。拍摄班子七姑八姨，带有明显的行帮气，弄得这类"肥皂剧"喜不喜、悲不悲。

热衷于"村干部"戏。农村基层干部，对农村改革至关重要。不少"东北剧"蜂拥于"村干部"模式却鲜有新的发现。不仅人物形象雷同，而且用"官场文化""挤掉了"乡土文化，底层农民被遮蔽，仅仅成为"清官"们的陪衬或施恩对象。人们还看到，在某个封闭的"山庄"里，尽管存在着家长里短的矛盾，但"改革"形势称得上"莺歌燕舞"。而统治这个山村的，是一位"先富起来"的家族首领式的人物。这不免使人想到中国农民千年来梦想的自足自治之桃花源。这类戏实质上是陈旧的"村干部"——"清官"戏的变形。

洋洋得意的东北土话。方言是东北小品火爆的助燃剂。然而，将方言任意地照搬到影视剧中，合适吗？可以断言，全世界影视剧精品，没有一部是靠方言取胜的。可在"东北剧"里，地方土语被标榜为"文化特色"，什么"嘚瑟"（卖弄）、"砢碜"（难看）、"钢钢的"（可靠的、响当当的）信口乱来。影响所及，甚至电视台谈话节目主持人也拒斥普通话，洋洋得意地唠起"东北嗑"。顺便说一句，这绝非现代传媒的正路，说它是破坏汉语规范，误导中小学生的不良偏向，并不过分。

打上一定文化烙印的人的生存方式、精神气质可能是艺术风格更内在的特征。东北文化是个好东西，可如果把它庸俗化、浅薄化，到处都是"上酸菜"，迟早会败坏人们的胃口。

（《长春日报》2006 年 4 月 5 日）

"娱乐"种种

娱乐已成时尚。只工作不娱乐的人极少。虽然不是人人都光顾娱乐场所，工作之余，谁不看电视、看电影、读书报、听音乐呢？下棋、打扑克、搓麻将、转舞厅、唱卡拉OK、玩电子游艺更是"正宗"娱乐。推而广之，会朋友、逛闹市、扭秧歌、吃大餐、养宠物也带娱乐性。看来，娱乐有娱目、娱耳、娱口、娱体、娱神……"运作"方式大约可分旁观、亲历以及兼炫耀于人或愉悦于人等等。

选择恰当的娱乐，有益于身心健康。相反，如果这种身心调节、文化享受变成金钱的挥霍、灵与肉的强刺激，那么，一般人恐怕承受不了，而且往往达不到娱乐的效果。

时下一个刺目的景观是：娱乐已划分出严格的"档次"。"大款的世界，富翁的乐园"电视广告里时常高亢地发出诸如此类的赞叹，你要去这样的所在，一定先点点票子。报载，为"弘扬中华饮食文化"，广州已隆重推出"黄金宴"：将1克24K金打成0.55平方米、只有万分之一毫米厚的金箔，用此料制作佳肴食用。一席数千元，不到一个月已售出100多席。又有报道称，5月20日，一位北京大款与深圳大款在深圳大鹏酒店进行斗酒大赛：各人付各人的酒钱，一律用茅台，每瓶只准喝一口，看谁喝得多。不到两小时，在陪酒小姐的掌声中，深圳大款以88瓶（2.2万元）比70瓶（1.75万元）胜北京大款。老百姓通常聚餐喝酒，似乎算不上娱乐，可如此斗茅台品黄金岂能不激起大款们一股高贵的"娱乐"兴致？

玩宠物，又一时髦消遣。有篇文章描摹抱狗女士十分传神："抱紧了怕捏着，抱松了怕摔着，轻搂柔抱，温情备至。……任凭那小东西舔自己的裸露部位，哪怕是亲嘴也在所不辞。"真是雅兴盎然。玩狗纯属个人自由，只要不妨碍卫生，不影响邻里，不传播狂犬病，别人管不着。可是，当听说一只纯白宫廷巴儿狗要卖30万元；当一些边远地区农民尚不得温饱，而狗的服务业竟生意兴隆到——沐浴一次100元，美容一次200元，裁一套衣服800元，办一次生日宴1万元，我心里不知什么滋味，不得不望"狗"兴叹了！

电视体育节目大家都喜欢看。那些"长得跟体育似的"运动员比赛时出一点"故障"，会产生幽默效果。电视里这类镜头不少。不过，有些场面却"幽默"不起来。比如：一跳水健儿腾身转体，突然脑袋碰了跳台边沿。人蜷曲而飘落……又如：高山跳台滑雪，一人凌空跃起，下降失去平衡，结结实实地摔在雪坡，连滚带滑，砰然撞到雪场围栏……再如：国际摩托竞技大赛，风驰电掣般追逐中，一个急转弯几辆车滑倒，后面蜂拥而上，只见车毁轮飞，人似弹丸射出，跳趺、翻滚、扭曲……看到这些，你能"开心一笑"？惊险倒是惊险。然而体验惊险的同时不也在赏玩别人的灾难和痛苦吗？

据说，古罗马的奴隶主们以观看奴隶在囚笼中相互残杀为乐事。也许一些现代电影商揣摩了类似的施虐心理并将其"引申"到银幕，炮制了大量凶杀暴力影片。这种"娱乐片"近来在我们这里大有蔓延之势。西方、港台黑帮片，大陆各厂家的仿制品，竞相在凶杀暴力方面花样翻新。与表现一定历史内容的战争片、维护正义与法制的警探片不同，这些黑帮片在杀人细节和心理变态上下功夫。追求血腥刺激，往往以此冲淡影片涉及的社会内容，甚至颠倒了美与丑、善与恶。头被砍掉滚到地上，未必"刺激"，不如杀手用胳膊拧，颈骨断裂要"咔咔"作响；前胸后背打满枪眼，司空见惯，尖刀慢慢把手扎穿，脖子被刀拉得血肉模糊，似乎才够"劲"，而且被害者还必须呕吐，先吐白沫子，后喷血沫子……

暴力"游戏"的代价相当高昂，一方面是虚拟的生命的死亡，另一方面则是真实生命的被毒化。无怪乎一位年轻母亲为她9岁的儿子将来"要当职业杀手"而感慨万端，她回忆起自己小时的美好理想，想到如今孩子们在影视等传媒中看到的一切，她找出了孩子所有的读物，"执拗地翻检，搜集，直到夜半，也没有找到一位能与职业杀手的强悍相抗衡的英雄"。这位母亲欣喜与悲凉交加："我该欣喜，儿子崇拜英雄正说明他已经踏上了那条锻造男子汉的路；然而，我感到更多的是悲凉，是无助，在他上路之后，谁又能将好坏、善丑与强悍一起交予他呢？"

请允许我再加一次感慨——可叹！

（《吉林日报》1993 年 10 月 9 日）

阿富汗儿童的心灵阴影

关于打击国际恐怖主义的阿富汗战争的报道，最让我牵心忧虑的是生命时时受到威胁的孩子们的遭遇，尤其是难民儿童的照片，那些小家伙清亮、惊恐、渴求救助的目光让我久久难忘。

鲁比娜才 2 岁，就随妈妈逃难到巴基斯坦，胖乎乎的脸脏兮兮的，两个小手指插在嘴边，看样子已经饿了好几天，那大大眼睛现出的是与她年龄极不相称的忧郁与疑惑。另一个 7 岁女孩帕米拉与她 11 岁的哥哥正在巴基斯坦西部一家医院接受治疗，帕米拉两手都缠着绷带，对着镜头只露出一只恐惧的眼睛。

据说中国的大白兔奶糖最受阿富汗孩子喜欢。新华社记者带的糖块，往往一下子就被难民营的孩子们抢光：吃到的兴高采烈，没得到的便睁着乞求的大眼睛围着记者转。一位 8 岁的女孩得到一块，马上掰下一大半递给旁边的小弟弟，目光却一直盯着弟弟吃糖的小嘴。

13 岁的舒克鲁家住喀布尔北面的塞赫马利，他伤心地说："那天我和弟弟纳什鲁拉在家里筑鸟窝，一颗子弹飞进我家里，打在弟弟胸口上，他浑身是血。父亲刚把他送到医院就死了。"只有300个床位的喀布尔儿童医院，曾经住进400多患儿，有时两三个患儿挤在一张床上。

有的材料披露，1996年塔利班上台后明令禁止娱乐（包括儿童）活动。风筝、洋娃娃不准出售，电视停播、戏剧停演、足球停赛，喀布尔体育场一度成为公开的刑场。10岁的塔明回忆道：一天随着爸爸上市场，有很多人向体育场跑，说要"处决人了"，我们也跟随过去。只见一个人跪在足球场的罚球点那儿，"先砍断他的双手，再砍断双腿"。几天后，塔明又看到塔利班的人将一个小偷吊死在市中心的一棵树上。讲述这些事时他脸上毫无表情。

据儿童心理学家研究：8个月的婴儿开始有了记忆，离开母亲的视线就会感到焦虑，被称为"第八月危机"。两岁半到五岁的儿童，已经有了对现实反应的恐惧感，许多孩子害怕小丑、害怕黑暗首先是害怕被抛弃。而灾难性事件更会以特殊的方式影响儿童的心灵。因而，专家们建议：永远不要对小孩子说"不要害怕"之类的话。这些话不仅不会安慰他，还会影响他们真实的感觉。应该让他们知道恐惧是正常的，大人会理解并帮助他们。我想，这倒要看是什么样的"恐惧"，以及大人们能否真的给他们以"帮助"。

联合国儿童基金会经过4年的调查，在2001年编写的一份关于暴力对阿富汗儿童心理影响的报告中指出：在被调查的儿童中，有一半人说看到过人是怎样被炸弹、地雷炸死或被枪炮打死的，66％的人失去了亲人，70％的人看到过伤残的身体，

90%的孩子认为活着没有意思。

近几年，阿富汗每年的儿童死亡人数达30万。所以，联合国的专家们并不乐观，即使战争结束，炸弹不再落到阿富汗领土上，阿富汗儿童长时间内仍然难以摆脱悲惨的命运，他们距离适于其天性发展的有尊严的幸福生活还相当遥远——不但遍布阿富汗土地的1000多万枚地雷和未爆炸弹在继续威胁着孩子们的生命，他们当中还会有25%的人因饥荒而饿死，或因痢疾这种一般国家很容易治疗的疾病而死亡，至于22年战乱造成的儿童心理戕害，要经过几代人才能逐渐修复。

但愿战争带给全世界儿童的恐惧越来越少。

（《长春日报》2001年12月10日）

云雀之乡掠影

　　早年，一曲《云雀》曾勾起我对那片辽远天空的向往。20世纪 70 年代，电影《斯特凡大公》《多瑙河之波》，又博得我对这个热情而自尊的民族的敬意。没想到，20 世纪最后一年，我竟有机会随中国作家代表团访问了它。

　　深秋 10 月，正是罗马尼亚最美的季节。我们驱车从布加勒斯特向东到黑海之滨康斯坦察，转北至文化名城雅西，又折向西北角的萨图马雷，再南下返回布市，整整绕了一大圈。独自伫立黑海岸边，黛波起伏，眼空无物，身处天涯海角，却无异国他乡之感。而沿苍苍绿野穿行，当尖顶的教堂、形色纷呈的木舍缓缓掠过，当硕大的风车翩翩移近，披着翻毛皮大衣的牧羊人悠然远逝，一股奇异的感动从心底油然而生，你会觉得身边的草木忽然由陌生而鲜活起来，闪烁着神秘而清丽的光彩。在克鲁日公园那个宁静的上午，如茵的草坪铺上了一层金黄的落叶，叶片泛着点点光斑，于秋风中颤动若片片金箔。这时，走来两个拿着玩具的小女孩，我马上跑过去，请她们合拍了一张照片，留下这让域外风情永驻的"定格"。

在罗马尼亚，我没有见到巧克力条式的高楼，没有见到立交桥，也很少见到西方豪华车。宾馆电梯大都又旧又窄，时时"卡壳"；出租车统统是欧产低档货。可辉煌的议会宫，被称为仅次于美国五角大楼的世界第二大建筑，占地33万平方米，1989年齐奥塞斯库被推翻时已建成90%。宫内富丽堂皇，11层楼梯整幅窗帘重达几吨，会议厅吊灯之巨举世第二，还有一把准备给齐氏专用的镀金交椅。社会波动造成经济衰退，贫富两极分化严重，高层人士收入每月可达几千万列伊（罗币），有独居的小楼；而一般退休人员只能拿到150万列伊，入不敷出。列伊不断贬值，我们抵罗时，2.32万列伊兑换1美元，离开之际已贬到2.6万列伊，据说2001年底已达3.2万列伊。人们说，"狮子（罗语狮子与列伊音同）已没有百兽之王的雄风。"

然而，罗马尼亚文化上绝不闭塞，贫困没有使罗马尼亚人丧失文化风度。他们对文化传统的珍重令人惊叹。每个市、县、镇，都有作家、艺术家或民族英雄的纪念雕像。其置放毫不刻板，很自然地散落在街心、路旁或公园中。著名作家诸如亚历山德鲁、爱明奈斯库、萨多维亚努等的故居完好无损，辟成纪念馆供人参观。一路上，作家纪念馆、乡村博物馆、艺术展览馆、国家歌剧院、教堂修道院、葡萄酒窖……观赏项目几十处，确实应接不暇。电视频道近百条，有线服务明确标价；西方各类书刊画报琳琅满目，美国的《花花公子》杂志，竟以英文、罗文两种版本同时出售。在康斯坦察的作家见面会上，一位诗人突然问起对获诺贝尔文学奖的高行健的评价，同行的林希做了巧妙的回答。对此当时我们一无所知，隔了几天，才得到驻罗使馆的有关通知。

　　罗马尼亚似乎不是那种急功近利的浮躁社会。那里的人们不缺乏豪爽与激情，但很多时候又安静而率真。到雅西那一天，我们去一个音乐厅寻找负责接待的人。整个大厅坐满了听音乐的人，台上是弦乐四重奏，没有报幕也没有解说，节目一个接一个自然转换。人们穿着随便，并非全是西装革履，但全场阒无声息。那个人也在那里听，直到演出结束才跑过来致歉。我忘不了邻座几个男女中学生好奇而友好的眼神，以后我多次见到过这样优美的表情，让我由衷感动。对了，我还忘不了一小镇路边的男孩：路窄得三四步就可跨过去，面前没有汽车往来，可亮着红灯。小男孩一动不动地低头看着手里的小画报，绿灯亮了，他才和大人们一样庄严地走过去。我忘不了他。

（《长春日报》2002 年 3 月 18 日）

今后怎样"看医生"

　　身体不适去医院，北方人叫"看病"，南方人称"看医生"。从用语的准确性来说，还是南方人聪明。见了医生，你是看病，谁是"病"啊？易生歧义，你说"看医生"，由医生给你"看病"。所以流行的影视剧里一律称作"看医生"。

　　当前无医疗之忧者是少数人。身健无疾的，尤其是青年人，也可能暂时无忧无虑。其余人等，往往难躲其忧。我说的这个"忧"，不一定在于治病自己能掏出多少钱，而是担心得不到及时有效的治疗，或者买不到货真价实的药品。

　　如果住进医院，情况会好些。各种急病常见病如阑尾炎、骨折、流感等能够医到病除。慢性病大约麻烦点儿，但医方态度肯定十分耐心，由甲大夫换乙大夫，从此医院转到彼医院，患者都要不断地接受检查。说句唐突的话，有些医生诊察疾病的能力远远高出其治疗疾病的能力，而所有的患者"看医生"之主要目的，不仅要知道自己有什么病、病得多重，更想尽快减轻和治愈种种病症。当然，换个角度看问题，生老病死乃自然规律，诊断与治疗永远不会平衡。总会有不治之症，即使一般的疾病，对于衰弱或老迈的身体也可能是致命的。这似乎显示了医疗事业的某种悲壮性。

人们关注的是医护人员的责任感和职业道德。就我个人经历来说，门诊医疗的方式有了很大变化。头些年，检测设备简陋，医生的"望、闻、问、切"却相当认真，听诊、量血压等例行检查皆由主治大夫亲自操作，医嘱也十分具体。近年来，这些程序逐渐被省略，常常是医生问病人"开什么药"，弄得患者只好硬着头皮给自己当"医生"，自己为自己找药吃。有的慢性病初期症状不明显，或许可以将就若干时日，但长此以往，后果不堪设想。例如糖尿病，服用什么药，剂量多少，病情有何变化，应当随时调整，不然就会肝、肾受损甚至发展为并发症。然而有多少这类病人能在门诊得到良好的治疗监督呢？至于伪劣的药品、价格虚高的药品，国家大力整治尚且屡禁不绝、久调不下，老百姓又如何防备得了？！

染疾疗治既属于个人问题也牵涉到社会，全民医疗让国家包下来的体制正在改变。世界有些发达国家也在社会投入与个人付出相结合的基础上建立不同类型的医疗保障制度。鉴于我们经济欠发达的国情，破除完全依赖国家的观念，建立和完善医疗保险制度固然重要，加强医药部门行政和业务的管理，切实改进医疗护理作风也丝毫忽视不得。特别是医保运行的初期，有必要进行充分的宣传，使每个医保对象明确知道：这种改革的要点和操作规程，参保者个人的义务和权利，医院和药店的服务应当达到什么水准等等。遗憾的是，包括笔者在内不少人，迄今为止对此还不甚了了。如今，普通民众衣食无忧，住行改善，求医问药忧虑尚多。企盼有关部门再做一些宣传、解说工作，加大对于医疗改革、药品管理的监督力度，给予沉疴重疾患者以及社会弱势群体以更具体的扶助。

身体疾病与精神健康紧密相关。得了病，"既来之，则安之"。除了积极治疗，达观的心态也有助于排遣悲怀、摆脱病态。鲁迅多年积劳成疾，活得实在太短暂，但他生命的质量却无与伦比。他曾不无揶揄地写道："生一点病，的确也是一种福气。不过这里有两个必要条件：一要病是小病，并非什么霍乱吐泻，黑死病，或脑膜炎之类；二要至少手头有一点现款，不至于躺一天，就饿一天。这二者缺一，便是俗人，不足以言生病之雅趣的。"我是个俗人，揣摩不透生病之雅趣，但愿意竭诚奉行先生当年的主张："每当病后休养，躺在藤椅上，每不免想到体力恢复后应该动手的事情……想定之后，就结束道：就是这样罢——但要赶快做。"

（《长春日报》2002 年 3 月 11 日）

广告的创意

广告和我个人生活几乎没有什么关系，我从不按广告的指引去买东西。但每次打开电视机，逼着你看广告，不免有时生出一点感想。头些年是反感，电视剧频繁插播广告，招来一片骂声，我也很响应。这几年习惯了，似乎有了"广告意识"，知道那是市场经济不可分割的一部分，你不需要，可许多人靠它推销商品、赚钱，包括电视台，谁也挡不了。看常了，也会发现若干好看的、有意思的广告。可虚假广告的坑人，时有所闻。我最不感兴趣的是演艺明星拍的广告，总觉得用名人促销的厂家对其产品不够自信，大把大把的钱给了明星，产品投入是否货真价实，心里没底；而且明星的消费水平，一般百姓望而却步，他们"宠爱"的东西谁敢去试？至于那些吵吵嚷嚷、不知所云的广告，更是无聊。

不久前，央视偶尔播出两则"戛纳广告节获奖广告"，片子很短，没有台词和解说，却让我过目难忘。

其一（南亚某国）：街边，一小男孩拿着巧克力，见一头小象跟着象妈妈走过，小孩逗引小象跑来——举着拿巧克力的手，小象刚伸出鼻子——可孩子一脸坏笑地把巧克力吞到自己嘴里，小象委屈地离开。同样场景，男孩已长成小伙子，悠闲地观望，一只披着黄色饰布的大象（即那小象）从侧面走来，用鼻子拍拍小伙子肩膀，小伙子刚一转头，就被象鼻子击倒在地。

其二（欧洲某国）：酒店里，一男子向吧台走过来，边打电话边看到对面电视画面中一个人打着哈欠。男子走出酒店，在门口打了个哈欠，转身走去。随即门前的看守不觉也打个哈欠，正巧被一路过男子碰见。这男子走着走着也打起哈欠，与一位正要转弯的女子擦肩而过。女子走进胡同到一门前，开门进屋站定，又是一个优雅的哈欠。此时出现字幕：人的沟通就是这么简单。

前者显然在推销巧克力，突出产品强烈而长久的吸引力，后者则推介通信设备，强调人与人之间难以遏止的交流本性。两个广告共同的特点是：无对白，有故事；不图解，不用名人，但有征服力；画面新颖幽默，以精短而平实的细节、场景宣扬产品，又尽力扩展主题的意外与联想的效果。小象之所以几年还不忘用鼻子"抽"顽皮的男孩，当然主要是太想吃到那块"巧克力"了，然而也可看作是对耍弄别人（包括动物）者的"温柔"一击。两则看似平常、简单的设计，蕴含着广告人苦心的创意，其出色之处在于打破常规的想象力和对人们细微心理甚至本能的捕捉。

不过，这样值得赞赏的广告，在我们这里很可能不被认可。我们已经习惯于分分秒秒地重复着同一腔调。企业主只关心产品在广告中的时间占有量，广告商只会搞拼图解说，自诩"首家""唯一"，人称"叫卖广告"。据说，目前世界年人均广告费为 16.5 美元，美国已达 500 美元，我国仅 7 美元。我国有 7 万多家广告经营单位，而经过百年发展的美国仅有 5000 余家，其单位广告创销量的差距之大可想而知。我国广告事业刚刚起步，理顺各种关系，完善体制、法规十分紧要，但提高广告设计队伍素质，认真在广告的创意上下些苦功夫，也是当务之急。

最近，笔者常看到"中国移动通信"的一则广告：两个人在电梯里，其中微胖戴眼镜拿手机者，用力把要关闭的电梯门撑开，对手机喊着："5%……你们可把我气糊涂了！"之后，两人看着电梯上方的什么字样，把不知是什么的几个盒子抬出电梯。我左看右看，详版略版也都看到了，仍然百思不得其解。电视广告似乎开始不那么直白了，可它的意思却让人懂得不到"5%"，憋得我也真想说一句："你们可把我气糊涂了！"

（《长春日报》2002 年 4 月 1 日）

作文与文学

过去曾经担心：进入市场经济时代，人们的精神文化追求会被不断膨胀的物质欲望所压抑所排挤。然而，事实并非如此。随着物质生活的改善，人的精神状态逐渐多样化，正在走向新的文明。其中，青少年的智力水准和文化视野尤其应当刮目相看。

目前，孩子和家长方面生成阵阵相拥相推的写作波，而某些出版商乘势而上，推波助澜，掀起一股不大不小的"少年天才""少年作家"出书热。这里头的错位在于：写作者未必真的未来想以"文学"为业，出书者也未必真的急于为培养作家诗人出力。我不排除有些孩子的文章确实已达到出版的水准，但他们难说就是当作家的"料"，我也不赞同把写作文当成培养"新一代文学家"的手段。

对于青少年文学爱好者来说，如果你确有阅读、写作的热情与真诚，那么，你首先要做的是：勿受种种"拔苗助长"的干扰，并弄清作文与文学的区别。

作为一个老编辑，我觉得一篇好作文至少应当具备以下三个条件：

一是对人的态度。同情人、热爱人、赞美人，还是贬低人、丑化人、憎恨人？这是一个写作者基本的精神立场。这里的"人"指普通人，指那些靠诚实劳动自食其力，保持自己的价值和尊严而不损害他人与社会的人，不论其职业和社会地位如何。这不包括对人的弱点和病态那种必要的讽刺与针砭。

二是精神的视野。主要指写作者知识的、文化的、历史的眼界，还指一种基于天赋的艺术想象力和社会洞察力。这其中独立阅读很重要。提高写作能力的基本途径是多读书活读书。一位优秀作者，当然是视野越开阔、精神越丰富越好。

三是文字的基本功。从根本上说，作文是一种语言、思维和人文素质的基础训练。我不主张不会走就要跑，甚至就要飞。文章还是要讲究遣词造句、谋篇布局、文体规范，讲究叙述、描写、抒情和议论，讲究准确、鲜明、生动。

我在一家发行量不小的刊物上读到过两篇"新概念作文"的获奖作品。一篇写一个父母均有外遇的女孩，她同情妈妈，对妈妈"先有"的情人怀有好感。当妈妈离婚不成，又得再忍受爸爸那个"比他小21岁的女大学生"情人。对于父母的虚伪生活，女孩似乎并无痛苦，而仅仅是表示无奈。另一篇作文的主人公是"有思想的影子"，写"他"一天从现实到梦境追随"主人"男孩的经历。两篇文章视角和语言不乏独到之处，但那种"另类"的观念和写法，似乎不宜在一般中学生中提倡。

一般来说，青少年语言和文体的创造能力还不强，不该苛求他们，也不该轻易就给他们戴高帽，而应当着重于他们基本功的严格训练，发挥语文教师的辅导作用。这与作文中作者个性的发扬或语言文字的灵活求新并不矛盾。

文学与作文的区别，主要在以上第二、第三点的限制与超越。文学与作文对人的态度虽有深浅之分，在大体上应当一致，而在艺术想象力、社会洞察力和语言文体的创造性方面，文学则应高出一格。从这个意义上，作文与文学是有差别、有距离的，虽然二者之间不能说不可逾越，但要缩短其差距走向相通，那要有一段避不开的过程，要付出艰苦甚至长期的努力，有些人可能为此而追求毕生。

（《长春日报》2002 年 3 月 25 日）

不畏坎坷的文化人

我有个不好的习惯：闲了累了烦了闷了，就想翻翻书。这倒不是"带着问题学"，因为书中找不到"问题"的现成答案，即使找到了"答案"，"问题"也解决不了。还是那句话，一种文人的坏习惯。

下面说的事就是从书上看来的。虽然是旧故事、老调子，却让我感动了好一会儿。

美国大发明家爱迪生的名字大概家喻户晓。他发明了白炽灯泡和输电装置，对电影、照相机、留声机和放映机的改进做出过巨大贡献，共获得1000多项发明的专利权。可他只受过3年正规教育，被老师认定是"智力迟钝"的学生，而且一生患有严重的耳聋。

遗传学原理的发现者奥地利科学家孟德尔，生前几乎不为人所知。早年任代课教师，由于生物和地质"分数最低"，数学成绩欠佳，从未获得一次正式教师证书。1865年他提出以"基因"论为基础的遗传学定律，一直未得承认，直到他去世6年后的

1900年，才同时被3位科学家重新发现。他们一致同意把这项"在创造性和重要性两方面都可以与哈维对血液循环的发现相媲美"的研究成果称为"孟德尔定律"。

文坛的莘莘巨子似乎更是命途多舛，坎坷缠身。

法国浪漫主义大师雨果，因反对路易·波拿巴复辟帝制被悬赏通缉，19年流亡他乡。这期间，已成法国文学院院士的女儿游泳时不幸淹死，另一个被称为诗歌奇才的女儿接着病逝，小女儿则因失恋导致精神崩溃。就是在这种痛苦的心境下，在僻寂的葛纳塞岛，雨果写出了举世闻名的《悲惨世界》。

英国20世纪最杰出的小说家之一康拉德，因出生于波兰20岁时还不懂英文。7岁丧母，12岁失父，17岁当水手，38岁发表第一部小说。长期的漂泊与海洋生活，使他生性忧郁、孤独，写出了《吉姆爷》《"水仙号"的黑水手》《黑暗的中心》等名篇，终于以探索人类心灵的神秘与幽暗著称于世。

当代青年作家没有不知道博尔赫斯的。这位具有世界声誉的阿根廷作家，因其作品技巧上达、智力深奥被称为魔幻现实主义的先驱、幻想主义文学的代表、"作家的作家"。他21岁发表诗作，36岁出版第一本短篇集，终身从事图书馆工作，中间有八九年因参与反庇隆独裁遭革职，被贬市场家禽检查员。对博尔赫斯打击最大的是50岁时双目失明，60岁后有一段维持3年的婚姻，晚年由老母照料他的生活。而他的一些重要作品和文学奖，都得之于失明之后——1956年获阿根廷国家奖，1961年获西班牙福门托奖，1979年获西班牙塞万提斯奖。不难想象他失明后创作的艰辛和内心的凄苦。如同一位拉美评论家所说的，崇拜他的女人很多，可他一直没有结婚。布宜诺斯艾利斯大街上一次轻率的告别导致了永久的分离，从那时起，虽然博尔赫斯走遍了欧美，但对那个女人的思念始终像雾一样到处缠绕着他，直到晚年身心因此而日渐衰弱，其人生痛苦却逐渐化作绵绵的艺术情思。

我记下的这几桩轶事，会有几位共鸣的朋友？难说，如此"怀旧"，也许被视为宣传"精神胜利法"，但我不悔。有人讲，"如今不是梵·高的时代了，生前出不了名的，死后也出不了名，世人早已把你忘记"。人们的地位、利益不同，价值观、人生理想肯定不同——"人类的悲欢并不相通"，我坚信鲁迅这个观点是颠扑不破的，政治家向往毛泽东，军事家崇拜拿破仑，企业家效法艾柯卡，文人只好寻找并欣赏自己那些有作为的先辈，从古到今，多少科学、文化的迷恋者受制于金钱与权力，注定要过一种清贫而寂寞的生活。他们往往遭埋没被排斥，成功的机会那么稀少，却傲然锲而不舍，奋斗不止！这种精神不该被遗忘。

美国有份叫《星期六评论》的杂志，曾以"我学到了什么"为题刊载征文，规定只有满65岁的人。才有资格投稿。其实，可否在人生中学到什么，不一定非65岁之后，25岁的人未尝不能感慨万千。老人与青年的区别在于，错过的东西难以找回，青春的活力不再重获。因而他们的经验可能更加悲壮。

认真检视一番，不少人不会满意自己的生活，因为真正有责任感的人终究要摆脱庸庸碌碌的日子，急于求成、遇难而退固然浅薄，心态冷漠、丧失进取的愿望更为可怕。后者看似淡泊，实则"谈空反被空迷"，是求功名利禄而未得的自暴自弃。

　　置身当今竞争的世界，即便自食其力、自力更生，也需要足够的勇气。列举人类昔日文化奋斗者坎坷中振作的事迹，无意简单效仿（想仿也仿不成），只想证明，既然天才们都屡经患难，普通人也不必害怕厄运。只要保持改变自己命运的渴求，只要创造新生活的激情尚存，那就意味着——你的生命力远未枯竭。

　　　　　　　　　　　　（《吉林日报》1993 年 7 月 3 日）

思想巨擘的平淡人生

我们正在走入一个物质世界。人们越来越强烈地感受到物质生活的诱惑。不单是年轻人，许多前辈"革命者"也在抓紧"转型""转轨"，追赶"现代化"的潮流。

这是非常自然的事情。人往高处走，水往低处流。随着社会生产力的提高，人们有权利享受自己劳动的果实。那新鲜而膨胀着的消费欲求，似乎已成为生活的一种刺激。

也有另外的活法。近读一些学者传记，发现不少创造现代新思想的大哲学家竟固守着极其简朴甚至陈旧的生活方式。

德国哲学家康德（1724—1804），人所熟知。"蛰居于斗室之内，然而却视自己为无限空间的君主"，"康德这位近代最伟大的哲学家，除了义务外，不为任何东西所动。因此，他的生活平淡无奇"。他出身于贫苦的马鞍匠家庭，13岁失母，16岁入哥尼斯堡大学念书，7年毕业，父亡。辗转任家教，直到31岁才获大学编外讲师资格，45岁晋升教授。之后，沉寂12年，57岁发表第一部代表作《纯粹理性批判》。

康德治学刻苦，生活严守戒律，几十年如一日。他认为"床铺是病窝"，五点起床，每日一餐（下午一点），不管天气如何，餐后一定独自散步。海涅说，哥尼斯堡的主妇们根据康德每天路过的时间校正钟表。除进行曲外，康德不喜欢音乐，对视觉艺术毫无兴趣，家徒四壁，仅有一幅版画，是他所崇拜的卢梭的肖像。

他一生未离开哥尼斯堡（原属东普鲁士，后被并入苏联版图），却在地理学和宇宙学上有所建树。曾两度考虑结婚，犹豫再三，还是未婚，偏激地把婚姻说成是男女"各自性器官的相互利用"之协议。故乡一座纪念他的铜牌镌刻着他《实践理性批判》的结束语："有两种东西，我们愈时常、愈反复加以思维，它们就给人心灌注了时时在翻新、有加无已的赞叹和敬畏：头上的星空和内心的道德法则。"

"20世纪哲学家中仅位于罗素之后"的维特根斯坦（1889—1951），与康德保持着类似的人生操守。

他和康德一样身材矮小，大器晚成。除了成名作《逻辑哲学论》，这位奥裔英籍的哲学家生前仅发表过一篇文章，大多数著作均在身后出版。与康德不同的是，他家境富有。父亲是奥地利钢铁巨头。八个孩子他排行最小，四个兄弟有三个自杀身亡，剩下的一位在第一次世界大战受伤，后以独臂钢琴家而闻名。维特根斯坦1930年即41岁时始受聘于剑桥大学，听课者约20人。他不允许任何人迟到、早退。课中时而陷入沉默，无人敢于打扰。课后，精疲力竭的他往往直奔电影院去看美国音乐剧。他物欲淡泊，不计吃穿。一位好友回忆："一次吃午饭，我妻子给了他一些瑞士乳酪和黑面包，他非常爱吃。打那以后，他几乎每餐总坚持要吃面包和乳酪，甚至顾不上品尝我妻子准备的各式菜肴。维特根斯坦表示，对他来说吃什么无所谓，只要每餐一样就行"。他生活不如康德安定，房间布置却同样简朴。没有安乐椅和台灯，没有任何图片或摆设，一张帆布床，除自己的一桌一椅，另有两把折叠椅供来访者用。第一次世界大战结束，他重返故乡维也纳做的第一件事就是宣布放弃父亲留给他的那份丰厚遗产。1927年，他与一个瑞士商人之女有过短暂交往，终身未婚。他知音难觅，朋友甚少，鲜于参加学术圈子活动。一次，著名哲学家卡尔·波普应邀到剑桥做关于"哲学的困惑"的报告，当波普讲到道德问题时，维特根斯坦打断了他的话，说哲学问题其实远比波普想象的要复杂得多，因此这报告并没有解决大家的困惑，相反倒使大家更糊涂了。波普回答道，他不过是用维特根斯坦和他的学生们时下所写的一些东西作为哲学困惑的例子罢了。维特根斯坦挥舞着手里一根拨火棍质问："那么，请你给我一个关于人们公认的道德规范的例子！"波普反唇相讥："比如，不要用拨火棍威胁一位做客的演讲人！"维特根斯坦勃然大怒，摔门而去。

维特根斯坦认为当哲学教授"如同行尸走肉"，1947年他向剑桥大学辞职，要"单独地进行思考，不同任何人交谈"。之后，他或寄人篱下，或旅店栖身，在查出严重贫血、患前列腺癌的情况下，坚持思考与写作。1951年的一天，他突然出现在时常照顾他的一位朋友面前，说："你看见的不是我，而是四处游荡的'幽灵'。"8天后，维特根斯坦与世长辞。据说，在当代西方哲学界，维特根斯坦的性格特征与其哲学之间的关系，始终是研究者们热心关注的话题之一，有人认为维特根斯坦的"独特个性"是"进入他哲学思想宝库的一个主要障碍"。

康德所处的时代，早已不是茹毛饮血的文明未开发期。从封建贵族到新兴资产者，已经积累了享受人间奢华的丰富经验，维特根斯坦置身的金钱"奇迹"场域更是有过之无不及。

他们丝毫没有受到诱惑，他们平静地选择了清贫而淡泊的生活方式。但他们不是苦行僧，他们在时间和消费上节俭的唯一目的，就是为了思考与写作。也正是专注于深奥的思想漫游，使他们远避尘嚣，轻视物欲与虚荣。他们终生无悔，因思想获得生命而感到快乐与美。

笔者无力对他们博大精深的哲学思想做出评述，但我知道，他们是人类文化史为数不多的思想巨擘，他们极其平淡的人生显示了人类探索精神的强大力量，开放出无比灿烂的思想花朵：

"任何人，甚至康德本人，都很难说能理解他的思想的一切方面"。"他的思想在世界各个角落漫游，希求超脱尘世的束缚，试图洞察浩渺的宇宙。……形形色色的现代哲学思想在不同程度上几乎全都渊源于康德"。而维特根斯坦，"在其哲学生涯的不同时期，先后创立了两个完全不同的哲学体系，而且后一体系在一定程度上是对前一体系的批判与驳斥，这种情况在哲学史上是没有先例的"。

这是后代学者们由衷的赞叹。

对于当年辛勤的思想者来说，则很可能始料不及，因为他们只求耕耘，不问收获。

（《吉林日报》1998 年 11 月 29 日）

愚公的传人

　　年终岁尾，陆续收到一些朋友的贺卡，心里热乎乎的。听说，近来影视界又出现一种"贺岁片"。虽未看过，可以猜测那大约是编个喜庆的故事，说些拜年话，让大家"新年快乐"。

　　此乃人之常情。一年过去，大事小情萦绕心头。人们总要抚今追昔，互祝平安，辞旧迎新。

　　1997年的确是不平凡的一年。年初，我们失去了敬爱的邓小平同志，之后党中央领导我们继承邓小平的遗志，实现了香港回归祖国，胜利地召开了党的十五大。这期间经历的大悲大喜，考验并再次表明了党和人民的精神伟力。

　　改革是民心所向。几乎每个家庭每个人都会感受到改革为我们生活带来的巨大变化。当然，在衣着日益考究，食品不断丰富，VCD、移动电话和BP机逐渐普及的时候，人们并未忘记全球厄尔尼诺、亚洲金融危机以及腐败问题、治安不良、信用贬值带来的威胁。某些行业企业陷入困境，不少下岗待业者、偏僻农村人口尚有子女就学和衣食住之忧……这些也是无须回避的事实。希望在于，党的各级领导都在把惩治腐败和扶助贫困当成大事来抓，而贫穷地区和特困部门也没有消极等靠，正在自力更生，奋发图强。

由此我想到山西作家焦祖尧讲的一个山村修路的故事，那是一年多以前，在中国作协一次工作会上。那故事，焦祖尧激动的声调，都令我难忘。他把它写进了长篇报告文学《黄河落天走山西》。前不久，黄传会在《中国贫困警示录》里也写到了这个山村。

它是山西省陵川县锡崖沟。这个小山村。在壁立千仞的王莽岭包围之下，祖祖辈辈与世隔绝。1962 年，村党支部副书记杨文亮第一个站出来请缨修路。全村 25 名党员，每人三元交了一次特殊党费，支援修路。陵川县委书记骑马走了两天才到王莽岭，马活活累死。县委书记徒步下到山村，看到老百姓连照明的煤油都买不到，回县派人送去 3000 元，信封上写着三个字："快修路！"两年后。沟里人从荒坡乱石中开出一条之字形小道。勉强能走只小毛驴，大伙儿叫"驴道"。县食品厂优先收购锡崖沟生猪，村里派六名强劳力赶 27 口猪沿"驴道"出山，生猪却全部滑掉崖里摔死。1976 年，沟里人第二次向大山宣战，辛辛苦苦干了一年半，仅修了一公里路。非但人不能走，反倒把狼引下了山，被戏称为"狼道"。

1979 年，不服输的锡崖沟人又举开山凿路大旗，计划在半山腰开一条长 2500 米的隧道，直穿王莽岭。没日没夜苦战一年，隧道才推进 30 米。经交通部门勘测，按此速度，80 年打不透这个隧道！老支书董怀跃心力交瘁病倒了。1982 年初冬，党支部再次率众出征。他们请来技术人员，制定出沿王莽岭"援岩攀壁，依山就势，顺崖凿洞，螺旋上升"的施工方案。缺少资金，村委会卖掉了集体的山林、牲口。连几间办公室和几十亩山坡地也作了信用社贷款的抵押。村民纷纷捐资，有的把准备盖房子、娶媳妇的钱都拿了出来。到1984年3月，支书赵金娅带领突击队修通了东庙华至隧道口2.5公里的明路。1984年至1985年底，林小保任支书，接着打通132米的隧道。为了赶时间，他们住山洞，风餐露宿；为了省钱买炸药，他们吃野菜馍，喝山泉水、雪疙瘩。

路修到地势最险的"老虎嘴"，退伍军人宋志龙当选新任支书。他改变施工方案，重新将全路段划分成五个作业面，齐头并进。用了一年四个月，硬是打通了"老虎嘴"。1988年8月一场大雨，山洪暴发冲垮了几年修起的三公里路基，可半个月内他们就把冲垮的路基修复。

1990年11月3日，老支书董怀跃领头爆破岩石，排除一发哑炮时，不幸与宋双保一道遇难。

1991年6月10日，锡崖沟人盼来了"愚公移山，汽车进山"的一天，当第一辆解放牌大卡车穿过隧道来到村口时，为这条路耗时30个春秋、献出鲜血和生命的锡崖沟全村男女老少拥在一起，抱头痛哭了。满树的黄梨和山楂，满山的中药材终于有了出路，1995年，全村人均收入达725元。

古代太行有"愚公移山"，那是寓言。如今，寓言变成了现实。仍然是山西的父老乡亲，仍然是向大山开战，而且不靠"上帝"，靠自己的双手治服了大山。这不是现代的"愚公移山"吗？这不是中华民族艰苦奋斗精神一个新的范例吗?

锡崖沟人修路，一个最突出的特点是靠党组织带头。没有党支部，就没有这条路。可这里的党支书，一无级别二无待遇，他们的责任是实干在先、吃苦在先甚至牺牲在先，像老支书董怀跃那样。

锡崖沟人不屈不挠、前赴后继的精神，显示了人类的精神和毅力一种罕见的强度与韧性。锡崖沟人开山，没有人给他们"赞助"，没有闪光灯、摄录机去"炒"，那里的村民也没传出什么豪言壮语。他们的智慧和力量只表现在开山穿石上，那是硬碰硬的掘进。哭泣、哀求、祷告都丝毫不起作用。你只有一毫米一厘米地凿石、突破。锡崖沟人最重要的经验是，多少次多少年的失败之后，他们没有退缩，没有放弃，挺住了，坚持了，不断拼搏直到成功。

毛泽东在著名的《愚公移山》中坚信，共产党人克服困难的决心是会感动"上帝"的。"上帝"是谁? 是人民。有了锡崖沟那样的人民，有了锡崖沟人那种精神，一切艰难险阻都可以战胜，如俗话所说——没有过不去的火焰山。过去如此, 现在如此, 将来还是如此。

(《吉林日报》1998 年 1 月 1 日）

诗翁公木

弥留时刻

公木老师病逝的次日下午，我陪老诗人丁耶看望了公木夫人吴翔。从悲痛的吴翔同志那里，我们知道了公木老师弥留时刻的情形。

10 月 30 日是周五，早上公木照常 6 点起床、吃药。自 1996 年确诊肾衰。病情时有起伏，腿和脚经常是浮肿的。在学校（吉林大学）的支持下，已定好下周一（11 月 2 日）去省医院住院，做腹部透析。

吴翔要给他理发。他摸了摸头，不想剪。可能是想到要住院，又同意了。人坐好了，新买的电推子却不好使。吴翔说，下午到商店换一把，再理。午间，女儿丹木回来，公木愿意吃馄饨，可这天没吃几个，看着女儿吃，问："丹木，今天怎么回来啦？"女儿说："看老爸。"老人转过身，突然哭了。这是很少有的事。每天都是他自己下楼取报刊，这天是丹木去取的。公木躺下看报，看看就睡着了。下午两点多，他醒了。吴翔告诉他，去街里修推子。

大约 3 点 20 分，吴翔回来，一开门就觉得动静不对，急忙跑进屋子，发现公木倒在洗手间，左腿压在肚子下，右腿伸着，头抬不起来。她马上找六楼哲学系张维久夫妇，帮助把公木抬上床。

在省医院工作的丹木带来救护车，立即送公木去医大一院。脑 CT、心电、血压都没发现问题，采血化验，血里无糖，属于低糖昏迷。5 点多钟，公木苏醒："这是哪儿呀？我不是上厕所了吗？"孩子们围在床前，公木笑了："你们都来了！"转过头对吴翔说："我好了，去马克思那里早点，赵雨出去没回来，还有三年课题呢！"他说的是和助手赵雨进行的《诗经》研究，赵雨正在石家庄、北京做课题咨询。此时他似乎挺精神，耳朵也不那么聋了。

过了一段时间，突然说"冷"，呼吸不畅。医生找吴翔，要她有所准备。

9 点 50 分，电话响了。回家做准备的吴翔心里一沉，又急忙与丹木赶回医院。10 点 15 分，公木心力衰竭，心脏停止了跳动。

公木共有七个儿女。吴翔是他的学生，1946 年相识，1950 年结婚，膝下两男一女。

公木病逝，吴翔无比悲痛。她反复念叨着先生生前未竟的两大心事：

一是他和赵雨的《诗经》研究课题；一是《公木文集》的出版。这些日子，公木把自己的著作全摆在桌子上，逐本翻阅，寻找讹误，有时看看就打起盹来。冷丁醒来，笑着摇摇头："吴翔，我老了，我这油没多少了！"公木对未来很达观，除了不停地读与写，关于他走后如何如何，未预先说过一句话。

"以生命为诗"

公木是著名的教育家、学者、诗人。但他首先是诗人，以诗为灵魂，以诗为生命。即使他的教育、学术事业，也贯穿着诗学的研究，燃烧着诗的精神。

写于1941年的《我爱》，被公木称作"而立之年与缪斯订下的盟誓"。"什么／生命最久常？／什么／光照得最深最强／是你啊，／我心爱的诗。"它倾诉了公木的肺腑之音，随着岁月的推移，它所凝结的公木对诗的真情越发深沉，"我爱过许多男人和女人，／却从没有／像爱你这般深。"

虽然《我爱》是公木喜欢反复咏叹的诗的宣言，但它不是他的代表作。

公木最有名的诗，应属《解放军进行曲》（即《八路军进行曲》）和《英雄赞歌》了。对这两首诗，报刊做过大量介绍。笔者的《公木访问记》（《诗刊》1983年1月号），记载过《军歌》诞生的情景。前不久，还就《英雄赞歌》歌词（包括副歌）的写作过程，发表了对公木的专访（《光明日报》1997年3月19日）。

这两篇作品，当然令他重视和喜爱。不过，他把歌词叫"歌诗"，认为它们"是音乐的一部分，它的生命在音乐方面"，"不好单独进行艺术上的评价和议论"，甚至"一向不想把它们收到诗集中"。

公木诗作，追求"熔古典、民歌、新诗于一炉"，不同年代留下不少华美、苍劲的篇章。在惠特曼《草叶集》（英文版）影响下写成的《哈喽，胡子》（1942年）、《崩溃》（1941年），由于其诗风的汪洋恣肆，"有时被列名于'七月派'"。近300行的"民间小调"《十里盐湾》（1945年），被陕西绥德子洲人民传唱到80年代，公木得知，非常感动："对我来说，这是最高的奖赏和永生的纪念。"1956年写出的《难老泉》，清丽脱俗，周良沛认为，"诗人在这之前当然不是这么写诗，在50年代初期报刊上也没见过这样的诗。……《难老泉》的发表，在当时的诗苑是对题材新的开拓与表现，使新诗有了广阔的天地。"80年代初，公木接连写出《真实万岁》（1981年）、《读史断想三题》（1982）、《七十三岁自寿》（1983年），"气往轹古，辞来切今"，章法散漫，意境雄浑，既有诗情的张扬，又有哲理之沉思，诗艺进入炉火纯青的境地。

可是，当某诗刊向他询问："你的代表作是什么？"公木的回答却是："《申请以及关于申请的申请》。"这"一直未得正式发表"的组诗，1990年收入《我爱》（公木自选诗集。时代文艺出版社）中。《申请》，起因于胡耀邦同志一个讲话，1980年3月写于北京，是公木有感而发的一份"诗谏"。先是复述了胡耀邦同志那次重提的"一个古老的故事"，即《战国策》名文《邹忌讽齐王纳谏》。接着提出"申请"："那故事最好是再多讲几遍吧，以我们党中央总书记的名义。"因《申请》发表受阻，1982年2月，公木在大连养病期间又写出《关于申请的申请》。强调"小事一宗"的"申请","不只为繁荣文艺，也事关党风"。公木以一个党员诗人的勇气在诗中提出："您让我们认真学学邹忌，我建议：您也无妨参考参考齐威王。"1982年2月，加上序一、序二、跋一、跋二；1983年5月，补上追记一、追记二；1984年12月，完成"开篇献辞"和"谢幕致语"——均用诗体。

"渐老渐熟乃造平淡"。公木后期诗歌返璞归真，不尚夸饰，注重惠特曼式的表达："我决不多费唇舌，我决不在我的写作中使典雅、效果或新奇成了隔开我和别人的帘幕。我想说什么，就照它的本来面目说出来。"《申请以及关于申请的申请》强度即在于它的政治激情和思想锋芒，作为历经战火考验的诗人，他以共产党员的真诚与人格力量，留下了这份执着而厚重的民主备忘录。

公木一生追求诗歌，心系诗歌。1998年，就我见到的公木最后几份出版物都与诗歌密切相关：3月，由长春出版社出版的专著《周族史诗研究》（与郭杰合作），10月号《作家》重发的《读"双桅船"随想》，10月19日《光明日报》发表的书评《当代诗词的变革之路》。

"上升、前进的是青年人"

公木理解青年，青年爱戴公木。几十年来，他为中国文坛培养了一批又一批、难以计数的文学生力军，可在众多的青年诗友、学子面前，他从不愿以"导师"自居。

作为后辈学生，我们对此感同身受。其实，早在50年代，他就已为文学青年呕心沥血。1954年秋，公木调任北京中国作协文学讲习所所长，兼中国作协青年作家工作委员会副主任，"在京四年间，主要精力用在青年作家培训和青年诗歌评论两个方面"。近来发表的一些回忆公木的文章，都令人感动地谈到了这一点。邵燕祥先生说："我不在公木执教的中央文学讲习所学习，也没有去听过课，但我觉得公木像对他的学生那样关心和要求我，可称一位严师。"

在我和公木很有限的接触里，他时常提到舒婷、曲有源、王小妮的诗作，他欣赏徐敬亚、吴亮的理论才华，尽管他不完全同意他们的观点。有一次，他对我说："诗与青春联系在一起，写诗要有一颗年轻的心。我们这一辈写诗的，已成强弩之末、熟透了的庄稼，包括那些大诗人。不是不能发挥一些什么，但难有大的发展了，真正朝气蓬勃地探索、上升、前进的，是青年人。"他知道，新一代文学青年开始看到的世界是被歪曲被破坏的，因而艺术观念上与传统与现实主义有衔接的一面，同时又可能形成一种带叛逆性的审美意识和价值标准。他热心鼓励青年诗人的探索与创新，但不怂恿他们盲目地"反传统"，不迎合脱离中国国情、贬低自己民族传统的"西化"狂热。

70年代末，曲有源的诗歌创作进入活跃期，在思想解放大潮的激励下，他的政治抒情诗引起较大反响。我是在公木老师耳提面命之下才对曲有源的诗进行了认真阅读。应《文艺报》之邀，我们写成《赤子之心——读曲有源的政治抒情诗》，在1980年10月号上发表。几年之后，他曾和我说到曲有源创作的变化。他的意思是，追赶新潮不错但不必步入玄虚，这样一来，反而容易失落自我。1988 年 8 月，曲有源第一本诗集《爱的变奏》出版，公木又找我合作，欣然为该书做题为《心态与历史》的序言，公木在这篇短文中着意指出："每一位诗人都在追求诗的生命力。曲有源新近的作品，情调和笔致已经有了很大的改变。尽管我们不想急于对此发出什么议论，可我们能够理解他，并认为探索是诗人的天职，对未知世界的开拓精神是诗的本质特征，是艺术生命的活质。"

对舒婷的《双桅船》，公木"由衷激赏"。这本书，是先生 1983 年在一次全国新诗评奖当评委时读到的。他认真地写了《我投舒婷一票》。《诗刊》原拟刊出一组评委的评论，后来评委"多数没有如约写稿"，又不好单发，就把原稿及已付排出的大样退还公木。1984 年，《读"双桅船"随想》分别由《书林》和《克山师专学报》索去发表（前者摘要，后者全文）。1998 年，《作家》"名家珍藏"栏目全文重发了这篇又经增补的近万字论文。公木的评论写得热情而坦率。或许他对舒婷其他作品阅读不多，或许他的评论缺乏"先锋"的"话语体系"，然而，"诗无达诂"，每一位读者都对文学作品有选择视角和表达感受的自由，更何况像公木这样的老诗人。就《双桅船》而言，公木申明：自己的评论并没有"舍弃艺术上的美学上的含义"；舒婷诗风的"独创性"，"正是我们社会主义新诗歌兴旺的标志"，因而新老诗人之间"与其说存在什么'代沟'，毋宁说在发展着'代阶'，一代一个台阶，一代胜过一代"。

近年，公木在诗学、美学和哲学上提出过若干尚未引起学界足够注意的独特见解。他多次论述的"第三自然界"概说，便是其中之一。他称此为"假说"：自然物质世界为"第一自然界"；人化的自然，以人类活动为核心的现实社会，是"第二自然界"，包括科学技术、文学艺术及一切属于意识形态的东西；"第三自然界"是作为"第二自然界"反映的精神世界，这里既有文学艺术创作的带有真实性、理想性与审美价值的形象王国，也有宗教的神的王国或一切人类精神变态的虚幻王国。公木认为，如果说"第一自然界"是无限的，那么，"第二自然界"便是无限中的有限，而"第三自然界"则为有限中的无限。这个论题，涉及物质与精神辩证运动的大循环圈，从本源意义上肯定了现实主义美学的实践唯物主义品格。据公木讲，这个"假说"是"经过近30年的思考，几度反复，到1980年前后才形成的一个观点"。而1981年写出初稿、1982年定稿的《话说"第三自然界"》，便是引申于两个青年人的文章。公木论文副题为："读《同青年朋友谈诗》，答谢曹同志"。即谢文利、曹长青。谢于60年代初就读吉林大学中文系，聆听过公木老师的教诲。谢与曹合著《同青年朋友谈诗》(征求意见稿)，"接受、使用了关于'第三自然界'的理论，并且做了有意义的发挥"。这使公木"最感兴趣"，进一步展开、深入探讨这个问题，直到1993年完成专著《第三自然界概说》(吉林教育出版社)。谢文利勤奋而狂狷，曾写出《诗的技巧》《诗歌美学》等博得青年读者欢迎的著作，但某些文学观点往往失之轻率。师生多年，公木对他不乏耐心与亲切的教诲，可对其观点的谬误也几次进行公开的严厉批评。每念及此，谢文利感慨不已。公木病逝，他专程从哈尔滨赶到长春，为老师叩拜送行。

"假如让我得重生"

一位诗评家、公木器重的学生这样谈到他和公木：

"我，是他亲眼看到的、嫩叶一样钻出地表的怪草。他，是我亲眼看到的、可疑森林中一株真实的大树。我们性格中，有一种相似的执着、逆反和生硬。如果把双方分别错放到各自的时代，我也会去扔汽油瓶，他也可能书写诗群。"

我觉得他说得真实并充满善意。

关于自我与外界，公木晚年确乎做过不少横向或纵向的比较。"头染白霜潇骚，脸写狂草凌乱"，回首往昔，公木很少向人们提及他的人生波折与痛苦。

1910年6月21日。公木生于河北辛集。1930年，加入中国共产主义青年团，这年8月1日，因参加纪念南昌起义的游行示威，捣毁县国民党党部，被捕。先生的老师范文澜亦在其中。1932年3月18日参加抗日救亡集会，再次被捕。1933年春，特务追捕之下，被迫离开北师大，到山东滋阳乡村师范教书。卢沟桥事变，从北平辗转到西安。忍痛把不满周岁的女儿白桦托付给一个陌生人家寄养。1938年西渡黄河到延安，入党。同年与郑律成合作《八路军大合唱》。"在这期间遭婚变，深受刺激"，"在毁灭的悬崖上踟蹰"。

新中国成立后，1951年9月在东北师范大学被批判执行"右倾机会主义教育路线"，调任鞍钢教育处处长。1958年春夏，作为中国作协代表赴匈牙利、罗马尼亚访问，介绍"中国文艺战线"贯彻"双百"方针、进行"反右斗争"情况，7月归来，竟被莫须有地打成"反党集团"成员，划为"右派"，开除党籍。就在一年前，1957 年 3 月 8 日深夜，公木的双亲在文讲所宿舍，因煤气窒息死于梦中。1958 年腊月 30 日，公木只身下放长春。1961 年，被列名于省直农场右派分子"学习班"，"任积肥组组长"。1962 年调到吉林大学。"文革"袭来，难逃被批斗、抄家的厄运。1958 年到 1976 年这些年间，说公木"慑于干雷贯耳，迫在酸雨浇头，喘不过气，直不起腰"，是毫不过分的。

饱经沧桑的公木，并不健忘，并非没有"人命几何，去日苦多，悼亡怀旧，死生契阔"的感慨，然而，他把一切坎坷都当作人生的"炼狱"。对于走向精神净化的诗翁来说，浑浊何如清朗，刚直胜过苟且，他不悔少作，不悔自己近 70 年壮丽的革命生涯，"假如让我得重生"，几番竭诚做出表白："我定心不改初衷，继续与历史主线相结合，不是相游离，更不是相违背。纵使无容逃避地要穿越失误又痛苦重重的盘根错节，仍必坚执剥寻真理的解剖刀，经受得住任何'干雷''酸雨'的'洗礼'和'考验'。"

1989 年 1 月，"有感于风雷震荡"，作组诗《假如》七律三章"以明志自寿，兼寿同庚诗长兄艾青"；

1991 年 8 月，在艾青作品国际研讨会上。朗诵此诗五章作献词，引得艾青深深共鸣；

1996 年 9 月，应吉林大学新生邀请做一次"自我介绍"，定题为《假如让我得重生》；

1998 年 5 月，向全国毛泽东文艺思想研究会烟台年会致贺信，附诗给与会同志，"当作聊天"。

　　请允许我摘录《假如》第一章结束本文，并寄托我们对公木老师的深深怀念：

　　　　　　假如让我得重生，

　　　　　　定必这般约料同。

　　　　　　尽管迷离离失落。

　　　　　　依然轰响响光明。

　　　　　　几多事后诸葛亮，

　　　　　　谁个潮前毛泽东。

　　　　　　逆反反逆凭辩证，

　　　　　　河殇不废太阳升。

　　　　　　　　　　（《文艺报》1999 年 1 月 16 日）

苏云与《苦恋》风波

　　纪念中国电影100周年以来，各种传媒刊载了大量有关电影演员、导演的奇闻轶事及影片的历史与现状的介绍，影像、图片和文字出版物比比皆是。其中，除了个别的早期电影活动家，鲜有新中国电影事业家的踪迹。由此也未见对新中国成立以来电影界一些重要事件的认真梳理、澄清与反思。这对于恪尽职守、呕心沥血，在历史的波涛中奉献过创造性劳动的电影事业家们，显然是不公平的。

　　没有电影事业家业绩的记载，没有对电影界大事件的清理、辨析，新中国电影史就是不完整的。作为世界电影的一种独特现象，电影事业家是新中国电影发展有力的组织者、推动者。由于政治思潮起伏不定，新中国成立后十七年特别是"文革"时期的电影轨迹呈现出曲折与波动的态势。电影事业家置身其间，首当其冲地承受着来自各方面对电影的干扰与压力。这里所说的电影事业家，是指前市场文化体制时期各级电影管理机构、各电影厂的党政负责人。他们既是领导者、思想工作者、策划者，也是监制人、技术或艺术的专家。他们肩负着党和国家要求于电影的种种责任，同时从事具体的电影生产和发行的组织管理。他们是党和电影从业人员之间联系与沟通的桥梁，集党的思想、理念和政策的代表者及电影艺术家的情绪、愿望和追求的代言人二任于一身。很多情况下，电影的创作、生产与党的大政方针是和谐一致的。但也经常出现需要协调或调整的问题——如今回过头来看，由于党对文艺（包括电影）工作的正常引导与"左"的思想干涉并存甚至相交织，彼时彼事错综复杂，电影事业家们往往陷入一种尴尬无奈的状态——如果能做到鼓励创新又接受上级意见，保护艺术个性又能因势利导就相当不容易了。苏云应当属于20世纪七八十年代电影事业家中成就卓著的佼佼者，属于不该被电影史遗忘的新中国电影的潮头人物之一。

苏云的重要性取决于他与新中国成立初期最重要的一个电影集团——东影——长春电影制片厂的命运紧密相连，取决于他在长影领导岗位上所表现的杰出的敏锐、胆识和魄力，以及他所经历的一个个扑朔迷离的电影审查事件。

我80年代中至90年代初在长影工作过8年。入厂不到一年，苏云便赴京主持中国电影家协会工作，与他没有更多工作上的接触。但我知道，从《创业》到《苦恋》（即《太阳和人》），从《大地之子》《人到中年》到《在被告后面》，在当代中国电影事业家中他遭遇的风波是绝无仅有的，像他那样能够从容面对、应付裕如的，也可以说绝无仅有。

众所周知，剧本《苦恋》（原名《路在脚下延伸》）1979年9月发表于《十月》杂志（第三期），1980年11月由长影拍成电影（编剧白桦、彭宁，导演彭宁，更名为《太阳和人》），尚未公映而遭禁，从剧本到影片受到全国性公开批评。

有关"《苦恋》风波的前前后后"，已有正式出版物予以详细披露（见《风雨送春归——新时期文坛思想解放运动记事》，作者徐庆全，河南大学出版社，2005 年 12 月版）。书中对争论的由来，《解放军报》《时代的报告》和《文艺报》各方的批评及其反响，宣传部门上层的不同声音及党中央的指示精神均有客观的记述。其中，美籍华裔科学家杨振宁的观片感受，认为此片"很好，很美，很动人"，发出感慨："影片是不是上演，和影片本身的价值如何，是两件事情。可以放到一百年以后再看。"（1981 年 4 月 14 日，经方毅批准、王任重同意，他观看了《太阳和人》。此话由陈荒煤转述。）《苦恋》作者白桦 2002 年 3 月接受凤凰卫视《鲁豫有约》专访，所说的一席话："历史老人还是公正的。我相信，人们将来重新看到那个哀婉的故事的时候，想到那时候有一个曾经年轻过的作家，后来就老死了，他留下了一些诗一样的很温柔的话，我相信是这样的"——都是意味深长的。

这里，我想就我看到的长影艺术档案中关于《太阳和人》几次内部审查中苏云的观点，做一点补充介绍。当时苏云任长影党委副书记（书记是纪叶）、厂长。此间言论，均在邓小平1981 年 7 月 17 日关于《苦恋》（《太阳和人》）谈话之前。

（1）长影审查《太阳和人》台词样片（1980 年 11 月 18 日）

苏云："从剧本到拍摄是有些争议的，厂党委是支持的。摄制组导演、摄影、美术、演员、道具、化妆，艺术创作态度还是认真的，特别是庐山上一些镜头很有气势。总的看有设想，有追求，艺术上有探索。导演有想法，批判'四人帮'没讲一句话，从形象上去体现。喝酒送别，小娃娃挂钥匙，吃蛋糕过生日，这些地方比较感人。

"处理成悲剧也不是不可以。"

"这个片子会有不同看法，我们拿出去，就是同意的。个别词句再琢磨琢磨，如'祖国还爱你吗？'我的意见先这么送审吧，回来再说。有的地方还是长，有的东西可点到为止。有几处跳跃太大，如扒老鼠洞。头、尾还要再搞搞。录音乐的地方，弄得准确些，出殡的镜头太多，包括那些纸人纸马。"

（2）长影审查《太阳和人》双片（1980 年 12 月 13 日）

苏云："这个片子，从剧本开始就是有争论的。党委对这个戏是讨论过的，也是支持的。但在某些问题上有不同的看法。主要是三点：一是'祖国爱你吗'；二是'善男信女的香火'；三是主人公结尾死不死的问题。

"中宣部对这个片子是持慎重态度的，丁峤同志也提出了意见，我们写了修改方案。现在可以再研究，我认为把几个关键之点去掉，观众也会有意见的。"

"这个戏，通过一个画家的一生概括我们中国这段历史，作者是有探索的，进行了尝试，可能成功也可能失败，但最终要经过社会实践的检验。有些不同看法也是正常的。我觉得不必回避作者要通过这个作品涉及毛主席晚年犯错误这段历史。看片时心情可能不愉快，又有什么办法呢？历史就是这样过来的。作品并没有正面提嘛，党的十二大也要做出结论的。"

"作家把主人公处理死了不是不可以的，当然观众总是希望他活着，现在看处理的还是比较含蓄的。"

（3）长影厂领导听取彭宁关于修改《太阳和人》的汇报（1981年3月17日）

苏云："纪叶同志回厂后向党委汇报了《太阳和人》的送审情况。本来我们是影片送审，我们也有些修改意见，想听听审查意见后一块改。结果片子扩散出去了，原定只放三场，现在放了几十场，引起两种反映：一认为是好片子，二认为是'三反'（反党反社会主义反毛泽东思想）影片。这个我们不负责任，小道消息我们也不听。

"现在的任务就是按中宣部、文化部的要求，把影片修改好。下边问起这件事，只能按组织系统谈。把正式意见向摄影组传达一下，把修改方案搞完整一点，不要因为修改而影响整个影片的艺术效果。"

（4）听取陈荒煤、丁峤同志关于《太阳和人》的修改意见（1981年6月14日）

苏云："我汇报一下厂党委的意见。修改是按上报的25条意见进行的，解决了两个大的问题：一是'现代迷信'问题；二是'爱祖国'的问题。但也感到大的基调尚未解决好，还感到低沉。

"关于授人以柄的问题，应当注意的是：①一头一尾的太阳、芦苇；②'单相思'不提为好；③吃生鱼，最好不正面表现；④'追'的问题，是否混淆了新旧社会也有不同的看法；⑤诗句歌词，我们觉得没什么问题，所以没提；⑥'香火'与'大佛'，似乎容易授人以柄，可去掉那些台词。

"我们还认为，难以完全按批判文章的要求来修改这部影片。你改了，人家还会有新的不同意见。"

"荒煤同志的意见，是要我们从大局出发。就这个作品来说，把一些授人以柄的东西剪一剪也是可以的。但我的想法是，你再改，反对的人也还是要抓辫子的。我觉得改得太过了，反倒给这些人以相反的把柄，结果又失去了一批支持我们的人。"

从上述言论，可以领悟到苏云在《苦恋》风波中的艰难处境。然而，他在那个特定历史年代所显示的坦荡、勇气与良知，不能不让人们对这位有原则、有主见、有追求的电影事业家顿生敬意，并寄以由衷的深长的怀念。

（《电影文学》2006 年 11 期）

导演朱文顺：从伪"满映"到长影

长影导演朱文顺，1938 年进入"满映"至 1995 年离世，在吉林从影 50 余年。1994 年 2 月，中国电影导演学会授予他首批荣誉会员称号（限 1920 年前出生，全国授 32 人）。按电影界分代，他应属第二代导演（1940 年后拍片）。

朱文顺 1920 年 4 月 12 日生于辽宁省金县三十里堡一雇农家庭。他高小毕业，13 岁外出谋生，做过童工、店员、佣工，后入大连日本人开的"信浓町"茶酒店，当台球仆役。1938 年 3 月，经朋友介绍入"满映"。自场工、剧务助理、助理导演、试用导演到导演，跟戏两年就独立拍片。他之所以很快执上"导筒"，个人条件是日语好，有悟性，客观上借助于第二任理事长甘粕正彦"满映应当成为满洲人的满映"的政策。1940 年至 1945 年，朱文顺拍摄了十部影片：《谁知她的心》（1940 年）、《她的秘密》（1941 年）、《新婚记》（1941 年）、《王麻子膏药》（1942 年）、《歌女恨》（1942 年）、《恨海难填》（1943 年）、《豹子头林冲》（1943 年）、《劫后鸳鸯》（1944 年）、《白雪芳踪》（1944 年）、《芝兰夜曲》（1945 年）。社会和电影片场是朱文顺的大学，使他从农村底层闯入电影圈。电影史家胡昶指出："综观朱文顺的早期创作，主要是反映婚姻家庭和底层民众生活的苦难，表现穷弱被欺、善终胜恶的主题。一定程度上反映了东北沦陷区人民的生活，这是难能可贵的。"1946 年，"满映"进步人士在党的领导下赴兴山建东北电影公司。朱文顺因夫人临产未能同行。属于朱文顺"早期创作"的，还有金山、张瑞芳建立长春电影制片厂（受周恩来委派，代表国民党接收"满映"）期间参拍的《松花江上》（1946 年，任副导演兼饰父亲一角）、执导的《小白龙》（1947 年）。这是两部最早反映东北义勇军抗日斗争的中国电影。

1948 年 5 月，长春围困，朱文顺婉拒金山撤离赴京的安排，在夫人吴鸿圭的影响下，携家投奔解放区哈尔滨。经东北大学社会科学部（时在吉林市）短期培训，朱文顺 1949 年 3 月赴兴山东北电影制片厂，任剧务主任、代剪辑科长，不久东影迁回改称长影。

1955 年 4 月，朱义顺被中央电影局任命为导演。同年 11 月推出《神秘的旅伴》（与林农合导），1957 年 7 月执导《寂静的山林》，1958 年 8 月拍摄《古刹钟声》。这三部惊险故事片，显示了朱文顺情节剧的不俗身手，在 20 世纪 50 年代电影题材和类型创新上，具有开拓性价值。老演员田烈、白玫，新秀王晓棠、王心刚得以崭露头角；《古刹钟声》被一法国记者称为中国式"恐怖片"。20 世纪 80 年代初，中央电视台的"电影传奇"将三部影片纳入其中，在《寂静的山林》"编后谈话"里，特别称赞朱文顺，是"那个年代的商业导演"，"五六十年代中国的斯皮尔伯格"。

表现少数民族风情，也是朱文顺影片的一大特色，尤其是蒙古族题材。新中国成立初他从拍摄内蒙古人民生活起步（《内蒙人民的胜利》《草原上的人们》副导演），尔后执导《牧人之子》（1957年）、《草原晨曲》（1959年）、《沙漠的春天》（1975年），形成了民族编年史系列，展示出内蒙古人民翻身解放、进行社会主义建设的雄伟历程，受到广大观众的喜爱。

朱文顺于1980年加入中国共产党，朱文顺从1938年至1992年从影54年，执导电影33部，电视剧七部30集。电影《两个小八路》（1980年）获全国少儿文艺二等奖，1994年被中宣部定为"百部爱国主义影片"之一。朱文顺是剪辑高手，较早具备类型意识，其影片简洁流畅，质朴浑厚，注重日常真实和娱乐元素。他把自己的作品定位于"通俗片"，1988年曾自述："像我这样的导演，目前各厂都会有一些——谈不到什么'档次''层次'，拿奖、出国一般没有份儿，挣钱养厂往往又少不了……你走你的独木桥，我走我的毛毛道。我就是拍通俗片的，我就是以拍电影来为人民服务的，我不理会别人给我加什么头衔或评语。只要我问心无愧地流了汗水，只要这个世纪的中国老百姓还肯看我拍的影片，那我就聊以自慰。"

他就是这样一位在吉林土地上埋头苦干、辛勤多产的电影艺术耕耘者。

（《吉林画报·天工国宝》2016年8期）

周璇答记者问的启示

知道 20 世纪三四十年代影歌两栖明星周璇的，皆赞叹她有个"金嗓子"。可她的"脑子"也不俗，这似乎知者不多。在周璇遗留的有限文字资讯里，人们会感受到一个昔日当红明星出奇的冷静与涵养，与当今浮躁的娱乐界恰成某种对照。据说，当年上海电影圈只推举过两个"影后"。一个是胡蝶，由当时《大晶报》报人冯梦熊和小报名编陈蝶衣主持推出，在"大沪舞厅"举行过一次富丽堂皇的"影后胡蝶加冕典礼"。另一位即周璇。由《上海日报》发起的 1941 年的"电影皇后"选举，正红遍上海滩的周璇当选。在该报公布竞选结果的翌日，周璇发表婉辞启事，称："倾阅报载，见某报主办之 1941 年电影皇后选举揭晓广告内，附列贱名。顾璇性情淡泊，不尚荣利，平日除为公司摄片外，业余唯以读书消遣，对于外界情形极少接触。自问学识技能均极有限，对于影后名称绝难接受，并祈勿将影后二字涉及贱名，则不胜感荷，敬希谅鉴，此启。"此文字此心态，从容淡定，毫无伪饰，令人钦佩。

翻检周璇的答记者问，同样明朗真诚，进退得体。请看，1948 年 12 月答上海《电影杂志》问（摘录）：

问：能不能告诉我们关于你的身世、籍贯及通讯处？

答：早年失怙，萱堂健在。原籍广东，年近三旬。现在上海。

问：你的歌喉是天生或者苦练而成的？怎样保护？以你的意见，"金嗓子"还能保持多久的日子？

答：既非天生，也非苦练，我也不懂怎样去保护。"金嗓子"愧不敢当；反正能唱一天就多唱一天。

问：你的人生观如何？

答：做人不是一件容易的事，所以要好好做，像一个人。

问：你的影坛生活有没有受到意外刺激？能不能告诉我们一些？

答：背一句古诗作为答复吧，"不如意事常八九，可与人言无二三。"

1944 年 1 月《上海影坛》又发了一则"周旋答二十一问"，兹摘几句：

问：对自己年龄的增长，有什么感想？

答：恐慌。

问：常常哭吗？常常生气吗？用什么方法发泄？

答：不常哭。不生气。不响。

问：每次，当你说谎以后，心里感到痛快，还是痛苦？

答：又痛苦又痛快。

问：你的"口头禅"是什么？

答："滑稽来"。

问：给你影响最大的导演是谁？

答：导演过我演戏的各位导演先生。

问：你最感繁难的表演是什么？

答：哭里带笑，笑里带哭。

问：你以为在现时代下，观众最需要的是怎么样的影片？

答：教育片。

问：你觉得最标准的节约饭菜是几碗？你在实行吗？

答：一菜一汤，已实行。

还有些精彩答问，不能再举了。上述若干，是否可见周璇的机智与可爱？周璇的命很苦，用她自己的话来说，"我是一个凄零的女子，我不知道我的诞生之地，不知道我的父母，甚至不知道自己的姓氏。"她6岁被上海一户周姓广东籍人家收养，13岁加入黎锦晖的歌舞剧社，15岁参拍第一部影片《风云儿女》，主演的名片有《马路天使》《红楼梦》《天涯歌女》等；一生拍片43部，演唱歌曲300余首，其中电影插曲114首。1957年9月22日病逝于上海。

周璇的知识和文化全靠在演艺实践中自学与感悟。她不但留下了大量拍摄的影片、演唱的歌曲，还留下了珍贵的日记、书信和访谈答问。难得她做人的真实、从艺的真诚，难得她那样淡泊名利、那样有自知之明。我相信，对于每个从文弄艺的人，周璇的人生态度都会给予我们许多有益的启迪。

（《光明日报》2013年7月8日）

迈克尔·乔丹：温柔的心

我未崇拜过什么人，也从不追什么星，但十分钦佩、十分喜欢迈克尔·乔丹。

我说的这个人，不必解释，凡爱看篮球比赛的或扫过几眼电视体育频道的人，都知道他。这里，不想说乔丹的球艺和球风，我要说另一件事。

在美国，80年代末的芝加哥，一个叫兰特·麦基的4岁小男孩被他亲生母亲活活折磨死了。他长得可爱，却挨打、受折磨，常被绑住脚像沙袋一样吊起来。当他母亲和男友做爱时，硬把他关到衣橱里。他就是在衣橱里，熬过了自己生命最后一个夏天。

他的母亲和男友被关进了监狱。证人就是麦基的哥哥，6岁的柯林斯。审判终结时，柯林斯已满9岁。据说，他身材瘦削，有一双"充满警戒的大眼睛"。当时，他也同样受母亲虐待，只不过是"命大"才逃了过来。

这个案例，使芝加哥某报专栏作家鲍伯·格林大为震动，令他"质疑人生"的惶悚与人性之残酷。案件采写结束后，鲍伯外出度假，突然被召回———一个叫史蒂文·舒瓦的人向他和柯林斯发出了邀请……原来，在一篇专栏文章中，鲍伯提到过柯林斯对篮球的喜爱。这件小事，却被芝加哥公牛队的副总裁史蒂文·舒瓦知悉。他给鲍伯留下了电话录音，如果柯林斯有兴趣看周日下午那场公牛对迈阿密"热浪"的比赛——在球票已售光的情况下——他保证能帮助柯林斯、鲍伯等人看到球赛。

于是，鲍伯中断假期，从佛罗里达飞回，在1990年4月一个午后，和一位助理检察官共同陪着柯林斯到了芝加哥体育馆。

对所有着迷于篮球的孩子们来说，体育馆简直就是一座圣殿。柯林斯不敢相信自己真的到了公牛队身旁。他们被引到一个大走廊，对面的一扇门打开了。走来一个男人，柯林斯吃惊地抬起头，眼中泛出欢乐、激动的神采。他嘴巴动了几下，却发不出一丁点儿的声音。那个男人蹲下来："嗨，柯林斯，我是迈克尔·乔丹。"他小声地给柯林斯讲故事、说笑话，不紧不慢，"有好长一段时间"。用鲍伯的说法——"柯林斯只接触那种想羞辱或伤害他的大人"。而迈克尔·乔丹却对他说："你今天是来为我们加油的吗？我们最需要加油了。"更让柯林斯惊喜的是，他得到了一件公牛队的红色球童衫。他可以为两队热身的球员捡球。比赛开始后。他坐到乔丹身边，乔丹上场时，由他替乔丹守着位子。在那一场可怕的灾难过后，柯林斯终于一扫愁苦，发出了开怀的大笑。当然，孩子还得到了乔丹赠送的小篮球，以及二人的合影照片。

下面，就是另一个故事了。

这位"一直都不是篮球迷"的鲍伯被感动了。那场比赛后。

鲍伯找到公牛队休息室，等蜂拥的记者们散去，他代表柯林斯对乔丹表示了谢意。已习惯于人们提出种种要求的乔丹，等了好一会儿，不见动静，便问鲍伯："这就是你来的目的？"

"是的，因为我想你大概不知道今天的事对柯林斯而言，具有多么重大的意义。"

"我的确不知道，但你还特地跑来跟我说，我也觉得很惊讶。"

"如果我没来，那我妈妈会杀了我……"

"跟我的妈妈一模一样。"

他们笑了，握了握手，乔丹转身时忽然说："你常来看球赛吗？"

"这是第一次。"

"那你应该再来。"

这之后，就有了鲍伯·格林写的传记《迈克尔·乔丹：我的天下》。鲍伯发出这样的感慨："我们一日日地长大，也一日日地接受现实的打击，于是我们开始用愤世嫉俗的眼光来看这世界。直到我认识了乔丹，我才明白那一天之所以舍不得离开球场，是因为我对人性温情的一面仍有所期望。……不论公牛队能否争得冠军，和他在一起的日子。已经能够成为不朽的记忆。"

文章写到此处，我知道我什么也没说，既没有讲清那个案例，也没有写出乔丹其人，只不过在复述一个小故事。

然而，这是一个让人难以平静的小故事。不知别人会怎样，我反正是被深深地打动了，而且极想把它讲给别人听。

　　史蒂文·舒瓦为什么会对一个小孩子发出邀请，鲍伯为什么能中断假期陪小柯林斯去看球，而那位大名鼎鼎、正忙于比赛的乔丹为什么又能如此善待一个心灵曾被伤害的儿童……其中，一定有许许多多值得人们激动和思索的东西。

（《吉林日报》1997 年 7 月 25 日）

梦露的悲剧

没有一位电影演员能像玛丽莲·梦露那样，生前命途多舛，万众瞩目，光艳绝伦。60年代初"美国最受欢迎十大名人"，傲列榜首，总统肯尼迪屈尊居次；身后灿烂不衰，全球媒体冷炒热卖从未休止，一些正直人士也不断地为其悲惨之死仗义执言，奔走呼吁。她未获奥斯卡奖，但举世公认：她是20世纪美国电影的偶像。当年就有个美国人把多次结缡、两拿奥斯卡奖的伊丽莎白·泰勒与她对比："泰勒是传奇，而梦露是神话。"

1962年8月4日夜，梦露赤身裸体、不明不白地死于洛杉矶住宅，年仅36岁。这位被称为"超级明星""好莱坞女神"的伟大的女演员，虽然流传于世的照片大多喜形于色，如花绽放，但她内心凄苦，艺海沉浮，几多挣扎，离开人世之际孑然一身，没有爱、没有家、没有孩子、没有金钱，在欺骗、侮辱和压榨她的社会罗网中香消玉殒。

她原名诺玛·琼·莫滕森。玛丽莲·梦露是1946年入好莱坞的艺名（玛为百老汇一明星之名，梦是外祖母的姓）。1926

年6月1日生于洛杉矶慈善医院，是私生女。自幼遭父遗弃，当电影剪辑的母亲给她一张克拉克·盖博（《魂断蓝桥》男主演）的照片，她一直以他为父，照片始终带在身上，直到1961年与他合拍《不合时宜的人》。母系有精神病史，外祖父、外祖母、舅父均死于精神病。母亲入精神病院后，小诺玛就出入于孤儿院、收容所，由社会救济处代找愿意领养她的家庭，先后辗转11家，饱尝流离之苦。

梦露被20世纪福克斯公司录用，正值她第一次婚姻结束（1942—1946）。她40年代初拍摄的一些封面模特照片，引起了公司老板霍华德·休斯的注意，下令寻找她。但各个关口，还须靠她自己去闯。她身无分文，后来回忆道："我遇上了合适的男人，并给了他们需要的东西。"从一开始，梦露与好莱坞就是一种交易关系。好莱坞从来没有珍惜过她，而她却付出了自己的一切，成了好莱坞的摇钱树。

梦露演艺事业的转折发生在拍摄第14部影片的1952年。《夜阑人来静》中，她被出借一家小公司饰演一个小角色。影片拍摄期间，小报爆出三年前梦露拍裸体挂历的秘闻。那年，她陷于困境，由于付不出50美元租车费，信贷公司收回了她的庞蒂亚克牌汽车。她绝望地打电话给摄影师汤姆·凯利。由凯利妻子陪同，1949年5月27日，在大幅红色天鹅绒前，梦露拍下了那幅名闻遐迩的侧身裸体照（据说后来上了《花花公子》创刊号封面）。她得到50美元，取回汽车。两年后挂历印出，谣言四起，妇女组织频频抗议，风波闹大，制片公司一片慌乱。然而，面对媒体梦露却很坦然："别人告诉我必须否认我拍过……但我宁愿说老实话。"于是，其身世引起了社会的同情。人们争先恐后购票看片，一睹梦露的芳容。福克斯公司抓紧机会，与梦露修改合同，同年之内又让她连上四部影片，大捞一把，梦露也就此声誉鹊起。

好莱坞下过包装梦露的功夫，但却从不给她有深度的角色，他们只把她当作"白痴美人""金发肉弹""性感艳星"，她的薪金从每周75美元到500美元，最多时每部影片仅外加10万美元。对此梦露极为不满，多次提出要改换角色，时常用镇静、安眠等药物来化解拍片的压力，以至几度萌生摆脱好莱坞的去意。

福克斯公司秘书汉娜注意到，可怜的梦露"有时趴在更衣室的墙上放声大哭，有时呆呆地看着镜子里的自己好几个小时"。有人听到她和肯尼迪总统谈论过安非他明，她对药品的剂量、副作用了如指掌。经常是服了药，"无精打采"马上变得"神采奕奕"。

梦露拍片迟到是出名的，在伦敦拍《王子与歌女》有几次让巨星劳伦斯·奥立佛大为光火。但她绝非如有些传媒所渲染的那样蠢笨。一旦进入片场，她就十分敬业。她渴望学习，一心想做个好演员。她得过"美国十大影星"称号，获过意大利、法国电影奖，她的笑靥和步态即为好莱坞的品牌，可是她并不满足于拍音乐喜剧、轻松恋爱片。1951年，她自费入洛杉矶大学进修美国史和文学史，授课的一位女教师说她纯真得"像刚刚从修道院里出来"。她喜爱陀思妥耶夫斯基、海明威、阿瑟·密勒的作品，大明星格兰特说她是"一个真诚的人，一个非常可爱的人，她阅读所有刚出版的书籍"。1955年，她拒绝出演《怎样才能非常非常受人欢迎》，到纽约参加李·斯特拉斯伯格的演员讲习所学习，并与摄影家格林合办玛丽莲·梦露制片厂，以制片厂名义与福克斯公司签约，有权挑选角色和导演。此时，梦露已第二次离婚，她与棒球明星迪马吉奥的婚姻（1954 年）仅维持 9 个月，但两人的友谊保持终生。梦露把自己的前途抵押在与著名剧作家阿瑟·密勒的第三次婚姻上："我一辈子都在扮演玛丽莲·梦露，梦露、梦露。我一直都想把一切做好，而结果我只不过扮演了我自己的影子。这就是我靠近密勒的原因……在我和他成婚时，我心里想的是，有了他我就能摆脱玛丽莲·梦露。"

男人曾包围着梦露，梦露也利用过男人。按照美国的生活方式、好莱坞的生存法则，梦露有过她自己都不可原谅的失误，她的整个人生甚至就塌陷在这里。据有关传记披露，梦露至少小产 4 次，人流 7 次。玩弄、占有她的男人很多，真正爱她的很少。可怕的是，肯尼迪兄弟的魔爪伸向了梦露。尽管梦露是否为肯氏家族所害尚无结论，但肯尼迪兄弟与梦露有染，确实铁证如山。先是总统约翰，接着是被委托去"调停"的司法部长罗伯特，在中央情报局胡佛一再警告下，肯氏兄弟才切断与梦露联系。这时，梦露疲惫、颓唐已极，追寻肯氏兄弟无望，好莱坞又雪上加霜：中止与她的契约，她终于彻底崩溃。

梦露的埃伦娜第五大道居所，正门旁石墙刻有古老的拉丁铭文："我已走完我的旅程……"她被认定"自杀"于 4 日周六，而 6 日周一就是传说她要召开记者招待会、公布与肯氏兄弟关系的日子。

　　她的葬礼，在 8 月 8 日——梦露与迪马吉奥相约复婚的时间举行。迪马吉奥主持，24 人参加，好莱坞与政界名流一概拒之门外，按梦露遗嘱，遗产（仅有 50 万美元不动产）的一半赠给表演教师李·斯特拉斯伯格。墓地，每周三次献上两枝红玫瑰，迪马吉奥坚持到 1982 年，之后，鲍勃·斯莱泽继续派人送花。

　　短短一生，梦露拍过 29 部影片。她给予别人的欢乐和幸福远胜于自己所得到的。20 世纪福克斯公司总裁达里尔·扎纳克承认："不是谁发现了她，她是凭自己的努力争取到明星的地位的。"劳伦斯·奥立佛说得更为沉痛："梦露小姐被利用被榨取的程度远非任何人所能相比。"

（《大众电影》2000 年 12 期）

幸福与劳动同在

——王启民、白玫的从影生涯

1998 年 12 月 4 日，在长春清华宾馆，77 岁的王启民捧回了吉林省政府第六届长白山文艺奖个人成就奖奖牌。那天，他身着多年未穿的藏青色西装，神采斐然。

白玫躺在床上，已经不能向老伴这终身性荣誉致贺了。17 年前，她得过脑血栓，继而患老年性痴呆，病势日渐沉重。1999 年 5 月 26 日。她悄然离世，"淡出"她钟爱一生的银幕，享年 79 岁。

王启民与白玫，1939 年相恋，60 年后，这"'满映'鸳鸯谱上最受人羡慕的一对"，永远"分飞"。

1937 年，王启民考入伪"满映"。那时他叫王福春，辽宁瓦房店人，父为小业主。公学堂毕业，就职于长春一家银行。报考"满映"挺顺利：做几节体操，唱支《渔光曲》，读一段报纸，最后日籍考官叫他"搬一下面前的椅子"。他将这把椅子扶正，便被录取。王启民是演员训练所第一期学员，学期一年，未及三个月就参加拍片，至白玫入厂已主演三部影片。

白玫,乳名白玉珍,出身北京香山一个医生之家。自幼丧父。母系属蒙满血统。早年家境贫寒,曾就读于冯玉祥办的一所福利中学。儿时早上母亲带她去庙里打粥、晚上全家吃烤窝窝头那段日子,白玫终生难忘。姑表妹作科富连成京剧班,她随同练唱,偷得技艺。1938年应聘华北电影公司,主演京剧故事片《苏生》,在银幕初露头角。次年,经李明引荐进入"满映"。

演员训练所设在长春老区宽城。王启民临时担任日籍教师的翻译,白玫参加短期培训,她明眸皓齿,清丽窈窕,正值璀璨年华。二人由此相识、恋爱并度过漫长岁月携扶到老。一见白玫,王启民就怦然心动,似乎找到心仪已久的期待中人。一次,他特地采撷一束野芍药送给白玫。白玫投木报琼,随摄制组去日本,给王启民带回一台照相机。他们两年后结合,因二人都是名气大的艺员,不许在厂内举行仪式,只好请假去北京完婚。

40年代,生活动荡。特别是抗战胜利前后,他们的人生和家庭经历了严峻的考验。

王启民喜爱美术,进入电影圈后一直想转行搞摄影。在日本人把持的"满映",这并非易事。从1939年起,他宁可降低职级,学起摄影助理。1943年始独立拍片。1945年8月日本战败后,在由谁接管伪"满映"的护厂斗争中,王启民在中共地下党的领导下,与张辛实、马守清等人组织了"东北电影技术者联盟"(白玫参加"东北电影演员联盟"),之后成立"东北电影公司",他担任副总经理。长春地下党的领导人刘健民、赵东黎经常在王启民家里开会,他们对白玫的可口饭菜称道不已。王启民还秘密参加了地下党组织的党课学习。

此期间，几个突发的变故，给王启民、白玫的生活与事业带来了意想不到的波折。1945 年 10 月，受地下党组织委派，王启民作为四名代表之一赴沈阳出席东北九省人民武装代表大会。在沈，他见到来自延安的东北文工团领导人舒群及沙蒙、王家乙、林农等艺术家。他从东北电影公司驻沈办事处借去摄影机和胶片，为东北文工团拍了两本演出实况。离沈时，国民党反扑，形势紧急，仓促间他托东北文工团将器材转交。回长后，先是因护厂事与张辛实等一道被捕，七天后经长春地下党营救获释，接着，在沈借器材事又遭误解。这时，恰好舒群来信，证明器材已转送，并约他去京议事。于是，年底出关，未料到内战阴云笼罩北京，与舒群失去联系。他沮丧地转赴老家瓦房店。次年开春，战事已起，交通中断，他断断续续走了两个半月才返回长春。

在王启民辛苦奔波六个多月里，白玫的日子更为艰难。女儿才三岁。自己又怀身孕，身边的母亲乳腺癌越来越重。而东北电影公司已经迁厂去兴山，全家生活了无着落。见到风尘仆仆归来的王启民，白玫简直是又喜又气又恨又爱。

王启民决心携家再去北京，投奔金山的"清华影片公司"。因为金山与王启民相知较早，此前曾对他发出过邀请。白玫则先后在长安大戏院、首都实验话剧院、铁路文工团当话剧演员。中华人民共和国成立，王启民入华北大学进修，不久分配到北影，参加影片《陕北牧歌》的摄制，又从事过一段新闻记录摄影，1953 年调往东影（即后来的长影）。

这段时间，1947 年底至 1948 年初，王启民患严重的肺结核。

一度咯血。白玫节衣缩食、倾其全力护理疗救，终使王启民病情缓解。1952年，铁路文工团迁甘肃天水，白玫为保障王启民的工作、照顾两个幼小的孩子，忍痛辞职。直到1953年赴长影，才恢复自己热爱的演艺事业。

白玫经历过明星的辉煌。舞台前、银幕上，她的美丽与光彩，也曾吸引一批影迷。昔日媒体的追逐无孔不入，连影星的怀孕、生子都做细致报道。可白玫对这一切十分淡然。她只生活在两个世界里：角色的世界和家庭的天地。"满映"期间，她曾主演《龙争虎斗》《黑痣美人》《歌女恨》《晚香玉》等12部影片，生动地塑造了众多不同阶层的女性形象，有"冷艳美人"之誉。话剧舞台上，她饰演过《日出》《遥远的风沙》《美国之音》等名作的重要角色。

在电影圈，近些年的观众已不那么熟悉她。如果有谁能记得《甲午风云》中的慈禧太后、《寂静的山林》女主角李文英，如果对《流浪者》（印度）拉兹的母亲、《蝴蝶梦》（美国）里阴沉的女管家德文特夫人的配音者还留有印象——那就是白玫。1954年，她为苏联影片《没落之家》一个角色的配音，受到蔡楚生同志的特别称赞。五六十年代，除了《甲午风云》《寂静的山林》，白玫还在《未完成的喜剧》《马戏团的新节目》《妈妈要我出嫁》等影片中饰演角色，为《罗马11时》《复活》《卖花姑娘》《忠诚的考验》等300余部译制片配饰了多种多样、性格各异的人物。白玫天性聪颖，记忆力出色，她的音色独特，声域宽阔，语言质地可塑性强，尤其善于表现那些阅历复杂、性情起伏反差较大的角色。据家人回忆，就是在厨房，她也常常是自顾自地念念有词，饭菜绝不耽误，但谁也别想和她说话。

对女儿来说，她是个严厉而又充满爱心的母亲。她为孩子的成长投入了一切。她很少对她们絮絮叨叨地训教什么，可她终生的忙碌、节俭和高洁，无形中昭示着一种自强、自立、自重的追求。

她不鼓励孩子向艺术方面发展，尽管女儿身上不乏她的丽质与天分。两个女儿长大后，一位是物理学教授，一位是脑外科专家。即使晚年辗转于病榻，白玫还时时流露出外孙女留学、外孙子获得理学博士带给她的喜悦。

王启民略有愧意地承认年轻时对孩子们呵护不够。他是个摄影迷、工作狂。过去拍片进度慢，一部戏下来要十个月左右。从50年代，他一部接一部，几乎年年都有任务。白玫给他总结出"三个半"："一年半年不在家，一日半天不在家，一晚半夜不在家。"拍外景、内景，钻摄影棚、看样片，占去了他大半生时间。王启民只与白玫合作过两部影片，40年代的《晚香玉》、50年代的《甲午风云》。确实鲜有闲暇与白玫、孩子们团聚，一直到离休。王启民成为长影总摄影师、吉林省摄影家协会主席、中国电影摄影学会副主席绝非偶然，这是他几十年辛勤劳动应得的荣誉。正如他的一则笔记所说："幸福与劳动同在，避开了劳动，也就绕过了幸福。"中华人民共和国成立以前，他参加过5部影片拍摄；50年代初到80年代中期，主摄28部影片。长影的《党的女儿》《战火中的青春》《甲午风云》《独立大队》《兵临城下》《艳阳天》《人到中年》等重要影片都是由他担任摄影，他还是《人到中年》的导演、《两宫皇太后》的艺术指导兼摄影。

圈内人叹服王启民戏曲片摄影的成绩。他早在 1955 年拍的评剧《秦香莲》就获得文化部奖，后又拍过河北梆子《蝴蝶杯》、吕剧《半边天》、汉剧《闯王旗》及样板戏《沙家浜》，1984 年由他摄影的越剧《五女拜寿》获当年金鸡奖、政府奖的优秀戏曲片奖和首届中国电影摄影学会优秀摄影奖。

然而，王启民的兴趣更集中在故事片拍摄上。他一直想拍一部像《第四十一个》《复活》或《白夜》那样的影片，他钦佩并悉心研究苏联摄影大师乌鲁谢夫斯基的作品。对于中国古代画论，他也广有涉猎。一次闲谈，扯到"谢赫六法"，与林杉谈到了一块儿，林杉马上就给他开了一个有关画论的书单。他全找来认真阅读、并把书上作的记号拿给林杉"检查"。1962 年在北京一次电影会议上，王启民公开提出不同意盛行的"灯下景，亮堂堂"的摄影方法。他主张拍动态电影，充分利用自然光，"远景取其势，近景取其质"，拍有层次有明暗有虚实的电影。《战火中的青春》（1959）对影像层次感下了功夫。战争场面的硝烟拍得浓淡相宜，反差强烈，博得电影学院研究者的注意和好评。《独立大队》（1964，）在视觉再现上取得突出进展。呆板、均衡的构图被打破，人物与环境错落有致，远景层次丰富，近景细腻多变，夜景光调还原，收到良好效果，同年拍摄的《兵临城下》更可以称为当时国内黑白片摄影的翘楚之作。影片整体风格精致典雅，人物造型气韵生动，肖像特写形成浑朴有力的雕塑感，于黑白影调中拍出了色彩。在 70 年代初拍竣而未发行的彩色影片《伐木人》中，王启民的镜头光效应运用达到了出神入化的境地。据说，该片的森林空镜头至今还屡屡被一些新片作为素材移用。

王启民经常耽于自己摄影艺术漫漫历程的回忆。

白玫的去世，使他深感昔日创作的激情与灵光也随她而逝。长春湖西路边柳荫下，人们时常可见他踟蹰的身影。他没有任何痛苦的诉说，可他的背似乎更驼了。

他对我说，他还要等到 2008 年，那一年中国申办奥运可能成功。他要看中国举办奥运会。他坚韧地等待着。

（《大众电影》2000 年 1 期）

不倦的求索

——于彦夫、张圆的从影生涯

北海与"恋歌"

5月下旬，电影频道播映《芦笙恋歌》。影片散发着50年代特有的质朴气息，插曲依然那么缠绵动听。正片前有记者采访，该片导演（兼歌词作者）于彦夫言谈简约，语调平静。那淡然的表情使我想起不久前我们的一次交谈。

于彦夫以影片洗练、深邃与抒情性著称于影坛，他执导的《创业》在中国电影史写下了重重的一笔。然而，谈及以往，他出人意料地平淡与沉静。他不悔旧作，但愧意不少，更拒绝溢美之词。

《芦笙恋歌》拍摄于1957年底，是他第二部影片。也正是这一年，他与张圆走到一块儿。忆起那段日子，他眼中现出笑意。

1956年，于彦夫在北京电影学院导演专修班进修。同去学习的武兆堤、林农热心充当"月下老"，把张圆介绍给于彦夫。张圆当时是北影演员，被上影借到新疆参拍《沙漠里的战斗》。他们先通了一段信，后由武兆堤、林农"策划"召回张圆，安排二人在北海公园见了第一面。关于这次相会的细节，于彦夫和张圆都不愿说。笔者不敢随意生发，"场面"的喜剧性可以想见。于彦夫这样追述当年的印象："张圆朴实大方，直率坦诚，当然形象很漂亮"，张圆对于彦夫也相当满意。于彦夫已年届 32 岁，张圆小他两岁，当即"明确关系"，暂时各奔东西。次年，张圆赴长春完婚并于 1958 年调入长影，至今相濡以沫 43 载。

这一年，于彦夫接拍《芦笙恋歌》纯属巧合，经历"恋歌"之人生与艺术二重奏，心中的欣喜与甜蜜自不必说。25 年后，1982 年于彦夫又拍过一部爱情片《勿忘我》。片中女知青雯雯（方舒饰）颇有一股冲破爱情藩篱的勇气，而李志舆饰演的下放"右派"却不敢承受这份真情，他眺望雯雯远去的身影。眼中溢出一汪泪水，动人地表现了那一代知识分子内心的痛楚与软弱。我始终遗憾地认为，这部不俗的影片，并未得到影评界足够的估价。

艺术面前的敬畏

1985 年，我曾向于彦夫请教过"艺术革新"问题（访问记刊于当年 9 月《文艺报》）。当时我提到过一个细节："听说您很关注理论探讨，有一次某位专家来长影讲学，您曾像一位谦恭的学生那样举手提问。"他回答："是呀，那是难得的学习和知识更新的机会……像我这样年纪大的导演，经验有一点，但是缺乏理论素养。而不懂理论，就谈不到艺术的自觉。"80 年代是于彦夫创作的旺盛期，佳作迭出，可每一部影片创作，他都以临深履薄的态度待之，反复推敲，精益求精。

于彦夫 1924 年生于辽宁丹东。1942 年考入伪"满映"演员科。1945 年抗战胜利后，积极参加中共地下党领导的护厂斗争，在向兴山迁厂和东影木偶片、动画片、译制片初创中做出了自己的贡献。1949 年译制《伟大的转折》开始导演生涯，自《夏天的故事》（1956 年）至《那年的冬天》（1996 年），执导故事片 20 部。此外，还拍摄多部集电视剧作品。

由于彦夫编剧、吕班导演的新中国首部讽刺喜剧片《新局长到来之前》（1956 年），"反右"时被打成"毒草"而遭封杀，直至 80 年代才重见天日。1974 年于彦夫执导的《创业》，引起更大的波动。1975 年 2 月，这部突破"三突出"原则的影片被江青判为"政治上、艺术上都有严重错误"，要"查一查背景"。4 月 8 日，"四人帮"以文化部党组名义给《创业》扣上"十大罪状"，勒令《创业》主创人员进京办班，"思想转弯"。这期间，于彦夫和剧组人员受到极大的政治压力。一次，剧组经天津去大港油田，下火车后，张天民偷偷对于彦夫说：我给主席写了信，吉凶难卜。如果出了事，请照顾一下我家。于彦夫听了心里万分沉重，紧紧握住张天民的手，答应了他。在于彦夫困难的日子里，张圆给了他充分的理解和支持。对于彦夫，那是莫大的力量。7 月 25 日，毛泽东批示下来："此片无大错，建议通过发行。不要求全责备，而且罪名十条之多，太过分了，不利调整党的文艺政策。"头上的乌云终于散去。

在艰难条件下拍出《创业》这样冲破"四人帮"束缚、得到毛泽东肯定的影片，是值得骄傲的。可今天的于彦夫却羞于谈自己，只说：剧本基础好，演员演得好，特别是李仁堂。如果说拍出一点气势和激情，那是大庆石油工人感染了我们。用东北人的话来说——借光了。戏拍得很苦，现在看粗糙得很，没有丰富的细节，人物也不深刻，惭愧呀！

于彦夫不是一位安于现状的电影艺术家。他的影片基本上以当代生活为题材，叙事细腻凝重，洋溢着关注现实的激情。他不断寻找介入现实生活的独特视点，决不沿袭旧套或追赶时髦。他向往一种"短篇电影"，甚至认为电影的本性就是"短篇"。他欣赏梅耶荷德引述的巴尔扎克一句话：针尖上建造宫殿，是艺术的极致。电视剧可以充分铺展，电影则需要集中。人物少，情节起伏变化大，震撼力强，就像契诃夫、梅里美、莫泊桑的一些中短篇小说那样。至于自己作品与这种目标的距离，他十分清醒。

1989年摄制的《金钱大裂变》，未必是于彦夫的重要作品。不过，一位65岁的导演，其创作的结构、色调与叙事方式能发生如此强烈变异，值得探究。影片的中心事件是迁入新居的一位教师捡到一千元钱，失主是谁？于彦夫抓住这个切入点，以虚实交织的荒诞笔法，解剖了社会的众生相。情节循着一种自然逼真的过程展开，随着人物表象的逐渐脱落，其灵魂的裂变得以呈示，最终以主人公梦醒为结局，似在缓冲社会针砭的强度，却假中见真，达到对人性病态的讽喻。尽管主人公因"符号化"而影响了观众的认同，影片的结构和人物塑造应当说不乏新意。

当然，影响更大的成功探索是《16号病房》和《黄山来的姑娘》。这就不完全是于彦夫的劳绩了。作为联合导演之一，张圆不仅名字排在前面，实际创作中也是挑大梁的，用于导的话来说："有几部戏确实是以她为主，我给她当助手。"

张圆：生前的追求与心愿

60年代的观众对张圆并不陌生。那时，文化部曾在全国重点宣传22位优秀电影演员，张圆即为"22大明星"之一。据说，这件事周总理支持。原先的电影院大都是挂俄国的电影明星照，总理要求多宣传我们自己的优秀演员。于是，"22大明星"的照片很快就取而代之。长影除了浦克、郭振清，还上去四位青年演员：李亚林、庞学勤、张圆和金迪。对此，张圆一直持平常心态，她认为自己当时并没有叫得很响的作品，之所以能上去是由于文化部和长影着力推举新中国培养的青年演员。

张圆1926年出生于河南卫辉。父亲当过几任县长，后家道败落，张圆8岁时父亲病故。她只读了4年书便辍学，自幼倾慕戏剧艺术，一度边找工作边自学读书。1949年5月考入华北大学三部，同年10月进中央戏剧学院普通科表演专业，1950年底转入中央电影局表演艺术研究所（北京电影学校前身），1953年毕业分配到北影。张圆的处女作是电影《祖国的花朵》中扮演冯老师。她以细腻质朴的表演，把这个娴静美好的辅导员形象刻画得栩栩如生。接着，又在《沙漠里的战斗》《地下尖兵》《徐秋影案件》《笑逐颜开》等近20部影片中饰演不同角色。其中，《笑逐颜开》中女工何慧英精神成长的层次感，《徐秋影案件》中女特务邱涤凡性格气质的复杂性，多受好评，显露了张圆表演艺术的才华。张圆属于可塑性很强的性格演员，形象美丽大方，戏路宽广，气质具备较大的反差幅度，多年来追寻那种复杂多变、内心世界丰富的角色，惜乎难以遇到。

1975 年她改作副导演，1979 年与薛彦东合导《红牡丹》，1983 年起与于彦夫合导影片。这之前，她出演、于彦夫执导的影片有《徐秋影案件》《笑逐颜开》《水库上的歌声》。二人合导的影片有：《16 号病房》《黄山来的姑娘》《陆军见习官》《中国小皇帝》《鸽子迷的奇遇》。《16 号病房》《黄山来的姑娘》均获全国"百花奖"最佳故事片奖，这两部尝试纪实性的女性命运片，将逼真性与假定性、外部生活与内在激情相结合，"平淡中求深邃""平淡中见光彩"，在 80 年代中国影坛独树一帜。两部影片不但对宋晓英、李羚的演艺事业产生重要影响，而且也使张圆、于彦夫的艺术追求攀上了闪亮的高点。

今年 4 月见到张圆，她向我诉说了这样的心情："我最近病了一场。大难不死，心愿未了。那就是，如果有机会，我还想演戏。'文革'之后没再演过戏。'文革'期间，长影艺术家下放，厂里只留于彦夫等五个导演，我随着留下。在食堂卖餐票，不断地赔钱。有一天，发现自己形象变了，不愿照镜子了，就下了决心：改行把青春、美丽留给银幕和观众。我改行当导演，有个优越条件，身边有老师，于彦夫在这方面对我帮助很大。但我始终在心里还惦记着什么，近来似乎明白了，那就是演艺事业。在这条道路上我有很多遗憾，我很羡慕那些仍然活跃在荧屏、银幕上的老朋友，如像陶玉玲，人品艺品都那么好。是不是会有重新演戏的机会，尚未可知，但我深信，我一生最大的快乐，就在那里。"没想到，8 月 10 日，张圆猝然病逝，她的心愿竟成为永远的遗憾。

晚年逸趣

离休后的于彦夫、张圆身体都不太好，他们互相扶持，相依为命，自找乐趣，乐在其中。女儿张宜庄在儿影厂工作，对两位老人十分关心，给了他们不少安慰。

于彦夫和张圆都是"中华名人垂钓俱乐部"的会员，1997年9月的一次比赛中，于彦夫曾获单尾重量一等奖。于彦夫还爱好剪报和悉心搜寻篆刻艺术佳作。七八年来，已整理有关养生医疗、旅游观光、文史掌故、科学知识等剪报11册，汇集了不少当代和历史名人的印章精品。

他们自然不会忘记钟爱一生的影视艺术。此前于彦夫被聘为国家电影局审查委员会委员，每周看片一两部。他的感受是：后生可畏，一批新锐导演出手不凡，电影意识、电影语言都令人刮目相看。也有一些影片看了让人窝心。时代变了，有些人思想跟不上，观念、手法还是老一套；或者食洋不化，搬西方电影的皮毛，忘掉自己的传统，背离大多数中国人的心理和习惯。他尤其对于时下各种新闻媒介所谓"娱乐报道"的炒作以及某些名人的自我炒作大为反感。他说，有些名家太容易满足，过于得意，沉不住气，这不好。他想把爱尔兰作家王尔德一句话赠给名利场中的追逐者："在这个世界上，只有两种悲剧，一种是得不到你想得到的东西，另一种是能够得到。后一种才是真正的悲剧。"

（《大众电影》2000 年 10 期）

高天红：电影理念与良知的不懈追求

高天红是一位正直又多才多艺的电影导演。作为 20 世纪中国最大、力量最雄厚的电影群体，长影的艺术骨干分别由 50 年代、60 年代和 80 年代入厂的三拨人构成。天红先生属于 60 年代早期——1962 年从北京电影学院导演系毕业到长春。

我和天红相识于 80 年代中期，当时正值他创作的高峰期。我在《电影文学》工作，他是时常到编辑部谈天、送稿的导演之一。他早生华发，面容光洁，常含笑意，但目光往往有一种探询、质疑的神色，让人感到是一个倔强、真诚的人。他文学素养深湛，又有理论兴趣，我常在一些电影问题上向他请教。我们很谈得来，文艺观念挺接近。他经营多年、沉郁厚重的电影文学剧本《曹雪芹》，就是在《电影文学》上发表的，此外给《电影文学》写过不少文章。后来我才知道，他还擅长书法、篆刻，喜藏奇石——那题名为"静轩"的书房中摆满了各种各样名贵的石头，如有朋友前去观赏，他介绍起来如数家珍。

天红先生的电影理论兴趣和素养，触发于导演的理论视角，体现为拍片的理性思考和人文情怀，他无意于当批评家或理论家。在长影的导演中，像他这样勤奋用功、能留下多篇阐述、札记和论文的还真是不多。所以读到这部书稿，我颇感亲近，一种钦佩之情油然而生。

最独特而有兴味的是"拍片札记"一类文章。这是一种非常别致的电影散文，没有拍片经历的作家写不出，缺乏文史素养的电影人也无从下笔。请看《木兰围场》："这里，北面茫茫草原，池淖星布；南面千峰叠翠，万岭青葱。几条小河，蜿蜒环绕，微风吹皱林海，飘来阵阵花香。这就是昔日有名的'木兰围场'"。这是影片《玉碎宫倾》的外景地。文章说，"'木兰围场'的'木兰'是满语，即'鹿哨'之意。这个围场始于清顺治八年，在康熙少年时就是清王朝行围习武、巩固边陲、加强民族团结的军事重地。它占地万余平方公里，划七十二围，由蒙古王公管领事务，直属朝廷。"有细腻的风光描绘，也有精湛的民俗解说。下面写到康熙平叛、大战噶尔丹的古战场"红山"，更有回眸历史考据兼体验现代风物的感受：

……由此往东约百华里，有海拔1700多米的"练兵台"，又名"点将台"，这是数十丈高的巨石，昔日康熙皇帝曾在此点将遣兵。登台环眺，风声呼啸，松涛起伏，仿佛是当年万军呐喊，鼓角轰鸣！

这一带，天似穹庐，覆盖四野，苍茫大地，一望无垠。微风吹拂遍地的碧草杂花，涌向无际，真可说是"繁花绿草无尽处"了。我们的吉普车在这里穿行，仰望蓝天白云，耳听百灵鸟歌唱，使我不禁忆起元代乃贤的《塞上曲》：

乌桓城下雨初晴，

紫菊金莲漫地生。

最爱多情白翎鸟，

一双飞近马边鸣。

《吕四娘》采景记《高标北镇，秀耸辽西》，也同样写得运典裕如，文采飞扬。

"导演阐述"，是指导摄制组拍摄的内部文本。因必须顾及各个部门，书写上有一定规范，容易陷入某种雷同的模式。然而，对于思维活跃的导演来说，这也是将自己的艺术观念做理性阐发的机会。天红先生执导十部影片的"阐述""设想"或"总体构想"，就留下了弥足珍贵的岁月与艺术的履痕。

《神奇的土地》可称为天红导演最成功的影片之一。1984 年影片上映引起强烈反响，其后出现的电视剧似乎相形逊色。这个题材，他抓得迅速而坚决，读过小说用了 20 天时间改编成剧本，用他的话来说，是"从中国古代史题材探求中，猛地回过头来"。影片描写的是一场悲剧，四个主要人物只有一位幸存。"阐述"中高导明确表示不搞"随意的'理想化'人物"，强调马克思主义美学的真实观和人性观，因为影片"着重表现在错误路线下，在北大荒这样一个特殊环境中，几十万知青中的普通的几个人"。主题的体现方式是"侧记"——"他们生活中常见的生与死、爱与恨、悲与喜、嫉妒与宽容、真相与假象、恐惧与无畏、圣洁和卑小……相互排斥、相互矛盾的生活图景"。直面悲剧的勇气，艺术处理的细腻到位，使得这部影片成为当代电影史上一段鲜明的知青遭遇的银幕记忆。

对于古代题材，天红先生有充分的积累和浓厚的兴趣。《玉碎宫倾》的"阐述"一万五千字，两部《吕四娘》的"总体构想"一万字，可见他的刻苦用功。他的着眼点开始在宫廷文化方面，1981年初抓取《玉碎宫倾》蒙古族藩王公主与下层猎人的爱情悲剧故事，或许可以看作是他力推《曹雪芹》的准备。《玉》片总体的"美学创作原则""镜头构成及演员表演的原则""主要角色分析"均有详细阐述。而《曹》剧几番努力，难以落实，只好转为古代"功夫片"拍摄，无论"功夫片"类型意识的建立，还是谋划制作的认真，在大陆影坛高天红应属于开悟较早、启动在前的人物。《我为什么去拍功夫片》，对其认识和观念有扼要的说明。他从"养国子以道，乃教之六艺"的古代文武并重的文化传统出发，考量由武术所派生的"功夫片"，自20世纪20年代至今"始终为广大观众喜爱"，指出"除了它的观赏性和美学价值外，还具有它的民族性质"。为了破除"功夫片"的窠臼，高导关于情与打的结合、"气功学"与"人体科学"的结合、"自然音响"与"人工""电声"音响的结合，令人瞩目，确实使"功夫片"的艺术效果更上一层楼。

一位敢于坚持、捍卫自己思想艺术信念的导演，是值得尊敬的。高天红就是这样的导演。他认识到《血誓》题材的特殊性，"阐述"中指明"这个特定的历史背景，以及这个特定团队所要执行的战略使命，便决定了这一事件冲突的严重性和全部思想内涵"。这里所说的"特定"，是指1939年与日寇作战的国民党张自忠部一个团队的"风化事件"。影片上映，有人给它扣上"一窝蜂地拍国军热衷"，"颂扬国民党军人的高贵情操"的帽子，这当然不能让高导信服，于是他坦然与"批评者商榷"。《新中国第一大案》筹备两年多，其间也有来自各方的阻力。1950年至1954年，高天红在天津工作，参加过挖海河及修杨村机场工程，刘、张被正法后还参观过他们贪污腐化的实物展览。对于那个时代氛围和人们精神面貌的特殊熟悉，对于当前反腐败斗争的深刻警觉，促使他不避尖锐，下决心拍好这部影片，如同"阐述"所言——"如产生些许犹豫彷徨，都是卑鄙和渺小的！"影片拍竣，中共中央政治局常委审看、肯定了影片，最高人民法院、最高人民检察院、中央纪律检查委员会、中央监察部等单位联合召开座谈会，足以证明影片的分量与成功。可以说，高导20多年倾情不懈进行悲剧样式的探求，在他晚年的两部影片《十月怀胎》（1996年）和《关东民谣》（2003年）中，也都有刻意的笔触。尽管这两部作品题材本身蕴含着丰富的诙谐、调侃的民间性喜剧因素，也掩盖不了编导者忧愤深广的思绪。

每个导演都按照自己对电影的理解去拍电影。然而，"电影是什么"这个经典性问题自世界电影诞生110年来并无定论，在不少导演那里，观念歧异，有的甚至存在着极大的盲目性。作为长影群体中的"学院派"，高天红从未忽视、疏淡关于电影本性与艺术创造的理论思考。他的文论至少显示了以下特点：其一，把握电影观念的基点与创新。天红是个勤于学习敏于汲取新知识的导演。拍《神奇的土地》，1983年8月15日提出一份五千字的"阐述"，1985年3月8日进而又写出一万二千字的"导演初探"，题目即《我的电影观念》。文中鲜明主张马克思主义美学观念，坚持"现实主义的真实性"命题，而反对时髦的"精神分析心理学"的"无意识"论。他称电影为"知识的综合体"，注意到社会观念和电影观念正在发生的新变化，要求影片拍摄结构上努力打破"传统的戏剧化结构方法"，样式上正视题材本身的"悲剧性"，综合特性上则强化造型性和抒情性。影片的成功，不能不说与导演清醒的创新意识相关。在此期间，一篇对长影艺术传统的反思的文章中，天红先生更是指出了长影传统中抱着"戏剧美学"不放，重内容轻形式、轻视电影造型手段与特性的弊端。其二，雄厚的文学艺术素养。与那些埋头拍片的匠艺不同，天红是个学养丰厚的导演。他 20 世纪 60 年代至 80 年代精心撰写的一批论文，达到了相当高的学术水准。《论"形体动作"对创造银幕形象的意义》征引川剧艺术家张德成的"演剧见解"，《谈主要人物的出场》关于《三国演义》经典场面的分析，《人物与环境》所举《水浒》《红楼梦》的典型例证，《也谈电影中的对话》转述国产片《李双双》《风暴》的成功范例，以及《电影创作中的几个问题》所涉及的影片的逻辑和节奏、影片的情节与悬念、影片的结构等，不但扣紧了电影创作的重要环节，而且论证的视野开阔，解剖细致，充满文化的含量。其三，运用批评手段积累电影的观察与思考。诸如研究《董存瑞》《李双双》《满意不满意》以借鉴前辈，评论《野山》《走向太阳》《浪漫女孩》以激励新人。其四，文论选集尊重历史的本来面貌，保持稳定、一贯的理论品格。当今许多导演随波逐流，缺乏独立的追求；一些理论家包括有的权威人物，常常忘记自己先前说过的话，闻风变色，附庸"新潮"。在这一点上，高天红的人格艺品远远高出于他们，尽管当年文章留下已不"时兴"的痕迹，如《对京剧〈奇袭白虎团〉的剖析》，可据我看，即使此文也并非毫无价值。

高天红是一位有个性有追求的导演艺术家。因为有追求，他的作品生命力长久，依然焕发光彩；因为有个性，他的正直可能影响到他拍片的自由发挥，他的尊重传统又可能会被"新潮"所冷落。当然，那一切不过是过眼烟云而已。我深知，他内心最大的愿望是把凝聚多年心血的《曹雪芹》推上银幕。虽已年逾古稀，可他身心健朗，仍然可以期待。如今文论、作品得以重刊，祈祝《曹雪芹》他日能再现辉煌！

（《高天红电影文论集》，作家出版社，2006 年 10 月版）

焦祖尧与陈柏中

山西的焦祖尧与新疆的陈柏中有何关联？

他们并不相识，但都是我尊敬的兄长，都是工作在黄土莽原、天山高地半个多世纪的江浙秀士。

焦祖尧，1936 年生于江苏常州，1955 年苏南工业专科学校毕业，1957 年开始文学创作。后入山西作协，担任多年省作协副主席、主席、党组书记。有《总工程师和他的女儿》及大量小说、报告文学作品问世、获奖。我和祖尧相识较迟，1993 年始，我在吉林省作协工作，每年全国作协工作会议，我总是与祖尧分到一个讨论小组，他是组长。见面多了，熟识起来，觉得他待人亲切、识见锐利，时常向他请教文学工作上的一些问题。1999 年夏，我参加中国作协的三晋采风团，没想到，这个文质彬彬的山西作协主席，竟有一肚子荤素搭配的笑话，而且在黎城黄崖洞善陀同心石旁的赛歌会上，山东毕玉堂高歌《小白杨》，山西韩石山戏咏《十送红军》，他领唱山西作协"会歌"——《亲个个蛋》，那出奇的幽默与洒脱，让我不禁对祖尧刮目相看。当然，对于他的报告文学写作，我更是敬重有加。90年代中期，收到他寄赠的长篇报告文学《黄河落天走山西》，我马上推荐给我省正在写高速公路报告文学的陈景河。景河看后大为感慨，觉得祖尧采写太旧公路的坚韧精神堪为榜样。而景河的《走出柳条边》出版后，竟又受到祖尧的注意，2001年8月9日，他寄信给我："朱晶老弟：从《文艺报》读到你评长篇报告文学《走出柳条边》的文章，很感兴趣，因为我数月来也在采写一条纵贯全省南北的高速公路项目（667公里）；了解一下吉林的高速公路建设情况有个对比，于我的工作当有裨益。能否请弄一本书给我，不胜感激。"我遵嘱寄出了书并转达了陈景河的敬意。一年后，他那本公路纪实的压卷之作《大运亨通》出版，博得多方好评。

陈柏中，1935年生于浙江绍兴新昌，1958年山东大学中文系毕业。同年分配到新疆文联，历任《新疆文学》《中国西部文学》主编，新疆作协常务副主席、新疆文联副主席。1982年，我与柏中同入中国作协文学所（现鲁迅文学院）第七届进修。他为人谦谨宽厚，是这个编辑评论班的班长。两年时间，我们相处融洽。他十分关心他人，我毕业论文写习读王蒙小说心得，因他是王蒙在新疆的老朋友，就带我去王蒙家登门求教。王蒙称他"老陈"，看得出他们之间的深挚友谊。毕业后，他曾来长春看望在那里读书的女儿晓帆，我们又得以相见，可惜我却一直未能找到机会去新疆看望他。2010年秋，柏中寄来他见证新疆多民族文学60年的评论集《融合的高地》，30万言64篇文章，确实"凝聚了他半个多世纪的心血思考，为我们回顾与审视新疆文学和中国西部文学提供了一个重要的文本"。王蒙说得好：
"老陈的这些文字，对于我来说不仅是文字、文学，而且是时代
是历史，是见证也是伤痛，是青春记忆，是斑斑泪痕也是老来
一笑，是宝贵的经验也是此生的欣慰。"柏中 10 月 13 日来信说，
这本书"很可能是同文坛的告别，该画一个句号了"。又说，"退
下来 10 多年了，我过的是散淡的晚年生活，只是这几年也有些
杂事找上门来，反而使平静的心多少有些躁动不安了，这人间
也实在没有一块可以过宁静、舒心生活的净土！"其实，文坛
上淡泊如柏中者鲜矣。

　　前面说过，焦祖尧与陈柏中并不相识。可我每想起他们，
便觉得他们实在是有不少相似处：他们都是身材修长的江浙赤
子，从 20 世纪 50 年代就走上中西部高原，携妻将雏耽佳句，"乡
音无改鬓毛衰"；他们都德高望重，都是我的良师与畏友，除了
对我多有耳提面命的教诲，他们奉献青春乃至毕生于一隅的事
业精神，他们所达到的崇高的文学境界，应说已成为中国文坛
之地方作家中钻石般宝贵的长者与表率。

（《文学自由谈》2011 年 5 期）

余秋雨的精神驿站

观看吉林电视台《回家》节目之余秋雨"返乡"，观众的心态、反应大约颇不相同。因为余秋雨作为文化学者虽然著作等身、声名远播，但围绕他又一直争议不断。

中国当代的作家、学者，可从家乡、故居找出文化的起点、思想的踪迹者，或许能有一些。然而，其风味、价值则会有很大的差异。余秋雨的"回家"，依我的感受，饱含寻根的真诚，对亲人故土满怀深情，充溢着浓郁的江南文化韵味。

余秋雨打开老屋的窗口，童年的视野又重现在眼前。当年，母亲怜惜成日趴在窗口的儿子，把沉重的窗板换上两页推拉玻璃，玻璃从县里买来，运装几番破碎，到第四次才装上。"窗外是茅舍、田野，不远处便是连绵的群山。于是童年的岁月便是无穷无尽的对山的遐想。……如果让我闭上眼睛随意画一条曲线，画出的很可能是这条山脊起伏线。这对我，是生命的第一曲线"（《文化苦旅·老屋窗口》）。余秋雨实话实说：当时并没有走出这条"曲线"的"遐想"。上林湖畔，吃杨梅，捉鱼虾，捡瓷片，是他忘不了的童年娱乐。在这里，对他精神成长影响最大的是母亲和祖母。

早晨随妈妈刷牙，即便在当时对城里的孩子来说也算不了什么，而在偏远的桥头乡车头村，却应是一种开化之举。余母的文化影响似乎主要不在于教他背古诗、向他讲白话与文言的区别。余秋雨六七岁后跟随母亲、代替母亲为小村农民读信写信、记工记账，才是他更重要的文化启蒙。乡村老百姓的生存状况，他们的喜怒哀乐，他们的所思所求及其语言表达方式，都是在课本上学不到的。如果考虑到这是一片曾经生长出王阳明、黄宗羲、朱舜水这样文化巨人的土地，就会更加理解余秋雨为什么把这个小房间、小村庄看作是自己全部文化行为的起点。法国艺术哲学家丹纳提出过一个著名的观点："作品的产生取决于时代精神和周围的风俗"。他明确指出，"必须有某种精神气候，某种才干才能发展……精神气候仿佛在各种才干中做着'选择'，只允许某几类才干发展而多多少少排斥别的"（见《艺术哲学》）。可以说，正是余姚的"精神气候"，培育了余秋雨"才干"的萌发。

小脚奶奶余毛氏，对余秋雨没有具体的文化传播行为。令人赞叹的是，这位自己没有名字的老人，却给孙子起了"秋雨"这个充满诗意的名字。在后代人心目中，家族危难关头她那种坚韧的人格力量堪为表率。她具有余家男人所没有的凝聚力，她是不断地召唤儿孙们返回故土的某种精神象征。多年后余秋雨才感悟到，当时奶奶的念佛声，是与他读书声相对应的、曾潜移默化滋养着他的民间"庙宇文化"。

　　像人人都会有意外的经历一样，余秋雨的命运也存在着偶然性插曲。他述说的小时一度迷上黄梅戏影片《天仙配》就饶有趣味，他甚至由此生出要当一个电影放映员的念头——后来生活让他从另一途径与《天仙配》形成深刻的关联（娶曾出演《天仙配》角色的马兰为妻），那似乎是一种神秘的"宿命"。浙江奉化那间蒋介石为蒋经国准备的藏书阁，更是一个"奇怪的存在"。早些时候余秋雨借养病而躲避，竟有幸进入这里，找到另一处哺育他生命的文化源泉。这次"进入与走出"，虽然仅短短三个月时间，对余秋雨却有着"脱胎换骨"的意义。"四库备要"与"万有文库"的兼收并蓄，不只打开了他研习古典文学和中外文化的眼界，而且确立了他独特的智力结构和精神方向。

　　余姚和奉化，是余秋雨早期的两个文化基点，尔后步入上海，构成他精神发展的三角形。余姚——奉化——上海，标志着他递进的精神驿站。上海，是他人生的转折与焦点。戏剧理论方面的造诣（写出《戏剧理论史稿》《中国古代戏剧文化史述》《艺术创造工程》《戏剧审美心理学》），奠定了余秋雨的艺术学者的地位。如果就此圈囿自己的研究范围和文化行为，他的学术功业仍可深入和扩大，但不会有今天的余秋雨。余秋雨之所以成为一位成就卓著的文化学者，关键在于他走出了校门，打破了精英文化的自我封闭，在于他的行走与思考，他的探险与考察。由上海出发，他不断伸展、辐射自己踏察的脚步，投入肢体和精神的历险，于是有了探访中国现存文化古迹的《文化苦旅》《山居笔记》，有了追踪中东、南亚、欧洲人类各大文明遗迹的《行者无疆》《千年一叹》。

他在《行者无疆》的自序中说："十五年前（1986年——引者）那天晚上，也是这个时候，刚看完一个僻远山区极俗极辣的傩戏，深感自己多年来的书斋著述与实际发生的文化现象严重脱节，决心衔耻出行。……囚禁是叛逃的理由，但走得远了，这个理由渐渐退去，前一段路成了后一段路的理由。"

《千年一叹》自序这样讲："与笔端相比，我更看重脚步；与文章相比，我更关注生命；与精细相比，我更倾情糙粝。荒原上的叹息总是糙粝的，如果要把它们调理成书斋里的柔声细气或沙龙里的尖声尖气，我如何对得起自己多年前就开始的辞职远行？"

而在《乡关何处》（见《山居笔记》），余秋雨把出走与归家联系起来："诸般人生况味中非常重要的一项就是异乡体验与故乡意识的深刻交糅，漂泊欲念与回归意识的相辅相成。这一况味，跨国界而越古今，作为一个永远充满魅力的人生悖论而让人品咂不尽。"他进而说，"在一般意义上，家是一种生活，在深刻意义上，家是一种思念。只有远行者才有对家的殷切思念，因此只有远行者才有深刻意义上的家"。

余秋雨显然获得了成功。他是一个坚决而执着的远行者，但他没有忘记时时回家重获跋涉的力量，他没有辜负哺育他的那一片土地。余秋雨主要的文化身份是上海戏剧学院教授、散文家和文化学者。其他的头衔相当多，说他是当今中国参与社会文化范围最广、名声最大的教授恐不为过。一个材料披露，为卸掉上海戏剧学院院长职务，他请辞52次，不知确否——可见其自由写作的决心。且不说他如何巡游讲学、评点全国各种大型文化竞赛，单从他散文集出版的盛况，就足见这位"文化明星"的火爆：《文化苦旅》2003 年 4 月第二版第 14 次印刷，90.5 万册；《山居笔记》1998 年 10 月第二次印刷，15.2 万册；《霜冷长河》2002 年 8 月第 31 次印刷，64 万册；《行者无疆》2002 年，11 月第 7 次印刷，44 万册；《千年一叹》2003 年 7 月第 9 次印刷，68 万册；《出走十五年》2002 年 11 月第一次印刷，26.5 万册。无论怎么说，文学散文吸引如此众多的读者、能达到这种雅俗共赏的境界，都应看作是了不起的成绩。这自然要令一批投机盗版的书商眼红，让有些批评家恼火。

这里，我不想具体反驳那些对余秋雨无聊的、强词夺理的批判或攻讦，也不想一概否定所有批评。余秋雨散文不是"样板"，并非无懈可击，读者自有批评的权力。市场经济年代多元文化交织，各种思想、观念、风格的碰撞亦属不可避免。有位先生著文比较余光中和余秋雨，抬光中贬秋雨，并不是说得都有道理，文中有一笔倒引起我一点共鸣："余秋雨风度翩翩，身上颇有股子海派名士味，一目了然，他显得既聪明、精明，还很高明。"这使我想到《乡关何处》中余秋雨"摆脱方言"学讲上海话的经历。乍到上海，方言未改，做客"拥有钢琴的富贵家庭"受到冷遇，在一些场合领教了别人"哈哈大笑"的嘲讽，于是发奋努力，"竟然一个月就把上海话学地道了"。这显示了小余秋雨的乖巧和趋时。他下面的感慨抓住了上海人的秉性："上海话的难学不在于语言的复杂而在于上海人心态的怪异，广东人能容忍外地人讲极不标准的广东话，北京人能容忍羼杂着各地方言的北京话，但上海人就不允许别人讲不伦不类的上海话。有人试着讲了，几乎所有的上海人都会求他'帮帮忙'，别让他们的耳朵受罪。"上海人这种"怪异"的优越感，造成了他们与外籍人的隔膜，据说因此还延续了文学上京海两派源远流长的对峙。不必简单地把余秋雨作品等同于"趋时、趋新，携了商埠文化的功利目的"的海派文学，但从批评心态说，有的余秋雨的批评者就是冲着海派文化去的，类似的地域文化的隔阂与分野，估计短期内难以消泯。

余秋雨散文文本的高品位及传播的多层次大面积覆盖，是世纪之交中国文坛值得认真探究的文化现象。一些有识之士的见解富有启迪价值。学者孙绍振认为，"余秋雨先生的散文出现以后，散文作为文学形式正在揭开历史的新篇章"，"在五四以来的散文经典中，我们还没有发现任何先例：这么长的篇幅，这么丰富的文化背景和历史资料，这么巨大的思想容量，这么接近于学术论文的理论色彩又这么充满了睿智的情趣。"散文家楼肇明声言："余秋雨可能是本世纪（指20世纪中国——引者）最后一位大师级的散文作家，同时也是开一代散文风的诗人。"（均引自网上）台湾诗人余光中曾中肯地指出，"余秋雨先生的书《文化苦旅》在台湾受到相当大的欢迎。""他当然是写散文，我也写散文。不过他的出发点是用文化观察……当时我给他一封信说，你这样的写法，把知性的材料用感性呈现出来，非常有效果"（见《给艺术两小时·余光中、黄永玉谈文学与艺术》）。

《文化苦旅》是余秋雨的成名作。这本书的出版颇费周折。文章在《收获》连载时反响较佳，先后有七家出版社约请出书，他交给了一家外省小出版社。书稿拿去半年，对方声称"审阅"

中部分稿件丢失要求补写，补写稿寄去一年多，被删改得面目全非。幸亏《收获》副主编李小林闻讯强令停印，追回原稿；知识出版社王国伟又雇人重新抄清，才使之死里逃生。1992 年 10 月，余秋雨第一次受邀赴台湾讲学，也艰难备尝。一个人转道香港，在罗湖口岸办入港手续整整花了 6 小时，之后要赶到香港奔达大厦接着办入台手续。跑来跑去，筋疲力尽，结果周六下午不办公，次天周日，周一又逢公休——"我坐在奔达大厦的石阶上，一手搭着箱子，箱子里装着《文化苦旅》，没有人认识我，也没有人可以说话，长长的苦旅，我从古代走到现代，一下子走上了绝路。"未带香港联系电话，天色近晚，举目无亲……后来还是通过国际长途找到台湾接待单位得悉香港朋友的联系方式，才算解决问题。

出书、旅行得如此苦涩与周折，余秋雨今后绝不会再经历了，但我对他依然保持那样的平常心、继续体贴同样沦落天涯的行路者怀有期待。因为这是真正的文化大师必须具备的本真与良知，恰如一位远行回归的游子，若想重获家乡的接纳，他起码要有一颗能与乡亲和故土相通的心。

（《吉林声屏》2003 年 4 期）

天马行空

——读易洪斌的马

洪斌笔下的马，瘦硬矫健，个个叩地有声，跑在大地上，他称之为"凡骥"。可反复体味却又觉得它们有如风鬃雾鬣的"神骏"，或飘风，或流火，或冲霄，携东方雄气，跨空冥苍穹，欲挽天河洗尘色。

我与洪斌是文友而非画友，我写不出洪斌作品在画界的位置。但知道他除了担任省报社长、研究美学，创作小说散文还颇有画名，尤擅画马。1990 年 8 月，就曾求得两幅，一双马一立马，题曰："且舒骥足"，"所向无空阔"。以后他不懈挥毫，"不信世间无造父，拼将华年写汗血"，参与画坛盛事，屡获赏家评鉴，1995 年 5 月，遂有《易洪斌画集》出版。

渲染群马奔腾，乃洪斌得意之笔，尽管其中寓意不难领略，那排山倒海的气势每每给你强烈的冲击。有时，他勾勒的静态的马也往往引我退思，像《曙光初动》中伫立待发的群马或许就更具震撼效果，这与《塞北秋骏》《大风起兮》中迎风挺立的单马一样，都令人感受到一种沉静下的跃动，一种积蓄的、抑郁的、即将爆发的伟力。据说，现代的中国画画家已不再热衷于固守单一题材。然而作为带有抽象意味的具象，洪斌的马则应另当别论。较之他的表现内容，我甚至对他抽象化的风格形式更感兴趣。

宋人刘道醇说："善观画马者，必求其精神筋力：精神完则意出，筋力劲则势在。"法国画家马蒂斯认为，"离开拘泥细节地反映动态，一个人就能获得更高的美和宏伟。"我觉得他们的见解有共同之处。正是这种超越物象追求传神的结构简化与手段纯化，把绘画导向写意与象征，一旦艺术家的功力能将对象特质与人性与主体素养、学识、理想相熔铸，就会使画作在精神层面达到与诗、音乐和哲学的沟通。由此，我理解了洪斌为什么竭力要在笔下摆脱"凡马"的躯壳进而追求"神骏"的风度与气韵，也正是在这个意义上，洪斌的马已不再是马，而成为生气勃勃的美的精灵，成为旨趣丰富的艺术符号。

（《人民日报》1996 年 5 月 9 日）

难忘的几位编辑

　　我喜欢王刚主持的"朋友"（中央电视台三套周日谈话节目）。倒不是对演艺界名人有什么兴趣，他们与朋友之间真诚的互助、普通人的温情以及长久铭记于心的友爱，让我感动。

　　作为走过一段文学路程的业余作者，我时常想起给过我各种帮助的朋友，尤其是报刊编辑。他们既是师又是友，我永远感激他们给予我的扶掖、指教和友谊。

　　我先想到郭志友。他是我第一篇文学评论的编辑，是把我引上文学道路之人。

　　1960年春，他毕业实习（东北师大）到长春二中，辅导我所在的高中二年级。他口才好，字漂亮，《鲁提辖拳打镇关西》讲得活灵活现。1971年，他到通化寻访评论作者，了解到通化矿务局有一个朱晶，不久就发函邀我到长春开会。那就是《吉林文艺》组织的侯树槐小说《高山春水》的讨论会。《吉林文艺》是全国第一家恢复的省级文艺刊物，就一篇小说展开争鸣在全国也属首次，当时影响很大。我写了一篇文章，之后经郭老师推荐，调入省文艺创编室。郭志友对待作者细心热情，几乎每稿每信必复，这说起来容易，多年坚持下来是极难做到的。为此，至今还有一些作者想念他。

《吉林日报》是发表我文章最多的报纸。从编辑到总编辑，我得到过不少朋友的帮助。这里我只提一位：陈英杰。她是70年代初最先扶植我的报纸编辑。我写的多是一些杂感随笔之类，今天已无价值，但正是她教我如何给报纸写文艺短评。那时她头发似乎已开始花白，烟抽得凶，不苟言笑，眼光却挺和善。问起稿子，总是说"还可以""还行吧"，从不夸奖作者，可她又常来电话，找我"命题作文"。后来她调到省文联。在剧协退休，我始终尊敬她。

一定地域的文学、一批新生作者的创作，必须有真正热心、高超的编辑的培育，才能得到进展。王成刚就是这样执着、严格的编辑家。他具备领悟、判断创作现象的出色能力。80年代，他不但紧紧抓住省内一批有生气的作者，而且注意评论队伍的组织。每年一度的"全省青年作者作品"专号讨论会，是作家评论家难忘的切磋和联谊。我就是在他的督促下才不断关注省内中青年作家的创作，逐渐开阔了文学观察的视野。

我投稿最吃苦头的是在蒋荫安那里。1983年初，我在北京学习，写了一篇报告文学述评送到《人民日报》文艺部，责编蒋荫安看了初稿，他没说什么，找了几本报告文学新作交给我："多看一点材料，好作品别漏掉。"3月25日，他约我谈改后的稿子，要我再改一次。4月1日，我又送去题为《人与现实风貌的真切透视》的文章，蒋缓缓看过，认为观点和内容可以了，只是作为党报的论文风格还不够鲜明，标题也要改。我真有点为难了，想打退堂鼓。蒋不容我分辩："你能改好。我们是按重点文章要求的。改后尽快送来。"于是，这篇五千字的文章又改了第三稿，以《报告文学的新开拓》为题在 5 月 17 日刊出。过后，我与蒋子龙说起此事，子龙说，一个好编辑是能把作者"油水"榨干的人。蒋荫安近年担任《人民日报》海外版副总编辑，我与他未再联系，但一直记住并怀念这位善于把作者"油水"榨干的编辑。

评论写作中，《文艺报》给我的帮助很大。1983 年，就现实主义与现代主义论争我写了《也谈技巧与文学观念的革新》，寄到《文艺报》。很快得到理论组李基凯的回信，稿子上了五月号大样。因文中涉及一名家作品，临时被主编冯牧撤下来。李基凯找我去，建议略做"调整"，明确告诉我："编辑部认为你的文章是高水平的，讲了一些别人没讲过的见解。"这篇文章终于被李基凯救活，发表于当年八月号《文艺报》，被一家出版社收入《1979—1983 文艺论争集》。此后，与基凯几次在全国性文艺会议上见面，对他的风度与才华有了更深的感受。1986 年前后，听说他赴美到一家华侨日报任职，就再也未见到他。头两年，忽然在某日《参考消息》第二版见到署名李基凯的对中美航班服务质量的批评。我想那一定是他，基凯啊还是那个基凯！

（《吉林日报》2000 年 7 月 14 日）

从"自述"看徐邦家的人生境界

结识邦家较晚。2000 年邦家在吉林日报社当副社长、副总编辑时，才认识他。2003 年他调到省新闻出版局任职，我刚退休。但对书法家徐邦家，心仪已久。

读《苦乐年华》《我与书法》，感到邦家经历丰富，胸襟博大，对人生、对书艺独有感悟。我只想从其"自述"吸引我的几个点，说点学习心得。

一、不忘早年的贫苦生活

人们常说，人不能忘本。这个"本"，从伦理角度说，除了父母的养育，就是早年促使人成长的生活根基。对很多人来说，免不了有过困苦贫贱的经历。虽然它让某些成功人士羞于启齿，却是人生的宝贵财富。邦家对此十分坦然，不避讳自己早年的贫苦生活。这构成了他人生历史上一道独特的风景。

1965 年 7 月，他初中毕业响应党的号召下乡务农。家里困难，班主任老师和一群女同学在教室里给他做了一套粗布被褥。书中写道："她们用一针针、一线线把师生情、同学情都缝进了这套被褥里。"邦家带着它下农村，进县城；带着它成了家；带着它赴基层任职，又转回长春，一直用了 20 多年。

邦家小时家从舒兰搬进长春，住在南关区省政协大院附近，上学要去安达街小学，路很远，虽然电车票仅 4 分钱，家中也拿不出。每天从小六马路出来，经上海路，走康平街、建设街、德惠路，近两个小时才能到校。中午，家里没饭可带，同学在教室吃饭，他出去溜达，到学校对面看火车。后来被老师知道了，中午就叫他去办公室，和老师一同吃她带的饭。为此，母亲感动得流了泪，叮嘱他不要忘了老师的恩情。

还有一件事。小学二年级时一次放学，同学马云海恶作剧，把他绊倒，他跌伤了腿，走不了路。家里父亲、哥哥都有病，无法为他治伤，马家接受了他，他在马家住了两个多月，连吃饭带治伤。父亲说，不要忘了马家对你的恩情啊！

这些早年贫苦生活的记忆，虽然细小，但确实是他这一代的真实经历；不仅是非常个人化的遭遇，而且反映了当年人情的淳朴。

二、不忘长亲的培育之恩

亲情是人生最大的助力。人人都能感受亲情，但未必会常怀感恩之心。邦家笔下的亲情真挚动人，刻骨铭心。母亲去世早，他心中烙印深刻的是父亲和姐姐。

有关父亲的回忆，让我有感触的是他父亲多变的底层职业。父亲是跟前辈闯关东来的东北。15 岁就到吉林市桦皮厂果子铺当学徒、打工，后到舒兰县饭馆打工，成了小有名气的厨师。新中国成立后回乡种地。家搬入长春后，炸过麻花，当过评剧团厨师，在街道民办工厂砸铁丝，入清扫大队扫马路。这种生计不定的漂泊，意味着父亲生活的困顿，以及他抚育子女的艰辛。正是在这种境况下，父亲竟弄来碑帖，让邦家从小练字，为他打下基本功，使其"终身受益"。

姐姐为这个家呕心沥血。她比邦家大 15 岁，长姐如母，母亲去世后，她就一直像母亲一样呵护着两个弟弟。书中写了她三大功劳：一是进城当了工人，第一件事就是把母亲接过去治病；二是多次向组织申请，终于促成把贫困的家从乡下搬进长春；三是八年间接连送走母亲、父亲和大弟弟三个亲人，备受痛苦的煎熬。

邦家不嫌父亲身处社会底层的卑微，深切体贴姐姐倾力养家的艰难，赞扬了他们的美德大爱，也袒露了自己的知情感恩之心。

三、不忘前期基层的同事

从"自述"可见，邦家是个重情义的人。他记住了每一个帮助过他的人，同时也竭力帮助他能帮助的人。"贵人多忘事"讽刺的是薄情寡义、忘恩负义之人。然而珍惜患难之交、不轻贫贱故旧，也并非人人可以做到，这是人生一个美好的境界。

这里，我只想举一个细节。《苦乐年华》第 29 页，有一张 1969 年 10 月 27 日榆树县供销合作社全体人员合影，前后 56 个人，仔细录下每个人的名字。请注意，这不是省市或国家什么会议的合影，而一个县级单位的普通纪念照。不知别人怎样，反正我留存的很多过去类似的合影，早已不记得前排后排都是谁了。邦家有心，不光是记忆好，主要是对昔日的同事在意，心里有他们。如其所言，"交友不论贫富，一片诚心内外"。

四、蒙冤受贬，扛着"副"字心淡定

邦家座右铭有一条："为官不争大小，保持良好心态"。离岗退休的今天讲述过去从政之沉浮，确实超然淡定。

对邦家的官场经历，我并不熟悉，但听到过不少人对他的赞誉。他是个政绩斐然、问心无愧的公务人员。然而，读其自述，我却觉得他一直扛着"副"字（正职也不少，我指的是重要岗位），似乎其才能未得充分发挥。

一开始，因"副"字受阻，后来就一直扛上了"副"字。1979 年 2 月，邦家被长春市委组织部任命为团市委青年农村工作部部长。次年，后备干部考察，结论："只要团市委副书记有空缺，马上可以提拔"。不久，竟被上面一个心怀嫉妒的领导诬告，未正式履行"处分"手续，就被贬到市农科所。上班后，办公桌被安排在门后墙角，两个多月没人理。苦等三年，才被长春经济技术研究中心启用，并正式为他调查平反。由此邦家记取了"祸从口出"的教训，总结出做人低调、学会忍耐、需要磨砺等可资借鉴的诤言。

1985 年到省政府后，邦家先后担任经济技术研究中心副处级研究员、省乡镇企业协会理事会副秘书长、省驻京办副主任、吉林日报社副社长、副总编辑、省新闻出版局副局长及省"扫黄打非"领导小组副组长、新闻出版政企分开领导小组副组长。所以，我说他一直扛着"副"字。但他十分坦然，十分敬业，业绩有目共睹。

坎坷见世态，磨砺出真知。邦家有关经历的记述，藏沉重于平淡之中，让有类似际遇者共鸣，会给后来者以有力的警策和深刻的启迪。

五、书如其人，盛名之下的谦谨

邦家书法已闻名遐迩。他把自己的书法观归结为：以书为乐，写出自我，以字交友，施乐于人。大家喜欢他的字，也敬佩他的人，就是说，邦家的书品人品俱佳。在这一点上，据我观察，他要高出不少所谓"书界名家"。

我不懂书法，谈不了他的书艺。我要说的是邦家的若谷虚怀。《我与书法》中有篇《艺海无涯》，邦家检讨了自己书艺的不足："书理还没有学全悟透，基本功还欠扎实，特别是楷书的基本功还深欠临帖功夫；隶书变化灵动有余，古朴不足，缺乏汉碑的基础、篆籀的风骨、隶简的风韵，有的字形及笔画离隶书的传统规范太远……还需要在隶篆结合、隶行结合、隶楷结合、隶隶结合、隶碑结合、隶简结合上下功夫。"文中还详录了八十八岁高龄的孙中远先生的一封信，指出邦家书法作品中繁简体用字的失误之处。

邦家的自审精神令人感动。他的自我解剖十分真诚，引述孙先生批评更是虚心大度，这正是我前述他超越平庸的书家人格的体现。

六、还原毛泽东真实人格的诗词书写

我还想说说邦家另部书写毛泽东诗词"百一十五首"专著的不同凡响之处。还是不谈书法，只说他对毛诗的编选。

毛泽东诗词的出版，一直被严格控制。毛泽东生前身后皆如此，这可能是政治需要吧。其实，毛泽东诗词是他人格与思想的重要表征，其各时期作品已从多种渠道被严肃地而不是随意地披露出来。我手里有一本《毛泽东诗词全编鉴赏》（中央文献出版社，2003 年出版），以"正编""副编""附录"的方式汇集毛泽东诗词 72 首。距人们已见版本遗漏甚多，岂可称为"全编"？邦家的"百一十五首"，篇篇标明出处来历，视域广泛而严谨。这本书，可以说还原了毛泽东诗词、毛泽东人格性情的真貌，体现了编者书家徐邦家的胆识。书法集的新意在于，扩收了毛泽东最早和最晚的作品，如 1906 年（13 岁）的《赞天井》、1907 年的《咏指甲花》、1910 年的《呈父亲》，晚年的如 1974 年重病时所做的鲜为人知的《诉衷情》："父母忠贞为国酬，何曾怕断头？如今天下红遍，江山靠谁守？业未就，身躯倦，鬓已秋。你我之辈，忍将夙愿，付与东流？"三个问号，正是毛泽东晚年心中之结。书法集的新意还在于，把明志辞、红军布告、祭母文纳入"诗词"系列，这堪称破格之举，因为毛泽东的这些作品既通俗又充满诗意，绝不该被遗忘。

以上各点，都标示着邦家"自述"的人生境界。其中流贯着返璞归真的精神风度。这就是：不忘根本，直面真相，剥去浮华，复归质朴。这种回顾历史的自省反思精神，彰显了邦家探求人生真谛的达观与彻悟。

奉读邦家"自述"，让我由衷敬佩；邦家真是活得实在，活得明白，活得潇洒，活得精彩。

（《诗文传爱》，吉林美术出版社，2013年11月版）

潇洒王公

在我的印象里，王公是个风风火火的"快乐男孩"，是带前卫色彩的"青年画家"。哪想，他已过"知天命"之年。看到他那些攫人的"特约插图"在《作家》杂志上发表，特别是在艺术学院看过"王公旅欧作品个展"，得知他这些年不俗的艺术经历，不能不令我对他刮目相看。

我和王公相识于1977年。那年他从吉林艺术学校美术科毕业，分到《吉林文艺》。我在评论组，与美术组吴井文交往较多，也就同他熟起来。那时，王公二十出头，蓝褂子，长头发，黑溜溜的眼睛，阳光能映出面颊上细细的汗毛。他兴趣极广，热衷于收藏，一段时间内专收集"日本刨刀"，井文说他"男大十八变，一时一个兴奋点"。不久，他调至省文化局《戏剧创作》，从那里考入中央工艺美院。当时我和井文对他的共同看法是：有艺术天分，颇憨厚而不乏精明，极聪颖又时而冒点"傻气"。一晃儿到了新世纪，其间20多年没联系。2003年的一天，在省图书馆后的旧书市偶然碰见他，我们一见如故，之后我带他到我那塞满杂书的斗室坐了一会儿，发现他搜索的目光集中在

"文革"前新中国成立前甚至民国前的旧版书。此前，我已知他在吉林艺术学院任教，已知他走了好多地方，画了好多画，进了好多高层次画展。但他还是原来那个模样，还那么快活，那么好奇，那么坦诚。后来，从王汝梅老师处得知他与王公合作完成了《金瓶梅全图》（汝梅师编文，王公作画）。

2005年，王公从欧洲回来举办"个展"，邀我观摩，让我大开眼界，对王公有了新的了解。那些钢笔水墨画甚为别致，不但将欧洲风物勾勒得活灵活现，而且画面多有画者的介入，有的是画家头像、思绪充当"角色"，更多是文字的记录、解说、发挥和调侃。王公的旅法日记也挺有意思，大笔记本，文字活泼流畅，可惜只能隔着展览窗的玻璃看。另外，窗内还摆满了他沿途收集的工艺品、古旧器具，真不知他是如何把这些千姿百态的家伙搬回来的。在同年出版的《王公旅法绘画手记》中，王公摆出马约尔雕像式的姿态照相，还有一幅他蹲在教堂祷告椅后的照片，虽然头上太阳镜和系在腰间的绿衫有点儿与环境不协调，但人的眼神倒是虔诚清澈。王公真是人潇洒，艺也潇洒。他说他好旅行，好做梦，要抓紧一切时间去"感知"和"体验"世间的一切赏心悦目的极限——他的潇洒，就是充分享受生活，竭力创造艺术；他是旅人、行动者、梦想家，是不知疲倦的探索者和唯美的圣徒。

王公的文学插图，我由衷喜欢，但说不出什么，因为我实在是绘画的外行。王公近年的插图作品基本上在《作家》杂志发表。《作家》"特约"他，他为《作家》效力，是相得益彰的事。《作家》小说的品位使王公有了"英雄用武之地"，王公的插图也成为《作家》之"一景"，为刊物添了彩。

热心的文学读者，对于赵延年为鲁迅小说、刘岘为郭沫若百花诗作的木刻，捷克人拉达为《好兵帅克》作的黑白画，以及英国人比亚兹莱、法国人多雷的插绘作品，皆会有深刻印象。文学插图，是文字生出的花朵。它受制于作品文本，又有自己想象、创造的天地，其艺术状态恰如贡布里希的一句话："短暂的瞬间从飞逝的时间中捕获了一个持久而严肃的存在。"

王公的描绘，就特色鲜明，具有独立的审美价值。

一是他描绘风格的多样性。王公似乎绝不定于一法，他硬笔软笔兼用，结合情节内容，或线描写实，或挥洒变形。例如《棉花糖》（2002）的古朴白描，《哭泣的盛宴》（2002）的细密刻画，《花季》（2001）带装饰味的头像，《伊莎多拉的精彩周末》（2003）俯瞰视角下的优雅身姿；更多的则如《烟头》（2005）的局部物象拼合，《有关往事》（2002）的粗放写意，《乡间选举的乐子》（2002）的墨色光影反差，《谁能与我大战八百回合》（2004）的旧木刻年画式人物等。在他那遒劲而率真的线条和涂抹中，往往迸射出一种活力、冷峻或荒诞感。

二是他笔下人物的弹性与张力。王公作品中不乏意味的"空镜头"，如《尘世书·乡镇篇》（2005）的室内器物、《幸存者手记》（2007）的山、海、云、树等。然而，王公描绘作品主要还是以人物为对象，其形神观念显然中西兼收，不舍形似更求神似。《巴格达斜阳》（2005）中戴红军帽、着中山装的父亲呈示着"国民性"的某种典型表情：麻木并不寡欲，懵懂隐含狡黠，冠冕堂皇却难掩骨子里的粗俗。如果说在《南方礼物之四》（2007）

我们看到了一张红润、秀美的面庞，那么《章鱼》（2003）展示的却是充满了恐惧，被海浪、章鱼爪缠绕的头颅。形姿各异的男女二人组合是插图集较多见的画面，《虹影》（2002）里男子阴沉的面部与背后鲜亮的女人体构织出一种微妙的韵致，而《阶梯》（2003）中两个漫画男女的上下呼应，似乎由台阶把他们的关系做了含蓄的延伸。

三是他描绘里文字的魅力。王公的字朴拙洒脱，洋洋洒洒，密密疏疏，除了摘引文本的表意功能，还在构图、营造氛围和揭示人物心理活动方面有着独特作用。《英雄之二》（2003）移用旧连环画方式，画幅中圈出人物的言语，平添一丝世俗风情；《缝隙之二》（2005）文字盘旋在人物头顶，直接就成了画面不可分割的组成部分。

写到这里，我不禁想起20世纪后半叶美国自然主义兼抽象主义画家安德鲁·怀斯的表白："我从不仿制某一形象或幻象……我要找第三种表现方式，那不是画我面前僵死的形体，不是如19世纪美国画家威廉·哈纳特那样精描细绘的作风。我要和对象生活在一起，得到将抽象与具象混在一起时的最初印象。"针对一些人对他的误解，他又说："许多人说我带回了现实主义，他们这是想用伊肯斯和霍默来束缚我。我看，他们错了。老实说，我认为自己是个抽象主义者。伊肯斯的人物在画框里呼吸，而我的人物，我的对象，却以不同的方式呼吸，我的画里有另一种内核——一种可称为抽象的激动。"

王公的画，是否也可作如此解读呢？

洪峰的胆识

作品接连接被《人民文学》《中国作家》《小说选刊》《中篇小说选刊》《作家》刊载，能受到王蒙、李国文、王肯等有影响作家的关注，《文艺报》《读书》《作品与争鸣》《文艺争鸣》发表评介和讨论文章——也许说明不了什么，可对于一位青年作家特别是吉林小说家来说，并非易事。

吉林多怪才。洪峰也应算一个。我们这儿出过几位大有争议的电影导演、诗人，小说家，青年理论家。洪峰小说，到目前为止无"争"有"议"，却也有些人总觉得悬乎乎的。倒不是担心洪峰本人会被怎么样，而是疑惑于他的作品能否站住脚——这样写，行吗？其潜台词是：像《勃尔支金荒原牧歌》那样渲染两性之爱，像《奔丧》那样失敬于先辈父老，像《瀚海》那样涉笔变态的兄妹关系，太出格。

着眼于局部或细节，读者可能产生种种不适应、不习惯之感，甚至会提出若干有道理的意见，然而，结合全篇细心体会，就又会发现洪峰小说这部分内容更丰富的意味。小说细节与情致的宏观效应往往难以与情节整体割裂。所以，对洪峰小说的判断，不宜固守常规，以偏概全。

有的评论者对洪峰的叙事方式更感兴趣。《读书》十一月号汪政、晓华的《冒险的叙述和对阅读的挑战》，是我见到的洪峰小说评论中最有见地的文章。作者指出了洪峰作品故事情境与讲述方式之间的不协调，认为这是一种"反文化的叙事态度和心态"。问题是目前文坛上变幻叙事花样的作者不乏其人，人们经常碰到所谓对阅读的"戏弄"，为何不易感受到读洪峰小说那种心灵撞击力？！可见，透过叙事方式还有值得探究的东西。

也有人力求从洪峰作品的"真诚"上寻找奥妙，认为洪峰的魅力在于他描写的是自己的亲身经历，在于其"自叙"的坦率。我毫不怀疑洪峰的真诚，但我并不相信洪峰小说就是他的"家史"，不相信任何作家的个人经历都具有历史的或美学的价值。

当作品阐释成为"智力测验"时，作家总要显得比评论家智商高。附会式地猜测作家更会费力不讨好。鉴于此，评论家们纷纷走出这条危险的峡谷，以摆脱愚蠢。这里，我也只想自顾自地说些与洪峰作品不那么贴边的话。

洪峰小说，对我是有吸引力的。老实讲，我并未读透，但确有感触，时而惊诧，时而疑惑，时而被刺痛，欢悦不多，在他那特有的淡漠的陈述口吻里，我可以领略一种强烈的忧愤，触摸到一颗滚烫而跳跃的心。不过在被一些人称之为"调侃"的松弛语句里，我有时却未感到幽默，也未感到潇洒，而是觉察了一丝隐约的油滑。

表面看，他的语言似乎粗俗，不规则，故事苍凉，色调幽暗，然而，《生命之流》中那个立志下山寻母的猎人之子，《奔丧》中"我"与玲姐那虚无缥缈的未了之情，《湮没》中碧波下挣扎着的灵魂，《小说》里骑车女郎伤心的哭泣，却又令人感到从作品深处泛起一片闪烁的光亮，一缕温馨的柔情。

已经有人把洪峰与莫言相提并论。在小说的文化意味方面，他们有相通之处，又有明显的差异。李陀说，莫言"对已经逝去的旧生活做了过多的美化"，而洪峰却没有那些"透明"的"童话"，他冷峻地申明：自己笔下的生活"没有诗意"。由此，也就不难理解，死亡何以成为洪峰小说触目的主题之一（一篇《瀚海》，竟写了六七个亲人的死亡）。

洪峰的特点取决于他的思想透彻（包括其偏激之处）和美学意识的更新。他摆脱了某些中年作家身上那种因袭的重担，避免了某些青年作家的浮躁与浅薄。他洞悉并蔑视源远流长的封建观念给几代中国人的腐蚀，多从伦理与人性的视角展示自己的叛逆性，但他没有像韩少功的《爸爸爸》那样仅仅一股脑地把愚昧、落后和丑恶端出来，尽管也有分寸失当的时候；他不满于传统的叙事方式，艺术上并不安分，同时尚未轻率地抛弃小说的戏剧性和地域色彩。

洪峰成长于变革时期，变革势必又给他带来新的考验。洪峰的下步路并非坦途，好在他有勇气，敢于向自己向文学的过去和弱点挑战。我羡慕洪峰的才气，更钦佩他的胆识，我始终坚信歌德这句名言："在每一个艺术家身上都有一颗勇敢的种子。没有它，就不能设想会有才能"。

（《吉林日报》1987 年 12 月 8 日）

齐铁民：底层民生的文学守望者

新时期吉林的小说作家中，齐铁民应属较早崭露头角、后劲十足的一位。但他向来十分低调，很少参加文学界活动，很少申报文学奖项。2002年首届吉林文学奖，在几位评委联合推荐之下，他的中篇小说《有泪悄悄流》被"补入"并获奖。2006年年底第二届评奖，这期间他写出了更多的佳作，可仍然没有申报。有人感叹地称他是个"怪家伙"。

我与铁民相识多年，虽然往来稀少，内心还是相通的。我曾一度跟踪他的小说写作，很为他的底层情结所感动，很为他近年的成绩而高兴。1997年，他的中篇《凤凰落魄》被山东电视台改编成电视剧《有这样一个支部书记》（5集），获全国"五个一工程"奖；2004年，《有泪悄悄流》被改成同名长篇电视剧（21集，获全国电视金鹰奖）、中篇《豆包也是干粮》新近被改成电影《别拿自己不当干部》（冯巩改编、导演、主演），都引起了强烈反响。作品能够引起影视界的青睐，是不少作家求之不得的，然而铁民却处之淡然，毫无"触电"的积极性，从不参与"改编"，牢牢坚守着作为作家和原创者的写作领域。这实在难能可贵。应当说，齐铁民的小说尚未得到足够的评价，但已受到评论界贺绍俊、李建军等有识之士的注意。

齐铁民写作的视域与格调取决于他长期的基层生活的阅历。上山下乡是他人生的第一课，1970年，19岁的他随知青返城潮流进入长春纺织厂，从细纱车间保修工到厂办秘书，一干就是18年。1988年调入长春日报社当一版编辑，后任总编室副主任。他的文学兴趣，正是由知青和工厂的生活经历所激活。1973年起诗兴大发，与他的文学搭档鞠显友一块儿写了六年，1979年后两人又联名在国内刊物上发表中短篇小说40余篇，成为吉林文坛一对引人注目的"兄弟"。1985年显友进市文联《春风》月刊，不久铁民转到报社，各忙各的工作，搁笔分手。这之后间隔近十年，1994年至1995年铁民化名在《春风》半月刊连续发表20多篇短篇小说。又七年过去，铁民迎来了自己中篇小说的"喷发期"，2002年至2004年两年间，在《春风》接连发表八部中篇：《有泪悄悄流》（2002.1）、《拴马桩》（2002.3）、《好大一个中国结》（2002.8）、《张小霜和她的姐妹们》（2003.2）、《那年代没有迪斯科》（2003.5）、《豆包也是干粮》（2003.8）、《非常台词》（2004.3）、《我们的阳光》（2004.7），虽然只发在一个文学刊物上，作品影响的辐射面却相当大，除了《我们的阳光》因涉笔工人住房困难而显得"敏感"外，其余七篇分别被国内重要选刊《小说选刊》《中篇小说选刊》《北京文学·中篇月报》及《作品与争鸣》转载。此外，《小芬的世界》登上《当代·长篇小说选刊》，另有中篇刊于《啄木鸟》。

市场经济中诚信存在的真实性与价值问题，已经引起人们的严重关注。一些人认为，当今是义利悖反的年代，义利难以兼顾共存，"进入狼群就必须具备狼性"；另一些人认为，诚信、友爱等传统美德并未消失，改革进程中最危险的精神失落就是背信弃义的蔓延——从商业欺诈到人性异化。当代文学关于"人文关怀"的呼吁不绝于耳，然而底层民众的命运仍为不少作家创作的盲点。先锋文学咀嚼一己之悲欢，流行文学迎合市民趣味，某些"主旋律"作品则把民众置于陪衬地位。齐铁民是国内较早聚焦于底层民生、特别是当下工人生活的作家之一。在齐铁民及一些新现实主义作家作品中，我们终于贴近了作为主人公的底层平民，不但体验了他们的喜怒哀乐，而且也领略到齐铁民等对他们重建自己生活的期望和信心。

底层是齐铁民倾心守望的领域，普通民众与他的生命血肉相连。他忠实于自己的观察与信念，他敢于正视社会转型期底层民众的困境与痛苦，他由衷赞美他们未泯的良知与自立精神，他热切呼唤社会正义与人性之善，以打破这个历史阶段中国人的心灵壁垒。《有泪悄悄流》真实地描写了女主人公开始打工时的一种怀旧心理："张小霜非常怀念在日杂商店工作的日子，那时，她的心里没有任何负担，没有任何压力，十几年里上班下班，没想过什么是生存，更没有品尝过艰辛……"这是带有普遍性的依赖传统体制的一种惰性心理。随着对经营的深入参与，张小霜知道那是再也回不去的昔日"乐园"，生活已上了新轨道，人们也必须寻找自己的新位置。从作品既成形象的气质与张力推测，今后的张小霜无论怎么变化，她也绝不会舍义逐利，成为小说中那个极端自私利己的白雨屏式的管理者。当然，小说中的人物能在多大程度上把握自己的命运，他们的生活取向可否单单以自己的道德信念为准则，他们的未来日子是否存在可靠的依托等等，齐铁民并没有给出唯一、固定的答案——他不想把生活简单化，他愿意让读者凭借自己的实践和思考获得对于现实应有的认识。

（《长春日报》2007 年 3 月 7 日）

做书人于二辉

在吉林文学圈，不认识出版局领导的人不少，不认识老编辑于二辉的人不多。

我与二辉相识较晚。20年前的1997年，长春举办第七届全国书市，北京《法治日报》的高红十应邀来长签名售书，她是吉林人民出版社一套青年作家丛书的作者之一。红十与我是中国作协文学讲习所（今鲁迅文学院前身）第七期同学。她来长春，我们自然要见面。拿到她那本散文集《无话可说》，才知责编大名于二辉。其实，二辉名字早有耳闻，那次是近距离"接触"，后来我一度与窦应泰有联系，也从他那里知道二辉是位非常义气非常能干的编辑。

二辉为省内外作家编辑过大量佳作，于此可见他的眼界与胸襟。我想说的是，他对青年作者的热心推举。我参加过他担任编辑的两位青年作者作品的研讨会。一是杨莹蓥的《凝暮颜》，一是赵振羽的《神·灵·雨》。前者，60万字的长篇小说，作为年轻的比较文学女博士，其小说笔法前卫，现实与幻想、写真与荒诞相交织，充满了抒情性和神秘色彩；后者，27岁哲学博士生写的一万八千二百行的叙事长诗，诗剧体例，语言欧化，全诗沉浸在"艰涩和费解的语境以及天书般的故事里"（二辉评语）。在他们那富于青春想象与探索精神的作品中，我感受到如二辉所说的"后生可畏"及其"揭竿而起大闹天宫"的写作锐气，更看到了他们身后那位目光坚定而深邃的编辑家的鼓励与包容。

让我钦佩的，还有二辉对作家的卓识慧察。他说高红十："豪爽、大气、亲和、幽默"——印象精准；他看窦应泰，"以近代史料与海外亲友提供的大量生动资讯作为当代热点人物传说创作的素材"，已成国内"创作人物传记的第一高手"——点评到位；面对胡西淳，则一反成见——"都说天津人油腔滑调，而西淳属于特例。他的为人坦诚真诚忠诚，办事有头有尾，干净利落"，可谓知心之论。

诗名远播的二辉，留下不少好诗。《人生诗传》坦荡明快，微言大义。而感恩母亲："血乳养育三儿郎，终身从教未彷徨，吃尽人生千般苦，怎料晚年尿多糖。"（《母亲》之一），平易幽默，赤子情怀，尤其动人心弦，不禁令我顿生敬意并慨叹不已。

王充说："牛刀割鸡，舒戟采葵，铁钺裁箸，盆盎酌卮，大小失宜，善之者稀。"二辉即为这样的"善"者，这样——操大器而施小技——的"善"者。

（《读人品书常言道》，吉林人民出版社，2018年1月版）

理解赵冬

文学时段上，我和赵冬隔了一代。他60年代生，我是40年代人。按目前流行的讲法，他是新生代，我属于传统派。据说，70年代出生的作家开始成气候了。

文学流派的更替当然不会如此简单，大约也不必仅仅依据年龄分期划代。

不过，差异的确存在。读赵冬的散文、散文诗，就强烈地感到与这一代年轻人心态的不同。我的意思是，随着岁月的流逝，我这样的人，正逐渐与现代拉开距离。这似乎不表现在我们对电脑和网络所知甚少、束手无策，或者我们把迪厅视为噪音；也不在于我们不愿意赶时髦追潮流，舍不得或难适应"高消费"，不懂得如何"包装"自己、"推销"自己。问题恐怕反映在我们与外界与公共生活的关系方面。我们丝毫不会忘记公共责任，然而，家庭淡漠、社交兴盛风气之下，我们少了点热情，宁可退避三舍，固守家园；面对自由择业、人才流动，我们多了点惰性，往往求稳怕变，安于现状。由此影响到思维与情感，我们将逐渐变得迟钝、闭塞和僵化。

这算不算一种稍有自知的自我解剖?

当然,40年代人不会甘于守旧或落伍。我们还想跟上时代,想更多地了解新事物、新一代年轻人。而且,我们确信,在我们身上还不乏为现代所必需的宝贵素质。我们的人性之光并没有泯灭。

从这个意义上讲,我和赵冬又存在着相互沟通与理解的可能性。

以实际年龄计,赵冬不属于文坛最年轻的层次。但流动在他的散文诗中的情感应说是最新鲜、最纯真的,他的散文、散文诗广受少男少女们的青睐绝非偶然。

我与赵冬几年前就有过书信往来,他给我寄过他写的书。可我没有想到,他的写作竟如此勤奋高产,他的散文、散文诗竟有那么广阔的青年读者面。据我看到的一份"赵冬创作年表",从1984年到1997年,他在全国各报刊发表小说160余篇,散文、散文诗240余篇,诗、杂文、评论、翻译小说近百篇。令人惊叹的是,1998年将成为他创作的丰收年,有《如歌岁月》等4部散文集《花开的声音》等5部散文诗集、3部"青春文集"、1部长篇小说、1部中短篇小说集,以及他主编的10部散文集分别由国内10家出版社出版。

这本《花开的声音》,是他青春系列作品中的一部。记得50年代有一部捷克影片,主题歌就是咏唱一朵小花:"小小的花儿快快开,你要开得让人人爱,从清晨直到深夜,把芬芳洒到全世界。"歌词稍拙,曲调动人。花开,是生命与青春的绽放,它柔嫩、清新，阒无声息却携来美丽的色泽和芳香的气氛；它抖动、怒放，不可遏止，盛开中伴随着新生的呐喊。用花开的声音比喻青春与初恋的心曲，再贴切不过了。

赵冬的散文诗，并未刻意炫耀新一代人的前卫与新潮，也毫无晦涩与怪异的表演。《花开的声音》专注写情，青春的独白与感叹，少男少女的心语与思恋。韵脚不分明，语句颇考究，力求自然晓畅，又工于雕饰华丽。

诗意来自情境与心绪的映照或错落，来自感情细腻微妙的交流或逆转。"你说四季最肥的是春雨，最瘦的是秋霜；我说情感最甜的是相聚，最苦的是别离。"春雨相聚，秋霜别离，景语即情语。"风撩起你一绺绺飘动的黑发，山口百惠唱的《横须贺的故事》被呼呼地掠起，吹落了蹲在你肩头那紫色的夕阳……"紫色的夕阳"蹲"的肩头，黑发像山口百惠的歌儿那样飘动，温婉的东方情调油然而生。而"情人眼里的泪，老人额畔的斑"，"容易升起的是诺言，容易坠落的是泪滴"，则是年轻心灵凝结的辛酸又苍劲的妙句。

海滩，孤岛，红帆，长堤，秋千，吊车，酒吧，风亭……赵冬的主人公们无处不在，星眸红唇，花前月下，诉不尽的缠情绵意，扯不断的梦回神绕，这里有倾心、钟情、交谊、眷恋，有牵手、触摸、初吻、拥抱，还有别离、相思、变心和失意……

他们没有听到、看到或想到别的什么，他们沉湎在两个人的世界，陶醉在爱的海洋。

他们是否太专注、太狭窄、太自私？

不！这是我们曾经有过却未能真正经历的情感生活，失去了永不再来，我们应当羡慕他们，祝福他们，不必打扰他们。不要让滚烫、欢跃的心再重新冰冷、麻木起来。

爱之外当然有更广阔的世界，有更粗粝、更坚实的人生。这一切，青年一代肯定会有面对的勇气和新异的作为。

让我们真诚地相信和理解他们，包括像赵冬这样潇洒而执着的青春歌手。

（《文艺报》1998 年 8 月 25 日）

油画家吴宇芳：关东乡土情怀

认识吴宇芳，是 1971 年在省文艺创编室。我在《吉林文艺》编辑部，他在美术工作室。宇芳 1965 年毕业于吉林艺术专科学校（即后来的吉林艺术学院），同年留校任教。"文革"后期调到这里。我对美术有兴趣，与他多有请教与交流。还记得他那发表于《吉林文艺》（1973 年 7 月号封面）的油画《毛主席在书房》，凝重大气，颇受好评。1977 年创编室解散，他回艺术学院当教授，曾赠我一幅油画《小白桦林》，画布上点染着晚秋苍黄的斑驳笔触，十分醒目。

此后见面不多但未断联系。2017 年 12 月 1 日，吉林艺术学院举办"艺海无涯"四人作品联展，我得机会一睹宇芳油画近作的风采。

吴宇芳主攻油画，其题材大多聚焦东北农村生活。他笔下土地田园的沉实与清新，乡村农民的质朴与淳厚，动人心弦，令人向往。一位老农蹲在待耕的开阔田地上，蓝布褂、红脸膛，用粗壮有力的大手团住土块，察看着墒情，似乎要从土里捏出

"油"来（《土地》2009）。这幅画，典型地表征了农民与土地的亲密关系。《谷雨》（2001），春天地头，扶犁和点种两位老哥支起烟嘴对火，旁边一围头巾的蓝布衫女子正蹲着弄犁杖。前景乍开的野花，远处村舍、刚冒绿的树丛及身后大片沃土，构图简洁而富于动势，烘托出一派朝气与生机。《大路》（1984）《送公粮》（2002），都是展现农民送公粮的情景——前者氛围热烈，雪地上送粮马车、小拖拉机争先恐后，送粮人皮帽大氅，手里挥着大鞭子，乐呵呵地迎面走来，这可能是宇芳笔下场面最大、人数最多的一幅画作。后者则朔气凛冽，大雪染白了粮袋和棉衣，粮车一侧穿靰鞡鞋和毡靴的三人顶风冒雪，挺立前行。虽然视角、场景不同，但两幅作品同样洋溢着农民丰收的喜悦，人物急切、坚定的身姿，显示了一种报效国家的责任心。如今农民免交农业税，倒使此题材作品更具历史意味。

对农民的刻画，画家视域开阔，观察细致，往往切入他们的日常生活。《贫农的儿子》（1980），截取老农送孩子上屯小学的瞬间，笔调庄重沉着。教室门前，两个人物背立，其后摇尾张望的小白狗打破了构图的板滞，孩子蓝色新衣与老人褐色旧袍形成对比，老人腰间挂的旱烟袋小葫芦、室内墙上的毛主席早期图像，标示出年代的久远。肖像画《东北老农》（1984），似乎是同一人物转身的近景，扎撒的毡帽头捂着耳朵，满脸皱纹镌刻着岁月的沧桑。《欢乐的农家》（2001），抛撒的苞米粒，活跃的鸡鹅群，远处吃奶的四个小猪崽，环绕着扬手喂食的老奶奶，欢动、快乐、惬意，俨然一幅农家乐。人物神情敞亮慈祥，周边的草编鸡窝，扣挂篱笆上的水桶、葫芦，增添了小院儿的农家味道。无论主体人物塑造，还是构图布局情绪渲染，《欢乐的农家》应该说是近年国内油画创作的一幅佳作。《金秋》（2009）、《小山村》（2010）、《鲜瓜地》（2010），皆从不同侧面，以丰富的色彩赞美了乡村新生活。关东风俗，是东北人长期积淀传承的特殊生活方式，是携带着诸多历史文化的习俗风尚。它集中体现于乡村大地，凝结着农民的智慧和人生况味。《关东腊月》（2012），表现杀年猪、切血肠，两个妇女在灶旁案前忙碌，老人小孩围前绕后，场面热闹喜庆。靰鞡鞋，旧时关东农民土制的皮鞋，絮上靰鞡草或羊胡子草，就成了棉鞋，轻便，耐用，防寒。《晾靰鞡草》（2011）即为这一民俗的形象展示，坐在炕上梳理靰鞡草的老者神态专注、安详，画面右方的靰鞡鞋、棉袜子，真切、微妙，有如那个年代的标本。而《摇篮曲》（2010），则明朗、温馨。年轻的母亲站在窗前绣花，外面春意绽放，身旁悠车里的小宝宝正甜蜜地酣睡——"养个孩子吊起来"——宇芳所描绘的关东民俗，亲切而充满情趣，其中有些老百姓熟知的行为习惯或许正从当代生活中消失，但它们留给人们的文化记忆却是优美的，难以磨灭的。

吴宇芳的乡土油画，不慕俏丽花哨，不求抽象变形，而是注重人物造型和环境构成的生活原生情态，用笔设色探寻一种明快又沉郁、粗粝而不失细微的表达。就是说，他始终坚持现实主义的创作风格。这种倾注对乡土和农民真挚深情的艺术追求，究其根源，不外乎取决两个因素：其一，他不忘自己是农民的儿子，将农村乡土视为他生命和艺术的根。吴宇芳生于长春郊区，父母是农民，他14岁读中学才进入城市，参加两届农村社教工作队，并于 1970 年在扶余县立新大队建立深入生活基地。定期下乡与农民"三同"，对深入了解东北农民的精神面貌是极有好处的。他这样谈自己的家乡："这里是富饶的黑土地，这里的农民勤劳、善良、崇高、俊美……他们的这种品质深深地印入我的心灵。"他说，"丰富优美的东北农家生活一直在我的脑海里萦绕着，促使我拿起画笔，怀着十分敬畏的心情表现他们"，"不断塑造俊美的关东农民形象"。其二，他信奉现实主义画派的优良传统。宇芳深受 19 世纪俄罗斯"巡回画派"和法国"巴比松画派"影响。"巡回画派"开创者彼罗夫《睡梦中的孩子》《三套车》强烈震撼过他；而"巴比松画派"的乡村风情歌手米勒，被梵·高视为"榜样""圣人"，他的《播种者》《拾穗者》等，表现农民的"贫困而美好"，也一度让吴宇芳着迷。他曾经对某些画展排斥现实题材，"挫伤了许多画家反映现实生活的热情"提出过批评，他坚信："作者的感与情，要和人民大众的感情相通，作品才能放出光彩。"正是多年的坚守与探索，铸就了他乡土农民画的独特魅力，得以多次在国内外重要画会展出。

当然，吴宇芳画作的选材与技法并未完全限于关东乡土的写实。题为《长白深处》（2014）的林中雪景油画，明显吸取了印象派的笔法，白黄颜色交渗错落，造成雪与树相互掩映的朦胧意象。他的静物画、女人体作品，他的环境装饰设计，也都达到相当高的层次，彰显了其深厚的艺术素养。

（《文化吉林》2017 年 12 期）

写在小鸿《四季故事》出版之际

女儿长大成人了，但我仍然叫她小鸿。

《四季故事》，她的第一本书，笔涉新闻、电影、电视、戏剧、文学……多年过来，工作之余，她竟有这样的收获，是我没有想到的。"四季故事"这个书名好，不仅巧妙透露出书中内容的多姿多彩，而且也可让人推想作者写作历程的阴晴冷暖。回顾一下，女儿择业及兴趣或许受点家庭的影响，然而她知识的积累，作为父亲的我到底对她有过多少帮助？心中实在惭愧。

她是自己"闯"出来的。

她上大学，就是自己跑到哈尔滨考入了北京的一所学校，所学专业正是我的"短板"——戏剧。在这个我最生疏、未敢置喙的领域，她开启了自己的艺术思维，从而很快在知识观念上超越了我。

从念书到工作，小鸿保持了强烈的求知欲。她的文学阅读量、影视观片量相当大，在深入思考的基础上，形成了自己的传统与前卫相衔接、相交融的现代意识。2011年，山东电视艺术家协会一位友人邀我去济南参加一个纪录片学术会议。在撰写讲稿的过程中，我看到了小鸿关于纪录片的研读笔记，她还给我推荐了一批中外纪录片经典，开阔了我的眼界和思路，于是便有了我们合作的论文《"纪录价值"三题》。

倾心于文学艺术的探求者，应当怀有一颗永不安分的心灵。小鸿具备类似的素质。她为人善良，富有爱心，感觉敏锐，兴趣广泛，乐于尝试各种体裁的写作。大学读书期间，就参加电视节目策划、编导和影视的拍摄活动；毕业后到新闻界，娱乐人物、文化活动的采访成了她的强项，锻炼了她的交流和写作能力；担任期刊编辑工作后，更是写出了几部有特色的剧本和小说。给我印象较深的一个是中篇小说《盛宠时代之鸡飞狗跳》，一个是电影剧本《孝心不能等待》。前者以身边的小鸡小狗为题材，笔调幽默潇洒，颇含先锋意味，动物的灵性、人的温情，被描写得活灵活现；后者取材于一部孝敬、怀念母亲的真实日记，此书在网上和读者中广受关注和推崇。小鸿得到了作者的改编授权，几次到沈阳、重庆实地采访，抓住感恩母爱这个深得人心的主题，写得洗练而动情。剧本申报国家广电总局备案，应说已比较成熟。让人遗憾的是，最终投拍搁浅。还须提及的，是她的电视文案写作，不仅文字活泼清新，而且蕴含着对近期影视现象的透辟观察。

孔子说："志于道，据于德，依于仁，游于艺。"（《论语·述而》）又说，"质胜文则野，文胜质则史。文质彬彬，然后君子"（《论语·雍也》）。写作，属"游于艺"，但它离不开"道""德""仁"，应力求达到"文质彬彬"的境地。即使是业余爱好，写作也可能成为人们追求心灵自由的一种途径。对于小鸿今后的写作，我有两点建议：一是文体类型上应更集中些。先前的各种尝试，似乎与专业经历有关，是初学练笔，是基本功的磨炼，未来应更着力于某个类别或侧面，例如影视剧本的写作。二是在语言文字的学习、运用和积累上要下更大的功夫。小鸿的语言文字运用，已基本达到灵活自如的程度，但素养还不够深厚。言而无文，行之不远。语言文字书写能力，是一切文化创造的基础。学习语言文字是一辈子的事，特别是必须在中国古典文学的阅读和钻研方面付出更多的辛苦，才可能进入写作的新境界。

学无止境，写作无止境，小鸿，愿你继续努力，加油啊！

（《四季故事》序一，二十一世纪出版社集团，2015年7月版）

追忆唐达成

　　第一次见到唐达成是 1983 年 4 月。那时《文艺报》在北京文化部大院，达成同志是副主编兼中国作协党组副书记，与冯牧（主编）、唐因（副主编）等挤在一间小地震棚里。在全国文学界，他们算得上是重要人物了，可办公条件如此简陋，实在出我意料。

　　那天，《文艺报》的晓蓉引我去见唐因，他是我在文讲所学习的辅导教师。记得唐因当时兴致较高，端着茶杯，慢条斯理地谈了不少关于"文艺批评应当是美文"的见解。达成同志在处理其他事情，因前不久以笔名"唐挚"写过我们所议论的一位女作家的评论，偶尔也插说几句话。唐达成是我钦佩已久的评论家，他和唐因合写的评《苦恋》文章曾影响很大，有"二唐"同时对我耳提面命，我自然深感庆幸。唐因瘦弱、苍白，略显孤傲，而达成则眉清目秀，高大魁梧，待人谦和有礼。他令我印象最深的一句话是："评论作家，不但应当了解作家，更要理解作家。"

　　此后，我虽然多次给《文艺报》写稿，拜访报社并见过达成同志，因他十分忙碌未敢贸然打扰他。1995 年 4 月初，我去北京筹备乔迈的报告文学《世纪寓言》研讨会（吉林作协与人民文学出版社、文艺报联办），专程登门邀请达成同志出席。已离休的他，住在安定门外东河沿一幢高层公寓 12 楼。楼道、电梯很窄小，房间倒相当宽敞，但采光不佳，墙壁也未粉刷，几间屋子摆满了书籍、字画和古董。坐在一个老式的大沙发中再次聆听这位师长的谈吐，我异常兴奋。达成同志正在整理旧稿，他几次感叹，"过去耽误了太多的时间！"从他口中得知，1957 年他被打成"右派"与一篇文章（《烦琐的公式可以指导创作吗？——与周扬同志商榷几个关于创造英雄人物的论点》）有关，"文革"前就遭"下放"，直到 1977 年冯牧和马烽几经周折才把他从山西调回《文艺报》。4 月 11 日，达成同志准时赴文采阁开会，做了精彩发言。翌年 3 月，我们在北京召开长篇小说《雪殇》研讨会，达成同志不但又应邀到会，而且认真写出评论《气壮山河的悲歌》，在《光明日报》上发表。

大约这年 7 月末 8 月初，我把刚出版的电影评论集《守望电影》寄给他，没想到过了不久就收到他的回信：

朱晶同志：

惠寄的《守望电影》已收到。谢谢。

从书名中就可看出你对电影的一片痴情。翻了几篇，更感到你思索的认真和执拗，或许也可说是痴情之作。其实研究任何学问大约都得有点"痴"，有点"衣带渐宽终不悔"的精神。现在迷恋电影的"狂热分子"不少，但有多少人真正下功夫去研究它的内容与表现手段呢，因此你的集子很不简单，愿你再接再厉。

匆复　　即颂

夏祺！

唐达成

1996 年 8 月 20 日

毛笔字写得挥洒飘逸。后来才知道，他的书法名传京畿，其父唐醉石更是金石书法大家。达成同志的信语重心长，表达了一位文学前辈对地方作者的殷殷瞩望，令我深为感动。

1999 年听说达成同志罹患大疾，几度入院。我曾托朋友转送药物并致函慰问。10 月中旬惊悉噩耗，先生于 10 月 5 日 19 时 50 分病逝。

在我的记忆里，达成同志是个笑容灿烂的大雅之士。我仅知生于 1928 年的他，1946 年步上文坛，1949 年考进新华社，1956 年入党；仅知他曾任中国作协党组书记，党的十三大代表、七届全国人大代表、人大常委会内务司法委委员；仅知他留有《艺文探微录》《世象杂拾》《书林拾叶》等论著。读了马中行女士（达成夫人）的《忆达成》（《老照片》第 14 辑），才发现自己与达成同志人格与心灵距离之遥：我根本不了解唐达成内心的苦难，想象不到他战胜苦难的精神力量。1956 年，作为丁、陈"集团"的专案人员，达成因坚持实事求是反被打成"反党集团"成员；1961 年刚摘下"右派"帽子又因涉嫌邵荃麟的大连"黑会"，被驱逐出北京——他要求回老家武汉偏不被批准，下到太原钢厂也只能当锅炉工而不可进"宣传队"。即便如此，《忆达成》所出示的四张照片中唐达成依然高扬笑靥……尽管笑着，可谁又知那饱经蹂躏的心埋藏着多少孤寂、苦涩和痛楚！

冯牧去世，唐达成泣书《落叶悲风故人情》寄托哀思。文中引吟印度女诗人萨洛季妮·奈都的诗句："停留一会儿吧／死亡／我不能去／我的一切开花的希望还没有结实／我的喜乐还没有贮藏起／我的所有的歌还没有唱出／我的所有的眼泪还没有流尽。"

这也可以看成是达成同志后来弥留之际自己的心声吧！

（《春风》2002 年 3 期）

潘芜：与书相伴终生

4月13日，受中国电影资料馆张锦之托，我与潘芜通电话，寻找健在的东北老作家王度。潘芜恰巧与他熟悉，说他年过九旬仍神清气爽，答应代为联系。

16日傍晚张锦到长询问，我却只能痛心而无奈地告诉他：潘芜先生已于当日下午病逝。这个噩耗确实太突然、太让我震惊了。从潘嫂处得知——14日上午，潘芜为买长江文艺出版社的《老舍作品精选》，从西朝阳路到自由大路，跑了两趟同仁书店，累得坐在路边台阶上。之后，因交电话费生了点气，出门跌了一跤，到傅百龄（《作家》老编辑）那里坐了一会儿，回家就感到"心口"疼，但拒绝上医院。15日早，家人送他去省医院，办了入院手续他又不想住下，回了家。下午又感不适，三点多再去医院，经紧急处置病情稍稍稳定。16日13时32分，突发心梗，抢救无效……

潘芜，笔名上官缨，1931年5月12日生于黑龙江省宾县（现桦南）农村，一生坎坷。不满10岁开始读《三侠剑》《响马传》

之类武侠小说。13岁前父母双亡，小学二年辍学，放猪。受土改工作队引导，当了村儿童团长，1946年15岁，随东北文工二团投身革命，随身仅带一本老舍的《文博士》。此后，陆续就职于东北文协文工团、东北艺术剧院创作室、东北作家协会剧作组、吉林省文联、省群众艺术馆到担任《参花》杂志主编，从唱词、歌词、戏剧、诗歌，直至杂文、随笔、书话、书评，60年如一日，独钟张恨水，效法郑逸梅，辛苦搜书，勤奋读写，针砭时弊，硕果累累，出版《徐二嫂捎书》《艺文乱弹》《描红集》《上官缨书话》《东北沦陷区文学史话》等专著多种。其间，1956年秋，为纪念早年的红缨枪，启用笔名上官缨，试写讽刺杂文，1957年因《官僚主义新释》等文章获"罪"戴"帽"，潘芜削发明志："烦恼青丝恨未除，削去乌发意何如；粟园篱下怡清趣，窗前明月枕边书。"虽然，1961年与公木同批摘下"右派"帽子，但对他的"惩罚"并未终止，又被"下放"乾安18年。

我与他1978年相识，他刚从第二故乡乾安回归省文联，长我11岁，共同的爱书使我们成了"忘年交"。我俩是文联编外"资料员"，每次去书店购书，老潘和我都是资料员张薇的帮手。过了饭点，我俩便跑到桂林路小馆。两杯白酒一盘狗肉下肚。我深深感受到他对书的珍爱与痴迷——为了"淘"到一套书，不惜远走沈阳或北京，节衣缩食也要买到；旧书经他补贴、擦拭，往往面目一新，有的重要旧本书，他自己出资订为"精装"。除了文学大家的全集，他晚年十分注意苏俄文学作品的搜寻，我曾给他提供《拜达尔大门》等几本老版书，有一本卡扎耶夫的《星》，始终未给他找到，颇觉遗憾。老潘的书，常有中外学者登门求访，而他更多是为文学青年提供便利。几十年来他以自己的书、文学经验热心辅导培养了不知多少文学作者。

人们皆知潘芜 2000 年前后连获省市"十大藏书家"的榜首。可鲜有人知道他的几次"舍书"。一次是 1957 年残冬，人等待"处理"时，把已存的大部分书也处理给长春市文联图书资料室，割舍世界书局版朱生豪新译的三大册《莎士比亚戏剧集》及新中国成立初开明书店版新文学选集 20 卷，一直令他心痛。第二次是 1964 年在乾安，41 元工资维持三口之家，为筹措长子乳水之资，又卖一批书给县一中，送走新中国成立后首版精装《鲁迅全集》16 卷，让他大有"为医眼前疾，剜去心头肉"之慨。"文革"更是大难临头：绢面彩印封套、道林纸印制的苏联文学丛书等一批书，与老演员金紫霞的戏装一道，作为"破四旧"的"战果"——在县城十字街头被一炬焚之，老潘被迫"手持长杆翻动火堆，内心痛楚真像乐羊子亲啖儿子肉羹一样"。好在《全宋词》《孤本元明杂剧》等被亲属用塑料布毯子包严入地三尺埋藏，竟躲过一劫，使潘兄成为名副其实的"藏书家"。最近的一"舍"是 2002 年。捐给长春市图书馆一万多册，这是他唯一心甘情愿的一次，市图以"上官缨文库"命名专室收存，了却他的一份心意，也为他的书籍伴侣找到了最好的归宿。

潘芜晚年最开心的事情还有：四处奔波帮助辍笔 45 年的老作家刘迟出版了 1990 年写的长篇小说《新民胡同》；2001 年在省委老领导谷长春的帮助下，《上官缨书话》得以出版，进入"吉林人文书库"。他为此感念不已。他想筹划更多与书有关的事情，可再也来不及做。然而，我以及他的老友们都认为，他已经做

得很好，做得相当多了。看着他满头银发、中山装笔挺、脚步
蹒跚地远去，我们不禁柔肠寸断，可谁有回天之力？只能说：
老潘，走好。你这一辈子——嗜书若命，特立独行，心慈面软，
走笔如缨——你无愧于这个世界，爱你的人们永远不会忘记你！

（《城市晚报》2009 年 4 月 21 日 ）

杨廷玉：率真而充满智性的灵魂

　　可能廷玉也会承认，我是他真诚的朋友。我们20世纪80年代初相识，90年代在省作协一个班子工作，新世纪前后多次共同参加各种文学活动。我是他作品的热心读者，他称我为"大哥"，其实我知道，在修身、写作、公务运行等方面我远逊于他。

　　廷玉天资聪颖，博闻强记，有急智，善辞令。在文学作品讨论会上，在种种评奖会上，他往往临时起意，侃侃而谈，鞭辟入里，不乏悟性与知识底蕴。他有几篇序文让我印象深刻，如序杨子忱《我的满族族歌》之《历史沉淀的民族原生歌谣》（2008），子忱的诗勾起了他70年代与其相识于农安"创作班"的回忆，"当时，那里有一个麦垛，麦秸散落着，阳光一照，像金子一样黄。我们为了构思，有时竟躺在那个麦垛上，边晒着太阳边闲聊，倒也轻松，更有韵味"。有景自情，细腻温馨。李景刚的散文集《关东类物祭》，似触动了廷玉的乡土情结，他的《田园赤子骊歌声》（2012），满怀对作者笔下农村物事的激赏，其根由在于，"我和景刚一样，在关东的黑土地上长大。同样经历了在土里打滚儿的童年岁月，同样在农事活动和农村生活中体会到祖辈、父辈们的不易和艰辛，同样也被故乡的青山绿水养育着"。而序郭爱东《心语》(《难以割舍的情怀》，2005)中所说的，"凡拥有浓郁的故乡情结的人，都值得尊敬，因为这意味着他的人生有根，有根的人俨如有根的树，无论经历多少风霜雨雪的冲击，依然都会枝繁叶茂充满生机。"这也可视作廷玉创作心路的自况吧。

作为文人，廷玉生前获得那么多荣誉头衔，或许令人倾慕。但我更看重他为人的率真，他写作的灵性与智慧。这里最终体现了他"有根的人生"，体现了他生命的价值、灵魂的价值。廷玉毕业于中央戏剧学院，可以说——戏剧出身，写过《无事生非》《美神》《红杏出墙》等；电视剧成名，写过《女人不是月亮》《梦醒五棵柳》《问鼎长天》等；小说立命，写过长篇小说《不废江河》《花堡》《尊严》等。

我历来不以获奖论英雄。在当今中国文坛的生态之下，有些获大奖的作品，往往徒有虚名，往往是圈子和偏见的产物。而有相当多的佳品力作，往往被无视被埋没，甚至被曲解被贬低，例如公木、张笑天的作品。廷玉的长篇小说没获过什么全国文学大奖，但它们扎根大地，厚重多姿，独具光彩，是作家倾情尽力、呕心沥血之作。

《不废江河》(2000)，题出杜甫诗句"尔曹身与名俱灭，不废江河万古流"。一位新上任的女县委书记治理江河污染受到种种阻挠的经历，构成了以中国农村一个微小的点观照全人类生态危机的独特视角，从而使廷玉的长篇小说在内涵上真正进入了现代层面。《不废江河》称得上是当代文学在世纪之交吹响的"绿色号角"。小说主题的切入点，并非在具体解剖自然环境污染的疮痍和后果，而是从某县域河流引发的官场、商界、社区、家庭等人际关系间的矛盾冲突，揭示环境污染背后人文社会、人的灵魂的病灶。生态事业家、女县委书记甄力形象的塑造是《不废江河》的突出成就。这个形象的新意在于，她面对经济发展与生态破坏的悖论而奋力正本清源。"当你砍倒了最后一棵树，杀死了最后一个动物，捉走了最后一条鱼，当你污染了所有的河流和海洋，你能靠钱活下去吗？"书中引用的印第安人对西方殖民主义者的诘问，振聋发聩。

《花堡》（2007），触及东北农村经济改革深化之难点。1995年下花堡村脱贫之后，党支书兼村主任孙天鹄尝试在"未种过一垄大豆"的花堡田野引入"双高大豆"，建育种基地，闯出"高科技与土地结合"的新路。受此引动，上花堡、中花堡也相继卷入与孙天鹄竞争的迷阵。小说的结局出人意料，孙与省里的"双高"研制专家的沟通艰难，下花堡自然条件、联合机制的不成熟，使他最后只能辞职下海寻求转机。小说的结构独具匠心，每章引语"花子堡"老奶奶的述说，与主体文本形成双重话语。这类似于《不废江河》每章由老子言论引出一段情节。《花堡》的章前语是极为土野生动的关东口语，《不废江河》则为抽象玄奥的古人训诫。如此"翻箱底"的引子，不仅与小说正文构成古与今、野与雅的比照，而且它本身又生发了一种历史观照与现代寓意。

《尊严》（2011），以一组号称"逍遥居"的豪华楼盘销售与装修为聚焦点，引出北南两家房地产公司的角逐，一个家庭的8年分解，牵扯到民企与高官、房商与购客、老板与幕僚、亲眷与情人等人际关系。贯穿作品始终的心理剖析，在鲜见的深度与广度上真切揭示了城市文明进程中人性在欲望与情操、迷失与清醒、堕落与高尚之间的挣扎，从而尽展杨廷玉现实主义笔触的敏锐性与洞察力。关于"尊严"的追问回荡全书，这种人生价值的思辨，并不单单是抽象的理念，而是不同人物在其命运起伏的关头，各自灵魂的倾吐与剖白，是他们与物质生活相伴的内在精神旋律的奏鸣与交响。小说情节呈现着物质与精神层面双行逆向的节奏和张力，透露出作家为市场经济社会的物欲膨胀所造成的人性堕落而悲哀忧虑，同时又力图通过精神文化回归找到心灵救赎之途。

杨廷玉小说的现实主义，是现实与历史贯通的现实主义，是充满激情、智性和想象力的现实主义，是结构新异、浸润着悲剧色彩的现实主义。这种追求，他要在系列长篇《千古八荒》中得到充分的体现。他多次和我讲过《千古八荒》的构思，以三部曲或四部曲的篇幅书写东北百年史，虽然已倾力完成大部分手稿，但只在2016年12期《作家》杂志摘发了10万字，看到"天戴其苍，地履其黄，纵有千古，横有八荒"（录梁启超《少年中国说》）的题记，念及廷玉未竟的心愿，不免让我生出"出师未捷身先死，长使英雄泪满襟"的慨叹！

2016年1月12日，廷玉从北京回来不久，于天文邀他和我三人会面。廷玉眼珠依然黑溜溜地绽放光彩，向我们介绍了他的病情，说他肺部的"结节"位置不好，但属较轻的一种，腰部手术后正服用一种进口药。我和天文稍感欣慰，由衷地请他保重。12月7日，在省第28届"丹顶鹤"杯电视文艺评奖会上，我和廷玉分在一组，又一次在一块儿看片切磋，听他精彩点评。之后未再见面，只在微信上通过几次话。哪里想到，生命脆弱，命运无常，他竟如此匆匆地离我们而去！

4月11日，春寒料峭，我去龙峰殡仪馆送别廷玉。我发现，平静的他，头发突现花白。不，在我心目中，田园赤子杨廷玉从未有过老态，他总是那么年轻，那么快乐，那么充满着活力与热情。

廷玉，安息吧，你那率真而充满智慧的自由灵魂！

（《文化吉林》2017 年 4 期）

张笑天的文学风范

　　不敢谬托知己，我不能算是张笑天的"铁哥们儿"，君子之交淡如水——顶多是他的一个文友。20世纪80年代，我在《电影文学》工作，他任长影文学副厂长，一度是我的顶头上司。头些年交往不多，近十余年，我们在省电影审查委员会一块审片，交流多了，观点往往相近，有了一些共同语言。例如，2007年一部引出国家电影总局下文件的片子《十三棵泡桐》，审片时他和我就都投了有条件的弃权票。也是这期间，在他的耳提面命之下，作为业余评论作者，我细读了他一些作品，就其革命历史题材剧作、中篇小说《前市委书记的白昼和夜晚》、近年反腐题材短篇小说、长篇小说《国家阴谋》写了几篇读书心得，深感他是一位有追求、有定力、值得尊重的作家。

　　对于他的去世，我和大家的心情一样，觉得非常突然，十分惋惜十分怀念。

　　追思张笑天，我想简单说说他的文学风范，向他的文学风范致敬。

文学风范，应指贯穿在一位作家整个创作生涯和全部作品中的文学风采和精神气度。张笑天的文学风范，体现在很多方面，我只想强调与此相关的两点：一是他杰出的文学成就；二是他的作品的强烈的现实主义精神。这两点，关系到对他总体的认知与评价。

张笑天的文学成就，有目共睹。如果可以从 1965 年发表处女作短篇小说《种瓜记》算起，他至今写作 50 余年，出版了《张笑天文集》皇皇 40 卷，跨越小说、影视剧两大领域，以令人惊叹的手笔构筑起一座辉煌的文学殿堂。如此创作力、如此写作成就，在中国当代作家里实属罕见。

人们都承认他写得快、写得多，但是写得好不好，看法不尽相同。焦点可能集中在长篇小说上，或同题材的影视书写上。如何估价其长篇小说成就，视角、标准不同，结论就歧异甚大。笑天大量作品已经完成，可以看作是他留给文坛的一笔丰厚遗产和研究课题。我认为，应当对他的作品进行充分的研读，应当明确肯定：笑天的文学作品，写得快，写得多，写得好。

在他所有作品中，成就最突出、影响最大的，应属革命历史题材，这主要显示在电影、电视剧剧本和长篇小说写作方面。它们无疑是张笑天的代表作，是呈示其创作风格的核心文本，是他创作成就的集中体现。如电影剧本《佩剑将军》（1981）《开国大典》（1988）《重庆谈判》（1993）《大格局》（2011）《扎西1935》（2012），电视剧剧本《杨靖宇》（1997）《陈翰章》（1990）《抗美援朝》（1996）《叶挺将军》（2007），长篇小说《中正剑之梦》（1982）《抗日战争》（2002）《抗美援朝》（2015）等（有的作品，与他人合作，张笑天是主笔）。这些作品，笔触凝重，格调激越，规模宏阔。其中最值得赞赏的，是对毛泽东伟大形象的史诗性再现。

在银幕上表现毛泽东等老一辈无产阶级革命家的光辉形象，是时代的课题。这种重大历史现象的艺术再现，需要一定的历史和现实条件。这里，政治意识的开放和美学观念的成熟十分关键，同时还要具备相应的电影文化水准。在党中央对毛泽东的历史功过做出科学结论不久，张笑天果决地抓住时代契机，率先开拓性地切入重要历史脉络，在多部影视剧作中塑造出光辉感人的毛泽东形象。张笑天描写的毛泽东，是历史的沉淀，是人民的选择，是一代人真诚认知的产物，其中不乏作家独特的观察与想象。笑天剧作中的毛泽东，不再戴着昔日的光环，但作为革命家和人民领袖，他依然焕发着民族英雄的光彩和伟大人格的魅力。

上述所强调的革命历史题材和毛泽东形象塑造在笑天创作成就中的突出位置，我认为这是张笑天艺术精魂与心血的结晶，是他对中国文艺弥足珍贵的贡献。对此，有相当一部分人可能并不认同，甚至看法相反。他们对于革命历史题材不屑一顾，对于文学艺术中的毛泽东形象大为贬斥。必须看到这个不可忽视的复杂的社会文化背景，从而体会当前纪念张笑天的更深刻的意义。

张笑天文学取得的成就，在主观素质上主要靠天资、勤奋和学识，以及他那保持一生的对文学深挚的爱。这是普遍的看法，我很赞成，学习张笑天，人们可能难以效仿他的天资和创作力，但他的勤奋,他的文学事业心以及对文学的热爱,还是可以多多领悟和借鉴的。此外,我要补充一点,也属于他取得成就的重要的主观因素,就是他高洁的文学品质。他的文学良知和历史态度,他作为共产党员作家的党性原则,使之呼应思想解放的大潮,绝不盲从于"全盘西化"和历史虚无主义,拒绝艺术的庸俗化商业化路径,从而保持了其作品的高格调高品位。这一点,也值得我们认真学习和长久纪念。

作为一位重要的主流作家,张笑天在创作中始终坚持和发扬了现实主义精神。他忠于生活,尊重历史,探索人性,棱角分明。多年来,虽然写作成绩斐然,但并不顺利,引发过诸多争议。用他的话来说,"我写过大量反映现实生活的、跳动着时代脉搏的作品,有些现代派或后现代派人士嗤之以鼻;我也有一批探讨人生的作品,常被人指责为宣扬人性论,所以朋友戏谑地说,'左派'说你右,'右派'说你左,你是姥姥不亲舅舅不爱。"

《文艺报》(2016年3月2日)曾报道一个重新提倡现实主义的研讨会。这个会由《人民日报》文艺部和《文艺报》联合举办,时任《人民日报》副总编辑的杜飞进指出现实主义被"窄化""弱化""丑化"的现状,主张当下"尤其要坚持现实主义精神,推动现实主义成为文学创作的主音主潮"。这是很好的建议。但我又很担心很怀疑它的实际影响力,这些呼吁很可能仅仅是口头上的宣传。事实上,面对市场和金钱,现实主义往往被排斥被打压,主旋律受阻,现实主义受限,已成为多年来难以扭转的态势。

在张笑天这里也是如此。

1980 年以来。他的现实主义小说《落帽风》《公开的内参》《离离原上草》《雨燕岛》等，接连惹出争议，甚至遭到批判。

他近十年的现实主义反腐题材短篇小说，锋芒尖锐，虽然得到《作家》的推举、《新华文摘》的转载，可并未得到国家媒体的明确支持。

头几年他更是有部重要的作品被封禁。我指的是电视剧《抗美援朝》。央视不播出的具体理由不清楚，估计是目前中美关系、中朝关系过于敏感。然而，对于这部真实反映历史大事件的现实主义作品，审查应当如此苛刻吗？

抗美援朝题材的重要性，不必细说。张笑天对这个题材下了大力气。他 1996 年写出电视剧《抗美援朝》，2000 年完成长篇小说《三八线往事》；电视剧拍竣未播，2015 年出版了 51 万字的新本长篇小说《抗美援朝》。

据说，对于《三八线往事》，朝韩双方说法截然相反。我注意到小说的这一敏感点，翻阅了新本对于开战的具体描写。第一章开头就写 1950 年 6 月 24 日夜三八线开火，连环勾勒美、韩、中、苏的即时反应。此时美国远东军总司令麦克阿瑟在东京官邸看电影《西线无战事》，美国驻韩大使约翰·穆乔正搂着韩国少女在汉城军官俱乐部翩翩起舞。25 日凌晨 3 点，韩陆军参谋长蔡秉德叫醒梦中的李承晚总统，报告他的第七师遭到朝鲜人民军的"突然袭击，防线已被突破"。在北京，听了周恩来的报告，毛泽东以自嘲的口气说："我们倒是想铸剑为犁呀，其奈烽火又起何？"斯大林也是被梦中叫醒，只问了莫洛托夫一句："证实了？"莫回答："北南双方都指责对方先开第一枪。"朝鲜内务相朴一禹第七章才出现，金日成第九章才露面，在新义州一个小山沟与彭德怀会面。总之，朝鲜战争开战的描写含蓄而有节制，似无不妥，不知触犯了审查者的哪根神经？

张笑天作品被忽视、被批判、被封闭的状况，正说明了他创作的不随俗，说明了他探索人性奥秘、反映历史本质的现实主义精神之可贵。

我感到，与他付出大量心血的创作成就相比，文学界对于张笑天作品的阅读、研究和评论还远远不够。

张笑天作品是中国文学不可轻视、不可遗忘的一个坚实的存在。真诚希望有更多的年轻的作家、学人下功夫研读张笑天作品，发扬张笑天的现实主义精神。这似乎也是对他最好的纪念。

（《文风》2018 年 2 期）

编辑家小说家王汪

　　王汪，吉林文坛资深的编辑家、小说家。1930 年 5 月 17日生于吉林磐石，1952 年毕业于吉林师范专科学校历史科。1955 年发表短篇小说处女作《我的爷爷》（次年获东北文学奖），1956 年 10 月《吉林文艺》（后改《长春》《作家》）创刊，始任编辑。此后几十年间，他一方面忙于扶植吉林乃至全国各地的小说作者，一方面埋头于小说写作，呕心沥血，佳作频出，博得了广泛的尊敬。

　　我与王汪相识于 20 世纪 70 年代初的省文艺创编室。我们同在《吉林文艺》编辑部，他是小说组长，我是评论组编辑。1980 年夏，我曾邀请吴甸起访问王汪，并写出《评王汪的短篇小说》在 1980 年 11 月号《长春》发表。后来，吴甸起又为王汪的长篇小说《孤城长夜》撰写评论，刊于辽宁《春风小说·双月刊》（1986 年 3 期）。

　　王汪的小说写作，前期集中于短篇，20 世纪 80 年代后多为中长篇，题材也由农村现实生活逐渐转向东北沦陷时期即"伪满"年代的百姓故事。2009年末,吉林省作协为18位老作家出版了一套"合抱丛书",《王汪中短篇小说集》即为其中之一。这部王汪最新的自选集,收录了13个短篇两部中篇,时跨三十四载(1961—1995),聚焦于故乡土地的现实与历史,"绘关东风云,状众生悲欢,借离合之情,书兴亡之感"(作者《创作自勉录》),尽显其质朴、细腻而又隽永的风采。作为深谙创作潮流的老编辑,王汪广阔的文学眼界和深挚的乡土情怀,使他的小说作品始终保持着一种独辟蹊径的从容和自信,无论新中国成立后黑土地上集体化过程的体察,还是东北沦陷岁月的反观。

其一,关东农民的家庭伦理情结。要解读王汪20世纪五六十年代的乡土小说,须知晓具体的文学背景。当时大体上有写英雄写理想与写凡人写真实两股流向,前者被推为主流后者往往被边缘化,王汪小说属于后者,与邵荃麟的"写中间人物"的主张挺合拍。《过家之道》(1963),写老郜家两个儿媳妇不同的"过家"方式。大儿媳金娥,娘家是中农,"炕上的针线活儿和锅台上的炊事活儿"样样精通,是"村子里有名的巧手"。嫁到郜家正赶上婆婆去世,她里里外外"显神通","把个杂乱、破旧的家拾掇得齐齐整整,有条有理"。而后到的弟媳春环,家务活计多是"外行",干庄稼活儿倒称得上"一把好手"。两妯娌的"过家之道",存在着为小家或为集体的不同胸怀,然而作品却没有在"争嘴斗舌"上分胜负,而是用一些微小的生活细节来表现人物情绪,细箩外借不外借?有钱储蓄不储蓄?直到庄稼遭了灾,日子怎么过?金娥回娘家弄来48个红皮鸡蛋孵小鸡,割苇子编"细篾席子",卖了钱给全家每个人都买了日用品。正当她喜滋滋地带着东西回村时，却发现春环领众人卖席子为生产队买回一头黑牤牛，吸引了全村人的目光。专心为小家与一心为集体，是否必定难以调和？此时金娥微妙的心理失落，至今还有令人再思索的意味。

与两妯娌暗较劲相映成趣，《家风》（1963）则述说"合作化"之际两兄弟的闹分家。尽管部队复员归来的老二银贵事事走在农业合作化的前列，平心而论，老大金贵置身个人与集体之间——"总在自我矛盾中过活"的游移与烦恼，他手捧"家谱"的倾心爱惜之情，他"能多抓一把就多抓一把"的发家心思，皆真实地传达出普通农民扎根于土地之上的家庭依恋。小说最后，水老大开柜拿出"家谱"，让老二"经管"家务，但这个家毕竟没有分，水老大"勤劳能干的本性"，他在"北山坡上，核桃林一旁"开二亩"小片荒"等等行为，似乎也不可简单地予以否定。而对解放了的关东乡土，王汪的笔调亲切而满含温情，他看到了农村全面推行"合作化"的趋势，感受着公与私观念的变化，同时又不乏对于农民延续家庭伦理传统的理解与同情。因为这里积淀着关东农民生命的基因，这里凝聚着他们命运变迁的根性。所以，在《沟口轶闻》（1961）中，他以喜剧的方式处理"三叔"与"二舅"不同择业观念的抵触，让那个理亏的"二舅"最终顶着"半毛半光"的脑袋又偷偷溜回了林起春的小理发店。80年代末发表的《岁月与兄妹》《岁月与母女》，均为骨肉失散又团圆的悲喜剧，也从伦理的视角，诠释了社会大爱对于个人命运的超越。

其二，沦陷岁月的爱恨情仇。王汪的"伪满"题材小说，喷发期在 20 世纪 80 年代以后：连续出版中篇《寡妇门前》《人逢乱世》《警刀与拐杖》等 8 部，长篇《她从大海那边来》《孤城残夜》《装男扮女》《匪首与少女》等 4 部。这些作品，迥异于流行的抗联英雄传说或"伪满"溥仪宫廷秘闻，以吉林市、哈尔滨、磐石周围乡镇为地域背景，涵盖关东社会各个阶层的苦难与抗争，全景式地剖析了伪满洲国丑恶的灭亡史。《王汪中短篇小说集》有 5 篇作品笔涉此域，可以透露出其独特的风味。

短篇《渔家女》（1961）可能是最早的尝试。小说突出之点是细小中见重大。一个渔家姑娘，在父亲和交通员老冯被叛徒出卖的情况下，带着积攒的十分"金贵"的 74 粒盐，又从二姑家要 24 粒，三表叔家凑 17 粒，船到江心把叛徒打下水，终于负着枪伤把盐和情报送到了山上抗联部队。中篇《大江》（1986）则在人物的复杂性和情节的传奇性上有了显著变化。作品从白石镇美人莫荷如怀孕显身写起。这个紧靠松花江的小镇，因有水帮往来，风气开化，"笑贫不笑娼"。尽管如此，荷如之孕还是引起众人侧目，因为其夫李伯仲离开她已 6 年之久，有传言称李是"反满抗日的赤匪"。于是，警察署长下令"二毛子"牟警尉补调查此事。开老龙泉烧锅的李兄伯康并不知情，荷如闻讯直入公堂，在署长前说出一个名字，吓得他们不敢再查。原来，6 年前沈阳"大北营事变"后，有个"一身黑"的响马头目滚大雷到莫家逼婚不成，强认干亲。开客店的荷如爹匆匆把她嫁给驻军连付伯仲。不久，驻军落败于日伪讨伐队，李告别新婚妻子与兄嫂上山打游击。时隔五年，"一身黑"变"一身白"，斜眼响马摇身成为日本宪兵队侦谍队班副。他借查老龙泉烧锅密藏枪支一案，上李家再会"干妹子"荷如，并强拾旧梦。过后，参加八路军的李伯仲得知荷如生了别人的孩子，拍马而去；汉奸滚天雷被就地正法；荷如饮泣携子远离白石镇。应当说，《大江》具备了王汪"伪满"题材小说的诸多特征。人物三教九流，善恶交织；环境乱象纷呈，变化多端；故事情节起伏跌宕，充满传奇色彩；章节结构的短小紧凑，促成叙述的快节奏和高密度。王汪这种历史叙事的价值在于掀开了被遮蔽的一段关东历史的众生相，在于作家对民族危难时期底层民众特别是女性苦难命运的关注与同情，在于其所构织的关东乡情风俗的广阔图景。

最后不能不提及王汪小说的语言魅力。"掌灯的时候，雨停了"，"今晚三星平梁他在镇东瓜棚等我"，这样的时间叙述，如今不多见了。写人状物："他就故意咳嗽，用一只大傻鞋拍打着炕沿，把家人全惊动起来"，"喝过这眼井水的人，即使口不干渴，一见那四方朝天的井口，一听那辘轳把的噜噜声，也想扳着柳罐呷上一口"，类似生动传神的语言，在王汪小说中俯拾即是。2005 年，王汪获得吉林省政府长白山文艺奖的"终身成就奖"——"其小说作品，视域独特，文字功力深湛"即为获奖的重要原因。浸透了乡土原生态的艺术思维，烂熟于心、自然倾吐的农民话语，造就了王汪小说特有的关东人的灵魂与血肉。

王汪短发浓眉，目光炯炯，素来低调寡言，两耳不闻窗外事，一心只务小说工。王氏两代文心闪亮，其弟王宗汉、侄子王家男、侄女王可心，皆为文学弄潮儿，声震松江。

2017 年 8 月 28 日 6 时 30 分，王汪在长春南湖新村平静辞世。

（《文风》2018 年 2 期）

跟王士美去古巴大使馆

王士美，典型的东北汉子，高大威猛，热情开朗。认识他时，他写出长篇小说《铁旋风》（1975年，人民文学出版社）不久，一点也不做作，不摆什么作家风度，他的握手很有劲儿。他不是蒙古族，口音却带着蒙古族说汉语的味道。后来才知，他1939年5月9日生在内蒙古土默特右旗萨拉齐镇。1950年11岁就参军入了骑兵部队，从战士、文书到副排长。1958年转业进通辽民族师范学院中文系学习。当过电台、报社记者。1956年开始发表作品，1980年赴中国作协文讲所五期进修并于同年加入中国作协。1997年成为吉林省作协兼职副主席。

王士美有两件事让人称赞。

一是他在省作协文学院，先期办了函授，辅导了大批文学爱好者；尔后成立作家进修学院，助推了一批吉林省文学的新生力量。

二是他的纪实文学写作的影响力。1979年末，顾笑言、王士美、汪东林合写的报告文学《李宗仁归来》，火遍大江南北。

这部书的写作，王士美发挥了重要作用。据汪东林回忆，他在政协学习组与程思远同组，积累了程思远随李宗仁归国的第一手资料。遇到去京的王士美，二人议定写书。某统战部门负责人得知此事出面干预，汪写信给王士美商议如何闯过难关。王士美鼓励他坚持。十一届三中全会后，在汪东林的安排下，王士美又邀顾笑言，于1979年夏到北戴河与程思远会面、采访，很快写出10万字文稿。北京出版受阻，得到程思远首肯，先由《长春日报》连载，除北京外的全国几十家报刊纷纷转载。1980年2月，吉林人民出版社率先出书，责任编辑是先期已介入的文牧。短短几个月内，三次印刷，印数高达135万册。后借出母型，外省又有几家出版社转印。这是吉林文学少见的盛况。

另一部反响巨大的是文学传记《切·格瓦拉》（上下册）。1997年1月10日，古巴共和国驻中国大使馆为王士美的《切·格瓦拉》一书的出版举行发布会。外交部、中联部、文化部、全国政协、团中央、中国社会科学院、中国文联、中国作协等有关方面均派代表参加。我和宗仁发代表吉林省作协出席。会上，王士美致辞并朗诵了古巴诗人纪廉的诗《切·格瓦拉》。古巴驻中国大使馆临时代办席尔达女士发表讲话，她指出：

"几个月来，古巴使馆一直密切关注这部书的出版。这是一部介绍切·格瓦拉生平和事业的著作。这部书的出版，是我们古中两国双边关系史上一个美好事件。作家王士美同志，吉林省作家协会和辽宁民族出版社所做出的努力，表明其美好的愿望在于：弘扬历史的伟人同时也是现在仍然有影响的伟大人物切·格瓦拉的光辉形象。这位言行一致的伟人，是无与伦比的革命斗士、游击英雄、社会活动家和外交家……"

"他好似历史的一环，缺少了他，历史便无法连接起来。他的开拓精神、他的纪律性、拉美主义、国际主义、人道主义、共产主义激情，在美洲或世界任何地方敢于反对帝国主义的决心等等，都体现在你们今天手上的这本书中了。通过这部书，年轻的一代也会了解他的思想和光辉，学习他的英雄榜样。"

1月14日，席尔达代办专设午宴招待了王士美。过后王士美应邀赴古巴进行了友好的访问。

王士美的《切·格瓦拉》，为增进中古人民友好做出了贡献，为吉林文学、为中国文学争了光。

进入新世纪，王士美罹患大疾，顽强与病魔搏斗多年，2016年1月14日不幸离世。

（《文风》2018年2期）

遥致诗人张常信

常信，我忘不了 2013 年 3 月去医院病房看你，你那欣然而又无奈的笑容。那是你标志性的表情，你庄重隐忍，喜怒不形于色，往往示人以这样的微笑。你注意养生，多年抗疾，还是于 2014 年 6 月 4 日让人惋惜地远离了你的亲人、朋友和诗歌。

你祖籍辽宁盖平，1940 年 11 月 30 日生。1963 年毕业于吉林省四平师范学校中文科，历任辽源市财贸学校教师、公主岭市文联主席、四平市文化局副局长。你是中国作家协会、中国戏剧家协会双跨会员。你的剧作《东方马德里》，尊重历史正写林彪，1989 年在东北首届话剧节上引起轰动。你更是出版了《爱的三原色》等多本诗集，长期担任《青春诗歌》月刊、《中国诗人》丛刊主编。

但你主要是诗人，是写出了《东篱诗草》的有追求有特色的诗人。

手捧你最后一本诗集《东篱诗草》，不免记起我随你赴沈阳参加刘文玉创作纪念会的景况，好像是 1997 年前后。文玉先生故乡在吉林辽源，是个极热情、敞快的汉子，是位可敬的有坚定信念的老作家。那是咱俩难得的几天相处。着装整洁，待人幽默，办事通脱，显示了你的教养和品格。当然，我还记得你90年代初从四平调到省作协的情形，书中说你曾口占一绝："坛罐一斛官，酸甜苦辣咸。仰天挥帽去，笑傲自神仙。"其实，你待人平和谦谨，绝不狂傲，可能心有块垒，倒常现寡言忧郁之状。于耀江说："在生命的枝条上，数着自己年龄叶片走到今天，岁月的风和雨、枯和荣、得与失，无法不让常信兄从寂寞之日起，在追溯中有所收获；而寂寞对诗人来说无疑是一段揽镜自照的美好时光，身外的解脱和心里的自慰同时降临。"此为知你之言。

就粗浅的阅读感受而言，我觉得旧体诗词是很见作者性情和传统文化素养的文体。这一点，与新诗有很大差异，也可能是它至今仍流传不衰的原因之一吧。《东篱吟草》的主要价值和特色似乎也在这里。

一是性情表达的真挚。

你那些抒写亲情、友情、爱情的诗，细腻真挚，优美动人。"已知天命欲何求，心似闲云乐未休。歧路不学阮籍返，时乖岂望桂蟾留。"《天命之年吟咏》毕现你的达观。而《逸园吟草》的"新春初试妆，红含倚东墙。白蝶思怜玉，黄蜂暗偷香"，《再读陶潜诗有感》的"何嫌纱帽小，提笔赋离骚。短啸烟村巷，长吟南亩郊"，则以轻松的笔调表达了历经人生磨炼后的超脱。

> 每写诗章忆旧年，
> 东窗教子未偷闲。
> 龙山辽水双寻梦，

校友恩师两忘难。

《赠挚友许中田》令我感慨良多。我曾在中田领导下工作，领略风范，愧受恩惠，但不敢称他为"挚友"。你和我不同，你们相知多年，有莫逆之交；对他的怀念，可谓牵心动魄。

《赠女友》《拈花二首》《一剪梅·恋别离》，显然是你另一类性情之作。诗人多情种，往往把痛彻心扉的爱恋埋入诗中，以深挚情思铸就诸多传世之作。毛泽东的"答友人"就曾引起注家的纷纷猜测。你的此类诗同样有一种含蓄的美。"一袭玫瑰梦，起看两颊红。昨夜逢新雨，东风未了情"（《拈花之一》），说的是花，写的是人；"平生偷得半日闲，静对河塘数逝川。常信韵华无妄度，枫云碧叶入秋丹"（《赠女友之一》），名字入诗，指向具体，倾诉的却是人之常情，可触发境遇类似者共鸣。

二是人生感触的独特。

《秋事感言》《秋郊漫兴》，皆为传统题意的新体验新感悟。"夕山似梦放初晴，最恐秋来百卉零"，"秋来一旦白须老，红艳鲜花几无踪"。古来悲秋，盖因青春易逝、百卉凋零。好在你能从容面对，信马由缰——"夕烟方弄日，弯月挂林梢"，"乡关闲眺处，平步过枫桥"。进入生命的"霜天"，你甚至提出："捐弃情仇恨爱，退一步，天地阔。"（《霜天晓月·六十初度》）

然而，毕竟你是过来人，遍尝人生的苦辣酸甜，诗中不乏凄苦与苍凉。《拙作"醉之秋"跋》应是一次集中呈示。"数载寒窗近痴顽，一盏孤灯照无眠。朋邻未解说长短，同僚罚酒笑寒酸。"不只是你，这也是吾辈书呆子的共同遭遇。难得你"歧途九曲不知返，大道如直阻书山。瀚海泛舟拼力搏，激流缓进苦扬帆。"浪遏飞舟,彼岸尚远,只要尽力,便不算辜负此生了!
因此,我能理解你"偕夫人杭州灵隐寺进香"之隐衷:"起看山
门生紫气,卧听空谷暮钟闲。双双伉俪焚香火,汩没红尘岂是禅。"
你并未奢望于冥冥之中寻求佑护,而只想在佛家青烟里袒示自
己心中的磊落。

> 三日思君不见君,
>
> 心也沉沉,
>
> 意也浑浑。
>
> 深秋庭院雨打门,
>
> 风过森森,
>
> 叶落纷纷。
>
>
> 最怕黄昏又黄昏,
>
> 说不销魂,
>
> 怎不销魂?
>
> 凭窗独对月半轮,
>
> 昨已缺痕,
>
> 今又缺痕。

(《一剪梅·恋别离》)

字字平易,字字至痛;声声流利,声声饮泣。此篇可谓深
得古词神韵,又切中今人的内在痛楚。

诗歌历来有刺世的传统,惜乎已被多人遗忘。你的几首讽
刺诗,让我解颐。南方某市餐饮娱乐业涌进十万"公关小姐",
民称"黄色娘子军"。你由此感慨:"虽无绑腿宽皮带,却有丰

臀超短裙"，"男儿自古多捐国，少女如今更献身"（《黄色娘子军》），尖刻而辛辣。《清平乐·夜吧》又云："一时露水夫妻，只为纸醉金迷。酒绿灯红夜尽，再玩摸狗偷鸡。"锋芒亦指世态败象。

三是语言古典美的追求。

我一直有个感觉：旧体诗词有点像京剧，有不少丢不得的"程式化"的东西。如语言的字数、分行、声韵和格式等规矩。它们看似凝固不变，有一种束缚力，却又是其美和特色之所在。集中到一点，就是语言的古典美，包括韵律与节奏、重叠与对仗、用典与意境。我猜想，许多人写旧体诗词，首先自然是有感而发，但他们更孜孜于为自己的思想感情寻找一种语言的古典形式，从而创造、体验——情志诗化的古典美。这里，作品肯定有文野优劣之分，关键在于诗人的古典文化素养及其文学的融汇能力。看得出，你的素养高出于一般作者，你的旧体诗词写作得心应手，已臻圆通畅达的自由境地。

常信，你是个不知满足的诗艺探求者。《重逢诗友小克寄怀》说得好："诗海沧桑何坎坷，高人寥寥庶人多。阳春曲雅众和寡，路远蟾宫桂难折。"尽管如此，你新诗旧词双管齐下，应无悔于竭诚为诗投入的精力和心血，无愧于知你爱你的亲友和读者。昔禅家诗云："到处寻春不见春，芒鞋踏遍岭头云。归来笑拈梅花嗅，春在枝头已十分。"你也是一位拈梅含笑的探春者啊！

元宵前夕雪拥北国，大雪过后就该是春的天地了。常信，怀念你那典雅而洒脱的诗魂。

（2018 年 2 月 28 日）

言说思辨

精读"经典"

"不读经典",如今是部分青年学子的时髦。为什么不读？认为经典代表旧时代，经典已经过时。

贬低民族传统文化，是西方文化侵蚀的结果，是个"西化"过程，也称"文化移入"或"文化适应"。美国学者恩伯在《文化的变异》中指出，"当一个群体或社会与一个更为强大的社会接触的时候，弱小的群体常常被迫从支配者群体那里获得文化要素"。这种从属条件下的文化借助过程，就是涵化。

新时期以来，西方文化对中国的移入带有一定强迫性。为经济发展而开放门户，我们不得不一并接受其文化入关。虽然中华民族有悠久的文化传统，在接受新思潮的同时，某方面还是不足以抵御西方文化的全面介入。西方文化有不少好的东西，也有不少污浊和破坏因素，其负面造成华夏文化母体变异，产生一股否定民族传统的势力，形成崇洋风气。经历一段时间沉淀与消解后，目前出现回归与融合的趋势，民族文化传统、经典文学再度显示其不衰的魅力。我们民族文学的经典，主要指从春秋到清代的古典文学精华:《诗经》、先秦散文、汉赋、唐诗、宋词、元曲、明清小说。民国以来鲁迅、胡适、茅盾、郭沫若、巴金、老舍、沈从文、钱钟书等人的作品也具有经典性。

经典文学需要精读。即阅读过程中达到体验、复述、探疑、鉴赏的程度。不同民族、国度的作家,有不同的风格特色;不同体裁作品的阅读有不同的要领。这要在个人阅读实践中逐渐体会。

美国哈佛大学中国文学和比较文学教授斯蒂芬·欧文写过一本叫《追忆》的书,副题"中国古典文学的往事再现"①,专论回忆在中国古典文学的创作与欣赏中的功用。作者的视角特殊,分析精辟,尤其是那种对中国古典文学的陶醉之情令人感动。

《追忆》"导论"部分,欧文分析了杜甫的《江南逢李龟年》。

> 岐王宅里寻常见,
>
> 崔九堂前几度闻。
>
> 正是江南好风景,
>
> 落花时节又逢君。

此诗写于公元 770 年,亦即杜甫去世的那一年,是杜甫绝句中最有名的一首,几乎每个杜诗选本都要选它。岐王,唐睿宗四子、唐玄宗之弟李范。崔九,殿中监崔涤,中书令崔湜之弟。

前两句,写过去的关系和承平气象。后两句,无限感慨。江南好风景,指湖南山明水秀。"落花时节",晚春,彼此的衰老飘零,社会的凋敝丧乱,尽在其中。"又",构成对比,风景不殊,世事全非。

---

①上海古籍出版社,1990 年 10 月版

欧文分析道："这四行诗的诗意究竟在哪里？他说出的东西同这两个人正在感受和思考的东西之间是存在距离的，诗意不单在于唤起昔日的繁华，引起伤感，而且在于这种距离。……同许多其他的回忆不一样，这不是回忆某一具体时刻，而是回忆自从不能再与李龟年经常相遇以来这一段时间距离。说不定就是在他们经常相遇的日子里，杜甫也很珍视他们的相会，但是，没有人会对'寻常'的东西给予足够的重视。现在，失去了可以随时相聚的机会，相逢的经常性本身也成了值得珍视的东西。'寻常'成了异乎寻常。此时此刻，记忆力使他们意识到自己失去了某种东西，由于这种失落，过去被视为理所当然的东西，现在有了新的价值。……这四行诗是回忆、失落和怅惘的诗：失去了的过去，可以想见的、完全没有希望的将来。然而，整首诗中没有一个字讲到同丧失有关的事。它谈到的只是相会。"

透过朴素的文字，联系诗人的经历和阅者的感受，欧文强调发挥想象力，注意时间距离和追忆心理产生的失落感，由此体会诗歌深沉的意味。

经典文学作品不可替代的魅力，主要在于它所创造的带永恒价值的美。它道德的、人性的陶冶力量正源于此。《江南逢李龟年》的失落的忧伤就显示了一种人情美。读经典文学作品，应该努力体味、发现其中的美。而这种美，在一般的流行文学中，在名目繁多的"先锋派"作品中，在那些泛滥的平庸作品中，你是永远也找不到的。

（《长春日报》1997 年 8 月 4 日）

勿 轻 信

马克思有一份答女儿问的著名"自白"。其中，他把"轻信"列为"最能原谅的缺点"。轻信，或许不该算大毛病。以善心测度他人与世事，结果自己上当、倒霉。这弱点，人人难免，而且几乎一犯再犯。

天性愚蠢，多次碰壁，我渐渐悟出一点道理：这个世界，真实与谎言永远并存，怀疑一切太悲观，相信一切恐怕又过于天真了。有些事，例如商情股市、产品质价，以及文化上的炒作宣传等等，靠个人的智力，判断不了，也左右不了。这次你误买了赝品，下次你就会为"精品"付出高价。你喜欢的作品，不一定被叫好；你厌恶的劣作，却炒得很热、拿大奖。诸如此类，你无所适从，毫无办法。西方一位哲人说得好："一个不知道闭一只眼的人也就不知道如何睁眼观察。"

我们稍稍可能把握的，大约仅限于周围的人际关系。在学习倾听与观察的同时，有些人的话切勿轻信。

勿轻信夸赞之辞。人最喜欢别人的夸奖。尽管有时做出拒绝奉承的姿态，可赞歌入耳，心里甜丝丝的，神经都会酥麻如触电。毛泽东屡屡推荐《战国策》名文《邹忌讽齐王纳谏》，提醒人们注意那种虚妄的溢美之词。邹忌明明没有徐公美，可妻、妾、客纷纷赞扬他，经当面比较后，邹忌明白了："吾妻之美我者，私我也；妾之美我者，畏我也；客之美我者，欲有求于我也。"看来，阿谀驱动于利益。然而，真正能做到如当年齐相邹忌那样冷静对待他人之吹捧，又何其难也。

勿轻信承诺。信誓旦旦，无思其悔。各种各样的许愿、承诺、契约，司空见惯，若过眼云烟。回想一下别人答应的事，究竟兑现了多少？事实总要低于诺言与期望。就是一代代文人骚客咏叹不已的"爱"，也往往山盟虽在，寸心难托，口比天高，情比纸薄。

勿轻信传言。传言未必是谣言。但传言多有水分，容易变形。特别是针对你的传言，添油加醋者大有人在，务必仔细辨别，姑妄听之或干脆不听。

勿轻信"知己"之言。许多事都败在"知己"手里。用你时紧贴你，咬你耳根子；用不着你时退避三舍，视你为路人。这样的"知己"一位也多，趁早远离他。

应付虚言妄语，鲁迅的"折扣"法可以借鉴。他说："称赞贵相是'两耳垂肩'，这时我们便至少将他打一个对折，觉得比通常也许大一点，可是决不相信他的耳朵像猪猡一样。"鲁迅以"文学"为话题，向我们提出了深刻的人生警策：《颂》诗早已拍马，《春秋》已经隐瞒，旧中国时谈士蜂起，不是以危言耸听，就是以美词动听，于是夸大，装腔，撒谎，层出不穷。现在的文人虽然改着了洋服，而骨髓里却埋着老祖宗，所以必须取消或折扣，这才显出几分真实。"

（《人民日报》1998 年 11 月 26 日）

有感于托翁批莎翁

在世界文艺史上，能得到莎士比亚那样崇高、那样持久、那样广泛赞誉的艺术家，恐怕绝无仅有。马克思、恩格斯对他的高度评价，人所共知；许多世界著名的大作家例如歌德、雨果、屠格涅夫等，更是对他夸赞备至。就是在今天，他的思想和艺术也没有过时，其剧作不但仍然作为经典被不断排演，而且已成为影视、舞台艺术家灵感的源泉之一。尽管对他的作品不是人人都接触很多，我们终究承认甚至迷信他的伟大。

因而，从20世纪初列夫·托尔斯泰那里所发出的不和谐音调就显得异常引人注意。老托尔斯泰也是独步一时的世界性大文豪。可是，他摒弃了伟大人物之间通常采取的相互赏识的态度，对于比自己早300多年、已有定论的伟大剧作家的作品特别是名剧《李尔王》，进行了相当尖刻的抨击。

托尔斯泰为什么要这样做？原因可能比较复杂，这是文艺史家研究的课题。就一般的阅读与欣赏而言，我觉得这个问题对于我们学习和借鉴艺术遗产不无思考价值。

李尔王的故事在 16 世纪英国历史著作和诗歌中早有流传，曾被编成戏上演。不列颠国王李尔有三女，长女、次女用甜言蜜语从父王手中骗得一份领地，不事阿谀的三女考狄利娅却被剥夺国土的继承权，远嫁法国。退位的李尔受到两个大女儿的虐待。在一个暴风雨之夜，被逐出宫廷。三女得知救出父王，并与丈夫兴兵讨伐……1606 年，莎士比亚将原剧改编成著名悲剧《李尔王》。结局改成：三女儿被俘牺牲，李尔悲痛而死，两个大女儿钩心斗角，长女毒死次女后自杀。

托翁在 1903 至 1904 年，曾花费很大精力写了《论莎士比亚及其戏剧》一文。据他自己讲，写作此文前，尽一切可能的方式——从俄文本、英文本、德文本重新研读了莎氏的全部名著，并力图道出"半世纪多以来我蕴诸内心的话"。托翁对《李尔王》的批评，是用原剧与莎氏的改编本对照，对改编本的情节安排、性格塑造、环境点染以及语言运用，提出了一系列指责。其中主要之点：一是认为情节"出于作者十分任意地安排"，"而不是本乎性格和事件的自然进程"；二是语言在个性化上缺乏"分寸感"，"莎士比亚笔下的所有人物，说的不是人物自己的语言，而是千篇一律的莎士比亚式的、刻意求工、矫揉造作的语言"，他甚至说，莎氏创作"是抄袭的，表面地、人为地零碎拼凑而成，乘兴杜撰出来的文字，与艺术和诗歌毫无共同之处"。

应当承认，托翁的不少批评是有道理的。例如，考狄利娅形象，托翁说莎戏处理得"极不自然"，莎戏沿袭原剧，让李尔王以口头询问女儿们对自己的爱来确定遗产的分配，考狄利娅只好说"我按照我的义务爱陛下：不多也不少。"当两个大女儿平分王国之后，考狄利娅与法兰西王的婚事，莎戏却改在宫廷中当着李尔王的面订下；而原剧是写她离开李尔后，不因失掉遗产悲叹，却为失去父爱含愁，正当她决心过自食其力的生活之时，结识了乔装成贫穷的巡礼者的法兰西王。无疑，原剧这样处理更有助于表现考狄利娅"真诚、温柔并勇于自我牺牲"的品质。再如，有的细节：爱德伽领着失明的父亲，让他在平地上跳跃，竟能使他相信已从峭壁顶跳下——如托翁所说，确实是不真实的。

然而，托翁对这出戏的一些根本性的指责却难以成立。他把爱德蒙说成"纯然多余而只诱人分神的人物"；他把全剧的中心和转折点——李尔在暴风雨中于荒原奔窜一场戏的气氛，说成是"十足虚伪的效果"；他把原剧的大团圆的结局（法兰西王战胜了两个姐姐的丈夫，考狄利娅没有惨死，李尔复位），说成"更符合于观众的道德要求"，这就暴露了托翁自己思想和道德上的偏见。托翁并没有真正理解莎翁笔下所翻腾的时代激流。《李尔王》展示的是一幅封建主义的君臣、父子、手足关系瓦解的图画。爱德蒙，作为资本主义上升时期的冒险家形象，绝非可有可无，他的厚颜无耻，他的欺诈与掠夺，与李尔从国王沦落为乞丐，昏聩反转向清醒的命运相对比，表现了作者人文主义理想与残酷现实的尖锐冲突。

是的，托翁对莎翁的批评是偏激的，不甚公允的。这在他评价其他的大艺术家的时候，比如说对歌德、贝多芬、萧伯纳等的评价，也有类似的情况。但是，我感到，托翁真诚的批评精神并非一无可取，在某种意义上会给我们的艺术研究和创作以较深的启示。第一，托尔新泰不囿于社会的定评，不相信有什么不可逾越的权威，敢于向大文豪质疑，敢于揭他们的短。这种突破"对莎士比亚的盲目崇拜和毫不思考的催眠状态"的精神，是值得称赞的。第二，托尔斯泰这样做并非出自狭隘的门户之见，并非是什么大人物常有的那种排他性。托翁对莎翁的批评经过了认真、独立的研究，表述了他的艺术思想。他们之间的分歧，除了思想方面之外，还有艺术原则的不同。而在这个问题上，托尔斯泰所提出的戏剧主张，不乏真知灼见，是值得重视的。

（《吉林日报》2000 年 6 月 23 日）

精神现象思索录

A.最近，大报小报纷纷登载几位影星婚恋生变的消息，某某"情缘已尽"、某某"各自心有所属"、某某"婚姻亮起红灯"……文章不像是捕风捉影，没多少猎奇气，笔调持重、客观。按说，这类个人隐私，报不报道无妨。或许是这几位名气太大、离异得过于突兀，或许他们事业与友爱的光环的确在人们心中留下了美好的印象，激发过浪漫的幻想。我虽然不属于"追星族"，但能够理解一些记者、影迷那种同情、惋惜的心绪。

其实，表演爱达到真与履行爱达到深并非一回事。演员未必适合成为爱或道德的楷模，除了少数杰出的人物。山口百惠大约看透了艺术与爱情的两难，毅然结婚之后立即息影。——她如此极端的选择，付出的代价无疑是相当高昂的。

吕丽萍有一次说："中国有很多漂亮的演员，可惜好演员不多。"一个艺术家的真正价值，在他的事业里，在他不断拓展着的博大心灵里，在他坚持毕生的不懈劳动里。但愿新闻舆论多多聚焦于此．为造就中国的伟大演员提供助力。

B.随着思维开放和现代科学的发展，人们对生命特异现象和宇宙奥秘的认识深化了。同时，由于自然灾害变得频繁及世界范围的社会大动荡，相当一部分人把握自己命运、探究客观规律的信心趋于瓦解。鬼魂、轮回、占星术、天眼通、降神法等迷信邪说又重新猖獗起来。一些报刊争相传播"奇人""奇闻"，什么美国某军事基地"冷冻保存几个外星人"，什么外星人在中国黑龙江省五常县凤凰山村与一个林业工人发生了'性接触'云云。年初，某出版社正式出版一位"博士"写的《人是太空人的试验品》，长达342页，竟宣称"改写人类进化的全部历史"，"破译地球文明所有谜案"。

你信不信？信，根本找不到可靠的证据；不信，则会被视为愚昧无知。

这里，我想向一位作家表示敬意。他就是有名的《第二次握手》的作者张扬。

眼下谁敢向"气功大师"挑战？他就敢。1993年5月29日，成都市中级人民法院第三次开庭审理《四川日报》记者敬永祥投稿新华社《内参选编》等"侵犯海灯法师名誉权"案，判决敬永祥败诉。张扬旁听了此案，深感"海灯现象"已被神化，法院有失公允，遂进行大量的调查研究，1994年他的长篇纪实报告《谎言重复千遍以后——海灯现象》开始连载，今年年初60万字作品杀青。我无能力复述围绕"海灯"的这场论战，但我相信真理在张扬一边，我由衷地敬佩张扬坚持无神论的勇气。

张扬曾请一位名律师为敬永祥辩护，这位律师面露难色："我不想惹海灯那伙徒弟。他们放了风声，谁为敬永祥辩护。他们就害谁……"

"怎么害？"

"他们在成都发功，能让北京的人患肝炎。"

"那么，让我当敬永祥的'代理人'吧。只是肝炎太麻烦了，干脆请他们'一次性处理'。让我患肝癌吧！"

"你真不怕下地狱？"

"真正该下地狱的是他们。——那些江湖骗子！"张扬一字一顿地说。

实在可叹，时代发展到今天，宣传无神论又要冒风险。试看社会主义之中华域内，造神者究竟会占据多少地盘！

C. 我离开编辑岗位已有二年多，仍不时有作者寄稿给我。一位江南高中生给我寄来某刊发稿的"价格表"，问我是忙高考还是凑 4000 元？又问我如何判断自己的写作能力。

我劝她：先忙高考，不要拿钱发稿。

至于写作能力的自我判断，我提了几条建议，这仅仅针对业余作者，而且是管窥蠡测之见。

1. 你是不是写作这块料，一个最简单的检验办法是：你写作的愿望是否可以随便中断。你是否容忍拿"写作"来与你认为属于生活中珍贵的东西相交换？

2. 文才不可硬逼。如果你难以激发创作灵感，不具备相当的创作速度和数量，那你就别勉强写。

3. 一位有希望的作者是能够真切察悉自己创作弊病或短处的人。如果你勇于撕毁旧作，你修改作品时能跳出自我的套子，你提高的幅度一定会很大。

4.你有与社会人生潮流衔接、交叉的独特角度，你对命运有一种顽强的抗争精神，你富于正义感。在紧要关头能拼搏一番，那你别轻易丢掉手中的笔。

5.当然你要会讲故事，脑子里有许多鲜活的人物，你要有语言的敏感。你善于把悲与喜、传奇与文化，风俗性与反思性熔于一炉，但你的艺术才能首先在于：不断把你自己与他人与流行的艺术风尚相区别，这种与人区别的个性，特色越鲜明越好。

D.某年轻有为的编辑朋友，给我出过一个挺棒的电话采访题目。我答了。事后他又忙别的去了，我在邮亭看到那几句话成了刊物"街头直播室"的一段。现在，请允许我把它取回来，作为我"案头思索录"之一节。

我说的是如何看待"时尚"：

时尚，有正弊之分、常态病态之分。不必趋之若鹜，也不必畏之如虎。追逐者包含各色人等，其中的青年人尤可理解，的确，拜金、追星、名牌消费、性爱游戏、对声色犬马娱乐的痴迷……曾一阵阵蔚然成"风"。在一个逐步开放、经历着经济文化转型的社会，这种现象自发滋长蔓延，似乎难以避免。你看不惯，你大声疾呼，恐怕无济于事。即便那些盲目追逐"时尚"已尝苦果者；也往往不愿回心转意。为什么？有那么一种环境在胁迫，一团风气在翻卷，推着人们随波逐流。这不免使我想起一位美国历史学家的话："只有天黑到一定程度，你才可以看见星星。"转变对病态时尚的盲从，自然需要克服社会的病态。我们尽可以揭发公众精神的空虚与危机，大力攻击商业传媒和市场经济中诱惑、欺骗和腐蚀，但最根本的解脱之路是自我文化素质的提高和自身社会位置的调整。这里用得着中国一句俗话:"心静自然凉。"就是说,只有当人生实践和文化修养达到"一定程度"时,你才可能真正认知浮华的虚妄、拜物的可笑、矫情的痛苦。

(《吉林日报》1995 年 3 月 22 日)

我们的批评缺少什么?

提出"缺少"什么,并非说我们一无所有。十年来,文艺批评为吉林省文艺事业的解放、活跃、兴旺贡献了力量,发挥了作用。可以举出不少事实说明这一点,应该把那些成绩突出同志的名字写在吉林新时期文艺史上。但这不是我这篇短文所能做到的。

我想强调一下我们缺少的东西——当然包括业余从事点滴批评工作的笔者,也算个人的若干反省吧。

1. 我们的声音相当微弱。我们没有几篇产生过全国性影响的批评文章。无论问题论争还是创作评论,我们都缺少对整个文坛艺苑全局性的参与和介入。缺少机智,漂亮,破格的大手笔,原因嘛,也许太谦谨、胆气不足,也许我们还不够勤奋不够用功。

2. 我们的批评不够热闹。批评家生活与艺术的圈子还是太封闭,争鸣与交流的空气不浓,缺少不同观点,不同学派的争鸣,缺乏作家艺术家与批评家之间的认真对话。

为什么争不起来?破不开情面,不愿揭短,是原因之一,但又不止于此。这恐怕还与整个社会往往偏于一端的舆论风气，价值体系之更迭，以及社会历史批评"贬值"有关。

3. 热衷于传播西方文化学说、倡扬现代主义的"黑马"，"白皮书""新生代"横空出世，咄咄逼人，尽管它们在中国人实际的精神生活中影响有限。可人们很少见到当代现实主义的郑重应战（这个"战"指理论上的论辩），深刻反思，或重申自己的现代纲领。

恢复文艺一元化的单调僵硬的格局，简单重复过去的口号（即便如今依然看来正确无误），肯定行不通了。同时，现实主义也不能靠"源远流长"来被动地维持自己的"主流"地位。不能说新中国成立以来的吉林文艺界（包括新时期十年）的重大事件都已进行了认真回顾与总结，不能说对五花八门的西方文论已经做出了马克思主义的评析。这些都是迫切需要进行的工作。

4. 运用形形色色的西方心理学、符号学、现象学、阐释学、结构主义、接受美学等，可以找到中国文艺批评的新角度、新语言和新观点。然而，这并不意味着社会历史批评、现实主义美学就毫无作为了。

关键在于提出新见解，而不在于口头上"坚持马克思主义美学"的勇气。为此，应当广纳百家，熟悉现状，独立思考，三者缺一不可。我们对于近年涌入的西方文化、艺术，美学究竟下了多少工夫去研究？我们对于现实主义在当代取得的进展及遇到的问题又有多少真知？置身于鱼龙混杂、众说纷纭的大潮，我们能理出几条属于自己的独立见解？这的确值得吉林批评同行时常扪心自问。

5. 批评与学术的区别之一，就是批评更敏锐。唯有敏锐，才能发挥批评的时效性。敏锐，即对文艺现象的评断又快又准又犀利；于涓滴察潮流，于平淡见奇崛，发现"新人"创新潜能，洞悉各家的困惑或转机……

例如，齐兴家、陈家林、王兴东、王浙滨、王宗汉的影视作品，洪峰等人的小说，新近已引起全国注目，我们也可就此做一点自我考察，我们为推动吉林文艺新潮做了什么？能不能再多做一些？

6. 当然，我们同样需要对那些辛勤劳动多年、创作丰赡的作家艺术家进行认真的评论，需要对大量的中间性作品进行中肯的分析。例如长影的一些老艺术家，就很少有人去潜心研究，作品丰富、各有特色的鄂华、张笑天、乔迈、王汪、中申等人的近作，似乎也没有多少切实有力的评介，至于大量的"中间性"创作现象就更无人问津了。

这里，有两个问题：

一是批评确须选择。批评有避弃自己无兴趣对象的自由。批评价值易于在投入热点时得以实现。然而。从另一角度说．这岂不又为"冷门"、冷落的话题提供了新的机会吗？

二看怎么写。要从人们熟悉的作家作品或中间性现象评出新意，最好抓住对象新动态，读者兴奋点，时代趋势的密切关联，以加强针对性来提高批评的当代意义和历史感。

7. 批评需要社会的理解与支持。在这些客观条件中，人们呼吁最多的是党和文艺界的领导，希望各级领导不要把对文艺批评的重视和支持停留在口头上。人们正期待着改善批评地位与环境的切实行动。

我还愿意重申报刊及出版社编辑举足轻重的作用。编辑对于批评的帮助，不亚于作家艺术家。没有编辑的兴趣、眼力和推举，批评的新人与旧人都难以生存、壮大。我们缺少真正富于理论容受性，又热心扶助本省批评的编辑家。此外。时下摘家蜂起。在各种文摘报刊中，奇闻轶事居多。如果有哪位编辑能稍带注意一下吉林文艺批评的动向和劳作，那也实在是功德无量啊！

（《吉林日报》1989 年 6 月 8 日）

《丰乳肥臀》：荒诞与轻率

　　在《丰乳肥臀》获《大家》奖之前，我就开始读它，因读不下去放到了一边。不久传来消息，"首届大家·红河文学奖"在北京人民大会堂颁发，奖金 10 万元。我反而没有再读这部小说的兴致。继而，几家报纸转载获奖者受奖辞，作家在《光明日报》醒目地发表了自辩文章（一部书尚未流传尚未引起多少评论，作家先站出来辩解，文学史上鲜见）。之后，又有人接连莫须有地就《丰乳肥臀》"风波"向"批评家"发出责难。文章咄咄逼人。一篇不足千字的短文，诸如"道貌岸然的谦谦君子""君子国的先生""批评者肮脏的内心深处""那些'阶级斗争'脸的难兄难弟们""当代的道德家们"等等，给《丰乳肥臀》零星的议论扣了一大堆帽子。另一篇则干脆煞有介事地正告："批评家：不盯'乳臀'行吗？"

　　这期间，我十分吃力地把《丰乳肥臀》读完。

　　我同意这样的说法：不必就一本书的书名多加议论。书若真写得好，即便书名欠雅亦属枝端末节。但《丰乳肥臀》似乎未必就是书名欠妥的问题。而且，我没有看到哪位批评者对"乳""臀"的兴趣超过小说本身，更没有看到谁又摆出"阶级斗争面孔"打棍子。

我的疑问是：因为获了 10 万元大奖，因为有几位评奖专家下评语，《丰乳肥臀》就批评不得吗？无论针对《丰乳肥臀》还是针对当代文学其他重要作品、重要创作现象，我们十分缺乏认真的、有见地的、高质量的文学批评，或者说我们还没有真正称得上批评的批评。

不能说作者莫言没有才华，也不能说莫言对我们民族百年历史苦难的一面缺乏体察，《丰乳肥臀》之中确实显示了作者艺术才华的某些独特之点，寄托了他若干沉重的历史反思。然而，以迄今为止奖额最高的当代文学"大作"来要求，用中华民族百年宏伟又悲壮的历史来比照，《丰乳肥臀》对历史对人性对家庭所采取的荒诞而轻率的态度，很难让人们信服它是成功之作。

作品的主旨被说成是赞美母亲和大地。可是，这位生育了八女一子的母亲，与命运的抗争几乎全可归结为"性"和"本能"。她所有的孩子都不是丈夫的血肉，她信佛祖而与和尚私通，慕基督却与瑞典牧师相恋，为报复丈夫又不惜与姑父乱伦或把自己随便"交给"江湖郎中、光棍汉"糟蹋"。对儿女，一方面为他们忍辱负重，一方面又为女儿偷情守门，鼓动儿子与独乳老金上床。这样描写母亲对伦理道德的反叛，究竟是赞美还是丑化？

小说开局，人畜难产的对比描写颇为扎眼。一边是鲁氏的"嚎叫"，一边是黑驴的"哀鸣"；伸进产道掏出小骡驹，婴儿降生也是同样办法。日本鬼子血洗东北乡后，一边是村民恸哭送葬，一边又津津有味地勾画乌鸦抢食腐尸的情景。猥琐的自然主义辅之以叙事的戏谑，美与丑、正义与恶行一锅煮，是莫言的惯用笔法。小说中，山东高密人用屎尿抗击德国人修铁路，火攻日寇，尔后的解放战争、土改、"三反五反""四清""文革"、改革开放发展经济、反腐倡廉，也同样予以调侃加变形的处理。

说乳房是小说的焦点、重点、贯穿主线，并不过分。书中随处可见对乳房的点染、细描、联想。主人公上官金童就是吊在女人乳房上长大的。他不但离不开母亲的乳房，对姐姐们的乳房也垂涎三尺，甚至为扑向女模特儿乳房而撞碎了橱窗玻璃。作品通过上官之口宣称："对乳房的爱护与关心程度，是衡量一个时期内社会文明程度的重要标志。"于是，要"乳房搭台，经济唱戏"，筹办"国际乳房节"，"走出亚洲，冲向世界"。如此渲染，究竟是幽默还是病态？

小说内容广博，这里仅仅引述几例，意在申明：作为1995年一种引人注目的文学现象，《丰乳肥臀》可以议论，可以批评。不止这本书，还有不少重要作品和文学现象值得认真探讨。宏观的、思辨的、精英层面的文艺批评有一些，然而，新时期的20年来，文学界到底出了哪些好作品，有哪些成功的经验？有哪些与时代和人民相关的重要文学现象以及应当讨论的创作倾向？这方面的评论，相当薄弱，价值标准混乱，人们难达共识。

关键是要形成一种良好的环境与空气，使说理的、健康的批评能够正常进行。所谓"说理的、健康的批评"，当然要摒弃过去那种简单粗暴的大批判，实事求是，与人为善。同时旗帜鲜明，鞭辟入里。而开风气之先、起带动作用的，自然首先要靠党报和各大文艺报刊，北京的文艺评论家尤其负有重要责任。对此，笔者在不同场合做过多次呼吁，很明显——没有上述前提和实际动作，整个文艺界批评薄弱的状况就不可能得到改变。

（《文艺报》1996 年 4 月 12 日）

关注农民的 "痛点"

这是农村题材创作的一个不可忽视的局部问题。它小而十分敏感，人们很在意涉及农民 "痛点" 作品的 "艺术分寸" "社会效果" 和 "政治导向"。应当说，实际工作里我们各级领导一直重视农民的扶贫解困问题，但有些领导又不喜欢在文艺中暴露那些 "痛点"。

当然，如今情况较之过去好多了——农民的生存状况得到了极大的改善，文艺环境也宽松多了。然而，真正为农民 "代言"，以艺术或文学方式关注农民的 "痛点" 仍然是一个回避不了、又有相当难度的课题。

那么，所谓农民的 "痛点" 究竟指什么？

想举两个事例来说。

1973 年 6 月 9 日，周总理最后一次回到阔别 20 多年的延安，距离他去世仅两年半。他看望当年一位邻居。家徒四壁的窑洞让总理眉头紧锁：农民太苦了！他请老乡吃小米饭，看到老乡狼吞虎咽的样子，周总理吃不下饭，大滴大滴的泪水落在碗里。

周总理深深地感受到了农民的"痛点",尽管农民沉默着,毫无抱怨。

作家之中也不乏与农民心连心的人,赵树理就是一位。1947年8月,晋冀鲁豫中央局召开86天土地会议,赵是主席团成员,会后作为土改工作团河北武安县副团长下乡参加土改,当时《人民日报》首次赠予他"农民作家"称号。这前后,周立波写出《暴风骤雨》、丁玲写出《太阳照在桑干河上》,均获斯大林文学奖,而赵树理只写了八篇文章和一部中篇小说《邪不压正》。后来他为这部小说辩解时说:"据我的经验,土改中最不能不防范的是流氓钻空子。"这种人"绝不可在未改造之前任为干部,使其有发挥流氓性的机会"。

赵树理痛恨农村的"流氓无产者",认为新中国成立后农民最危险、最该警惕的敌人是掌握了乡村政权的"流氓无产者",这实际上从另一个角度触摸到了农民的"痛点"。

农民的"痛点",就是他们被侵害的切身利益,就是被侮辱的人格与尊严,就是被剥夺的生存、发展的权利,就是被压抑的精神追求。具体地说,例如土地问题、子女受教育问题、乱收费负担问题、农民工权益问题等等。这些"痛点"是农民生命的支点,生存的危点,生活的难点,也是改变其命运的关键之点。我认为,是否能够正视包括它在内的弱势群体的真实状况及社会不公现象,是衡量一个民族文学的正义情怀和人文深度,一个社会的文明进步程度的重要尺度。

书写农民的"痛点"。涉及若干理念的转变问题,更是一个迫切的实践课题——既关系到作家的良知和勇气,也取决于社会政治的接纳度，当然也有一个怎样写的问题。

下面结合几篇作品对"痛点"的表现略作探讨。

农村题材，并不是吉林文学生疏的领域。然而，写农村的作品甚多，真正触及农民"痛点"的却很少。这里我举出一例：孙正连的《洪峰》（短篇）。外地作家，我注意到河北的胡学文。他一直倾心于农村题材写作。他的两个中篇《在路上行走的鱼》《命案高悬》，给我印象深刻。还有《钟山》今年六期的王清平的中篇《最后一张欠条》。

这几篇作品有个共同点，都是由小及大，于平淡中积蓄着危难，但可以归结为两种写法。

第一，直面农民的痛苦与灾难，笔调锋利而沉重。

孙正连的《洪峰》写抗洪中盲目执行"政治任务"给农民带来的损害。王老井承包了一块沙丘地，"先是说十五年不变，现在又说三十年不变"。他辛辛苦苦植了七八年树，"黄的沙丘上，有了一道绿墙"。突然来了"抗洪"任务，本无水患的北沙岗子也要筑"沙坝"，于是涌来各路民工，把老井的树苗踩个稀巴烂。接着又下令砍树，砍掉全村一万棵树，后又追加四万棵，结果老井的树全毁了。傻儿子砍自家的"树王"竟被砸死。这时，听乡长说，上级命令上游泄洪。树用不上了。人死了，树也白砍了，王老井瘫倒在地，欲哭无泪。

《命案高悬》则是一个蹊跷的故事。乡护林、护坡员吴响是个喜欢女人、又不失正直之心的光棍儿。他相中了村里的尹小梅，想利用她违规放牛上坡吃草时使其就范，没想到正巧碰上巡查到此的副乡长毛文明。性情刚烈的尹小梅不服管，被毛带到乡里。

只隔了一夜，尹就不明不白地死去。吴响感到良心不安。尹是因自己才被抓到乡里，便设法打听尹的死因。听说乡里给尹的丈夫黄宝 8 万元，黄在县城开了个果品店，他就多次去找黄摸底，可什么也问不出来。与此同时，对吴响的打击接踵而至，乡里免了他的护林、护坡员，派出所几次抓他"嫖娼""破坏他人家庭"。整个情节走向，逐渐暴露出事件的反常——尹小梅显然是被害而死，毛文明等人在掩盖他们的罪行，可疑点重重、黑幕就是未能揭开。小说结尾，当吴响诈说毛文明讲了尹小梅的死因，确实不知真情的黄宝反而精神受刺激跳桥自杀。

两个"命案"就这样"高悬"起来。

第二，采取跌宕、迂回的写法。侧面入笔，盘马弯弓，苦辣酸甜，结局迷茫。

胡学文的另一篇，波谲云诡，颇耐咀嚼。《在路上行走的鱼》是一个中年农民向镇政府食堂管理主任追索卖牛款的故事。杨把子不满女儿背着他嫁人，一气之下去女婿家牵走了一条牛。为了筹备自己的二婚，把牛牵到牛市，两天未卖出，碰到镇政府食堂吴主任，吴当即答应给他 4200 元，把牛牵到食堂杀了。钱，吴说过两三天来取。三天后，杨在发廊堵住吴。吴推说再"过一阵儿"。一个星期过去，杨把子"两嘴角都憋出泡了"，找到吴，吴下了两盘棋后才理他："怎么又来了，没钱！"让他等"通知"。就这样，为了要回钱，杨不得不给吴送烟送酒，不得不请主管食堂的邱副镇长在"醉仙楼"吃饭，自己追踪邱跌伤了胳膊住院后，又不得不给死了丈母娘的邱送钱，直等到邱被检察院立案拘留。这时各路债主找上来：欠下"醉仙楼"493 元、镇医院 3680 元、黄石小铺 2400 多元。走投无路的杨把子怀揣尖刀去找吴算账，可吴偏偏患了中风，眼斜口歪地躺在医院里。小说结尾写道："一个孤独的影子行走在旷野中……每次快倒下去，那个影子又慢慢摆正了，然后向另一方向倒去。硬白的月光落下来，在杨把子已然驼了的背上砸出一片片清脆的声响。"

王清平的《最后一张欠条》写的不够紧凑不够深入。然而它触及"取消农业税了，但大伙的负担没比过去轻多少"这样一个真实存在的问题。小说把矛盾集中到村支书刘喜贵身上。他为了承担、解脱频频压在农民头上的"一事一议"乱收费，几年来开了近 20 万元的欠条。这次，新乡长耿茂盛上任，为建造"中国最大、华东唯一的西瓜集散中心"，每个村民必须上交 20 元。因集资不力，加上争权的村长石仁富暗中捣鬼，刘被停职反省。此时，少时女友、老同学桂花仗义相救，她不但舍羊招待耿，而且送上 3 万元，又身受其辱，方使刘官复原职。面对如此惨重代价，刘喜贵毅然辞职，在法院支持各路债主追讨的情况下，下决心外出打工还债。

几篇小说，使我想到赵树理所说的"流氓无产者"，他们的遗子遗孙并未绝种，仍然在横行乡里，仍然是妨害新农村发展的祸根。值得注意的是，小说没有把生活简单化，农民摆脱困境、伸张正义绝非易事，而在这个曲折过程中，农民因袭的重担、自身的狭隘和愚昧也仍会成为他们解放和前进的障碍。

最后，我想引用上届诺奖得主、土耳其作家帕慕克一句话，他讲的是作家劳动的艰辛，我倒觉得他说出了农村题材写作的难度。

　　"作家的秘诀在于灵感——因为谁也不知道它来自哪里——而是靠固执，耐心。有一句老话，就是，用根针挖井——我觉得就说出了作家的概念"。

（《文采》2006 年专辑）

何谓"道德主义"或"文学性尺度"

《文艺报》的"当前文学发展状况论坛"专栏引起了一些读者的兴趣。我也是其中之一。读了 8 月 27 日吴义勤的《"文学性"的遗忘与当代文学评价问题》，想提出一点疑问，并向作者和读者请教。

应当说，吴义勤的文章视野开阔，提出一些很好的见解。其中，对于先锋小说和"底层文学"的分析尤其精到。但是，作者对"90 年代以来"文学界关于《废都》《丰乳肥臀》《上海宝贝》《我爱美元》以及《兄弟》等作品的批评的否定，却是轻率而难以令人信服的。作者认为，上述批评属于"对中国当代文学的否定"，这种"否定"告别了"'文学性'的尺度"，"无一不是从道德和精神的层面切入的。批评家在此显示了无比的精神优越感和盛气凌人的道德审判官的气势，似乎市场经济社会的价值混乱、人心不古、道德滑坡都是这些小说造成的。"

这显然是一种褊狭的评判与推断。

不必重述先前的批评，也无须讳言这些作品当年就存在着争议，吴义勤自然有权利保持自己的观点，然而做出历史的评述理应更加公允更加客观。因为，据笔者看到的对于《废都》《丰乳肥臀》《上海宝贝》《兄弟》等作品的批评，大都是平心静气、实事求是的，而且并未脱离"'文学性'的尺度"。批评它们并不就是"对中国当代文学的否定"（相反，倒应理解为对"当代文学"价值的一种维护），更未见谁弱智到把"市场经济社会的价值混乱、人心不古、道德滑坡"统统说成是"这些小说造成的"，所以大可不必将"道德主义""道德审判官"等帽子扣给批评者。

这里的关键，是对于"文学性""'文学性'的尺度"的理解。可惜，作为洋洋万言文章立论的重要概念，它们并未得到细致、准确地阐释。因而，作者所谓"遗忘""告别"的论断就让人不得要领。美国学者韦勒克曾经谈到"文学"概念定义的难度，奥裔英籍哲学家维特根斯坦则反对给艺术下定义。不过，"文学""文学性"及"文学本质"事实上有自己的意义边界，如果我们不想在此"钻书袋"，那么大体上总不该把以语言为工具构思立意、确定描述取舍、美丑指向的文本方式完全排除于"文学性"之外。扩大了说，当一些作品运用"文学性"歪曲社会生活、丑化人性、赏玩病态、颠覆纯正道德之时，由此而引发的针对性的批评，岂可完全排斥与否定？其实，即使是其中的"社会学、历史学和政治学的评价"，也并不与"文学性尺度"相对立。否则，论者所谓的"审美属性"是指什么？又如何运用他的"'文学性'的尺度"（完全与"社会学、历史学和政治学的评价"隔绝？）具体评价这些作品？

多年来文坛缺少尖锐而有勇气的批评。我十分敬重那些在文坛上鱼龙混杂、众人噤口时刻敢于发出批评声音的有识之士。反观历史，探讨现状，强调"文学性"的价值尺度有其必要性，但是切不可泼脏水把孩子一块倒掉，排除、消解尊重文学价值的"社会学、历史学和政治学的评价"，那就等于抽掉了马克思主义文学批评的灵魂。这样一来，用吴义勤的话来说，"我们怎么企盼中国当代文学能获得科学的定位与正确的评价"？

（《文艺报》2009 年 9 月 19 日）

遮蔽的诗意

《寻找精神的日常光芒》，是董喜阳发表于《作家》（2012年11期）上的组诗十首的题目。恣肆的精神缩略为日常意象，其拼接或跳荡的思绪暗示出某种情态和指向。或许这也是他近期诗作的共同主旨。

然而，对我这个比较传统的读者来说，诗中的"日常光芒"甚难体悟。小董的诗语感颇佳，但很朦胧，很艰深。大约属于后先锋派。中国诗坛上，关于朦胧晦涩诗，有过几次激烈的论争。近年随着文化的开放，人们似乎更成熟了，对于艺术界文学界一些标新立异现象已见怪不怪。你写你的，我写我的；你吹张三，我羡李四，有点井水不犯河水了。

这里，我倒想聊做一回多事者，追问一下：诗为什么要这样写？这类诗的阅读障碍究竟在哪里？

晦涩诗不论哪个派别，皆主要针对某些传统诗的直白、缺乏回味，进而采取种种逆向甚至过激的反叛姿态，提出寻找"新的情愫"及其表达形式。其实，中国古典诗论也不主张诗意平淡。

宋代严羽的《沧浪诗话·诗辨》说："盛唐诸人，唯在兴趣。羚羊挂角，无迹可求……如空中之音，相中之色，水中之月，镜中之像，言有尽而意无穷。"明代胡应麟则认为："深厚者易晦涩。"（《诗薮》）早期象征派李金发批评白话诗："浅白像家书，或分行填写的散文，始终白话诗为人漠视。"穆木天批胡适更为尖锐："中国的新诗的运动，我以为胡适是最大的罪人……给散文的思想穿上韵白的衣裳。结果产生了'红的花／黄的花／多么好看的花'一类不伦不类的东西。"

新潮诗人对白话新诗缺点的批评有一定道理，但他们的作品往往走向另一个极端——抽象，隐晦，破碎，神秘，白日梦，超现实，制造语言和意境的迷宫。对于"深度意象派""语言神秘主义"有诸多阐释，我觉得英国大诗人艾略特说得最为透彻："诗的晦涩是由于略去了链条中的连接物，略去了解释性和连接性的东西，而不是由于前后不连贯，或爱好写别人看不懂的东西。"他称这是现代诗特有的"幻想的逻辑"。

董喜阳的诗，就"略去了解释性和连接性的东西"，以遮蔽"幻想的逻辑"；同时借助奇异的修辞、联想的并用，营造朦胧、荒诞的效果。例如《西瓜汁》中"失血过多的玻璃杯""一只卸了妆的鸟接济冬天""被规划成不小的球体"的"嘴"，都是特定情境下人类性状与非人事物的互转混搭。这种移就意象，与"不断老化的时间"，与"它滚动着，抗拒着自然力／你可以仅说顺良之话／像这个来自未知的翻转物"，构成一种隐秘的逻辑与意义关联。

再如《试验田或盐碱地》，如不知题目，虽有"周密的实验""久违的窥探"字样，读者仍难把握作品的含义，确像诗中所言——到处是"起伏波动的障眼法""往酒中导入勘探的语言""空气中逐渐膨胀的微积分"，具体事物与抽象概念的拼接牵引着"我"和"你"跳脱的对话，最后归结为——"整个世界只有我和你，我们的风景／我们彼此交叉的倒影"。

诗无达诂，古今皆然。作为吉林诗坛一支年轻、活跃的力量，董喜阳等一批新人的崛起值得我们欣喜。但我仍相信并期待着喜阳诗艺的新变。因为不少先锋诗人都经历了回归的过程——就像以"迷彩式""杂语断裂跳脱"著称的安琪，如陈仲义所言，曾经"吞食了太多的语词的'摇头丸'"，到了她"北漂"时期.终于"放弃语言的迷妄，转向新的语感，澄澈和率朴中的柔性"。

（《中国文化报》2013 年 5 月 10 日）

电视剧《双刺》：对人情的膜拜

近日，观看江苏电视台播放的电视剧《双刺》，颇感郁闷，有话如鲠在喉，不吐不快，愿向制剧者和方家请教。

这出以 1949 年成都解放前夕为背景的"谍战情感剧"，通过一个双谍之家的毁灭，表现了国民党反动派的负隅顽抗，却显示了中共地下党的步步中计、损兵折将。本应是刘邓大军兵临城下的大好局面，这里却让人感到正不压邪。构织全剧主要人物关系、推动情节进展的轴心与法宝，是缠绕不清的人情。中共地下党员彭刚在抗日战场上为国民党特工吴佩欣挡子弹，成就了他们的婚姻，而吴父则为中共的策反对象、成都城防司令吴晋元。七年后，任职城防司令部侍卫长的彭向妻子亮明了中共身份，同时知道女儿的生父竟是吴在保密局的顶头上司邓汉山。邓汉山利用与吴、彭的三角关系设下重重圈套，无情地残杀中共地下党员。城防司令部秘书肖静，因抗战时期结识八路军林凯而同情中共，几次掩护彭刚，当她正要南撤香港，又应昔日恋人、中共成都特别支部负责人林凯之求，救出地下党员洪玲。

作为吴晋元的保健医生，洪玲是彭刚的初恋情人，她与吴、彭构成了另一个三角关系。吴佩欣把"受骗七年"归咎于中共，怀着仇恨，先是射杀了成都地下党重要领导人江一林，接着抓捕地下党负责人胡浦并目睹他被害，又借地下党送她转移之机，把洪玲送入虎口。令人奇怪的是，这一切都是在"爱彭刚""离不开彭刚""为了保护这个家"的名义下进行。这个似乎感情丰富的女人往往心如铁石，由于情敌洪玲被救，残忍地向蜜友肖静开枪；为了麻痹邓汉山，将女儿豆豆当作筹码，主动送给邓，又偷偷接回——后来发现邓汉山是杀父凶手，却未见她复仇的举动。电视剧着力渲染吴佩欣悲泪涟涟，而观众看到的却是一种仇怨的狰狞发泄、一种嗜血的歇斯底里。

如何面对这样一个冷酷自私、手上沾满共产党人鲜血的吴佩欣？彭刚除了未尽保护吴晋元之责，在营救江一林、胡浦、洪玲上毫无作为，对吴佩欣是一再忍让，公然拒绝地下党要他转移川西游击队的决定，留下陪伴怀孕的老婆等孩子降生，在劝吴"回头"无效的情况下，自作主张挺身刺杀蒋介石，再入圈套而自毁。至于成都中共组织，对于吴佩欣也是屡屡宽宏大量：在她杀害江一林后，由洪玲促成同意送吴去川西反遭吴的拒绝；吴抓捕胡浦后，又决定"既往不咎"将吴转移保护，结果洪玲反陷囹圄；在吴坏事做尽、成都解放之际，仅凭她交出一纸国民党地下潜伏名单，便受到新政权的从轻发落。戴上手铐的吴佩欣，衣衫洁白，表情轻松，气氛温馨，预示着这个人物的新生。然而衬托她的，那可是几多共产党人的生命和鲜血啊！

人而无情,不知其可。战争年代,仍须正视、珍重人情的存在。但亲情、恋情、友情要受到政治立场、阶级利益、敌我阵线的制约与限制。人情不是万能的。人情不能超越政治原则,不能调和敌我,不能化解罪恶。如同饱遭诟病而又生生不息的抗日神剧,如今国共谍战滥情剧也成了一个新的卖点。《双刺》应属其中之一。将当年国共尖锐斗争人情化,超越政治是非地膜拜人情,不但会模糊、掩盖正义与邪恶的鲜明界限,炮制出一些虚假、变态的人物,而且还可能矮化或丑化中共地下党的仁人志士,曲解那一段严峻的革命历史。

(《光明日报》2016 年 10 月 31 日)

呼唤电影的现实主义精神

——读华克《在长影拍片解密》有感

《在长影拍片解密——我的电影创作回顾》(中国电影出版社，2015年，下称《解密》)，是一本活泼厚重的电影文集。作者华克，1960年北京电影学院导演系首届毕业生、长影资深导演。从参与《创业》拍摄到投身长影1980年第二个高峰期，他作为中国电影由封闭转为开放之亲历者的经验和观察，对于新世纪中国电影的发展应该说是宝贵而有意义的。《解密》所涉及的电影事件与创作历程，与中国电影1980年开放、拓进的总体走向是同步的，其中记录的有关长影创作和生产的方方面面，无疑具有重要的历史价值。就我的阅读感触而言，很想强调一下流贯全书的核心精神，那就是对现实主义的探求与呼唤。

其一，从生活出发，破除种种思想观念上旧框框的束缚

华克的导演处女作《谁戴这朵花》完成于1979年。这部片子的编剧起初提出，开掘大庆会战中知识分子题材，在采访中把兴趣转移到"艰苦奋斗的缝缝补补精神"上，写出《缝补大嫂》。"初稿不理想"，华克又陪同作者"奔赴华北油田再次深入

生活"。在作者和总编室授权的修改中，华克把剧本的"三段式结构"，"改为'迎接后勤检查团'这一中心事件前后贯穿"，强化了作品的喜剧色彩。剧名由《缝补大嫂》定为《谁戴这朵花》。华克艺术上的起步，灵感和动力就来自火热的生活。

1982 年拍竣的《诱捕之后》，原名《穿心剑》，改编自《人民日报》上作者的小说《伍豪之剑》。真实事件是记述周恩来（伍豪）在上海领导地下党查奸除叛的故事。应编剧之约，华克介入剧作，带病拍完全片。可是，几次送审均未通过审查。在电影局领导来长影的一次审片会上，华克据理力争，并对片子历史背景和行动任务做了调整，影片终于获得通过，上映后观众反应强烈，全国拷贝达 218 个。

现实主义的基点是生活的真实。20 世纪 80 年代初，中国现实主义电影的进展，往往要冲破种种思想观念旧框框的束缚。华克的遭遇，真实地反映了当时的状况。

其二，注重美好人物形象的塑造，追求影片的人文品格

现实主义的要义在于现实关系的典型揭示。这种现实关系，无论当代或历史，都是以人的命运为中心。20 世纪 80 年代中国现实主义电影包括华克的影片，注重美好人物形象的塑造，追求一种清新深沉的人文意味，这是中国电影不应丢弃的品格。

书写于 1986 年的《当代银幕呼唤什么形象》，华克针对当时影坛"脱离生活，格调低劣，拼命迎合某种庸俗趣味"的不良倾向，鲜明提出，"把塑造具有崭新时代风貌的社会主义新人形象，推到社会主义银幕的突出地位"。华克在自己的作品中，也是一贯推出"具有崭新的时代风貌"的人物形象："缝补大嫂"

冯普英、地下党领导人夏东岳、我军卧底特工夏侯亮、人民海军指挥员武仲毅、周群等都是这类有血有肉、灵魂高尚的银幕形象。值得一说的，是他1988年拍摄的《山雀儿》。当时，娱乐片大潮卷起，制片厂经济压力加大，有人劝华克"往后别再拍这类题材了，不赚钱，也不讨好"。而华克却坚持自己的艺术追求，抓住山雀儿这个山村女孩的两个"意识旋圈"——两次爱情的自主选择，表现了她在变革年代的精神觉醒。影片完成后，受到电影局、全国妇联和于光远等专家的赞扬。山雀儿形象的成功表明，文艺片及其具有人文意味的主人公形象，在整个电影格局中，不是"装点门面"的"名片"，而应当成为保证其品质与活力的不可或缺的组成部分。

其三，保持艺术个性，尽力扩大创作视野，不断丰富视觉表现方式

现实主义从来不是一种封闭、僵化的诗学。成熟的现实主义电影家，无不在保持自己创作个性的同时，尽力扩大题材视野，不断丰富艺术表现的手段和技巧。

华克被称为"军事惊险片"高手。他的《诱捕之后》《密令截击》《蓝鲸紧急出动》《枪防要塞》，构成了最能体现其叙事特色的作品主轴，而赞美大庆缝补大嫂的《谁戴这朵花》、关注黔北山村姑娘争取婚姻自主的《山雀儿》，为当代大学生画青春的《毕业交响曲》，不但在底层人物命运或作为的描摹上做出新的拓展，而且在影片样式的喜剧化、格调的抒情性以及造型的地域特色等方面均有出色的发挥。

现实主义的道路始终是坎坷的。当年未少受到"左"的势

力之打压，近年又一直被商业化潮流所冲击。《解密》里，华克多次谈到不想夸大"电影的教育作用"，反感那种"夸奖某某影片是什么'好教材'。发动各单位组织'专场'、'包场'，观摩、讨论"的现象。他也不赞成"票房至上"论。不欣赏那些"脱离生活，格调低劣，拼命迎合某种庸俗趣味"的"消遣""娱乐"片，他尖锐地指出："鼓励那些无视审美准则、失却艺术灵魂的烂片如洪浪袭来……无疑会对振兴中国电影产业滋生伤害。"

时下，被人推波助澜的某些影片的"强势崛起"，其中很大成分是"烂片的狂欢"（笔者赞同《新周刊》2015 年 15 期一些文章的评析）。以"娱乐片"追求"高票房"，当然不该否定，这表征了中国电影产业日渐成熟的一面，但是，如若无视或者纵容那些"烂片"对中国青少年一代电影"胃口"的败坏，那简直是莫大的悲哀，后果不堪设想。就这个意义上，华克《解密》对电影现实主义的呼唤，至今仍然有切中时弊、振聋发聩的效力。

（《吉林日报》2015 年 8 月 25 日）

"全民阅读"杂感三则

（一）"全民阅读"比"全民娱乐"好

听说过"全民阅读"的说法，一直不明就里。后来知道还有个"吉林省全民阅读协会"，赵家治先生是会长，是国家倡导的一项文化工程。阅读恐怕很难实现"全民化"，但有这个目标甚好。

"全民阅读"比"全民娱乐"好。

老百姓需要娱乐，可这股风是否刮得太疯了？中央电视台带头煽，什么"星光大道"，什么"开门大吉"，"我要上春晚"，太喧闹、太嘈杂，看似关注大众文化生活，实则歌舞升平。我羡慕那些"大衣哥""草帽姐"，但实在对那一套提不起兴趣。回想一下，有不少西方版画（藏书票）、雕塑，描摹少男少女安静读书的姿态（如肯特的黑白版画），多美！似乎从未见到谁为咧着嘴唱歌的大妈大婶立像。

大伙多读点书好，还是成天唱歌好？就个人兴趣而言，不必厚此薄彼；可着眼于社会风气，那确实要权衡一番，有所侧重。

（二）阅读态势的新变化

我在《大众读书50年》一文中曾谈到过中国人的读书渠道与趋势。如今阅读态势又发生了新的变化。

其一，党和国家规定的硬性阅读大大减少了。六七十年代过来的人，对此会深有感受。

其二，阅读的自由度不断增大，阅读的自主选择空间大为增加。

讲几个旧例子。1985年，美国《生活》杂志在百万读者中评出"人类有史以来的20本最佳书籍"，我们已出版19本；1990年，美国《时代》周刊评选的"全世界20世纪80年代十部杰出的文学作品"，我们译介过七部。到2000年，商务印书馆的"汉译世界学术名著丛书"七辑300种380册已出齐。可否说，我们基本跟上了国际文化出版的步伐？当然，外国人读到的，我们仍有不少空白点，但从文学上讲，听出访的作家说，我们对外国主流文学的了解要远远超出外国同行对中国文学的了解。

其三，阅读出现阶层化、代差化、消费化，全民的共同兴奋点、共认标准逐渐瓦解。

时下是你读你的，我读我的。按趣味、阶层、年龄、专业分隔阅读成为趋势。如儿童百科、考试辅导、医疗健身、女性美容、武侠魔幻、明星炒作、社会隐秘、自然生态、低俗小说等等，隔读如隔山，阅读的精神含量降低。

其四，阅读的纸质媒介、语言文字中心地位受到冲击和挑战。

文化开放后，传播媒介的多元化特别是视听、网络手段兴盛，纸质媒介式微，语言文字的中心地位动摇。主流思维的权威态势遭及挑战，以边缘、新异思维观察、解释世界的合法性悄然确立。现实社会与网络空间已形成巴赫金所说的"众声喧哗"的状况。

（三）作家与阅读

作家自身离不开阅读。没有不阅读的作家。好作家是好的阅读者。特定的生活阅历，持续的良性阅读，是作家安身立命的两大根基。可以说书是作家的命根子，是他的文化、灵感和才华的源泉。在座的金仁顺，就有自己独特的阅读区域。

"全民阅读协会"提出的"作家人有作为，全民阅读才人有希望"议题，是鼓励作家的话，但我认为二者没有必然联系。刚才说了，阅读已阶层化，许多读者未必会关注作家写作。当然，作家多出好书，可以扩大读者的阅读选择范围、提高他们阅读的质量。从这个意义上，它又是个积极命题——作家应当多与读者交流、沟通，知道读者需要什么，喜欢什么。

作家给读者写什么很重要。一个材料披露，对那份发行量很大、诗文漂亮的《读者》，有人另有看法："当我终于明白生活不是童话的时候，便将收藏的数本《读者》清出了书柜。"

话可能偏激了一点，但道出了一些读者对那些软绵绵、甜腻腻、虚飘飘读物的反感。

我赞成这位读者的选择。我希望作家给读者多提供一些充实有力的作品，多写一些强筋健骨、补钙招魂的作品。

（《吉林画报》2014 年 4 期）

关注党风、反腐倡廉的历史责任感

作为新中国电影的摇篮，长影的道路，在某种意义上，可视为中国社会主义电影历程的缩影。忠于生活，为人民代言，昭彰共产党人的作为与信念，弘扬中华民族的辉煌历史和精神品格，是长影可贵的艺术传统。这其中就包括，多年来长影影片对于党风、执政官员作风的关注。虽然此类作品不是很多，拍摄过程不乏波折，但是已经构成贯穿长影历史的一条红线，体现出长影艺术家的艺术使命感与历史责任感。

（一）20世纪50年代中期。这是新中国电影的初建时期。人们的兴奋点在回顾战争年代、开拓新生活上，电影的类型开始多样化。1957年之前，一度思想活跃，文艺空前开放，长影出现了一批讽刺喜剧作品。除了关于社会道德、婚姻恋爱的讽刺片《不拘小节的人》《如此多情》《寻爱记》，还有两部引人注目的《新局长到来之前》（1956）、《未完成的喜剧》（1957）。

《新局长到来之前》是全国第一部讽刺官僚主义的电影。作品描写某机关局长调走，新局长即将到任，总务科牛科长为新局长调整、装修办公室，由此引发一系列矛盾。影片讽刺的矛头，指向这个媚上欺下的中层干部。李景波饰演的牛科长，把原局长办公室占为己有，要将一间库房改成新局长办公室，存放其内的 300 袋水泥被搬到院子里。不巧，一场大雨来袭，不仅淋湿了水泥，而且职工宿舍也遭遇"水灾"。悄悄到任的新局长（浦克饰），一边带头把水泥搬进走廊，一边让漏雨职工暂住新局长办公室，并写纸条命令牛科长立即维修职工宿舍。片中老李去送纸条，有个从钥匙孔看见牛科长大嘴啃猪蹄的镜头，嘲讽效果强烈。

《未完成的喜剧》由三个小品组成。第一部"朱经理之死"，通过某国营公司为未死经理举办追悼会的荒诞故事，讽刺了当年官场已见端倪的讲排场、阿谀奉承的不正之风。朱经理（殷秀岑饰）外出疗养，杨秘书组织隆重的欢送仪式。在火车上，朱掏手帕带掉工作证，被一小偷捡走，小偷跳车身亡。警方发现工作证，通知单位，杨秘书筹备追悼会。影片结尾当属出彩之笔：朱经理提前归来，见到为自己设灵堂，吃惊之余竟对悼词不满，动笔修改，最后发现——自己的职务已被别人代替，杨秘书变脸转而吹拍新经理。贯穿全片的故事评点人设计，独出心裁。这位叫易浜紫（谐音"一棒子"，方化饰）的批评家，对小品内容旁敲侧击，讽刺了盛行的教条主义思想。拍竣于 1957 年 9 月的《未完成的喜剧》，片名成谶，未等面世，便被打入冷宫，连同《新局长到来之前》，成为导演吕班的所谓"右派"罪证。

吕班，1913 年 3 月 24 日生于山西榆次。1937 年经赵丹推荐，参演电影《十字街头》；1939 年"吕班大鼓"唱响延安，受到毛泽东、贺龙、罗瑞卿的赞赏；1942 年入党，历任八路军野战政治部实验剧团团长等职；1948 年赴东影参演新中国第一部故事片《桥》；后与伊琳合导《吕梁英雄传》（1950）、与史东山合导《新儿女英雄传》，在东影独立执导《六号门》（1952）、《英雄司机》（1954）。1955 年吕班在京发起成立"电影喜剧研究组"，次年又同何迟、罗泰组织"春天喜剧社"，动员上海滑稽明星殷秀岑、韩兰根调往长影。《新局长到来之前》《不拘小节的人》《未完成的喜剧》就是他喜剧电影探索的成果。不幸的是，这样杰出的电影艺术家，却被打成"右派"，屡遭迫害，1976 年 10 月 14 日含冤离世。吕班是一位早夭的电影奇才。今天来看，他的喜剧电影探索虽然刚刚起步，但其讽刺艺术具有开拓性，电影史家认为其作品已创造出"具有时代感的典型形象"，"是十七年电影中绝无仅有的"。应当说，吕班的讽刺是委婉而温和的，然而仍不为当时的政治环境所容。对吕班的打击，不仅戕灭了他的艺术生命，而且伤及整个电影生态，使讽刺喜剧类型、反官僚主义主题的作品长时间一蹶不振。

（二）1980 至 1990 年。改革开放的新时期，中国电影焕发生机，长影的电影创作和生产也走向一个新的高潮。这期间，恢复党的优良传统的同时，确立社会主义市场经济，党风受到新的挑战与考验。尽管电影界不少人采取疏离政治的姿态，长影艺术家依然以更广的视角、更多的侧面、更大的勇气关注党风问题，拍出多部反腐倡廉主题电影。

《残雪》（1980 年，导演姜树森）、《家务清官》（1982 年，导演广布道尔基）乃较早的两部，都是针砭高级干部家属的特权思想。前者由老干部周丰重新恢复工作引出故事。在新疆林场当技术员的儿子周伟借机抛弃曾患难与共的妻子，"走后门"回京进入某科研所。周丰从一封新疆来信得知儿子行为的恶劣影响，亲去新疆调查、致歉。返京后教育儿子，使其悔悟。后者聚焦市委书记梁羽即将退居二线刮起的一场家庭风波。梁羽之妻杨青蔚，惯于借他的名义搞不正之风；为了阻止丈夫离休，她四处活动，搬来母亲和兄长给梁施压。老梁在儿子和大女儿的支持下说服岳母和大舅哥，排除了家庭的干扰。两部影片，真实地披露了干部家属以权谋私的张狂，以及由此触发的民众的不满乃至愤恨，赞扬了坚持党性的老干部的高风亮节。艺术表现上，采取家庭视角解剖世相党风，既有思想的碰撞，也有人情的感化。

《不该发生的故事》（1983 年，导演张辉），上映后反响强烈。多地组织宣传和座谈，《人民日报》《文汇报》《大众电影》等报刊予以大篇幅报道与评介。明月沟生产队实行生产责任制，划分作业组五名党员全被排除在外，他们只得自己建组，人称"党组"——这里的党员威信降到如此地步，视域在基层，问题却带有全局性——人们感到影片提出了一个发人深省的重大问题：端正党风、重建党的威信的迫切性和必要性。这当然得益于报告文学原作《三门李轶闻》，作者乔迈参与了这部影片的编剧。电影充溢着北方农村的乡土气息，几个党员形象各有特点，王润身饰演的党小组长梁财更是血肉丰满，从休闲的"老爷子"到抖擞精神带头苦干，发扬风格帮助全村困难户，党员们终于重新获得村民信任，使影片迸射出恢复党风的希望和正气。

《在被告后面》（1983 年，导演常彦），是一部透视社会不正之风严重侵蚀党风的佳作。故事由一封告状信开启。省纪委接到中华机械厂厂长兼党委书记李江川违反财经纪律的举报，派邵彦率调查组进驻该厂。调查中发现，来信揭发的问题属实，可厂里干部为李开脱，青年工人为他评功摆好、打抱不平。就在此时，为完成上缴利润任务、解决供煤问题，李派运输科长出去拉关系，煤搞到了，却又遭银行、铁路要挟。李不得不假借过"生日"，把这些"卡脖子"单位请来，和他们摊牌……影片的尖锐性在于，塑造了一位市场经济时期力求破解困局的性格复杂的领导干部形象——其灵活而坚韧的作为，让片中之纪委陷于复杂难断的微妙境地——由此又使影片完成后遭遇复杂的审查风波。

揭示改革进程中错综复杂的社会矛盾，《花园街五号》（1984 年，导演姜树森、赵实）与《在被告后面》有异曲同工之妙。临江市花园街五号，历届房主皆与此城命运相关，市委书记韩涛（李默然饰）快要退居二线，谁将入主此楼？影片围绕这栋象征权力的老建筑，展开了改革与争权的斗争。庞学勤饰演的刘钊是核心人物，他与韩涛、副市长刘晓的矛盾冲突构成情节主线，韩涛的儿媳、报社记者、刘钊的前恋人吕莎，长袖善舞又不乏良知的欧阳慧，许副省长夫人、刘钊的前妻、歌唱演员罗曼，从不同侧面反衬、丰富了刘钊的形象。人物历史的纵深开掘，社会矛盾的广阔伸展，凸显了刘钊和韩涛形象的厚度——解放初大义灭亲、命途坎坷、"文革"后恢复工作而职务未定的刘钊，表现了不计个人恩怨，勇于开拓，关键时刻能挺身而出的新一代改革者的宝贵品质；而带着刘钊从解放初走来的韩涛，革命意志日渐衰退、保守，"反右倾"刘被迫害他沉默躲避，市委换届考察他给刘投了弃权票。这两个历史经历类似，却因改革分道扬镳的党员干部形象，颇具现实的镜鉴价值。

《新中国第一大案》（1992 年，导演高天红），堪称此时期反腐败主题最鲜明、笔触最沉重的一部力作。关于这部影片，可做如下述评：其一，影片的纪实性。主要情节采自真人真事，中心事件是新中国成立初天津地委刘青山、张子善的贪腐案，同时再现了党中央、河北省委对这一重大案件的严肃处理。影片揭露了刘、张挪用治河工程款、杨村机场修建费，倒卖军用物资"马口铁"等罪恶行为。为衬托他们蜕化变质的过程，塑造了不法资本家文仪、一直劝阻刘、张的老干部林克俭等形象。其二，影片的两个背景。刘、张案的背景——毛泽东 1949 年 3 月 5 日在党的七届二中全会上提出两个"务必"，号召警惕"用糖衣裹着的炮弹的攻击"之后，不少干部受腐蚀而堕落，全国掀起"三反"运动，"轻者批评教育，重者撤职，惩办……直至枪毙一批最严重的贪污犯"。影片拍摄的背景——1989 年 6 月中共十三届代表大会第四次会议提出抓好四件大事，"大力加强党的建设，坚决惩治腐败"就是其中之一。1989 年 6 月 24 日，中纪委第四次会议，要求继续贯彻全面从严治党的方针，惩治腐败分子，维护党的形象。故而，高天红《新中国第一大案》的导演阐述明确指出："这部影片的主题是：'反腐败'。""这部影片的形式是：'政治性很强的悲剧'。"其三，影片的成因。1990

年 6 月，河北鲁斌、石玉新、蓝天在查阅刘、张审讯档案基础上写成《新中国第一大案——枪毙刘青山、张子善纪实》一书（中国法律出版社），1991 年初，作者改写的《枪毙刘青山、张子善一案始末》刊于《河北文史资料》。不久，长影导演高天红在长春书摊见到"始末"，他有过天津工作的经历，曾思索过这个题材，立即请示厂领导、联系长影总编室谢燕南，约来作者改写剧本。影片刚刚开机，刘青山的儿子投书上告，要求为其父平反，要求影片停拍。长影派谢燕南赴京走访最高人民法院，获取刘、张之案"是铁案，永远翻不了"的明确答复，影片才得以完成。其四，1993 年 2 月 16 日下午，中共中央政治局常委审查了《新中国第一大案》。江泽民、乔石、朱镕基、李瑞环、刘华清、胡锦涛出席，认为"影片是反腐倡廉，能给人启发和教育的。这个片子，毫无疑问是正面题材"。其五，影片公映后，长影收到国家广电部电影局的贺信、吉林省委就贺信的批示；中共辽宁省纪委、省委宣传部、省文化厅，四川省委宣传部、省文化厅，海南省纪委、省委宣传部、组织部、省文广体厅发出推荐电影《新中国第一大案》的通知。

（三）新世纪初期。进入新世纪，电影产业化，主旋律影片拍摄和发行步履艰难。《北极雪》（2009 年，导演胡明纲）在中共黑龙江省纪委、大兴安岭地区行政公署的支持下拍成。影片根据 2007 年中纪委系统先进人物漠河县女纪委书记曹文华的事迹改编，谱写了一曲基层纪委干部的正气歌。影片主人公薛华（盖克饰）形象的塑造，有三个特点：一是生动表现了薛华办案突破小城人情网的浩然正气。对"假造林"案的调查，主要矛盾是薛华与涉案奸商侯长水的较量，工作的难点在于如何揭露并设法挽救陷于泥沼的营林局长梁子承。作品没有回避薛华退掉已在医院上岗的女儿的工作，取消女儿在当地婚礼时的无奈与痛苦，真实展现了她的人性与真情。二是着力突现薛华与人民群众的血肉联系。正确处理山民集体上访，老莫大叔关键时刻的协助，以及这位山林老人为薛华女儿操办鄂伦春式婚礼，给干群关系注入了一股温馨的暖流。三是把办公室办案扩展到山林风雪中，为影片增添了丰富的色调与开阔的空间。

2000 年前后，长影值得注意的与反腐相关的电影还有《留村察看》（1994）、《关东民谣》（2004）。

（四）自新中国成立初至新世纪初 50 年间，长影拍摄了十余部关注党风、反腐倡廉主题的影片，几代艺术家为此付出了艰辛的努力，他们应当受到尊敬和赞扬。这些影片，留给人们的经验、教训和启示十分丰富，在此笔者想强调三点：第一，要为反腐主题电影创造更宽松的环境、提供更切实的帮助。这类影片的创作和生产，有两大制约：思想政治环境和艺术文化市场。特别是当下，票房杠杆往往决定主旋律电影的存亡，它们不能没有国家或地方的资助。第二，要努力增强反腐主题电影的生命力。高质量的艺术，才会有生命力。应当提倡反腐电影的多样化，鼓励恢复长期被压抑的讽刺喜剧的生机。第三，要抓紧培养新一代思想勇气与艺术素养兼具的电影艺术家，例如像吕班、常彦、高天红、姜树森那样优秀的导演。吉林电影事业急需一代新人尽快成长并超越他们的前辈。

（《警戒线》，吉林省检察院刊，2015 年 3 期）

说不尽的长影

在长春市西南部，红旗街与湖西路交会的一角围起一片区域，就是"新中国电影的摇篮"——长影。院内与红旗街呈平行方位，有一栋深褐色瓷砖镶面的二层楼（门庭主体为三层），即为长影的主楼。主楼门前，挺立着一尊20世纪70年代建造的汉白玉的毛泽东雕像。

我于1942年出生在这栋楼附近，父母当时供职于伪"满映"，6年后带我和二弟投奔解放区哈尔滨。20世纪50年代初，随母亲重回长春，住在距"东影"（1955年改为长影）不远的一幢淡黄色大楼"一宿舍"里（原为日本陆军医院）。我时常站在门口往红旗街（时称洪熙街）前后方向看，几乎了无人迹，这个印象极为深刻。夜间还不时听见枪声。"东影"保卫科的李文风就被敌特杀害而被追认为烈士。

那时的主楼令人觉得坚固、厚重。一如它沉实的色调与造型。后来才知，此楼是伪满时由日本建筑师增谷麟仿照德国乌发（UFA）电影厂的布局设计，1937年动工兴建，计划1939年7月建成，实际工程延期3个月，于10月竣工，11月1日交付使用。与主楼相连，有 6 大摄影棚、一间录音室，当时已是亚洲影业最大的设施。

因为父母一直在长影工作，我目睹并切身感受到长影半个多世纪的沧桑变化。50 年代和 80 年代，应该说是长影历史上两段最兴旺的时期，它的突出标志是人气与活力。那时节，不仅厂内集结各路精英，人欢马跃，而且的确名流荟萃，群贤毕至。石联星（电影《赵一曼》中饰赵一曼）、张平（电影《钢铁战士》中饰排长张志坚）在这里为新中国电影拿到最早的国际电影奖；白杨、常香玉、新凤霞、秦怡、陈强、谢添、于洋、项堃、李默然等都曾在这里留下珍贵的足迹；赵树理、王蒙不同时间为长影创作人员做过精彩的演讲。当时摄影棚全部被不同剧组占用，《神秘的旅伴》（1955）甚至在厂区搭景拍摄。我清晰地记得：当年王晓棠身着彝族服装，因面庞施妆较重而牙齿格外亮白的样子。录音棚、译制片室、洗印厂同样天天忙碌，厂内外任务应接不暇。包着灰色铁皮大门的小礼堂，是我最喜欢去的地方——常常找人带着进去看电影。里面墙壁贴着黄色软木条隔音材料，《白毛女》《钢铁战士》《夏伯阳》一类电影海报排列在两侧，显得热烈而阔大。国家领导人常来长影视察，未见有什么保密或戒严。1958 年 2 月 14 日毛主席到厂，掀起了一股热潮。毛主席所到之处，人们蜂拥围观，争相和他握手。那天中午，妈妈一下班就喊我们到门口，听说她和毛主席握了手，我和弟弟也抢着和妈妈握手。

当然，对于全国观众来说，最让他们关注的是长影的老电影，是吸引、激动过他们的《祖国的花朵》《我们村里的年轻人》，是《白毛女》《刘三姐》，是《董存瑞》《上甘岭》，是《神秘的旅伴》《冰山上的来客》……那既是伴随着他们成长的艺术氛围较稀薄时期的影像记忆，又可能是他们在乱花迷眼当下的怀旧依托，长影为他们而存在，他们是长影的知音与贴心者。其中，一些人甚至毕生心系长春、向往长影。

说到"怀旧"，我想不应简单地将其归结为一种对逝去的生活方式或艺术图景的眷恋，或者解释为逃避现实纷扰、遁入往昔去寻求某种心灵的慰藉。长影老片子不是豪华厅堂的旧摆设，也不是鱼肉大餐的清淡佐料。它的质朴风格，它为人民的代言、对历史的重述，往往具备经典的品格，阐扬着一种不朽的扫除人间不平、推动人类积极向上的精神价值。

人们都知道，作为"新中国电影的摇篮"，长影为全国培养、输送了一大批电影人才，从这里走出了陈强、郭振清、田华、张平、于洋、张良、李亚林、金迪、陈强、王晓棠、王心刚、黄婉秋等受观众喜爱的演员。然而，大家可能不知道，1949 年 1 月 31 日，北平解放，根据中央指示，由"东影"派出秘书长田方带领 10 人，自 2 月 1 日起历时两周，接管北平的电影机构。4 月 20 日，北平电影制片厂成立，田方任厂长。自同年 3 月开始，"东影"将新闻片、录音、洗印、美工、照相、幻灯、音乐、秘书各科室 41 人调入北平厂工作，先期入关的三批 10 个摄影队及后派的"东影"新闻片人员，成为 1953 年 7 月 1 日建立的中央新闻纪录电影制片厂的骨干力量。

人们都知道，"东影"创造了新中国电影的几个"第一部"：第一部木偶片《皇帝梦》(1947)、第一部动画片《瓮中捉鳖》

（1948）、第一部科教片《预防鼠疫》（1948）、第一部译制片《普通一兵》（1949）、第一部短故事片《留下他打老蒋》（1948）、第一部长故事片《桥》（1949），然而又不可忽略，戏曲片《小姑贤》（评剧，1953）、讽刺喜剧片《新局长到来之前》（1956）、国际题材宽银幕片《风从东方来》（1959）、少数民族人情片《达吉和她的父亲》（1961）、工业故事片《创业》（1975）、武侠片《武当》（1983）、革命历史片《开国大典》（1989）等在各自领域所产生的探索性、开创性的影响。

人们都知道，自抗战胜利至全国解放，我们党从接收伪"满映"，迁厂兴山，又从兴山返长，领导电影工作者创建"东影"（长影）的艰难历程，都知道从1949年到1998年长影共拍摄了近600部故事片。然而又不该忘记，漫长的50多年间，那些奔赴前线以及在护厂或拍片中牺牲的同志，那些"反右"时遭打击、"文革"中受迫害的同志，那些在企业改制转型过程里为改革付出很大代价的老艺术家、老职员、老工人们。

我对长影的改革抱有期盼。2008年7月，国家批准建立"长影（中国）农村题材电影创作基地"，并投入总额为1亿元的"长影农村题材发展基金"，这让我和所有关心电影命运的人们大受鼓舞。据报载，全球金融危机的情况下，国家有的部门，例如交通运输部手里竟握有5万亿元资金，年投入可达1万亿元，文艺部门岂可望其项背？如果从政策和资金上国家能够给予电影以更多的支持，人们有理由相信：中国电影的处境肯定会大为改善，长影的传统会在改革的推动下继续得到发扬光大。

（《作家话长春》，吉林人民出版社，2009年1月版）

长影艺术传统的再认识

关于长影的艺术传统，已经谈论不少了，这是一个常说常新的话题。其时限，过去集中在 20 世纪五六十年代，如今可延展至 80 年代，涵盖长影两个高峰期。

先说说我个人理解上曾有的偏差。

一是长影就是拍主旋律的。五六十年代没有"主旋律"的提法，长影确实拍了一些有分量的重要题材作品如《董存瑞》《上甘岭》《甲午风云》。但其他厂也不少，如《南征北战》《万水千山》《林则徐》。当时长影影响最大的是《五朵金花》《刘三姐》《我们村里的年轻人》这样轻松平实的影片。

二是拍大片是长影的强项。所谓大片，指大题材全景式的片子。1989 年，李前宽、肖桂云拍出《开国大典》，开风气之先，带出全国一批大片，外厂也有《开天辟地》《西安事变》《大决战》，以及新世纪的《建党伟业》《建军大业》。大片是重点、高点，但不是主体。

那么，长影艺术传统的主体与核心是什么？

简言之，以人民为中心，即以工农兵为主体的，为老百姓喜闻乐见的多样化故事片；坚持朴实的现实主义风格，追求雅俗共赏与真善美。

究其特色，至少有以下几点。

首先，塑造出一批让人难忘的普通人形象，如喜儿（《白毛女》）、李向阳（《平原游击队》）、董存瑞（《董存瑞》）、刘三姐（《刘三姐》）、王成（《英雄儿女》）、陆文婷（《人到中年》）等。这些典型形象，标志着长影作品的美学高度。

其次，挺立潮头的开拓与创新。作为"新中国电影的摇篮"，长影当年几乎每部重要影片都具有开拓性和创新性。举三个例子。

其一，1950年干学伟执导的《内蒙春光》，描写内蒙古人民的解放，题材引起国家领导人的重视。周总理对影片肯定又批评，召集文艺界包括茅盾、郭沫若、周扬、夏衍在内的近百位著名人士观片讨论，并请毛主席改定片名《内蒙人民的胜利》。后来的《开国大典》《新中国第一大案》，也曾接受中央政治局常委审查，这在外厂是罕见的。

其二，1956年吕班与何迟、罗泰成立"春天喜剧社"，推出《新局长到来之前》《不拘小节的人》《未完成的喜剧》，成为讽刺喜剧电影探索的先锋，可惜遭遇"反右"而被中止。

其三，1982年王启民、孙羽执导的《人到中年》，因表现知识分子命运的主题尖锐，拍摄一波三折。先是题材调整被拿下，上马拍竣送审，又受令停印拷贝，后经邓小平拍板才得以发行。上映后，全国反响强烈。

再次，影片样式多姿多彩。长影拍摄最多的是类型片、通俗片、战争片、惊险片、历史片、戏曲片、少数民族风情片以及影片插曲，广受观众欢迎。

最后，面向新人，培养出自己的电影明星和各类人才。电影是导演的艺术，然而电影也离不开明星。当年全国22大明星，庞学勤、张圆、李亚林、金迪是长影在职演员，张瑞芳、陈强、张平、于洋、田华是早期自长影出道的演员，王心刚、王晓棠是长影发现推出的演员，有一半与长影相关，可见长影发掘人才的能力。

长影传统是一座丰富的艺术宝库。新一代长影人正在历史的变迁中承上启下，继往开来，发扬长影优秀传统，延续着前人的精神血脉。期待他们继续做出新的开拓与创造。

最后，我要提及胡昶的《新中国电影的摇篮》这部1986年问世的长影史，经历了30多年检验，堪称是了解、研究长影前40年最权威的信史，在中国电影的史著中，享有不可或缺的重要地位。应当向一辈子辛勤低调、严谨认真的电影史家胡昶，表示深深的敬意。

（2018年5月省电影座谈会上的发言）

观众影评八忌

托尔斯泰说过，"写作艺术之所以好，并不在于知道要写什么，而是在于知道不需要写什么"。契诃夫所见略同："在大理石上刻出人脸来，无非是把这块石头上不是脸的地方都剔掉罢了。"平时，与友人议论影评的写作，觉得也该逐渐悟到"不需要写什么"——当然，我说的是包括自己在内的非专业水平的观众影评问题。

一忌鄙薄国产片。比起外国电影来，有些国产片不那么好看，质量不高，这是事实。作为观众，有选择自由，也可随意臧否。但真要下笔评一评时，正视现状也好，恨铁不成钢也好，扫荡平庸也好，对外国片盲目恭维，对国产片冷眼相待，恐怕有失公道，这样胳膊肘往外拐，如于敏先生所言，有损于"中国人为人的脊梁"。

中国电影需要针砭，也需要热情与耐心。

二忌人云亦云。不重复别人讲过的话，哪怕它千真万确，哪怕是专家权威的结论。诚然，谁也不可能句句都讲新话，一篇文章有一两个新观点、几句真正属于自己的话就不易了。所谓"不重复别人"也就是强调这个意思。即使讲同一观点、同一道理,最好力求找到自己的角度,说出点新东西。否则,宁可不写。

三忌言不由衷。反过来说,就是从自己真实的感受和理解出发,讲真话,是便是,非便非。如今文艺界顾虑禁忌依然不少,旧的破了又出来新的。说好话,皆大欢喜,多有"吹捧"之嫌;挑毛病,就麻烦了,往往弄得举座不欢。时下,看片常常伴以请吃,厂家和摄制人员诚心笃笃,可评论者却心中惴惴,口难直言。其实,吃了饭,再提几条好意见,也未必会辜负人家的美意。影评固然不就是批评,但若把批评"剔掉",影评这张"脸"也就有点不像"脸"了。

四忌面面俱到。什么都想说,什么也难说清。完全可以"攻"其一点,不计其余;或专说长处,或尽讲短处;或审视主干,或琢磨枝节;或针对编导,或单论表演。

五忌单调老套。文章写得通,已属不易;不重复他人,更难;不重复自己,难乎其难。然而,观众影评要想生存、发展,又非如此不可。钟惦棐先生讲影评人修养:"七分文化,三分电影",大约即指此而言。除了防止写作格式、语言习惯的单调,多看片,多看书,突破艺术眼界和文化观念的狭窄,实在相当之重要。

六忌简单化。影评须有感而发,同时又要落到具体作品的阐释与评价上。评者之"感",应扣紧编导者意图、影片形象体系的内涵,顾及作品形式与内容失调之处,循此,批评再尖锐也不能说简单化。不值得提倡的,是无视影片基调与实质的那种皮毛的评论,是在总体价值和倾向上对编导者创造性探索的轻率曲解，比如认为《良家妇女》主旨在于表现中国妇女的性压抑，《老井》是展览中国的愚昧落后，就是简单化的批评。

关于检验艺术作品的标准，一直大有争议。笔者以为，归根结底，要依据社会生活实践而不能依据什么"自我"或"新观念"。问题是观众影评不必仅限于对电影叙事表演的真实性的判断，不必仅拿一把尺子度量不同类型的影片，而应结合不同的风格样式，探究银幕形象不同的社会价值、娱乐价值或审美价值。

七忌抱成见。由于眼界的限制和生活的惯性，人的艺术观察难免有所偏爱，沾一点儿"成见"。倾慕某导演、演员的名气，迷恋某导演、演员的风格，看他们的新作，就可能"先入为主"，"印象分"打得高。反之亦然。如是推而广之，对某制片厂也形成某种固定看法，以至于一见某厂的片子，便产生一定的条件反射，那便确实"抱"上了"成见"。一个有眼力有主见的影评人，要能超脱这种"成见"。上海有位工人评论员说得好："因人评片，因片评片，因厂评片的文章是没有生命力的。"士别三日，刮目相看。对人对影片对制片厂，每次下判断时，还是"刮刮"眼睛为妙，不然，说句时髦的话——那就极易陷入一种"思维定式"。

八忌丧失群体性。专家影评与观众影评并无严格的界限，一般说，它们的层次和功效还是有所区别的，也许观众影评的生气就在于它的非专业的鲜活感，它的群体代表性。这样说，绝非阻止观众影评不断提高其电影意识、电影文化的标准，也不是要阉割观众影评的个人独创性。我的意思是：作为一定范围和层次的电影接受群体的代言者，观众影评务求保持自己的反馈价值，同时，由于与现实主义美学观念的天然联系，它一定会不断强化自己关注现实的激情，不为僵硬、晦涩的时髦术语所束裹而丧失应有的灵敏与活力。

（《电影评介》1988 年 5 期）

人类在劫难逃吗？

过去，迷信往往与文化低相关。如今情况不同了。例如，在日本地铁制造沙林毒气的奥姆真理教，信徒中就有获博士学位者，而该教纠集信徒的教义之一即为地球和人类正面临毁灭的厄运。除了邪教的鼓噪，"大灾难"传谣最卖力的推销员当属阐释诺查丹玛斯《诸世纪》的预言家们。其中，日本人五岛勉的著作已出多部中文译本；《恐怖大预言——1999 人类劫难》（海南人民出版社，1989）、《诺查丹玛斯大预言》（东南大学出版社，上、中、下三卷，1988）《1999 年人类大劫难》（学苑出版社，1989）。

诺查丹玛斯何许人也？16 世纪法国一位乡村医生，曾因治疗鼠疫而闻名。被征召入宫当国王顾问，成为星相家。5 年后重归故里行医，写出百科全书式的《诸世纪》，共 12 卷，1200 首文字隐晦的预言诗。这位预言家自己活得并不长，1503 年生，1566 年卒。奇怪的是，经后世研究家"考察"，诺氏预言与 400 多年来世界大事对号，竟"99% 应验"，《诸世纪》第十卷中有言：

1999 年，7 月，

恐怖大王从天而降，

蒙古大王重新出现，

这期间，战神以幸福的名义主宰世界。

五岛勉等人由此推断："1999 年人类大劫难这一预言成功的概率高达百分之百。这样一来，我们表面虽故作镇静，但我们的内心无疑已被绝望和精神恐慌的气氛笼罩了。"

中国读者对五岛勉著作反应如何，未见调查材料，笔者无从得知。据说在日本，该书第一卷自 1973 年初版至 1988 年，共再版 425 次，发行量突破 500 万册。

就在大致相同的背景下，近时期来，人们确实也越来越多地听到科学家们越来越严峻的警告：由于人类活动的侵蚀，20 亿年形成的南极上空的臭氧层，一个半世纪里被破坏 60%，森林、绿地、水资源日渐枯竭，物种、鸟类、鱼群正以前所未有的速度减少、消失，全球气候异变愈演愈烈……

一方面是严重存在的地球生态环境不断恶化的事实，一方面是宿命论者振振有词的地球"末日来临"、人类即将"毁于劫难"的预言。或许有相当多的人埋头于发财、消遣而无暇旁顾。但人类到底应当如何把握自己的命运？问题不容回避，的确需要现代科学的解答。在这种情况下，读到卡德培先生评所谓"1999 年人类大劫难"的《人类在劫难逃吗？》（广东教育出版社，1995 年 5 月版），真是十分兴奋，愿郑重向读书界朋友推荐。

最令我感动的，是贯穿全书那种坚定的科学自信。在唯心论盛行的 20 世纪末叶，这种向反科学应战的勇气和信心难能可贵。这本书的突出价值在于抓住五岛勉谬论的核心——所谓"恐怖十字架"（即以地球视角见到的天象：八大行星，加上太阳和月亮，排列在互相垂直的两条线上），进行了有力的批驳，并揭穿了五岛勉宣扬"大灾难"的造神论实质。五岛勉为地球人留下唯一的"一线希望"是："活下来的只确信'神'的少数人，他们怀着无比的敬畏赞美着神。于是在刚刚毁灭的地球上，又出现了一个崭新美好的新人类社会，由神主宰。"

在无神论者看来，此话近乎梦呓。可是，现代科学与文化的失衡，种种社会动荡或自然灾变造成的幻灭感已深深毒化了人类的心灵。以至于使无神论宣传必须降落到历史的启蒙点，而且新的科学世界观的缔造也将是一桩艰巨的人类灵魂工程，绝非介绍一两本读物就可轻易奏效。

（《书友周报》1996 年 3 月 5 日）

对话独白

关于文学评论的通信

阎　纲与朱　晶

阎纲先生：

　　1月16日承赐大作《座右鸣》即致谢函，谅已收悉。近日病了一场，对文学批评有所思悟，极想向您请教。这些小小的问题虽然与我个人没什么关系，但毕竟爱好、关注过它一段时间。记得1998年底您也参加的全国文学理论座谈会上，我就此有个简短的发言，至今仍存不少疑惑。

　　评论写给谁看？在地方，业余写过些文字，从未细想此事，如今似乎成了问题。我从未相信过评论可以"指导"创作的说法。但以评者立场的观感似可为作者起个对照、反馈的作用。如果双方是朋友则更可增进相互沟通，共同探讨一些话题。然而追问一下，作者真的那么需要评论吗？有的作家很坦率，他们不看评论。我那个发言材料讲了海明威一件事，说他成名前多方恭请评论家推荐他，成名后反倒厌弃他们了。当时对海明威颇不以为然。其实这是人之常情，一切以利益和关系为转移，何必介意。80年代中期，鲁枢元写过一篇《我评论的就是我》，当时我写文章向他请教过，关于"测不准原理"与评论是否会有客观性，我仍保留我的看法。但从评论家价值自我实现角度理解，鲁说是有一定道理的。无论对作家作品做多少阐释与发挥，评论的价值终究在于批评家独特的审美判断、历史观点及洋溢其间的批评精神。

读者看文学批评吗？估计也不会多，即便名家大手笔。在文学杂志纷纷撤销评论栏目、各种报纸文化版激增的趋势下，作者、读者可能对记者的报道、炒作更感兴趣。评论实际已经分化。炒作的、时尚的、宏观的、贩洋的、文化的、学理的、批判的、软性的，不一而足，搞得传媒市场相当热闹。但我总感到其中有个空洞——灵魂的、思想的空洞。我们对于当代文学的现状、进展和趋势究竟有多少真切的了解？我们倡扬的文学批评精神到底是什么？现实主义文学会不会重建自信力，我们还有没有可以把人们凝聚起来的文学理想？这里，要补充一句，对于大批中青年作者的扶植，曾经是评论一项重要职责。美国一位电影评论家斯蒂芬·亨特说："大部分电影都是中间水平的，它们带来一点欢乐，也会让你有点痛苦。你发现自己在寻找一种新颖的方式去处理你以前已经接触过100次的事情。真正了不起的电影评论家要能够写这类文章。""电影评论家要做的最重要的事就是评论那些中等的电影"。文学也大抵如此，可时下有多少人愿意做这样的事？

阎纲兄，多年来您对我帮助甚大。前次说您堪称新时期文坛的战士和健将，并非过誉，是许多新老学人的共识，有不久前《文艺报》上孟繁华的《阎纲先生》为证。

拉杂写来，言不及义，企盼您的回音。

雪花飞舞，春寒料峭，但我还是愿意在北国长春向您奉上春的祝福！

朱　晶

2001年3月5日

于长春湖西路

朱晶先生：

信中所述，可见经济转型期文学评论的尴尬，也就是文学多元并存下文学评论标准失范。

评论写给谁看？写给写文学的和读文学的人看，如《文艺报》评论《坚硬的稀粥》的读者来信，谥之为"痞子文学"的"王朔现象"，美丑《废都》的一场大战，街谈巷议，再牛气的作家，也不能不关心。当然，非文学的、平庸的评论，谁愿意读它受那份罪？向钱看的评论更讨人嫌。至于"文学理想"，应是人文关怀、人道主义——以现代文明消解良心煎熬、悲苦愚昧。由于文学本体论的争论不休，评论家的审美立场各异，各唱各的调，评论界的分化已成事实。我知道，先生函询的背后有深意存焉，先生渴望文学评论的有序状态。

文学当然写人，写人的情绪和命运，写作家自己的心境和人品。正是在写什么人和怎样看人的问题上，划分出文学发展的历史阶段。鲁迅断言"创作总根于爱"，非常精辟。封建主义社会，文学爱人，是爱"三纲五常"或"三纲六纪"的具有等级伦理属性的集体人。西方文学爱人，爱的是资本主义私有制下的个体的人，保护私有者的人权，尊重私有者的人格。我们现在的文学爱人，是爱公有制下寻求实现自我价值的自由全面发展的人，毛泽东称之为高尚的人、纯粹的人、有道德的人、毫不利己专门利人的人、脱离了低级趣味的人。这是文学的崇高理想，但是，志大才疏，个人崇拜，作家笔下的人往往异化为空想的神化的人，倒退为鬼化的等级的人。所以，我们现在和鲁迅时期不同，精神领袖式的作家没有出现；也同阶级斗争为纲时期的文学不同，神话英雄人多诟病。上帝死了，但是被打倒在地的顾准警示思想界说：目的论不仅预定了上帝，而且可以推翻上帝，它设定人负有神圣的、终极目的的使命。"这比上帝之说当然进步了，然而就其唯恒论的特色而论，不过是没有上帝的基督教而已"（《顾准文集》）。

　　关于我国文学的现状，其说不一，有人说离现实太远太远了，和三陪差不多：陪权、陪钱、陪性。有人说：文学正处于贬值的状态，类似于快餐，吃完饭就消化了。有人说：现在正是文学消沉的时代，向金钱俯首称臣的时代，没有大师而人人想当大师的时代。依我看，现代文学既繁华，又混乱，乱花迷眼。2000年参加茅盾文学奖评奖，面对30部近千万字风格迥异的长篇小说，我很兴奋，文学还是能够给人民奉献出几块结结实实的砖头来的。奇怪的是新的文学作品大批涌出，印数却迅速下跌，而盗版不绝；艺术含量大的作品年年都有，但是人们读作品的兴趣锐减。"文学管它娘！"文化消费市场目迷五色，大众消闲文化热销畅销，商业性操作却背上坏名声。充斥今日文坛的是日常化、世俗化、平民化、个人化、私人化读物。时势造文学，商品经济的发展造就多元并存的文学奇观。因此，关于文学的现状与走向的讨论，包括个人化写作与社会化写作，个人话语与政治话语，集体话语与英雄话语，欲望宣泄与精神探索，现实的与理想的，世俗化与神圣化，消费性与鉴赏性，现实主义与现代主义，现代派与后现代，本土性、民族性与世界性等讨论，一直没有中断。

时代变了，文学爱人的价值标准变了，大众的欣赏习惯、消费观念变了，衡文的标准也得变。评论夹在中间里外不是人，不论分裂还是整合，其过程都异常痛苦。例如冯牧，他是新时期以来评坛的主将，为文学的解放奔走呼号，但时过不久，追随他的学生表示要和他"分道扬镳"。上月底，在第二届冯牧文学奖发奖会上，获奖作家莫言说他和冯牧见过三次面，第一次在1984年，冯牧讲课，"我们中的一些人很不高兴"。第二次，1985年，《透明的红萝卜》研讨会上，"冯牧先生很不高兴"。第三次，90年代到东莞参观访问，"这时冯牧已经由一个威严的领导变成一个慈祥的老人"。听莫言这番动感情的话，我的眼前立刻浮现出10多年来文学评论的一波三折。

不少人认为："现如今没有真正的文学批评，所谓的文学批评也是广告式的、赤裸裸的展销。"作家从维熙说："时下标以文学作品评论会的众议厅，常常开成了颂歌大联唱。"他以我为例："前段日子，笔者就听到了评论家阎纲发出喋血之声：不要叫文学'研讨会'了，干脆叫文学'研好会'。岂不更直截了当？此话，对于文坛中人，虽内含风声鹤唳、振聋发聩之悲壮，但在时尚对文学的煎、炒、烹、炸商业运作的轰鸣中，其呐喊之声弱若天上游丝。"可以想见审美意识的巨变，"红包评论"的泛滥，致使文学评论随着广告化和社会上虚假广告的被揭穿而无情地贬值。可是，另一方面却令人振奋，近年来历史美学评论、学院式评论、个性化评论以及作家的经验式评论，如王蒙的《小说家言》《王蒙讲稿》和王朔的《无知者无畏》《美人赠我蒙汗药》等，甚至后现代主义的哲学实验式的评论，如朱大可等的《十作家批判书》等，都有不少有趣的新东西，谁又能视而不见呢？所以，在文学创作的多元并存的局面下，多元评论的格局几乎同步形成，包括对"经典"的多元诠释。

"你站在桥上看风景，看风景的人在楼上看你"，评论是"我注六经"也是"六经注我"——"我评论的就是我"。你所言极对，"评论的价值终究在于批评家独特的审美判断、历史观点及洋溢其间的批评精神"。

朱晶先生，你我都是过来人，你的问题也是我的困惑。我对评论所务不专，答非所问。你的过谦使我不安，我的回信使你不满。你病了？盼早日痊愈！

阎　纲

2001 年 3 月 16 日

于北京方庄——古园

（《文艺争鸣》2001 年 4 期。阎纲，著名文学评论家）

要有革新意识

于彦夫与朱　晶

朱晶：同其他样式的创作相比，电影导演在艺术选择上局限性更人一点吧？

于彦夫：是的。电影导演不容易找到自己想拍的本子，有时找到了也未必拍得上。

朱晶：在这种情况下，您接连拍摄出《勿忘我》《十六号病房》《黄山来的姑娘》，很难得啊！

于彦夫：这三部片子，我不觉得有多么好。但能够按照自己的艺术追求去拍片子，倒是我多年的愿望了。

朱晶：您引人注目的地方也正在这里。并不是所有的老导演都能保持艺术的活力，而您62岁了，却显示了新的艺术光彩。您主要的体会是什么？

于彦夫：要提高艺术创作的自觉意识，要适应时代和艺术的变革。

朱晶：听说您很关注理论探讨，有一次某位专家来长影讲学，您曾像一位谦恭的学生那样举手提问。

于彦夫：是呀，那是难得的学习和知识更新的机会，所以各种讲学我都有兴趣。像我这样年纪大的导演，经验有一点，但是缺乏理论素养，而不懂理论，就谈不到艺术的自觉。

朱晶：您所说的"艺术自觉"指什么？

于彦夫：对电影本性的理解，对创作个性的自我把握，以及与时代相感应的革新意识。

朱晶：哪一点更重要呢？

于彦夫：革新意识。有了它，才能把艺术个性、把对电影本性的理解提到一个新的水平。例如苏联的罗姆，他属于老一辈导演，拍过《列宁在十月》等传统的名片，可是在60年代革新潮流涌来，许多老导演纷纷"落伍"的时候，他却异军突起，拍了《一年中的九天》，而且支持年轻一代的探索。他有几个观点，我很感兴趣，比如，他对当年苏联电影弊病的分析——"现代人们所关切、所思考的东西和他们从银幕上看到的东西之间的脱节"。这似乎也是当前中国电影的弊病。

朱晶：我们这里的确也存在着"转折"和"脱节"。那么，对您来说，这种启悟形成于何时？

于彦夫：当然是近年的事。不过，早在1963年拍《自有后来人》时就开了一点窍。以前我是抓到本子就上，从故事情节上考虑得多，后来读契诃夫小说受到启示，很想拍那种人物不多、情节单纯、寓意较深的"短篇电影"。电影导演不能满足于讲故事，要创造性格，通过人物表达自己的对生活和艺术的见解。

朱晶：《创业》是写人的。但还不属于您说的那类影片。

于彦夫：对。《创业》拍于1974年，有那个年代的痕迹，但也有好的东西。当时我们跑了十几个油田，确实憋足了劲儿，要歌颂中国工人阶级的气魄。后来的《希望》，激情和力度都差多了。

朱晶：《最后八个人》是您"短篇电影"的初步尝试吧？

于彦夫：其实，先抓的是《勿忘我》，鲁琪这个本子我很喜欢，可当时未通过，那是1977年。《最后八个人》有它单纯的一面，情节内核不够丰富。拍完《最后八个人》，上《勿忘我》时，电影界的空气就松动多了。

朱晶：《勿忘我》如果早一点拍，反响可能更强烈些。

于彦夫：近年拍的3部电影，我还是最喜欢《勿忘我》。

朱晶：从《勿忘我》到《黄山来的姑娘》，您在剧本选择上的着眼点是什么？

于彦夫：选材的角度。我注意当代题材的新角度和人情味，通过这个新角度，追求叙事的精致，内涵的丰富。这需要耐心，不必赶时髦，不必随风倒。

朱晶：有人把中国电影导演分成"五代"，您属于第几代？

于彦夫；不知道。我看不出这种划分有多少科学性。现在有些同志对于外面的东西，有点盲目性，照搬，自卑。我走过几个国家，看过一些外国电影，我们的好影片，与外国的高水平比，差距不是太远。最近参加第十四届莫斯科国际电影节，感触较深。苏联电影也在前进，值得我们借鉴的东西不少，恐怕不能笼统地排斥所谓"苏联模式"。同时我还发现，外国同行包括苏联电影界，对我国电影了解得太少。我们对外宣传很不够。

朱晶：外国的"纪实美学"对您的影片有影响吧？

于彦夫：是的。纪实性理论有它的长处。但我没有照搬，只取其所长，我还是注重人物，尝试纪实性与典型化的结合。指导演员表演，我和张圆也不想完全丢弃"斯坦尼"。

朱晶：在成都双奖会上我见过李羚，她对张圆的帮助念念不忘。

于彦夫：从《十六号病房》开始，我与张圆合导。她当过演员，对演员的帮助更大些。目前电影的表演问题不少。我不反对用非职业演员，电影表演要创造真实的、活生生的人物，但表演艺术也需要提炼和深化。光有外在的、即兴的、气质的真实还不够，还要有灵魂的真实与深度。如果忽视这一点，就会降低演员创造性劳动的价值。

朱晶：人们对电影面临的挑战与危机议论不少，您怎样看？

于彦夫：电影要适应现代观众审美需求的变化。但仅仅从商业性中寻出路不是办法。我赞赏苏联导演莱兹曼的说法："我们注意到电视征服了观众，然而不管表现形式发生了什么变化……演出的本性仍然是电影。""我深信，电影会召回自己的观众"。任何一种艺术都有争夺观众的时刻——而电影艺术的潜力却是无可比拟的。

（《文艺报》1985 年 9 月 28 日。于彦夫，著名电影导演）

"我所评论的就是我"？

鲁枢元与朱　晶

枢元同志：

　　近好！

　　我们之间联系不多，大约可以称作未见面的朋友吧？ 1982年，我通过郑州一位文友赖国清的介绍，和您相识了（在文章中"见面"，要更早些）。尔后，有过书信往来。对你近年来在创作心理方面的研究，我一直是关注并用心学习的，由衷地为你取得的成绩和声誉高兴！

　　《文学自由谈》创刊号，是天津的汪宗元兄寄给我的。打开一看，有"鲁枢元"的文章，题目也很抓人：《我所评论的就是我》。自然先睹为快。读后，才知道你是借题发挥——"题"来自滕云。我就找刊登滕云文章的《当代作家评论》1985年第3期。那篇文章是书信体，写给雷达的。于是，我又去找，在同一刊物1985年第5期上见到了雷达的答复。与你的文章写于同一个月份上。

　　枢元，你们谈论的，确实是我很兴趣的问题。不管你信不信，我的"第一感受"是共鸣。我为你的文章，为滕云、雷达的文章叫好。同时，也心存那么一点疑惑，特别是对"我所评论的就是我"这个提法，以及与此相关的若干问题，我觉得还有深入探究的余地。看得出，你并没涉及滕云文章的具体论点，而雷达对"我所评论的就是我"表示了比较明确的保留意见。念及你"同题文章"的主意，我何不也来一篇"同题文章"——尽管拙文不足以和你们构成真正的对话。标题画上一个问号，不必理解成"质疑"，我只是摆出自己一点补充性思索，希望大家共同关心的这个问题，能够被表述得更科学一些，从而能说服更多的人。

先说说我的共鸣之处。

我觉得，你们所强调的文艺评论的独立价值，文艺评论家的理论个性和自觉意识，都是非常重要的。这种探讨，有益于澄清对文艺评论的种种曲解，有益于荡涤评论界的教条主义习气，有益于社会主义文艺事业的发展。回顾近十年来文学艺术逐步繁荣的景象，巡览评论界日趋活跃的态势，我赞同你的看法："新时期的文学评论已经开始清醒地意识到自身存在的位置和意义，开始成为中国当代文坛上一支堂堂正正而又生气勃勃的力量"。的确，对评论的偏见（不包括那些对评论弱点的正当的批评）甚多。不仅过去有，现今也有；不仅文艺界外有，界内也有，甚至包括有些评论家本身。比如，目前轻视、贬低、排斥文艺评论的社会政治分析、意识形态分析，就未必是宽容或有远见的表现。再者，把评论看作创作的附庸也是一种普遍的习惯。似乎评论者靠阐述、宣传作家作品"找饭吃"。这起码可以说是无知。为什么要写文章？一百个人也许有一百条具体理由。对于有识见的评论家来说，总是有感而发，决不会单单满足于替作品写"解说词"。西方有些文论家（如法国的保尔·瓦勒里）提出的批评与作品的非连续性、分离性的见解，有一定见地。瓦勒里认为，"制造者和消费者是根本分离的两种系统"，"艺术就像价值一样，实质上依赖于这种（制造者和消费者的）不一致性，依赖于这种对制造者和消费者之间媒介物的需要"。话讲得有点极端，但不能说毫无道理。过去，我们的评论路子狭窄，格式老套，太贴近、纠缠于作家作品自身。在这个意义上，雷达关于"铸造自己的评论世界"的主张，是相当漂亮的。

那么，文艺评论的个性、独立价值，能不能归结为"我所评论的就是我"呢？

我认为，这个提法不够准确，容易导致一种并不会深刻的片面性。

当然，不应当仅仅从字面上去理解这句话。"我所评论的就是我"，滕云的原意并非指评论的对象，而是力图用这样一句似乎带着辩证法色彩的语言强调评论主体对于评论对象的介入与扩充，或者说，在文艺评论中，要以一种特殊的感受方式和思维方式，表现评论者的"自我"和"主体意识"。如此强调的针对性，完全可以理解。但是，滕云的论述和你的发挥，涉及了一些十分重要的问题，这些问题我本人做不出什么科学的回答，总觉得是不该一笔带过或避而不谈的。

这里。我想归纳为三点，供你参考。

第一，文艺评论的本性究竟是什么？

滕云说："评论是科学，也是艺术；它是一种科学创造活动，也是一种艺术创造活动；它与科学家的思维相通，也与艺术家的思维相通。评论姓'科'，还是姓'艺'？既姓'科'又姓'艺'。"

与此相联系，他还提出："一般读者接触文艺作品，甚至基本上不启动逻辑思维，而主要是对作品作直观的具体的感受，以及具体的想象、联想。批评家、理论家接触文艺作品，思维活动形式比一般读者复杂，既不是单纯的形象思维，也不是单纯的逻辑思维，而是兼括二者的综合思维。"

通过思维方式去把握文艺评论的性质，是必要的。但滕云就此所做的论断似乎过于简单且难以令人信服。我不敢班门弄斧，你专攻艺术心理学，真诚地祈望听到你对上述思维特征概括有何凭断。从直感上说，用简单的事实揣摩方法．我感到滕云是把本来比较清楚的问题弄得"复杂化"，以至于混沌不清了。

实际生活中的人，有没有单纯使用一种思维方式的？是否能说一般读者在文艺欣赏中"基本上不启动逻辑思维"？可以承认评论家思维较一般读者思维"复杂"，不过，能"复杂"到形成一种一般读者所难具备的新型的"综合思维"吗？而且，评论家的艺术感受力和审美鉴赏力，对其基本的思维媒介、进程，思维的联结力与运动方式诸方面的影响，能够改变理性创造思维与艺术创造思维的质的区别吗？

据我所知，与滕云相似的见解，国内外学者也提出过。苏联的美学家卡冈就认为："批评既不是关于艺术的科学的一个领域，也不是艺术本身的一种形式，而是第三种东西。""第三种东西"究竟是什么？卡冈也未讲清楚。他要求人们纠正那种"常见的错觉"："即认为批评不属于科学领域，而属于艺术本身的领域。"可是，他并未在文艺批评与其他意识形态理论形式之间找到一条严格的界限。他把两者的不同性质概括为"具体政论"方式与"抽象理论"方式，强调艺术批评与艺术理论、美学的"主要区别在于，批评所注意的直接对象是个别的、现实存在的艺术作品，而理论家所研究的直接对象是一般的规律和原则"。问题是文艺学家、文艺史家、美学家的"一般的规律和原则"是怎样"抽象"出来的，他们的研究能够脱离个别的、具体的艺术现象吗？而批评在对艺术作品进行"具体政论"时又能否一概排除"原则"和"抽象"？

看来，这样从作为科学的文艺评论本性中引申出一种类似于艺术"自我"的"主体意识"，或者把文艺评论规定为"具体政论"的"第三种东西"，至少都需要进一步的更严密的论证。

第二，文艺评论是否排斥"一般性、共同性、集纳性"？

滕云说："文艺评论的内容和形式，都忌讳一般性、共同性。非主体性、非个人性的评论，其价值是可疑的。"

这倒要看怎样理解评论的社会职责。

我绝不否认个人感受、主观性在审美的选择与判断中的作用。人云亦云，毫无针对性地重复人所共知的一般道理，这种评论的"一般化"，是应该摒弃的。然而，如果文艺评论不仅仅是一种自我体验或自我迷恋，如果它不以自我为价值标准的中心，如果它不拒绝为一定社会群体代言，并承担一定的社会义务，如果它承认艺术与人的规律性，还没有丧失探求其历史的或美好的价值的活力，那么，它就不可能在内容和形式上排除"一般性、共同性、集纳性"。

首先，评论家的"自我""主体意识"是从哪里来的？每个人都是历史的产物，都生活在特定的历史环境里。有谁能够超越历史？有哪个"个性""自我""主体"能根绝"一般性、共同性、集纳性"？真正的自觉意识，应当是主体意识与时代精神的结合。这一点，有些同志不屑一议或有意无意忽略了。其次，有没有脱离群体意识的纯个人、纯主观的评论？这一点，西方不少美学家看得很清楚。英国一位分析哲学的继承者凯塞说："在美学方面，个人'反应'是根本的东西。同时我们必须避免那种由此产生并被认为是其必然的观点——美的判断全然依赖'主观'。"他们认为，人的认识不能脱离意图和目的，不能脱离置身其中那个社会群体共同的观念和价值标准。法国著名的电影理论家巴赞说得更透彻："电影需要优雅欣赏者，但是，这些雅士们必须以现实的精神领悟到第七艺术的社会要求才能够有些影响力。为第七艺术切实服务的唯一手段，是认真研究一番在什么条件下一种为希望从中首先找到消遣的几百万观众的演出却能够成为一种艺术。"西方评论家为此甚至创造了"读者反映批评"的"解释群体"的术语。可见，代表某种群众的意识和价值观，发现某种"一般性"和"共同性"，非但不是文艺评论的弊病，有时反倒是它不可推卸的责任哩！

第三，怎样看文艺评论的客观性？

你说："文学评论家评论的究竟是什么呢？从严格的意义上讲，他评论的并不是那个客观存在的'作家创造物'，不是一个纯粹的客体，他所评论的只能是他自己感觉体验到的东西，只能是评论客体与评论主体之间的相互作用、相互关系。"在《文学自由谈》发表的文章中，你以《红楼梦》的欣赏感受为例，以

"流动意识"的一些模棱两可的比喻,以西方心理学的"测不准原理",反复印证这个道理:"所谓'客观''如实'的评论对象,对于某一个确定的评论家来说,大约永远是测不准的"。

这实际上涉及文艺评论对象的客观属性,文艺评论的客观标准及其客观制约性的问题。

你讲得很雄辩,充满了热情,考虑到了人生、自然、艺术的复杂性。但在这个问题上,你"测不准"的结论,却使我感到很不满足。

"从文艺心理学的立场看问题",既然作为审美对象的《红楼梦》是每个读者各自感受、"悬殊甚大"的《红楼梦》,那么,究竟如何把握《红楼梦》这个"客观""实体"?怎样看待《红楼梦》与产生它那个时代的关系?它作为中国文学史上已有定评的伟大作品,还存在不存在一个客观价值?雪花的晶体化成一滴水珠,固然是形态的变化,可它到底怎样改变了水的分子结构?用它来证明"测不准原理"是否有说服力?

唯物辩证法承认事物运动变化的无穷性,承认事物本质的相对性,但事物总有个"度",有个质的规定性,而且在人类认识的一定历史阶段,总会在矛盾运动中揭示出若干足资信奉的客观真理(它不是僵化的,仍处于发展中)。从认识发生原理来看,个体思维操作的形成,实质是一个外部活动不断内化的过程。提出文艺评论的"主体意识"问题,正视艺术鉴赏过程中的多义性体验,这突破了过去对审美心理表面的线性的描述。但是,作为探索和宣传真理的独特方式之一,文艺评论不该忽视人类认识与创造的历史成果,不该放弃它应有的宏观视野。多义性体验还是存在一定的客观基础的,用心理学界的话来说,这个基础在于作品本身的"潜在意义系统"或"意义核心"。作家李国文在一个笔谈中说："曾为新时期文学做出过巨大贡献的评论界，似乎近来更多的注意力，集中到沙龙作家和作品上了。有人说趋之若鹜，未免刻薄，但不遗余力地推崇倡导，确属事实。自然，鼓吹新潮，无可厚非。不过，池塘里鱼尚不多，竟劳驾了那么多渔翁，密密麻麻坐满塘边，在那儿卖力气大做文章，而对能被大多数读者接受的，反映现实、反映改革的作品，则不肯加以青睐，不能不说是一件憾事。"这种现象，恐怕与部分评论家过于关心"自我"的兴趣有关吧。面对广阔的时代现实，认真探究评论对象的客观实体及其鲜活的源头，探究你所说的客体与主体之间的相互作用、相互关系，宣传马克思主义，不但不会妨碍、破坏文艺评论的独创性，只能促进它深入实际，扩展胸襟，迸发生机，增强其历史感和现代性。

社会主义文艺评论家的自由意识与使命感应当是高度统一的。枢元，我以为在强调评论家"自我""主体性"的时候，不能不谈到这种"自我""主体意识"发挥的条件和限度，不能不谈到这种"自我""主体意识"的根源和客观参照物。

也许我这样讲，是画蛇添足，求全责备了！

前面说过，上述问题，我无能力做出回答，愿借《文艺争鸣》一角，真心实意地向你请教，并期望有更多同志帮助我们思考。

遥祝撰安！

朱　晶

1986 年 3 月 10 日于长春

（《文艺争鸣》1986 年 3 期）

再谈文学评论的主体性

——鲁枢元答何志云、朱　晶

天津的《文学自由谈》创刊，编辑部的朋友向我约稿，我送上一篇题为《我所评论的就是我》的自由谈。文章发表后，先后引出了我的两位朋友的公开信，分别见载于《文学自由谈》和《文艺争鸣》的第3期上。大约由于是朋友，何志云、朱晶二君笔下留情，话说得很是委婉。但那笔锋之所向，无疑还是要"将"我的军。我急忙再去翻看我的那篇东西，只见累累意气之语似满纸云烟，寻不到几处严格清晰的理论和概念，于是自己先慌了手脚。平时我撰写所谓的"理论文章"，亦不能操规守矩，常常画出些不方不正、不扁不圆的东西。写那篇东西是"自由谈"，故而更是由着自己的性子谈起来，更不合什么法度绳墨，如此计较起来，恐怕要为自己辩解，也难。不过我并不后悔，自由自在地谈，多半会更多地流露出一些谈论者的真实性情。当然，真话并不都是正确的话。因而纵使是"自由谈"，谈论者也不能做一个信口开河不负责任的自由主义者。所以，对于朋友们的诘难，我还是想迎上来做一些答辩。

在上一次的文章中，为了证明评论主体不能对评论客体做出纯客观的把握，我曾拉来了量子物理学家海森堡的"测不准原理"和机能主义心理学家姆斯的"测不准原理"（这是我给他的归纳）做自己立论的根据。朱晶君信中说我对此"反复印证"而终"不可捉摸"，他含蓄地批评我的解释不过是"热情"的"雄辩"。而我觉我诉说的不过是一个朴素的道理。海森堡的"测不准原理"虽然曾经在物理学界引起强烈的反响，其实它只不过强调了主体与客体之间的相互作用，强调了主体与客体贯穿于过程始终的普遍联系。当然，要说明这一点不一定非要扯来这个"不可捉摸"的"测不准"，今天，我也不想再去反复印证它了。

不久前，我的一位从事哲学研究的朋友，湖北省社会科学院的金德万同志，寄我一叠他编译的一部书稿的部分校样：《解释学》（Hermeneutics）。可能是出于天性，我与"语义学""诠释学""考据学""逻辑学"之类的学问素不相关，常常是敬而远之。然而德万所讲的"解释学"却叫我能够心领神会，产生一种陌路逢故交之感。在我固有的观念中，文学评论无论如何也不能划归到"解释"行列中来的，比起"解释"，"评论"是一种复杂的、高层次的精神活动。从现代的眼光来看，"解释"其实也并不就很简单。

德万的书稿中讲，作为一门完整的学科，"解释学"是由德国哲学家弗里德利希·施来尔马赫（1768—1834）首先揭橥，而后由另一位德国哲学家、生命哲学的开拓者威尔海姆·狄尔泰（1833—1911）集其大成的。这是解释学的古典阶段。古典解释学已经认识到，一段文字、一篇文献的意义常常是隐含在业已消退暗淡的历史之中的，要想彻底弄清文献的确切意义，就必须弄清文献产生时的历史情境和作者写作的心理个性，要做到这一点，解释者就必须排除自己经验范围内的主观成分，具备和文献写作者同质是构的心灵模式。解释成了天才与天才之间心灵上的相互印证。狄尔泰发现，在实际的解释过程中，这是很难做到的。这不仅是因为"天才"的解释者难得，还因为这种意义上的解释注定要陷入一种纠缠不清的自相矛盾之中：一部作品的整体意义总要通过个别的词句来理解，而个别的词句的充分理解又总是以先具的整体理解为前提的。于是，解释便陷入一个"哥德尔式"周而复始的"怪圈"之中。面对这种"解释的循环"，狄尔泰不得不做出这样的结论："一切理解永远只是相对的，永远不可能是完美无缺的。"这一结论是精辟的。然而，狄尔泰面对着他自己得出的这一正确结论，却大为伤感、大为不满，他幻想着终会找到一种准确无误、绝对完满的解释，以便使人文学科像自然科学一样，能够跨越时间、消除"误解"，达成解释者与被解释者的完全弥合。他的努力几乎是徒劳的，结果只不过是暴露出他对当时居统治地位的实证主义哲学的迷恋。这是时代的局限。这也是古典解释学自身的局限。看来即使天才，也不可能离开他所处的时代走得太远。古典解释学的这种历史性局限，看来也是往昔我们对文学作品进行评论研究时所受到的局限。

20世纪以来，古典解释学在德国著名哲学家海德格尔（1889—1976）和伽答默尔（1900—2002）的改造中进入了它的现代阶段。在现代解释学中，海德格尔提出了接受的"预结构"这一重要概念。在他看来，"在我们理解任何事物之前，头脑中不可能是一大片空白，也不是被动地去接受这种理解，理解是以活动的意识去积极地参与。因此，在理解之前。我们就具备了先有、先见、先把握的一种理解的预结构。这个预结构包括了人们在理解之前传统中已经具有的文化习俗、观点和概念系统以及对理解对象的'预先已有的假定'。"海德格尔认为，这种理解的"预结构"，总是后续的一切理解活动的基础，它在具体的解释过程中可能会发生改变，但却不会消失。海德格尔所说的"预结构"，与现代心理学中讲的"前摄因素""定势效应"颇为接近。40 年代以来，对于"前摄因素""定势效应"这些主体自变量因素的研究一直处于知觉心理研究的前沿。我在过去的文章中曾有过论述，并且认为正是由于这种"心理定式"的存在，主体的感知活动才成了一种主动的、参与性的心理过程。海德格尔认为，正是由于这种"预结构"的存在，解释过程不再被认为好像是打开一座长年封闭的陈列馆，"解释"，被看作是解释者与被解释者互为前提的"对话"。在这一流动的、链条式的对话中，所谓"解释的循环"，不再是一条噬咬着自己的尾巴的怪蛇，而是一个往复递进、周转上升的螺旋。解释者不但不应避开这种循环，而且应该主动地投入这一解释的循环。在这一循环中，人的解释活动已不再仅是对于既在事物的被动的求知认同，而且体现为人对于历史的积极参与和人对历史主动的筹划与构建。古典解释学追求一种理想化的正确标准，希望能排除解释者的解释环境，相信通过改换了的心灵能达到解释的终极目的。现代解释学义无反顾地推翻了这一论断，认为艺术是造成真理的，真理存在于对艺术的参与性体验之中。古典解释学认为是时间造成了解释者与解释对象之间的误差，而这种误差是获得正确解释的障碍。而在现代解释学看来，这种误差不再是被取缔消除的赘疣，而成了使对象产生无限意义的源泉，时间也不再是解释过程中的消极因素，而成了使解释对象产生历史意义的必要条件。在新的一代人手中，解释不再是一种方法技巧或行为手段，解释活动成了人的生命存在和事物的历史存在的方式。由此，现代解释学对于古典解释学来说，完成了一种由认识论向本体论的嬗变。在这一嬗变中，现实生活中实践着的人的地位升高了一级。

从以上讲到的看，人在对外部世界的认知把握过程中，诸如"测不准""不完善"之类的缺憾，在现代解释学中都获取了显赫的身价。当然，德万书中讲的还仅仅是一般意义上的解释学，细究起来，文学作品的解释毕竟又和一般文献的解释有大的不同。文学作品的解释面对的是一种个人主观心理的构成物，因而在解释过程中就为解释者的接受活动提供了更大的机动性乃至随意性（自由联想），接受美学的文学批评，在这个方面是发展了解释学的现代倾向的。

在接受美学的文学批评理论看来，文学作品的"文本"与一般著作的"文本"存在着质的不同。一般著作的文本常常是对于外部事物的介绍阐发，其内涵是不依赖于文本而客观存在着的实际事物；而文学作品的文本表现的是内在的主观世界，常常并不存在有真实的固定的对应物。比如，在"熊猫牌洗衣机说明书"写作之前，是确实地存在着那样一个洗衣机的，在某项国家政策条文制定之前，相应存在着那样一些亟待解决的实际问题。因而这些文本就要受到作为客体的事物、事件的较为直接的限制。而在小说《红楼梦》创作之前，人类生活中并不实际地存在着一个叫"林黛玉"的人和一个叫"大观园"的地方，它们都是小说家曹雪芹的精神创造物。作为文学作品的《红楼梦》，不过是这种精神创造物的言语表现形式。如此看来，作为"客观存在着的"文学作品《红楼梦》，只能是由以下两个方面构成的：一是用语言文字建构而成的一整套庞大的符号体系；二是作家曹雪芹在写作过程中曾经产生过的心理状态，其中包括他对他所处的那个时代的社会生活的感知和体验、思考和想象。前者是一种符号化的构成方式，后者是一种审美性的趣味和意蕴，此二者都只有在接受者的心理的屏幕上才能够显现出来。换句话说，文学只能够存在于它的被接受的过程中，正如陀螺的意义只能存在于它的旋转中一样。接受美学的文学批评理论还认为，对于人的审美心理世界来说，任何"形式"的、"结构"的、"符号"的、"文字"的东西，都只不过是一张稀疏的网，作家创造出来传之后世的文本，对于作家原本要表现的意蕴和体验来说，总是要留下许多"语义的模糊"和"语义的空白"，这倒是为阅读的接受性提供了客观意义的前提。阅读和鉴赏在很大程度上表现为阅读者、鉴赏者对于这些"空白"与"模糊"之处的"填充"与"阐释"。创作时的心态与鉴赏时的心态的完全"弥合"，几乎是不可能的。所谓"误差"和"测不准"应该是一个普遍的现象。如果非要"如实地"复制出《红楼梦》中的客观内容，即复制出曹雪芹撰写《红楼梦》时的心理情境，就必须首先清理掉阅读鉴赏者的人各不同的"心理定式"或"预结构"，这就意味着清理掉阅读鉴赏者作为现实的个人的存在方式，清理掉他们各自的个性，那么，这样的"鉴赏"不是很可悲的吗？这样文学不也是很可悲的吗？文学的意义、鉴赏的意义、批评的意义究竟在哪里呢？其实，已经流逝的意识就像已经流逝的时间一样，是无法再现的，即使对于一个人自己的意识来说，也是这样。

如果我们把阅读、欣赏、评论、研究作为广泛意义上的解释看待，那么对于文学作品来说，因接受主体的介入而随之带来的"测不准"和"不完善"，也就不应当再作为文学评论中的一种缺陷和遗憾。相反，"测不准"和"不完善"恰恰体现了评论主体的积极性介入和作品意义的历史性呈现。这大约也是构成优秀文学作品无限性的一个重要来源。何、朱二位朋友与我的分歧，其关键之处正在这里。依我之见，志云君的文章中对于文学解释中的"测不准"表示出了"狄尔泰式"的不满和匡正，他希望聚合许多个"测不准"推出一个"测得准"来，希望由"四个瞎子"摸出一个"全象"来。这对于其他文献——比如科学文献历史文献——来说，或许是一个追求的目标或臻于实现的极限，遗憾的是在美的领域、在文学艺术的领域，事情并不如此捷便。君不见，有关《三国演义》一书的主题据说已经闹出三十五个之多，三十五个精明强悍、互不示弱的批评家聚在一起，把一部《三国演义》搅和得更加说不清楚。其实这也好，因为它显示了精神领域、艺术领域的无限复杂性和无穷创造力。四个瞎子即使摸到了一个全象，然而却没有在摸索的过程中创造出除了"本象"之外的别的一点什么，那么对于在艺术道路上摸索着的人来说，也够扫兴的了。

像志云君认为文学作品中存在着一个既定的"全象"一样，朱晶君的文章中认为文学作品客观地存在着一个"潜在意义系统或意义核心"，这等于宣布文艺作品中都有一个最终确定的"解"，这实际上尚是一个待证的命题。我想，即使有吧，那么，我们的一切鉴赏、评论、商讨、研究都是为了返回到那个固有的始点上吗？那么，"我们"作为实践着的人，我们的活动作为发展着的历史，其意义又在哪里呢？前几天，陕西师范大学畅广元老师的几位研究生到我这里来，他们是专攻文学的主体性研究的，我们谈到了"主体性问题研究中的主体意识的问题"，大家都笑了。大家发现，原来我们都守在这条相反相关、互补互证、纠葛缠绕、绵延不绝的人类认识的"大螺旋"上。至于一部"在文学史上已有定评"的文学作品是否存在一个绝对的"客观价值"，我的意见是"否"。离开了人的目的性，没有价值可言。而且，细论起来，对于任何一部文学作品，还是姑且不要下"已有定评"这类断语好。君不见，"楚辞学"的研究中已经又异军突起，"红学"的研究也已经在别开生面，《金瓶梅》的研究中正有人在起劲地做着翻案文章，至于"鲁迅学"的研究，依我看来，也将揭开新的一页。文学上的事，最忌讳的是"故步自封"，不管他是多么杰出的作家，不管它是多么伟大的作品。

继滕云同志的《我所评论的就是我》一文之后，我写了同题的文章，目的是希望把文学批评的主体性提到一个相应的层次上加以探讨，即使朋友之间，出现些分歧意见也是必然的。比较让人遗憾的是，另外一家刊物上发表的一篇署名文章中，把"我所评论的就是我"的议论看作是"为某些似是而非的想当然之说开了绿灯"。的确，我们不能保证主张突出主体性的每一篇评论文章都是精湛之作，正如谁也不能保证每一篇赞成突出客体性的文章都成为精湛之作一样。但是，如果把"我所评论的就是我"的讨论看作是对于轻率浅薄的文艺评论的鼓励，甚至看作是对于评论家个人主义、自由主义的张扬，那就把问题的讨论由美学的、哲学的层面转移到个人品德与个人作风的层面上去了，这本是应当另外立论的。

"我所评论的就是我"，据说源出法国文学家法朗士的一段话，这位杰出的革命作家认为批评就是批评者本人在作品中进行灵魂的探险，他认为在批评中体现出个性来是一个优秀的批评家必具的品格。类似的话，在创作中曾有更多的人说过，比如，小说家福楼拜说过："包法利夫人就是我"；剧作家郭沫若说过："蔡文姬就是我"；画家黄宾虹说过："黄山就是我"。这些，也可以看作是文人们的一些无足轻重的俏皮话一笑了之。但如果细细考校起来，这一些话却又实实在在地牵连着文艺创作和文艺评论自身的一些事关重大的问题。比如，作为评论客体的文学艺术究竟是什么？作为文艺评论本体的文艺的理解过程又是什么？作为文艺评论主体的文艺评论家则又是什么？作为个体的评论家的"小我"与整个接受群体的"大我"的关系又是什么？等等。这些问题如果都能够得出人们共同认可的结论，那将意味着有关文学艺术的奥秘的昭然若揭，那实际上是不可能的。以上所谈仅及上述问题的部分皮毛，而且差不多还是"自由谈"式的。我只期望能够和关心这一问题的朋友展开"对话"，并不期望早早地得出一个折中公允的结论。

（《文艺争鸣》1986 年 6 期。鲁枢元，著名文学理论家）

人物观、娱乐片及其他

秦裕权与朱　晶

裕权同志：

近好！

今年 8 月，您和朱小鸥同志应于蓝之邀来吉林，得幸一会。见您身体、精神俱佳，我很高兴，可惜时间太匆促，未能细谈。记得前年我们那次通信曾相约：加强两个刊物对于电影现状的介入。之后，我注意到了《电影艺术》"理论探讨""现状考察""娱乐片问题"等栏目更加逼近舆论热点和人们的当代视野。而《电影文学》却显得力不从心，缺少有分量的电影现状研究。

这也许和我对影坛某些现象的疑惑有关。我想提出两个问题向您讨教。

一是，我们要不要重提一下社会主义现实主义的人物观？

人是文学艺术的中心。这个基本观点，大约是现实主义、浪漫主义及现代主义中不少流派都承认的。而且，通过艺术的创造，将作品人物生活化、实体化，这至少是叙事性电影诸家主要流派所努力追求的。当然，具体的人物观，各派又存在着差别。

新时期十年电影在人物塑造上的突出进步，是打破了过去的单一化和理想化的模式。各种各样、多姿多彩的人物走上了银幕，无产阶级英雄和社会主义新人从"云端"下到了"人间"。电影创作中人性的扩展与文化意识的渗入，大大加强了银幕形象的复杂性与心理深度。就看到的影片而言，《人生》的高加林，《人到中年》的陆文婷，《天云山传奇》的宋薇，《高山下的花环》的靳开来、梁三喜，《末代皇后》的婉容，《黑炮事件》的赵书信等，都给了我深刻的印象。

不过，要认真探究起来，10年来真正能从银幕走进亿万人民心灵深处的、使之警醒和感奋的艺术形象，还是屈指可数的，甚至可以说太少太少了。而愚钝麻木的、自私自利的、玩世不恭的、打家劫舍的、沉溺于杯水风波的人物却大有覆盖银幕文坛之势。在这种令人忧虑的状况下，所谓发挥电影在社会主义精神文明建设中的作用，不啻为空谈。

话再说回来，虽然一部影片所塑造人物的精神境界与影片的思想深度有关，但绝不能同意过去那种荒唐结论：电影的深度等于"主要英雄人物"思想的深度。我无意再躬请虚假的"高大完美的英雄形象"卷土重来，我只想说，在人们纷纷传播"人本主义人物观""形式主义人物观""电影符号学人物观"的时候，社会主义现实主义——如果承认这也是一种"主义"的话——也不妨重申自己的艺术主张。例如探讨一下社会主义现实主义的艺术文学，强调一下它对人物的典型性、情感丰富性、人性复杂性、现实品格、精神素质等等追求。似乎还应当特别提倡一下社会主义新人形象的塑造。其意义，不仅仅在于他们真实的认知价值，还在于这些时代新人所构织的崭新的人际关系与道德氛围，以及由此而弘扬的时代精神、民族风格。您可能也注意到了，日本、美国的各类片种，是都不忽视本民族精神的宣扬的。

这里，有些提法的确值得进一步讨论，像"社会主义新人""正面人物""英雄人物""理想人物"等。主张描写"理想人物"，把"理想人物"创造作为艺术的高境界，我以为这是对现实主义精神实质的误解。"正面人物"的概念是否依然可用，也有不同看法。有人说，"正面人物"是个政治概念，有"正面"就有"反面"，弄不好容易导致新的脸谱化。据说一位扮演蒋介石的演员自称：他的成功就在于"没有把蒋介石当反面人物来演"，这些说法怎样看？"正面人物"的提法，是从苏联沿袭过来的，五六十年代流行，当时的研究有简单化的一面，近年确实不大有人再提了。能不能把它限制在一定样式或题材作品的范围内重新讨论？是否有比它更合适的概念？演员对角色的表演，是个复杂的心理——形体过程，我是外行不敢妄评，但我总不相信：一个政治人物或人物政治性的表演之成功竟然会由于排除了政治是非感！

我要请教的另一个问题是有关娱乐片争议的要点或难点。这个问题，就不多说了。我在《电影世界》1988 年 1 月号上写了篇短文，随信寄去，盼您批评。我觉得，目前亟须澄清的是相当混乱的娱乐片价值尺度问题。我看过几部宣传得很卖力、被认为是档次较高的娱乐片，如《杀手情》《银蛇谋杀案》，颇觉惋惜。这两部片子有些地方拍得精彩，可未脱西方娱乐片的俗套。应当强调娱乐片的观赏性，然而，"好看"的含义究竟是什么，能不能沿袭西方娱乐片的路子，把色情、凶杀当作票房手段加以渲染？这值得研究。

上面所谈的，您未必感兴趣。愿意聆听您的思考和开导。

顺致

敬意！

朱　晶

1989 年 9 月 18 日

朱晶同志：

信收到，谢谢你的关心，并很高兴我们能履行每隔一段时间交流一下想法的相约。友谊和共同的工作把我们联系在一起，我在心里是很珍视我们这一相约的。

你在信中给我提了两个问题，可你知道，我回答问题的能力是很差的，还是从我心里的想法说起吧。

先谈一点对当前电影状况的想法。1988 年的电影，我认为是新时期以来的一次低谷。内容贫乏、粗制滥造的片子比较多，优秀的片子比较少，总体来说，看不出比往年有多少进步，因此，我是不太满意的。1989 年，从现在看到的影片来说，一批献礼片，的确很不错，令人振奋。但是其他面上的情况，基本上仍然存在 1988 年那样的问题。因此，前些日子，一个地方来征询对"90 年代电影"的想法的时候，我就说：90 年代是 80 年代的继续，到那时候，老天爷也不会突然给我们降下什么天兵天将，就是说，还是我们这些人在搞电影。因此如果我们这些人的认识和行动没有什么改进的话，90 年代电影也不会自然地有什么改进。说到这里，我便联想到了近两年来的儿童片。近两年来，在一般故事片创作质量下滑形势的同时，一向被某些人瞧不起的儿童片创作，却有了长足的进步，使得人们刮目相待。这事情是颇为耐人寻味和值得研究的。我觉得儿童片的进步，有两点很重要的原因。一是儿童片的创造者的使命感是明确的，他们以启导儿童的思想，陶冶儿童的情感、心灵，启迪儿童的智慧，让孩子们高兴，给孩子们快乐为己任，创作思想是端正的，路子是对头的。二是他们对艺术有执着的追求，这几年比较好的儿童片，或者以情取胜，或者以趣见长，或者以美来博得孩子们的喜欢，或者上述三者兼而有之。总之都显示出一定的艺术特色显示出创作者们有执着的追求。有这两点，其进步便是必然的了。而我们有些作品，看完之后，你甚至搞不清创作者想说什么，搞不清他为什么要拍电影。缺少思想，缺少信念，缺少理想，缺少艺术追求，也缺少对社会弊端的真正的批判精神。创作者迷迷茫茫，混混沌沌，传达给观众的自然也只能是迷茫、混沌，这样的作品对生活、对观众有什么好处？因此，关于创作者的社会使命感和艺术追求问题，是否可进入你考虑需要强调的问题之列呢？

好，下面按你的提问写答卷：你在信中说，应该重提和强调一下社会主义现实主义的人物观，我觉得这种想法对当前是很有针对性，很及时的。这问题可以在刊物上提出来请大家讨论。我们《电影艺术》最近发出了一个"革命历史题材电影创作问题"的征文启事，其中我希望大家能讨论一下重要历史人物形象的塑造问题（在此顺便说一句，请你大力支持这一讨论）。关于这个问题，你信里已说得很概括、很精辟，我很难有什么发挥了，只想补充几句。

人物塑造，是一切叙事性文艺最核心的问题。一切优秀的叙事性作品留在人们心中的，首先是它们中间的生动、真实、丰富多彩的人物形象。人物站不住的叙事性作品，很快就会被人淡忘。这可以举出成千上万的例证。但是，非叙事性作品就不一样，一些非叙事性的绘画、音乐、舞蹈、杂技等等，它们并不怎么强调人物塑造，甚至没有人物，也很美，很优秀，令人难忘。电影，现在多数是叙事性的，因此，值得强调人物塑造问题，必须把人物观搞清楚。但是，也有一部分影片，创造者的主要意图就不在于叙事，而是想在非叙事的领域有所追求，对于这类作品，我们可以不在人物问题上苛求它。

你说到一位扮演蒋介石的演员自称，他的成功就在于"没把蒋介石当反面人物来演"，我似乎也看到过类似的报道或文章，记得说的是《开国大典》中的蒋介石的扮演者。这说法不管演员自称还是别人的转述，我觉得都不合乎影片中表现出来的实际情况。艺术创作和表演等等，有时，创作者或表演者的"宣言"并不可靠，他们的"宣言"往往并不能准确地、清醒地表达自己的创作实践。

没把蒋介石当"反面人物"来演，那把他当什么来演了呢？当作生物性的人来演吗？不是。因为那样的人的特征主要是吃饭和睡觉，影片中表现出来的，显然不是这样。把"反面"二字去掉，当"人物"来演吗？这可能是上面我们引述的那句话的本意。但是，你我都知道，"人物"是有历史的，是有自己的所作所为和品格的。如果他在历史上本来就是个反面人物，你只要真实地展现出了他的历史，那他就必然跑不掉这"反面"二字。看完《开国大典》以后，蒋介石这个人物给我们主要的实际印象，就是一个历史的失败者，是一个虚伪而善于耍弄权术的人物。这不正是创作者、表演者意图传达给我们的吗？这是一个什么人物，难道还需要做解释？创造者、表演者并没有按照某些国民党人对蒋介石的颂扬性描述那么去写、去演蒋介石，而是实际上把他表现为一个历史的反动者，不正是表明他们的基本立场是对头的吗？我明确地感受到演蒋介石的演员的实际表演结果是如此的，难道这一点他会羞于承认！难道形象体现和表演者的思想倾向是分裂的？至于"宣言"是否准确，这有个表述能力问题，有个受客观的思想和理论潮流的影响问题，有个自我认识问题，这些问题，仔细一讨论就会清楚了。

关于"娱乐片"（我总要把它加上引号），你去年那篇文章的基本观点我是同意的，你信上提出的，有关"娱乐片"的争议的要点或难点在哪里的问题，的确也是一个很现实的问题。

"娱乐片"作为一个问题比较经常地在报刊上讨论，大概有三四年了，但至今似乎还没有一篇得到众多关心此事的人们点头称是的文章，还没有一篇充分、科学地论述"娱乐片"的创作规律的文章，这状况说明，这一命题的讨论本身还存在着一些难点和问题，讨论还进行得很不深入。

一个带点悲剧色彩的问题是："娱乐片"这三个字到底是指的一个什么范畴的东西，都还未得到令人满意的解释。几年来人们对这三个字的解释是众说纷纭的。下面我将介绍三种比较"典型"的说法，并略约指出它们的毛病。一种是认为，除了观众根本看不懂的和纯粹进行政治宣传的影片以外，其他的都是"娱乐片"。这种解释实际上是把我们通常说的故事片几乎全部包含在这个范畴之内了，它实际上只是把故事片换了个名字，研究"娱乐片"的规律性问题实际上是研究故事片的规律性问题。这种说法被人称为多余之举，混乱之说。第二种说法是把侦破、武打等少数类型影片视为"娱乐片"。按此种说法，像《庐山恋》《红楼梦》之类的影片就很可能被排除在"娱乐片"之外。因此，认可的人也不多。第三种说法是把"娱乐片"界定为"比较注重娱乐性的影片"，这说法粗看比较聪明，细看也有问题，这"比较"二字又带来了麻烦。因为，娱乐性东西没法用秤称，用尺量的，这"比较"也就缺少了标杆，缺少了上限和下限。人们只要问：《庐山恋》是不是？《小街》是不是？《人到中年》是不是？《芙蓉镇》是不是？《孩子王》是不是？《弧光》是不是？……他就会陷于困境。这就是"娱乐片"这词引出的麻烦。试想，人们连什么是"娱乐片"都说不清楚，又怎能做出充分的、有针对性的、科学的研究和论述呢？

我曾长时间怀疑提出这个词儿是否有必要性。我设想，如果把"娱乐片问题讨论"这个命题改为"电影娱乐性问题讨论"，也许会好一些，切合实际一些。如果你们打算讨论这方面的问题，我建议你权衡一下这两个提法。

上面说的可算是"娱乐片"问题争议的第一个难点。

后来,"娱乐片"应作为"电影的主体"的观点的提出,"娱乐片"就是要"娱乐人生"的观点的提法,又引出了"娱乐片"与"主旋律"问题的争论。这争论因为带有某种行政性的意味,因而又多了一层复杂性。而一般的论者对这一争论或是不感兴趣,或是不好说话,于是,讨论没有进一步展开。这可以说是一个还没有深入讨论、还没有从理论上解决的争论的要点。

由于经济大潮的逼迫,由于有关方面的提倡,"娱乐片"的创作形成了热潮。热潮中鱼龙混杂,泥沙俱下,展现出大量的新现象、问题、火花、闪光,令人目不暇接。但人们一时却还来不及深入思考和总结。或者说,热潮还在继续推进、奔流着,人们愿意多观察观察,看看它到底流向何处。因此反而不想急于去思考它、总结它……于是,可以预期:关于"娱乐片"问题的更深入的讨论,不久的将来是会到来的。这恐怕既可以说是一个难点,又可以说是一个抓此问题讨论的良机。你在信中提到这一问题,想来你也看到此一良机,准备为此做出努力了。

愿你在正思考的上述两个方面的问题的研究上,都有很好的收获。

信笔写来,即此祝

安好!

秦裕权

1989 年 9 月 29 日

(《电影文学》1989 年 12 期。秦裕权,《电影艺术》主编)

关于《中国小说思维的文化机制》

吴士余与朱　晶

吴士余致朱晶

朱晶兄：

　　光阴如箭，自大连会议别后，又是三年有余了。记得兄在理事扩大会上做过一次精彩发言，对近几年评论界热衷于西方现代文艺批评模式，摒弃民族文化精神和美学传统深表忧虑。兄之批评甚为中肯，令人深省。弟颇有同感，也早有所思。刚出版的拙著《中国小说思维的文化机制》把这些尚未成熟的思考诉诸文字，为兄之洋洋宏论作一佐证和补充。

　　新时期小说思潮的纷杂和创意构成了文学创作的基本态势，毁誉参半，功过并存。1984、1985 年间，文坛曾掀起一阵"寻根热"，由此开始了对民族文化传统的历史反思。当然，反思总带有导向性的，或驻足于西方文化中心主义，批判、否定本土文化精神和传统，或执意于历史唯物主义，在历史意识与当代意识的思维互补中审度文化传统，寻根小说，较多地呈现了对前者的倾斜。

寻根小说潮触发了我的思考。其间，我正在撰写《小说形象新论》书稿，试图对新时期小说创作呈示的驳杂的审美态势和创体主体的审美思维进行合乎实际的概括和梳理。书稿杀青后，意犹未尽，觉得对当代创作主体的审美趋势及其思维机制的思考，还有待于深化，尤其是探究潜在于小说思维深层的文化机制。这便是我撰写《中国小说思维的文化机制》的初衷。

应该说，评论界的同仁借助西方现代文艺批评模式，拓宽思维空间，未尝不可；但不能超越、摒弃民族文化心理与思维机制的制约；批评家对价值观念、美学观念的选择和阐释，也无法抹掉文化本体精神的渗透和历史积淀。若脱离中国小说创作实践，执意超前的文学批评，难免会导致批评思维向"西化"的倾斜。一些文坛朋友徘徊于传统与反传统之间，难以摆脱一种批评困惑，究其原因就在于此。

若说我在《中国小说思维的文化机制》里有一点感悟，便是：小说创作的思维机制及其叙事模式，总是民族文化思维图式的一种特殊体现和物化。在社会结构形态和意识形态嬗变与演进的历史进程中，民族文化思维图式既有稳定性，也有可变性；但是，小说创作要从沙龙走向社会，由作家自我欣赏转化为精神文化产品，自然不能超越社会的、民族的审美心理结构的约定。小说创作如此，那么以价值判断为本位的小说批评，也不能超越传统文化思维的规范。

鉴于这一认知，我以为，文学批评家应在如下方面做出深层思考。一是对民族文化心理与审美格局同构的历史探源和实证；二是对民族文化的思维图式的再认识与扬弃；三是建构传统与非传统思维互渗互补的批评文化格局。简而言之，批评家应对思维主体的审美机制及其文化成因作历史的、辩证的考察。

当然，作如是思考须从哲学文化、历史文化及美学角度来探寻中国小说思维形成、发展的文化成因、审美思维机制流变的轨迹，小说文体的范式结构及其嬗变，等等。这些课题研究远非《中国小说思维的文化机制》所能包容的，仅凭我的国学根底和微薄的美学理论是难以胜任的。因此，拙著只能选择一个突破口：就中国传统文化对中国小说思维机制的渗透和同构，来诠释小说创作主体的思维模式，以及相应的小说文体结构。即使如此，也只是个粗浅的框架。拙著之一、二章，侧重于文化传统的内核——儒学文化及"中和"文化哲学意识，对中国小说主题意识构成的制约作一剖析；以后几章，则从佛学因果观念、戏剧艺趣意识、诗学意境说、园林空间观对小说思维的渗入和影响，来探讨中国小说叙事图式的定型、成熟及其蜕变的轨迹。我以为，中国小说文体有四次较大嬗变，即，（1）佛文化的因果观念诱发了中国小说由单纯叙事摹写，转向对情节——人物性格因果链的逻辑面的认知和表现，使小说叙事图式的定型取得了相应的思维机制；（2）戏剧文化的艺趣意识的导引，进而使小说由史实的摹写，向小说叙事的情节美及性格创造的转型，这也是中国小说文体成熟的一个重要标志；（3）诗文化的意境创造又在意境审美的层次上诱发了小说创作主体对生活具象表述的思维超越；（4）园林文化的空间意识又激活了小说叙事思维的空间效应，小说形象创造由此形成了以情节叙事为主体的多元空间组合形态的文体结构。

诚然，关于小说文体范式的蜕变和演进，仅是创作主体思维的物化态，而不是全部。因此，拙著试图撷取一二个横断层面，诸如海派文化、西方文化对传统小说思维的冲击和影响，来剖析近现代小说思维嬗变的美学形态和审美特性，由此来扩大对中国小说思维的文化机制考察的广度和深度。

应该说，这些论述是肤浅的，但也是努力的，力求能在"文化—思维"这一论题下，对如何认知经由中国文化精神熏陶而逐渐形成的中国小说思维？如何审度中国小说叙事美学的民族特质？如何认识传统文化负面所造成的小说思维局限等问题做出自己的，且有创意的回答。

这部书稿是否达到自己预期的目的，还有待于社会的鉴正。兄是文艺评论家，学术上颇有造诣，现恳请指教和批评。

期待您的来信。

遥祝

康安

士余

1991 年 11 月 7 日

朱晶致吴士余

士余兄：

11 月 7 日大札拜悉。《中国小说思维的文化机制》也收到多日。如果我没说错，这可能是您的第七本书①了。您的勤奋与博学真令人惊叹！

上海的作家、评论家，我认识几位。说老实话，对于举止高雅、口操吴侬软语的海派名士，我素有敬畏之感。而你不同，我们神交已十多年了吧？还记得头次见面吗？似乎是80年代初的晚春，一个细雨霏霏的下午，在你们出版社一间不大的屋子里我们谈了好一会儿，您的诚恳给我留下了深刻印象。后来是1989年夏在大连海边，我们都深为繁忙之中再度聚首而高兴。

您的作品，我一直关注。为写一篇评介您的文章，曾认真研读过《文学，现代人的思考》《小说形象新论》两本书。的确，我们的文艺观点很接近，对许多问题的看法是一致的。你扎实的学风，积极探索的理论勇气，研究小说艺术、美学的成绩，都让我折服。

这本《中国小说思维的文化机制》，我看得较慢。最近实在忙一点，这几年编《电影文学》刊物，对小说创作和研究的状况了解不多，尤其是此书体例庞大，涉及不少我生疏的命题，读起来有时一步几回头。可掩卷之后顿觉充实，我赞成徐中玉先生的评价："这本新著里论到的问题大多是文艺界同行们未甚注意和很少研究的问题，实际上无论同创作还是批评理论都很有关系，很可能有启发意义。……至少可以称为具有开拓性、探索勇气的佳作。"（见书序）

"前言"中你提出的"批评寻根"的主张是独有见地的。既然"小说创作的思维机制及其叙事模式，总是民族文化思维图式的一种特殊体现和物化"，那么，"以价值判断为本位的小说批评与美学研究，自然也不能脱离、摒弃民族文化思维的范畴。"
您的理论针对性十分鲜明，与有些人孜孜以西方为本的研究方
向截然不同。

通观全书九章，我觉得第一章（儒学文化与小说的主体思
维图式）、第二章（中和意识与小说的悲剧思维形态）、第五章（戏
剧艺趣意识：小说叙事的思维导向）、第六章（诗学意境说与小
说思维的分化）写得明晰而透彻，包含不少精辟的见解，第三
章（禅宗思维对新时期小说的渗透）、第四章（佛学因果观念：
小说叙事逻辑的思维同构）、第七章（园林文化与小说思维的空
间效应）角度别致，立论大胆，提出一些有待于深入探讨的新
颖观点，第九章（中西文化的撞击与小说思维的蜕变）稍嫌简略，
但接触的问题相当重要，亟待加以细致阐释。

面对源远流长，博大精深的中国文化，探寻中国小说思维
复杂奥妙的脉络，可以想见知识综合、体系建构的困难，同时
恰恰又显示了您汉学及美学的造诣。我觉得，论述儒家文化与
中国小说思维的有关章节可能是书中最精彩最透辟的部分。例
如，你概括的"美善相济""情志合一"的中国小说传统模式。
这种模式，虽然由伦理道德中心主义贯穿，但"发乎性情而止
乎礼义"，逐渐演化由"美"向"善"的倾斜，以至终于固定为"文
以载道"的格局。再如，您又从中国传统的"中和文化意识"对
作家思维创造的制约归纳出："小说的悲剧性便呈现了一种明显
的思维定式：从个体毁灭或苦难的悲怆中导向人格社会化与道
德理性的复归或趋同"，您把这种"始于悲者终于欢"的模式称
为"准悲剧思维意识"，十分漂亮。因而您所揭示的传统小说思

维的局限性（思维主体的求同性；思维向度的单一性；思维形态的封闭性）及其后来必然的分化也就入木三分了。

读书过程中，我感到需要推敲的是"禅宗思维对新时期小说的渗透"这一章。先声明：对于禅宗以及禅宗思维对小说创作的渗入，我毫无研究，所以绝不敢否定这个论题。作为读者，我是希望能把"禅宗思维"究竟指什么讲清楚，它与悟性、形象思维、灵感有什么不同，它渗入作家构思时的具体形态或特征又是怎样，等等。第一，它是不是宗教思维？如果是宗教思维的某种变体，那么从查看的材料看，原初意义上的"禅宗"离唯物主义可就比较远了。因为作为禅宗的一个核心概念"顿悟"，往往被解释为与外界与实践毫不搭边，绝对要"超功利"甚至超现实的，用李泽厚先生的话来说："这种感悟"并不"依靠语言文字或思辨"，而是"通过具有个体独特性的直觉方式去获得的"[2]。禅宗研究的权威学者日本人铃木大拙认为："禅宗的基本思想与人的生命之内部活动相联系，并且尽可能用最直接的方式去实现而不求助于任何外在的或外加的东西。"[3]有些禅家就说得更玄了，美国人萧甫斯坦引述一个材料说"六祖（"顿"派的开山祖师）的顿悟，乃是前生前世历劫修行的结果"，[4]而另一位叫曹溪庵的声称："禅者一旦开悟，整个宇宙亦随之以俱来；或者，反过来说亦可：整个宇宙都随着开悟而化为乌有。"[5]您看，多神秘！看来要禅宗当作宗教思维引入美学（特别是指现当代创作）需要慎重。宗教思维与艺术思维有质的区别，这一点连费尔巴哈也不含糊，他曾说："艺术认识它的制造品的本来面目，认识这些正是艺术制造品而不是别的东西；宗教则不然，宗教以为它幻想出来的东西乃是实实在在的东西。"⑥第二，如果书中"禅宗思维"不是宗教思维，而只是一种抽象的"图式"，那么它与常态创作思维又是何种关系？是否可以叫它是"异态创作思维"？关于创作中的"异态"，倒也有材料介绍，如：1885 年秋，美国作家斯蒂文生在妻子芳妮陪同下到一个地方养病。一天夜里，芳妮听到丈夫发出恐怖的叫声，便急忙把他喊醒了，哪知斯蒂文生大为光火："你为什么把我叫醒？我正梦见一个极妙的妖怪故事。"据说，他的名作《化身博士》就是根据这梦境写出的。这种由梦而进入构思的情况，恐怕并不多见。因此，书中把阎纲评王蒙时所说的"意识的解放"引申为"禅宗思维意识的释放"，甚而论断："就大多数中国作家的创作实践而言，是倾斜于禅宗思维方式的"，似乎欠妥。

英国作家伍尔夫说过："在以往几个世纪中，虽然在机器制造方面我们已经学会了不少东西，在文学创作方面我们是否有所长进，可还是个疑问。我们并未比前人写得更为高明。"她在另一处还讲道："你可以解剖青蛙，但是你却没法使它跳跃；不幸得很，还存在着一种叫作生命的东西。"⑦

她这两段话挺有意思，一是提醒我们不要忽视传统文学中的高峰，艺术与经济发展并不平衡；二是告诫我们在解剖小说时注意小说的"生命"。就体例而言，《中国小说思维的文化机制》是相当严密了。但写法上，似乎还可以再活泼、变通些，如果从作家作品入笔或落笔，更多依据像《红楼梦》《聊斋志异》那样一些杰作；如果新时期作家与古代传统在论证组接上再有机一些，本书的学术价值是不会削弱的。

士余，我深知撰文著书的艰辛。旁观者的指手画脚往往是不得人心的。因为我们是朋友，才无顾忌地说了上面一些不着边际的话，但愿您能理解我的一片诚意。

好，就此打住。企盼您写出新的皇文大论。

多联系。　　　　　　　　祝

猴年大顺

朱　晶

1991 年岁尾

【附注】

①《中国小说思维的文化机制》，吴士余著，华东师范大学出版社，1990年12月第1版。吴士余前六本书:《野草集》《古典小说艺术琐谈》《"水浒"艺术探微》《文苑艺谭》《文学，现代人的思索》《小说形象新论》。

②李泽厚《漫述庄禅》，《关于思维科学》第326页，上海人民出版社。

③《禅宗与精神分析》，第140-141页，辽宁教育出版社。

④⑤《禅与文化》，第12页，77页，北方文艺出版社。

⑥《费尔巴哈哲学著作选集》(下卷)，第684页，商务印书馆。

⑦《论小说与小说家》，第3页，第220页，上海译文出版社。

(《书城》，上海三联出版，2002年4期。吴士余，著名学者)

关于电影的历史叙事

顾　胜与朱　晶

顾胜，我的好友：

《常熟高专学报》刊发的两篇"漫评"已读过。文章虽然涉及我那本小册子，但我是把您的大作当美学论文来读的，您是"借题"发挥。我哪里懂得什么"电影美学"，那些小文章都是在长影当编辑的应时之作，一些零零碎碎的杂感。您能耐心读下去，做了那么精彩的发挥，实在让我感动。我想到了30年前我们同在湾沟煤矿下井、教书的日子，肯定是这些年的友谊，方使您如此关心我。

您的文章提出电影研究中许多重要的问题。例如，中国电影的叙事特点，电影叙事结构内在的生命特征，不断更新的电影的象征、隐喻及诗性功能等等。最让我受启发的，是您强调的当代电影的"历史感悟意识"。它触及了一个值得探究的历史叙事弱化问题，即电影书写缺乏历史激情和历史发现。这是现实题材和历史题材（包括一些革命历史题材"巨片"）电影普遍的弱点。

如今不少电影人正在狭窄的市场胡同里挣扎，似乎无暇、无精力也无兴趣去思考这些"笨拙"而"愚蠢"的形而上问题。可我倒觉得，能从电影艺术中引发那么丰富的抽象思辨，恰恰是理性的乐趣。它似乎已游离于电影，但不失为一种"消解"、反思电影的方式。

要说的话很多，余言再叙。务请代问志华好。

祝

一切顺心！

朱晶

2000 年 3 月 16 日

朱晶兄：

我难以忘记湾沟。由于在那里有与你与一些矿工孩子的友谊，我永远珍视那一段艰苦而快乐的日子。

您说得不错，我写那两篇札记，是出于对您的了解，与电影无关。平素很少看电影，但对电影界的创作现象有所注意。我觉得，在那个浮躁风行的"梦幻工厂"埋头想点问题是不容易的，所以我看重您《守望电影》中的真诚与执着。

我那些"借题"发挥，可能不着边际，但应当说还是与电影有些内在的关联。您对"历史的当代性"这个话题感兴趣，说明我们思想的相通。

列宁在《哲学笔记》中指出，"必须出色地坚持哲学史中严格的历史性"。列宁的关于坚持历史性的思想是极富启示性的，它告诉我们，电影反映现实，不能仅滞留于现实断面，要从历史的纵向上，在广阔的历史的和时代的背景上去把握当前。如果我们以一种宽广的人类文化哲学和历史哲学的视野，从广阔的文化背景和漫长的历史发展中来审视我们民族的现实品格，探究现实精神的成因，就可以清晰地感受到，这种现实品格和精神源于一种深刻的历史精神。这不仅因为现实的发展与前进的最深厚的根源，是在人民群众的历史性创造活动之中，更因为恰恰在这些人类社会历史中最有生气、最重要、最本质、最具有决定性的关头，人们的历史主动精神、创造精神、自省意识等等迸射出最耀人的光彩，从而通过人的精神变动所映照的历史变动，在现实发展过程中具体地历史地反映现实，以达至对人生、社会、历史的真切感悟，促使更多的人去思考当代的重大问题。

历史学家们认为，"历史的当代性"是一切历史的内在特征。历史活动如果缺乏精神，缺乏思想联系，犹如失却其内在的灵魂，而真正有价值的历史精神、历史思想它必然根植于历史而指向未来。黑格尔认为，复活过时的信仰，咏叹久已埋葬的旧美是时代谬误，"我们自己时代中激起最大兴趣的特殊母题，和当代生活的整个发展是不可分的"。从思想史的形成规律看，任何思想的产生常常对应着时代的需要；同样，人们对一种思想的接受程度，也看这种思想在多大程度上满足时代的需求。因此，"历史的当代性"主要是指历史发展过程中它的历史思想、历史精神对推动历史发展最有价值的那一部分内容总是和当代社会生活、当代社会的需要紧紧相连。当历史巨片《鸦片战争》的编导人员深刻反思我们民族那一段痛楚与悲壮、屈辱与反抗的历史时，内心震颤不已，迸发出铭心刻骨的至理名言："只有当一个民族真正站起来的时候，才能正视和反思她曾经跪着的历史"。这无疑是站在当代理性的高度对历史的深刻审视。这种反思以其深刻的批判性见解而正合当代西方著名马克思主义理论家弗雷德里克·詹姆逊的历史释义理论的题中应有之义。从过去与现今的密不可分的结构投射关系出发，詹姆逊认为："我们再不能把过去看成是僵死的对象，仿佛过去全靠我们去复活、保存和维持似的。……恰恰相反，在（现今和过去的）交遇中，过去是一个积极的动因，它向我们走来，作为一种与我们迥然有异的生活方式，向我们的生活方式提出质疑。它评审我们，并由此评审我们所存在于其中的社会。"这种历史对现今的强大的召唤力，使"现今比其他任何时刻都强烈地感受到历史对它的严厉评审"。

其实，您那篇《在历史与美学的交叉点上》已经接触到这个问题，尽管未能展开，仍可视作阐释现实主义美学观点的一篇重要文章。正如您所说的："艺术的时代精神是历史感与现代性的统一。时代，是社会矛盾运动的历史过程。而对历史的艺术观照总要随着现代意识的更新不断深化。"当前一部分影片淡化历史、偏离现实的倾向主要表现在："主流意识的淡化""现实的退位""历史的消解""对世俗生存现实的过分认同""对欲望化人性的过分沉迷"，以及"自我表现的无限膨胀"等等方面。总之，从众从俗等流行心态的恣肆，平面化及意识形态深度模式的消失，在不同程度上动摇了现实主义电影创作的崇高使命。倘若把低俗的本真和某种欲念作为艺术的终极的目标，从而丧失了一个作家在与现实保持必要的距离时的那种理性的审视能力，这对人类正义、道德和良知的瓦解是不言而喻的。正如有些评论所尖锐指出的："一方面社会生活到处存在着十分严峻的问题，人们在生存中感受着各种各样的艰难；另一方面，文学却日益轻飘、肤浅、佻荡"，"丢弃电影关注现实的热情，也就失却思想，失却艺术赖以存在的基础，电影的艺术意蕴也就荡然无存"。

当然，你说归说，他做归做。这只是我们二人之间的诉说，与他者无关、与影事无补。

您什么时候能和徐文到常熟来走一走，我和志华一直在盼望着。千万保重身体，切勿过劳。

谨致

最良好的祝愿！

顾胜

2000 年 3 月 28 日

（《文学观察手记》，吉林人民出版社，2002 年 9 月版。顾胜，学者）

批评：精神价值的艰难探求

张　目与朱　晶

张目：近些时人们常常在谈论文学的寂寞，批评的困境，作为一名文学评论家，您对此怎么看？

朱晶：关于文学批评的困顿境况，近来国内各报刊确实议论不少。我个人没什么强烈感受。没"火"过，没"顺"过，没有"交口称赞"到"无人喝彩"的今昔反差，所以也就未觉出怎么失落。当然，若从总体上看，整个文学事业都陷入困境，批评的发展势必越来越艰难了。

党和国家对文学事业包括文学批评一直是重视和支持的。随着经济体制改革的深入，国家对文学事业已不可能全包下来，文学工作也就必须在新的社会结构中寻找自己的位置。在商品博览会、股票交易所、期货市场，谁需要文学批评？大酒店、娱乐场、文化圈，走红的是电视新闻和广告业。文学与寂寞为伴，自古已然，于今为烈。头些天看到有个省出版社新办一本大型期刊，栏目主持和作家登照片，像影视明星那样"隆重推出"，总觉得不是办法。即使社会读书热忱最高昂的时候，作家也是凭作品与读者沟通，而不是靠脸蛋儿。文学只属于需要它的人们。也许这是迂腐之论。听说北京名作家已开始先定价再写文章，畅销书作家实现了"一本万利"，而手里捏着畅销刊物的编辑们也似乎神气多了。但这毕竟是少数，大多数作品不畅销的作家、办纯文学刊物的编辑，还有被称为贴在作家这棵"大树"上的"木耳"——写评论的人，日子都不好过。

张目：既然文学批评的环境如此窘迫，你为什么还坚持写下去？文学批评究竟如何生存和发展？能否谈谈你对文学批评本质的理解。

朱晶：时下批评家的悲喜剧是：说话的自由度开阔了，听你说话的人大大减少了。我之所以想继续试着写点什么，完全出于兴趣和习惯。不可向文学批评索取它不能给予你的东西。作为一个业余作者，我经常感受到的是写作的疲惫和思考的痛苦。批评家追求什么？简单说，他只追求某种精神价值。他试图阐释作家艺术家创造的价值，考察公众阅读中接受与理解的价值，在此过程他也探索、宣示了自己的价值观念。

批评的生存与发展，离不开一定的社会文化条件。比如，宏观方面的政治宽容度和文化气氛，某一块作家群创作的态势，重要报刊主编和编辑对批评是否热忱，就非常重要。我感到，吉林省这几方面条件较好，几届省委宣传部领导都很关心批评工作，省内报刊特别是贵报给予省内评论作者许多督促和帮助。

张目：批评家与作家的关系往往是个敏感的话题，你对此有何看法？

朱晶：创作与批评是两个密切关联又各自独立的系统。处理好作家与批评家的关系十分必要。我省情况尚好，评论者理解、爱护作家的创作，作家也能够尊重评论者的劳动。作为一个人们都关注的问题，我这里想强调一下批评的独立价值。把批评看作创作的附庸，是个根深蒂固的偏见。其实，批评是文学独特的景观，批评家有责任发出独立的声音，即使在阐释作家作品时也不必仅求印证作家意图，否则就谈不到批评。从另一个角度说，批评对创作的实际影响极其有限，因而批评家切勿以"指导创作"自居。有一段时间，一些作家以嘲讽批评家为快事，其实这并不明智，很可能反倒暴露出自己的狭隘或无知。

张目：可否结合我省情况，谈谈文学批评目前的弱点在哪里？

朱晶：应当承认，我省文学批评力量薄弱，实绩不丰。这样讲的同时，一定不要抹杀五六十年代一些老同志的贡献，不要忘记新时期以来一伙骨干人物开拓性的工作，不要低估新近出现的几位青年学者的潜力。

目前文学批评种类、分支相当繁杂，在为谁写作上，主要有两大趋向：一是大众批评，二是精英批评。二者在批评对象、思维方式、审美标准以及语言文风方面都存在很大差异。据我看，大众批评未必就缺乏学术价值，可这几年精英批评在小范围搞得挺热闹，而真正有影响有质量的大众批评文章还是太少。我省文学批评的弱点（包括笔者），我想摆出三条：第一，讲真话、有锋芒的批评太少。有时是眼力不济，常常是勇气不足。有一位批评家因批评尖锐而遭嫉恨，有人匿名寄冥纸诅咒她，她却说"冥纸愈多愈好"。我们没有她勇敢。第二，学风浮躁。我们读书和写作不勤奋。大而无当的"大文化""宏观"批评多，不着边际的搬弄"新潮"的"对话录"多，对省内作家作品的细致评析少，更不会运用法国学者蒂博代提倡的灵敏而简洁的"每日批评"。第三，眼界狭窄，远避全国性的文学话题。地方文学批评固然有一定限制，但长期脱离全国性话题，我们就会失去自己应有的发言权。长影在吉林，吉林有特色鲜明的作家，有几份具全国影响的刊物，我们应当积极利用这些条件，树立雄心壮志，形成合力，在全国文坛发出吉林批评家更响亮的声音。

（《吉林日报》1994年2月25日。张目即张伟，时为《吉林日报》记者）

一个地方文学评论家的述说

朱　竞与朱　晶

朱竞：您看过《文艺争鸣》"世纪体验"栏目的文章吗？是否可以参加这个对话？

朱晶：这个栏目，"谈笑有鸿儒，往来无白丁"，有不少精彩见解。我是个业余的、地方的文学评论作者，称不上"学人"。参加"对话"，可能会降低"世纪体验"的档次和学术含量。

朱竞："世纪体验"是多视角的。您说您是"业余""地方"的评论家，这倒是个新鲜的角度。评论家还分地域吗？不过细想一下，我觉得您在吉林省文学的评介上确实耗费了不少心血。能结合这方面的情况，说说您对批评家责任的理解吗？

朱晶：自70年代初担任文学编辑起，就不断关注省内外作家和作品，大量的工夫用在省内作家作品的评析和推荐上。我曾引述过美国电影评论家斯蒂芬·亨特的话："电影评论家要做的最重要的事就是评论那些中等的电影。"这也适用于文学，地方评论家或许更适合做此类工作。评论的价值并不等于评论对象的价值。难做的文章是：针对一般作家、普通创作现象写出不一般的评论。对于新作者，甘当"助推器"；对于从事演艺多年的老文艺家，则认真介绍其劳动成果而不使之埋没。

朱竞：的确，现在专注于地方作者评介的越来越少了。

朱晶：写这类评论，阅读的工夫并不小。文章起码要包括创作背景与文本特点探究、作者意图与效果考核、评者的艺术或人生感悟等内容。然而文章影响面受局限，被认为无"学术价值"，如今连发表都成了问题。第一，我的评论涉及文学与电影两个领域，力求兼顾全国性话题，而且文学的思辨性与电影的视觉性似乎可以找到一种新的审美结合点，但我的功力达不到，做不出新的发挥。第二，对于吉林中青年作家艺术家，我一般是评介其成名之前，一旦全国叫响。我不再跟踪。我的另一些评述长影艺术家的文章往往是"马后炮"，不写当红人物，专写一些已经"过气"的老导演、老演员。这样，自然削弱了我的文章的"热度"与"分量"。第三，评论写了30年，从没想过为什么而写。长期以来。在文化单位工作，操文字为业，"宣扬真善美，抨击假恶丑"的观念烙印较深。其实，业余写文章，完全出自个人兴趣。你写不写，写什么，没有谁强迫你。当然，即使地方的业余评论，那阅读和知识的积累，审美情趣的培养，文字和思维的训练，也绝非一日之功。要说批评家的责任，首先是对评论对象负责，推心置腹，实话实说；其次应当对自己负责，尽心尽力，不昧良知。比起创作，批评的自由度小得多，"发乎性情，止于礼义"，类似于"戴着镣铐的舞蹈"，其中或许有思辨的乐趣，或许可能对他人有所裨益，在本质上它是一种自言自语。人们说，作家是孤独的。其实，批评家更孤独。只要是独创的，作家写的东西总会有人读。而地方批评家必须懂得节制，文章写多了难免要变成"文字垃圾"。

朱竞：说得够悲壮的了。那么，就您所读所感，当前文学创作上的突出问题是什么？

朱晶：经历了文化思潮的几起几落，我们的文学成熟多了，已经形成一种多样化、多层次的格局。不论何种体裁样式，文学面临的共同问题是市场经济环境下文化竞争的生存压力。为缓解或摆脱这种压力，相当一部分作家在文学与现实这一基本关系中采取了疏离的姿态。这被看作是当代文学普遍存在的历史叙事的弱化。为"抵御影视文化的挤压"。有人提出："必须首先冲破传统的故事依恋，放弃对小说故事的过分倚重，打破一味靠故事结构小说的习惯，进而在故事之外或者说在故事的基础上，开辟新的表现对象和审美空间"。我觉得这个主张值得斟酌。作家被名导演拴住，只把自己的创作当成影视片的"蓝本"，这固然不妥，但在"故事之外"寻找新的立足点显然是"颠覆"小说根基的冒险之举。具体到吉林省，我认为这里的作家大都注意文学与现实的联系，在地域与人性上有所追求，对于底层民众的命运也做过动人的描述。问题是我们还是缺少那种具有强烈的语言和心理冲击力的作品，缺少创作个性极其鲜明的作家。归根结底，这与艺术创造环境培育不足、艺术风格伸展尚需一个积淀过程有关。当前，作家创作面临种种干扰，传媒炒作的误导，通俗文化市场的诱惑，加上名家名作"一举成名"模式的心理钳制，致使不少作家丢弃自我，随波逐流，甚至无所适从。

朱竞：就劳作方式而言，文学是寂寞的事业。一个有识见有追求的作家，应当学会拒绝诱惑。您说的这种情况，是否与时下方兴未艾的大众文化潮流相关？在精英文化与大众文化之间，作家究竟应作如何选择？

朱晶：作家的价值，关键在于写得怎么样。在寻找适合自己写法的时候，作家不必介意卷入了哪个"流派"或什么"潮流"。前段时间讨论"人文精神"，有的学者提出，文学要发展，"有一条特别值得重视，那就是回到真正的纯文学传统"。事实上，"精英文化"与"大众文化"的边界正在变得模糊起来；一些先锋作家回归故事传统，强化叙事的世俗内容和逻辑性，开始注重读者的接受，而一些流行小说，也逐渐重视文学的批判性和精神品位。实在难于返回什么"真正的纯文学传统"。

20世纪80年代初至今，是中国文化经历启蒙、震荡、转折、发展的20年，在文化的多元分立与交融中，大众文化的伸张成为最触目的文化景观。大众文化，以娱乐、休闲为表征，以产业化方式批量、"复制"生产，是带商业性的平民文化。它并就不是低俗文化，也不是过去所说的"民间文化"或"通俗文化"，而是特定历史条件下即社会转型、市场经济启动，以及西方思潮和生活方式进入后产生的现代文化形态。尽管大众文化对主流文化有一定消解作用，可能引发某种文化消费的畸形心理，但它打破了文化的单一结构，扩大了文化的社会覆盖面，解放了大众的文化生产力，其积极意义不可低估。

当代文学不能不与大众文化发生关系，有些流行作家本身就是大众文化的弄潮儿，有些大家精英也时时被吸入潮流。据说，阿根廷文学大师博尔赫斯的短篇小说《玫瑰街角的汉子》是专为电影而写的，打算"尽可能用视觉方式演绎故事"，结果令他"非常惊讶"："人们把它当成现实主义小说来读"。而另外无意与电影联姻的小说，却时而被人找去改编。一次有人找他磋商《死人》的拍摄事宜。他表示：文学是一回事，电影是另外一回事；改编不要局限于书本上的故事，可以大胆发挥想象力，但电影不要标上"我的名字"，"一定不能让我为电影脚本负责"。在20世纪70年代，博尔赫斯能持这种态度，应说十分开明。

朱竞：您不想说说对知识分子问题的看法吗，您认为知识分子精神存在吗？

朱晶：这是个敏感的话题。有知识分子存在，就存在着知识分子精神。但每个国家国情各不相同，对此要做些具体分析。一些学者特别是青年学者，联系六七十年代以来"左"的教训、近年思想界的分化，对于知识分子的命运、人格与"立场"进行过多次反思与批判。由于话题狭窄和表述空泛等原因，此类讨论的影响并不大，但参与者的精神与勇气值得钦佩。

关于"知识分子精神"，我想提出以下看法。

第一，"知识分子精神"包含批判性与建设性两个方面。萨义德说："知识分子代表着解放和启蒙，但从不要去服侍抽象的观念或冷酷、遥远的神祇。"他认为知识分子应当"代表着穷人、下层社会、没有声音的人、没有代表的人、无权无势的人。"

"启蒙"即为灵魂建设，宣传新思想，召唤民主与科学精神。

第二，知识分子与工农群众相结合，是中国革命取得成功的基本经验之一。我们党早期领导人毛泽东、李大钊等引导知识分子走向革命的道路是正确的。与此同时，在文化岗位上，前辈知识分子鲁迅、蔡元培等批判封建文化，改造国民性，传播新文化的贡献也应给予高度评价。

新中国成立后至"文革"，知识分子屡遭打击是不争的事实。他们有抗争，有屈辱，有沦落。对这一段历史教训，有认真审视与反省的必要，但须虑及历史环境，不宜苛责知识分子"人格"，更不能一概抹杀知识分子在新中国科学、文化上的建设性作用。

第三，知识分子分为人文知识分子和技术知识分子两大类。美国学者艾尔文·古德纳认为，在一定的社会条件下他们都存在"异化"的可能性，"人文主义知识分子在技术专家统治的工业社会中体验着他们的'高'文化与有限收入或政治影响力之间的巨大差异，因而，他们愈发异化"。

一般理解，知识分子精神的核心是坚持社会正义的质疑态度，即体现所谓"批判的话语文化"。古德纳说："批判的话语文化的本质就在于坚持反思，它有责任检查那些一向被认为就该如此的东西，把'被给予的'变成'有疑问的'，把策略变成主题。……所以，批判的话语文化不仅要挑战现在，还要挑战反现在，也就是对现在及其前提的批判。换句话说，批判的话语文化必须用双手扼住自己的咽喉，看能挤压多久。批判的话语文化总会走向自我批判，以及对那个自我批判的批判。这种文化里有永无穷尽的复归，有暗藏的永久革命，它包含了无休止的不安宁和'无法无天'。"

问题是谁能够将这种知识分子无畏的质疑进行到底？

第四,正是从这个意义,我觉得在批判与建设的两项使命中,当代知识分子更难于贯彻自己的批判责任。这主要不是因为知识分子自身存在种种弱点,而是抵制、压制知识分子批判的力量太强大或者太顽固了。面对底层人遭遇的困厄与不公、社会文化失衡或失范,知识分子实在是人微言轻、势单力薄。理论和文化的匡正作用十分有限,人性的呻吟、人道主义的呐喊,往往没有我们期望那样强大的感召力。时时回响在人们耳边的,倒可能是那种艾森豪威尔式的蹩脚嘲讽:"我听到过一个关于知识分子的非常有趣的定义:一个人用比必要的词语更多的词语,来说出比他知道的东西更多的东西"。

朱竞:没想到您这个乐观主义者竟有如此的"悲怀"。您的内心一定品尝过痛苦,您人生经历中有过耻辱的体验吗?

朱晶:"品尝"这个词用得妙。哪个人没有痛苦的体验?这是人生的必修课。整个人生就是一个悲剧性的结构:由年轻到苍老,由健康到衰病,由纯真到世故,由聪明到昏愦,由生到死。

我最大的痛苦发生在梦醒时分。一个不大不小的人生转折,让我看清了自己一心追求的"事业",看清了我真诚相待的朋友,看清了自己的愚蠢和无助。这一切因为不能补救而尤其使我徒生浩叹。

至于耻辱的遭遇也不止一次。我可以说说在"文革"经历的一次恶作剧。"文革"初期,吉林大学校园大字报中忽然"传"出"最高指示":"保守的学生也可以斗"。于是,中文系的造反派组织了一次对全系党员的游斗,我作为唯一的非党"保守学生"陪斗。晚上,我们挂着牌子(有的人还被戴上纸高帽),从男生的七舍被"游斗"到女生的八舍。说那是一次"恶作剧"，表明我后来并未记恨任何一位当时的"造反派"。但对我来说，那确实是一次人格受到侮辱和打击的经历，尽管在那些围观者的眼神中我没有发现恶意，有的甚至还略表同情。

朱竞：有对您人生道路影响很大的人吗？在您的事业选择中，有过改变方向的"转弯"或遗憾吗？

朱晶：回想起来，不同时期影响我人生的人确实有几位。但对我的影响最大、让我永难忘怀的还是我的母亲。我想说说她。

她叫吴鸿圭。早年当过电影演员，后在长影工会工作，无学问，也无"成就"可言。但她有无私的爱，有极深厚的同情心和极认真的工作精神。不仅是我，至今长影和她到过的地方还有不少人想念她。

她，黑龙江宁安人，天生丽质，可毕生朴素，毫无虚荣心。早年父母双亡，高小毕业后她只身一人到哈尔滨学打字，偶然考上伪"满映"。演过几部戏，嫁给我父亲后就中断了演艺生涯——父亲说她不是当演员的料，母亲说是父亲当导演不愿她上戏，我相信母亲的解释。最近看到一份当年长春的刊物，母亲18岁时以"满映"艺员身份参加一个"知识人对人生之玄想"的座谈，竟能奋而抗议"男性中心的社会"，倾吐处处受欺侮女性的"苦衷"。长春解放前夕，在制片厂已订去北平机票的情况下，母亲决意带全家投奔解放区哈尔滨。我长大后，有两个印象最深的母亲身影：一是她戴口罩、穿着工作服在长影大剧场扫地，那时她已是长影工会副主席。一是1969年在车丰县插队，我找到她时，她跪在地上随社员除草间苗。晚年她多病缠身，最后卧床八个月，我始终未离左右。一生性情急躁的她此时却转为安详，心里只惦着我那苍老的父亲。1989年一个严寒的冬日，她永远地离开了我们，年仅66岁。

母亲善待一切人。她一生清苦，可受过她帮助的人实在不少。下乡插队，不少人攒下了工资。可我父母净身回城，钱物、房子全部送给了农民。我继承了他们的善良宽厚。但我没有母亲那样机敏的头脑，不如她那样懂得识人断事。

新中国成立前母亲就参加地下党组织的"大众哲学"学习。入党较早，对党有极深的感情。"文革"中，她和父亲被抄家、被上街游斗、被隔离批斗，可是他们丝毫没有动摇对党的信念。我从小就受她的影响，一心信仰党信仰马克思主义，虽然因"社会关系问题"入党很迟。如今看来，父母那辈人选择人生和事业的执着与真诚，仍然十分可贵。

母亲一生坎坷，自立自强，没有机会读多少书，对我们兄弟四人尽心尽力培养，为我每一点点进步而高兴。我小时喜欢画画，中学参加过学校木刻小组。她似乎希望我当个画家，给我买了很多画纸画具，请人指点我。文艺理论中我接触最早的是画论，当时苏联人写的《给初学画者的信》《列宾生平》，王朝闻的《新艺术创作论》《一以当十》，王伯敏的《构图法讲话》，都读过多遍。但我的兴趣很快就被足球挤占了。我从校队一直踢到长春少年队、长春青年队、长春市联队。高中二年辍学一年，为筹备全运会随市青年队赴四川集训。高中毕业时，接到省专业足球二队邀请通知，这可以说是我第一个择业机会。在班主任许文章老师的坚决干预下，我放弃了足球，决定报考大学。

先是准备考北京电影学院摄影系，我画画的那点基础还可派上用场（素描是素质测试项目之一），不巧的是，那年摄影系不招生，只好转报吉林大学中文系。高高瘦瘦的许老师，上历史课满堂喝彩，平日寡言少语，对学生一片爱心。我永远忘不了他——我人生的转舵人。真正决定我走上文艺这一行的，是70年代初《吉林文艺》组织的一次笔会。《吉林文艺》是"文革"期间全国最早恢复的一家地方文学期刊。我参加了由郭志友主持的侯树槐小说《高山春水》的讨论，并发表一篇文章。易洪斌、栾昌大、关德富等都是那一届笔会的作者。在郭志友老师的帮助下，我于1975年3月正式调入《吉林文艺》当评论编辑。

不过，我还要说——在我内心深处，一直为没有干上画画这一行而遗憾。我最想写又不敢写的是画评，残存的兴趣仍久久不愿丢下，在我的小书架上，仅外国人写的毕加索评传就收存了七种……

（《文艺争鸣》2003年1期，"世纪印象"专栏。朱竞，时为《文艺争鸣》副主编）

《文学观察手记》与《书之慨》

刘耀仑与朱　晶

尊敬的朱（晶）大哥：

　　新春好！

　　我从大别山老家探亲返汉，喜收您的大著《文学观察手记》，立即感受到著作的沉甸甸，情怀的沉甸甸。邮件的封皮都破了，我感觉是一只雄鹰披挂着冰雪从遥远的北国不倦地飞到我的面前，令我温暖、激动、奋发。

　　在按部就班的工作模式中，我挤出时间断断续续拜读完大著，既感到亲切又获益匪浅。在首篇的眉批中我便写道："开篇读朱晶兄的文章便感到他的凝重与认真。他绝不是在浮躁的心态下写浮躁的文章，其文鲜明而又浓重地透出赤子与学者的气息。"

　　此书是您在文坛辛勤耕耘数十年的硕果，是体验、见解（真知灼见、创见、独见）的结晶，含金量很高。绝大多数文章都很棒，窃以为也是文艺批评者怎样正确进行文艺批评的示范。

　　您很有责任感。尊重历史时代，尊重客观事实，尊重作品客观价值，尊重个人真切感受、认知，把对时代、作者、作品与自己的负责精神有机融合进文艺批评的全方位、全过程。您不因其作者当"红"就一味地"捧"，他们一旦叫响您倒不跟踪了，您关注的重心是那些有潜力而又欠成熟的作者、作家们。比起并不稀见的功利者流，您的这种做派多么难能可贵！您所做的是"济人须济及时无"的扶助，是义举，是以自己的心血灵智点燃别人的创作火焰。在扶助中您并不因为是朋友而弃了诤言，您凭着良心、良知，言其该说的一切。在文学观潮中，您不趋风附势；在"权威"面前，在一窝蜂热门炒作中您敢说"不"字，勇泼凉水，坦陈自己的所思所想。您的辩证法，您的分寸感，强力地支撑了您的沉稳与成熟。由于您不是囿于私利、私情，因而无畏、无悔，而且让人（甚至学术观点不尽一致的人）也乐于接受您的批评，至少能接受您批评的态度、动机吧。

　　且看您如何阐释批评家的批评：说到底，它是一种"自言自语"。通俗简练，简直是大彻大悟，谁说批评家没有自知之明？且看您回答批评家追求什么，"他只追求某种精神价值，他试图阐释作家艺术家创造的价值，考察公众阅读中接受与理解的价值，在此过程他也探索、宣示了自己的价值观念"。何其简约、直截了当！许多人洋洋大文表述不清、越说越玄乎的东西，您一语击穿。许多学者把简单的东西复杂化，"高深"得让人莫测，而您是让基本道理从云遮雾罩中解放出来，让众人一目了然，这才是真正的深入浅出啊。我由此想到了小摊上的江湖骗子，他之所以能骗人耳目，是由于耍了花招，而一旦遇上高人，便被戳穿把戏，失了市场。且看您怎样指出某省当时文艺批评的不足："第一，讲真话，有锋芒的批评太少。第二，学风浮躁……

第三，眼界狭窄，远避全国性的文学话题。"真个是洞悉实情，切中时弊，一语中的，难得如此知情，难得知情又如此大胆坦陈己见。

朱大哥，从这本专著可以看出您是下了真功夫、苦功夫的人。洋洋几十万字的文艺批评文章，不是几十万字的小说作品可以比拟的。且不说要调用多少阅历、学养，仅是投入的时间、精力也难以计数。我知道写一篇几千字批评文章的辛苦——往往要反复阅读几十万字的原作及其他读物，阅读、分析、归纳、论证，字字推敲，句句斟酌。评论是最费力又最不易产生效益（有时还要被人商榷、质疑）的苦差事，非执着者、毅力坚强者、功底深厚者难以为之。几十年来，您做了许多人难以为之的事，不由得让我从心底生出敬佩。您所做的是确益于他人，有益于艺术，有益于公德的事。不敢说您的文章会长留不朽，但可以肯定：您艰苦跋涉孜孜追求的是不朽的事业。为着人类的文明进步认真负责地"鼓"过一把，"吹"过一把，也可以使自己的人生感到充实和欣慰了，您说是不是？

您的人格也让我敬重。汇集了那么多文论、艺论的厚重文章，熔铸了您宝贵的经验、素养、灼见，然而您却将专著名之曰《文学观察手记》，不叫"研究"而叫"观察"，不叫"文论"而叫"手记"，真正的平实、谦逊。我还注意到有几篇论文您是与别人合写的，您还特地将合作者写上加以郑重地说明。有一篇文章，鉴于有人讨论过，为了尊重原貌，留下"标本"，入集时不再修改，又一次表现了您坦荡、正直的襟怀。您作文、做人都值得我学习，我认为您是我们那届鲁院学友中的榜样，不愧是我们的长兄。

以上是我的一点读后感，信中写出来算是一个汇报和小小的交流，不妥之处还望指正。

我在文学行当虽然干了几十年，本业还是编辑，为他人作嫁衣，而自己的创作尤其是文学批评都不敢以专家妄称。编辑之余发表过的一百多万字的东西，写的多是以前的事，以前的体会。近几年调到新单位后，种公家的田，荒了自己的地，就文学成果而言，颇感惭愧和遗憾。不过，笔耕之心、笔耕之情仍在。日后，我将加大复苏的力度，以不负牵扯文学几十年的这段经历。1997年我在漓江出版社出版了《书之概》一书，记不清寄给您没有？如未收到，我当补寄，请您校正。那书是两册的容量，上卷为"萦情卷"，是常规意义的散文；下卷为"驰思卷"，是思辨性评论、随笔。比之您肤浅得很，请勿见笑，敬祈批评。从您的附函和书中得知您身体欠佳，引起我一份牵挂。恳望多多保重，善自珍摄。该治疗，治疗；该锻炼，锻炼；该休息，休息。切勿再用"拼命三郎"精神"拼命"了。年岁已偏高，强撑不起了，透支不得了。不管从什么角度，我认为您都应该把体重减下来，少吃些肉。注意科学合理的营养。超重会引发多种疾病，现在我也超重了，减肥、减负也是我的"任务"，共勉吧。

最后，将尊作校对中的几处疏忽标出（另页附上），供再版时参考。敬颂

康健、著祺！

小弟　耀仑

2003年3月3日

耀仑吾弟：

3月3日大札，是我退休之际收到的最好礼物，值得我珍藏余生；不单为您所说的好话，更为您的真诚和贴心。

先要说三句话：

一、感谢您的勘误表。书中确实有不少错字，印方催促，校对匆忙（请两位老友各看一半，只一校，我在这之前看了一遍），实在令我汗颜！您校得细，更说明您读书之认真，误了您那么多时间和精力，大为不安。

二、请尽快寄我一本《书之慨》，我没有，想尽快读到。

三、永年也是我敬重的朋友。近年无联系，他不像我这样平庸，见到书会骂我，未寄给他，不想惹他生气了。

关于《手记》，收到一些朋友的回信，大多说客气话，也有真喜欢的，但像您这样认真读完，掏心窝子说话的，甚少。我非常看重您的情意，从中也可体会到我们之间思想、性情和文化追求上的共同点。说实话，找个地方把您这篇充满诗情的文学通信发表也不难，但虑及多是说我的好话，还想再放放，找个合适的时机——有一条是肯定的，如果我能再出一本书，一定会把它收进去，这是我们友谊的最好纪念。

耀仑，我时时想起那年在武汉的日子。您和您爱人给予的款待，让我深为感动，我忘不了你们那真挚又淳朴的友情！

您是个有性格，有思想，有自尊的人；您心地纯正，为人坦荡，是条响当当的汉子。我喜欢这样的人，也想做这样的人。做不了那种总想讨人喜欢或让人觉得高深的人。在这一点上，我们可能也是知心吧。

真想有机会再去湖北，再见上一次。如果您有来东北的机会，一定不要放过，一定争取到长春来，切切！

近日忙乱，拉杂写来，言不尽意。再次感谢您的友谊和鼓励。

多多联系。代问您爱人好！

奉上最良好的祝愿！

朱　晶

2003 年 3 月 16 日匆草

耀仑兄：

最近手里有个"急活儿"，但收到《书之慨》仍从头至尾细读了多篇。当然，没有你读我那小册子那样的认真。

《书之慨》令我感慨。

我感慨——错过了与你相交相知那些宝贵的日子。尽管在文讲所，我们同属"一族"，我一直喜欢你的透明与耿介，但总觉得你像个小我 10 多岁的小弟弟，没想到你如此成熟且有棱角，感情如此丰富。

对你而言，李发模是知人，毛志平是知心。才想起来：毛志平是长春人，与我同乡啊！你们相恋的回忆挺有意思，你那句"朋友在哪里？"她回答"朋友遍天下！"堪称一绝了。你为毛志平写了六篇文章（仅见此书），难得，难得！不枉做一个伟丈夫，不枉做一次真文人。

我感慨——你与胡永年的交情。文讲所时我和永年同室，他确实是条可爱又可敬的汉子。现在才知你和永年、李发模在北大同室，你把永年写活了，可见你们交情之深！

我感慨——你的"述史"与"陈情"。吾辈人能写得你那样的文言文，能像你那样为乡亲仗义执言的，鲜矣。

这些年你比我更勤奋，比我更有成绩。我是个古板无味的"述而不作"者，而你，如生龙活虎，活得有滋有味。你的散文视野开阔，充满了人生的情趣。萧军和王蒙被你写得贴近了凡人，而对时下走红的湖北才女们似乎又不那么"追星"，这也和我一样"对脾气"。

《书之慨》清晰地凸现了你的高洁品性和人生足迹，其价值非是市场热卖的文学新贵们那些速朽的东西所能比拟，它令我倾心，令我珍视！

匆匆写来，言不尽意。虽然书在 1997 年出版，于我而言，仍感十分新鲜，故仍要表示衷心的祝贺。

盼你有新作出版。

代我问候毛志平，谢谢她当年对我的热情款待。祝她一切都好，祝你们幸福！对了，还有你那个可爱的儿子！

如写信给永年，也望代为致意。

朱　晶

2003 年 4 月 10 日于长春

（《湖北作家》2004 年冬季号。刘耀仑，著名作家）

段更新关于批评写作致朱晶（二通）

函一

朱晶弟：

你好！

你评张辛欣小说的文章，我半个月前就读过了，连读了两遍。收到你的信，开始光线太暗，粗粗看了一下，接着戴上新配的老花镜认真辨认字迹，也是读了两遍。这封信已经收到6天了。

我历来欣赏你的文章讲求义理和辞采，你善于给自己的思想找上合适的衣裳，不铺张，不拘谨，句式的配置能给细心的读者以节奏感。读你的文章和谈一谈读后的感受，是一件极愉快的事。为了等这期《文艺界通讯》，我不得不把胸中涌起的那一股轻快舒卷的调子压下几天。我收到你的信时，正犯腰病，半躺在椅子上读肖复兴的报告文学《生当为人杰》（《北京文学》第一期）。那个被作者誉为人杰的女主人公未得成为眷属的爱人患了心脏病，终于含恨殉情了。接着我听说，咱们的同学苟煜升（于胜）突然发现肝癌，已送医院抢救。我的心情坏到极点，几天来我几乎也栽到"灰色雾中"，再也不能给你写信了。

煜升是我班年纪最小的同学，在校时全班都叫他"小苟兄弟"。他为人厚朴、热情，有才思，乐于助人，谦虚而有雄心，讲话慢慢地，很持重，幽默中常露机锋。他嘴角上总是挂着善意的笑，但心里似有难名的郁结。他现在正值富年，刚刚从新华社调到《法制报》，主管文艺和政治版面。他好不容易回到多年翘首的文艺工作，满脑子施展作为的蓝图，谁想到他现在正躺在医院的病床上，恹恹地连眼皮也不得睁。我班所有在北京的同学，正轮流在首都医院守护着他，热切盼望我们的"小苟兄弟"闯过险境，如果还能工作些年，使他的刀锋得以一试，我会感到人生无常也有常，好人自有天助了！

我不善于克制自己的感情，往往不合时宜地先讲困扰自己的事，反把该说的话一时压在记忆的底层。但我努力镇定自己，仍然想到这样一些话：

在近年批评性的文章中，我最喜欢读的是两篇：一篇是若水评《晚霞消失的时候》的，叫作《南珊的哲学》，连载在《文汇报》1983 年 9 月最末的两天；一篇是王蒙的《漫话几个作者和他们的作品》，其中有一大段是评论张辛欣的。这篇文章发表在1983 年第 3 期《文艺研究》上。若水的文章，说理切近，不隔膜，意在"引导"而不露痕迹。王蒙的文章体味精微，有真诚，满腔热望而不溢于言辞之外。不知评论对象本人感受如何，反正我是被它们说服了、感动了。你的文章有情有理，兼得上述两文之长，是我近年很难读到的第 3 篇批评性的好文章。但说理不如若水的细密，在情理交融上不如王蒙的契合，多少有些理胜于情，质胜于文。我这自然是拿你的文章与我心目中的大家相比，我觉得读到这样的好文章，眼中无老虎，只与猴子论短长，是对你的不恭。

讨论张辛欣的作品难度是大的，你有勇气啃这样一块硬骨头，而且能做到理膐析精，在我是拿出双倍的气力也办不到的。第一，她的创作倾向问题早已众矢相加，而且我们也确认为大成问题，这就很难体察她的心情、甘苦。不能会其意，难以得其真，作家之于人物、评论家之于作家，莫不如此。我们的世界观与张辛欣的世界观有隔阂，但我们必须先把这个隔阂按下去，像演戏一样勉强扮成与自己不同调的角色，不如此不能入戏，不能动员起感情，于是就不能思索和联想。此其一难也。第二，我以为张辛欣是新时期作家中绝少见到的世界观有矛盾的作家。你没有小瞧她，说她不简单，足见你识人。严格意义的评论，只能以作品评论作家。有的作家世界观没有什么明显的矛盾；有的作家本来有矛盾，但一到写作品时那矛盾就收起来了，写出来的东西还是单颜色。张辛欣不同，她既有矛盾又敢直言，几乎是无节制地把她的困惑和盘托在她的作品里。你说她对生活是恨还是爱？我看一个字难说清楚。她恨其所恨，而爱不知何者可爱。她悲观，不错，但如说她绝望就太过。她的热情并没有完全死灭，但那脸上又确实挂着一层霜。挂着一层霜，不是够严肃的了吗？可她又不时在嘲弄生活，显得既自以为是，又玩世不恭。她自以为把人生看透了，把世道看穿了，你调侃地说："她老了！"你的引用太妙了，我真想不到别人会有这样恰到好处、妙趣横生的引语！可惜，她虽然能针刺到世态人生某些敏感的神经，但终不能拨响生活的主神经。尽管如此，我自然认为她抓到的生活表象，要比某些"收起矛盾"的作家抓到的假本质，难能可贵得多。对这样一个自称为老人的孩子，你真是打不得、骂不得、哄不得、骗不得。第三，张辛欣的作品也真怪，如果我不是孤陋寡闻，我觉得从十七年文学中找不到相像的作品。她的作品和王蒙、张承志的某些作品，你很难说那里描绘出哪个真正称得上文学形象的人物。传统文学观念的"形象"似乎解释不了他们的人物。单说张辛欣吧，她的人物主观性太强了。你极有见地地写道："作者的见解并不简单地附会在形象里，而往往是透过琐碎的日常细节、跳跃的心理分析，在形象的组合中、结构中、象征中或警句式的议论中加以暗示。"我读到这里时，写了这样一句话："这不是形象，而是'意象'。"其实，什么叫"意象"，我是不懂的，但我觉得这个问题可以研究。问题的复杂性在于，她的人物主观性强，又并非以意为之，而是如你肯定的，是从生活中来的。从生活中来的人物，衣角发梢上却不沾带生活的泥水，似乎不是在行动而是在运动。但你又不能说，她的人物是作者手中牵线的木偶。我模糊地觉得，她把生活提炼得太纯净了，以致人物不是按生活本来的样子描写出来，而是按照作者对生活的观察、现解述说出来的。描写出来的人物，我们过去谈的不少；述说出来的人物，如果不读某些外国作品，我们过去则闻所未闻。我以为，张承志的《黑骏马》和王蒙的《蝴蝶》《夜的眼》等，都述说得不错。但张辛欣麻烦了，她述说出来的那些人物，既是从生活中来的，又偏离了生活的正常轨道，于是你说她的创作倾向是个人主义的、唯心主义的。张辛欣创作上的矛盾，无疑反映了世界观的矛盾。但你在一处认为她推崇资本主义个人主义，我以为言重了，而且与你的总体分析有矛盾。我不认为她推崇"孟加拉虎"。她只是觉得对这种老虎无可奈何，想捕杀也捕杀不了，于是她不得不承认它存在的"合理"性。这就是她的矛盾和悲观主义。

我以上摆了一大套难题，在我是不可解的，而你却迎刃而解了。我不能不祝贺你的成功，你写文章以前和发表以后的顾虑，都可以打消了。你没有说违心的话，而且没说错，不应该惴惴然谛听四周的动静，而应该收拢心思，在有余力的情况下，投入另一篇同样美好文章的写作。对于张辛欣这样一个正受到多方面批评的作家，做出实事求是的评价，是好事，在革命的意义上对她是爱护，在人道的意义上也是对这个属于自己同志的青年人的保护。如果不是你这样批评她，而让另外一些人把她打成什么"诋毁""不同政见"。岂不让她陷于灭顶之灾？当然，好心人家未必理解，这没什么。因为达观的好心，原本就不希求别人一定理解。

你这篇文章的成功，不但表现在思想方面，也表现在写作的技艺方面。面对张辛欣这个"小老人"，理解她固然不容易，理解了，找到恰切的概念、语言评价她，也很难。如果说，你准确地评价了她，表明了你理论的功力，那么，你采取这样一种笔记、随感的形式表达自己的理论见解和社会见解，则说明你善于"难中取巧"，说明你的聪明。这种形式便于恳谈，见解再尖锐、再原则，也不容易写成一篇审判词。请看看那些审判词吧，先是罪状，接着是判决，自然也指出路，但充满了恫吓。你的文章旗帜鲜明，但语调舒缓。同样是一瓢水，让它从密罗底过一下，就让人感到滋润，而不是像狗血喷头那样叫人害怕。我最近感到，作品评论最好不要弄得结构过分严整，自己钻到自己预先设计的理论框架里。只要注意不说废话，文体宁可散漫些。这样，评论容易和作品接近，也能多留给读者一些思考的余地。我的文章极少，但篇篇僵硬，僵化的框子进一步禁锢本来就很浅薄的思想。我痛感于此，因此欣赏"开放型"文章。你在这方面给我做出了一个很好的样子，我将从你的活泼思想学起，进而去追求活泼的形式。

这封信写的够长了，以我好走极端的想法，再散漫、活泼下去，我还有许多话要说。但不能说了。

最后我要十分感激地谈到，你对我以兄称之，并以兄视之，我深感愧莫能当。可是，谁让我比你枉活了两岁呢？因此，我在这封信里称你为弟，这自然是在绝对严格的齿序的意义上的称呼。若论学问、识力、襟怀、才华、文笔和这一切转变而成的成绩，你则长我多矣，绝不止两岁之功。我们是同学同道的兄弟，得知你身体欠安，我们又成了异地"异病"因而相思相怜的兄弟。你心脏不好，要少饮一点酒，节小欲而全大望，值得。我们这些人是写文章的，与文章共命运。我从1983年9月到现在整整一年没写东西了，我确实曾经怀疑过自己的存在。然而，"文章满纸书生累"，我今天更要把它歪批成"文章满纸书生泪""文章满纸书生血"。请千万百倍珍重，短时期内少流泪、少流点血吧！

我身体渐有好转，请不必为念。但身体不好，思想越来越疏懒，在各方面都大大地落后了。这是没有办法的事，只能以图来日了。

你如果能继续给我寄《作家》，我和春荣是很愿意读的。如果有困难，不必勉强，反正可读的东西很多。

请把你家的地址写给我，我好把《通讯》寄到你家去。请原谅我在心绪极端烦乱的情况下，写了一篇思想极为混乱的信。我读了一遍，连自己也不知道胡诌了些什么。祝好！

段更新

1984 年 3 月 5 日

函二

朱晶：

你好！贺年卡收到，谢谢。《诗翁公木》读到，昨夜几不成眠、此文发表正值"年期"，给公木先师家人、亲友、学生等一个新年大安慰——假如新年除了祝福也允许安慰的话。愚兄幸列其间，读到此文，自然在贺卡志喜之外又受大惠焉。这要深深地感谢你。

更重要的是，此文是给文学新年的一个提示，给文学历史的一个交代，提示一个问题，交代一份"备忘"。大量的人是历史的零头，生前被冷落，身后被遗忘，构不成问题。公木不同，自身有大建树，于人间又有大爱恋牵挂，若世人翳翳然而障之，就会成为"问题"。有问题终究要回答。人们可以装聋作哑，但历史会说话；人们可以昏聩无知，但历史不糊涂。然而历史又要人来写，此文从某种意义上说，是历史的一声先鸣。

此文剪裁浮词，芟除赘语，只摆事实，"不讲道理"，一切让材料自己言说，在"熔裁"上功夫老到。作者充任的是一个"谈话人"，给人们款款地讲故事，讲述一个一生为缪斯践约而届米寿之年临终时，血液里已经没有一点儿糖分的人的故事。这个人怎么样？你的文章不意中把他交给了历史。你本来是一个热血奔涌、感情激越的人，如今在这位老人面前竟能把文字弄得静如止水。你的感情不是蒸发了，蒸发为轻烟，而是凝固了，凝固成了干冰。男儿有泪不轻弹，却随时可作倾盆雨。人说好文章有百万雄兵之力，我说此文把力蓄着，淡而又淡的文字中好似埋伏着弓弩手，人人箭在弦上，引而不发，具有极大的张力。由此可见，你也是"渐老渐熟乃造平淡"啊。

此文唤醒了我头脑里的一些东西，很想再说几句，我相信，即使是废话、错话你也会愿意听。但现在体力较差，写起来费劲，就先谈到这儿吧。这是因为最近两个多月我在做第三疗程的化疗，这一次反应剧烈，身体消耗很大。从 28 日起要做一系列例行检查，以决定以后是否还需做化疗。化疗刚刚结束，一切反应都是正常的，过一段时间会恢复，请勿念。

望你一切往如意上想，往如意上做，祝你全家春节愉快！

更新

1999 年 1 月 26 日

【附记】

这是我珍藏多年的书信。只为这一份世间绝无仅有的兄长情谊。学兄挚友段更新不幸于 2000 年 3 月 1 日病逝。他是吉林德惠人氏，1964 年毕业于吉林大学中文系，高我两届长我两岁。先后在中共中央马列主义研究院、首钢、北京石景山区委、国务院政研室、文化部政研室、中国文联理研室、文化部中国艺术研究院任职。去世前为《新闻出版报》副总编辑兼党委书记，编审。接到讣告，我当时因故根本脱不开身，仅以一封长电致哀，未能赴京送行，至今引为憾事。

发表这两封信，目的主要不在于它对我批评写作的点评。我觉得，他的话题与视野具有更深广的启迪价值。细读全文，会感受到段更新杰出的识见、才学和人格，它们不愧为"文章满纸书生泪"的美文。

睹大札怀故人，祈望与志同道合者共思共赏共勉。

朱晶

2018 年 11 月 28 日

《守望电影》后记

本书首篇第一句："作为文化'边缘人'，我多年彷徨于电影与文学的夹缝地带，两方面皆未真正进入'角色'。"这是真心话。我在长影工作 8 年，后调到省作家协会，既未成为"电影人"，又难入"作家"行列，我只承认自己尽心尽力地当过一段时间文学编辑，是优是劣还说不上。

业余零星写过一点电影或文学方面的评论文字，大都属于编辑札记一类的东西。女作家张洁在 10 年前有篇短文，称她自己"写过的东西"，"至少有一半让我害臊，甚至让我恶心。"像张洁这样有成就的作家，似乎不必如此苛待旧作，但她的自知之明让人钦佩，她自责的心态令我深深共鸣。相形之下，我这些文章更如早该抛弃的敝屣，之所以还想保留下来，仅仅为了——在电影困难的时刻，表达我对中国电影、对长影的一番诚意、一片痴心。书名叫"守望电影"，也包含着这个意思。"守望"，即为身处"边缘"的一种痴痴地关注，守护尽管虔诚，瞩望尽管倾心，肯定无助于电影。

没有长春出版社的大力支持，本书不可能出版。这里，我要向给我热情关怀的杨德宏、王占通先生表示由衷的谢意。同时，我还十分感谢李国民先生百忙之中为本书作序，在我心目中，他主要是一位文界诤友，而非长影现任的领导人。王义璞、谭其贤等多位朋友也为本书结集予以诸多协助，在此一并致谢。

（长春出版社，1996年4月版）

《文学观察手记》后记: 我与文学之"隔"

我也文学无故事。不过,永难忘记早年读普希金、读《水浒》、读《钢铁是怎样炼成的》、读杰克·伦敦、读巴乌斯托夫斯基时的激动。偶然入大学中文系,当上文学编辑,业余投稿写点评论,后又到作家协会工作,似乎是"文化界人士"了。然而,内心深处总觉得我对文学是单相思,文学对我并未垂青,如法国哲人罗兰·巴特所描述的:"害怕将要经受的悲哀,而悲哀已经发生了。从恋爱的一开始,从我第一次被爱情'陶醉'起,悲哀就没有中止过。"这种畏于被文学遗弃的"悲哀",可以说日益沉重了。

所以,我要谈谈我与文学之"隔"。

不少文学"名著"我读不懂。朦胧诗、意识流被"阐释"多年,我仍是不知所云。法国结构主义、符号学学不来,对中国形式结构文论也不甚了了。先锋作家作品之存在意义,我尚能理解,但有些大作杰作我确实读不进去。读不进去就难懂,不懂就难喜欢,不喜欢就谈不上有"现代"的文学眼光与品味。

当中国在很多方面还不能说已经进入"现代"之时,文化界一些朋友正热心而执拗地提倡"后现代"，不知"后"在何时何处？解构理论我弄不通，大文化批判我不得要领，听说《文艺争鸣》与《钟山》合倡"新状态文学"，我兴奋了一阵，可细心一看，这个"新状态"也划得挺严，据说除了王蒙、张洁、刘心武几位就是"后知识分子"的"新生代作家"了，并非大家皆可自由进入。

畅销书琳琅满目。有一些是我愿意翻翻的。但被传媒称为刮起一身"旋风"的梁氏"财经系列小说"，什么"网络原创言情小说"等等，我却不敢恭维。

在传媒中亮相，协助推销种种"产品"，是一种新的文化角色。本人名不响貌不扬嘴不灵，真心不愿出席类似场合。近年心态老化，逐渐与外界疏淡了往来，用句流行语式——懒得交流了。

"隔"，就是"隔行如隔山"的"隔"，与文学如此之"隔"，令我不寒而栗。因为不论别的什么事上如何"大彻大悟"，如一位作家所言："不再烦恼我，不再忧伤我，不再在乎我，不再计较我，不再激动我"，我还是想保持对文学的倾心，对文学的眷恋，对文学的执迷不悟。

能做得到吗？但愿。

《文学观察手记》是我1979年至2002年间文学批评习作的选集。上面所说的"隔"，这里自然有更集中的体现。然而它们还有一点点纪念意义——纪念我这些年来艰辛的跋涉。

检点拙劣且将"速朽"的文字，须做几点说明。

其一，我历来甘当一个"地方文学评论作者"，可并未能充

分宣述地方作家的创作实绩。评论所及，往往蜻蜓点水，浅尝
辄止；关于丁仁堂、侯树槐、中申、李玲修、王宗汉、凌喻非
的述评，惜乎已不适合再发表。而有些重要的老作家、崭露头
角的文学新人，则尚未及时关注。还要致歉的是，因篇幅所限，
我认真撰写的不少作家作品赏评序文，也不能悉数收入书中。

其二，本书保存了几篇批评性、论争性文章。这应视为正
常的文学批评。我知道存在不同意见，学兄段更新对其中一篇
批评文章当时就持一定的保留态度，给了我委婉的指点。鉴于此，
拙文未做任何改动，既为了尊重历史，也为了给今后的批评者
留下真实的"标本"。

其三，经斟酌，编入几篇有关影视的短评和随笔，虽然力
求靠近全书的体例，但终究是勉强的"糅合"，虑及再出书的渺
茫，乃不得已而为之，企盼读书者谅解。

最后，我要竭诚感谢吉林人民出版社总编辑樊希安和原吉
林大学出版社社长兼总编辑仲怀民二位先生，靠他们真诚相助，
才有这本书的出版。著名学者、文坛健将阎纲先生，是我素怀
敬意的老师和朋友，他文事极繁，能"破例"（已多年不写此类
文章）赐序，厚惠深情，令我感戴难忘。此外，我还要向责任
编辑刘文辉女士、封面设计李岩冰先生、参与审校的谭其贤先生、
袁庆望先生，以及一切支持过帮助过我写作的朋友，表示衷心
的谢意。

（吉林人民出版社，2002 年 9 月版）

《批评求索录》前言：失去的光阴

这里是我与地方文艺评论写作有关的一些文字。它们可能仅仅对我个人有纪念意义。因为其中记录了我在吉林这个地域内，作为编辑和业余作者倾心文学和电影的一段精神历程。令我感动的是，不同时期各方朋友对我的关心与扶助。当然，有些朋友长久，有些朋友短暂，有的朋友志同，有的朋友趣异，这都很正常——随着社会的转型，朋友越来越成为缘于利益或关系的某种临时聚合体。不管怎样，朋友们对我，彼时彼地肯定是真诚的，我亦如此。所以我仍然珍重友谊的"曾经拥有"。这也是选发一些"友人书简"的原因，可惜有的朋友已离开了这个世界，有几位朋友至今还未曾谋面。

小辑中收入的电影散记漫论及读画短评，虽然力求表达一种朴拙的关注与投入，但完全是门外之见，只会贻笑于方家。

法国诗人苏利·普吕多姆（首届诺贝尔文学奖获得者，1901），《徒然的柔情》中有一首诗，平俗而感人：

> 做一点工作觉得疲劳，
>
> 生活只不过无事空忙。

烦恼如无情的猎犬把我们追逐、噬咬，

宝贵的时光在我们喘息的瞬间逃亡。

"明天，我一定来看望可怜的您！

明天，我要开卷读书，

明天，我要痛下决心.

明天，我将告诉您，我的灵魂，去向何处！"

但是今天，清茶一杯在手

忙不迭地交际应酬，

办不完的俗务琐事，

我的心、我的思想、学业都已停滞！

人们拼命想把自己的生命推迟，

而真正的责任在暗中等待你的意志。

　　诗题为《失去的光阴》。扪心自问，光阴未敢虚度，确有"无事空忙"。文章止于隔靴搔痒，但信良知不乏。逝者难追，来者可待。岁月倥偬，不尽依依。

（《批评求索录》,《文坛风景线》专辑，2004 年）

《跋涉与风采》后记

自 1972 年评侯树槐小说《高山春水》文章发表，至今我业余从事评论写作约 42 年，不算"资深"，也没什么大的影响。唯有一点可以肯定，我把主要精力投入到吉林地域的作家艺术家创作文本的读解、推介上，无论面对新人还是名家，一直未敢敷衍怠慢。书名"跋涉"，指的是吉林文学前进的步履，也可理解为笔者攀登的艰难。"风采"属于文艺家及其作品，与我无关。

"文坛追踪"，时段从 1981—2014 年，重要作家作品遗漏不少，有些评介文字未能选入，即或紧扣文本认真解读，也大都浅尝辄止。力求写贴心的文字，努力推敲辞章，还是距离美文甚远。"艺苑观察"，谈影视说绘画，多出于兴趣，偶有动情话语，也是门外的意气。"独白对话"，有感而发，疑义相析，间或有愤世嫉俗之言。如今关于文艺评论议论不少，其实关键在于做。与张目交谈的一句话可能接近真相："时下批评家的悲喜剧是：说话的自由度开阔了，听你说话的人大大减少了。"

《文学观察手记》后记曾谈到"我与文学之'隔'"。流连文学圈子 40 年，似乎从未进入角色，仍有"隔岸观火"之惑。不免想起《千家诗》宋人雷震的两句诗:"牧童归去横牛背,短笛无腔信口吹。"那姿态那声调自觉颇为相像。两位友人的代序,显然是对我的提携。阎纲仁兄多年前为我另本书赐写的大序,耳提面命,意厚情深,令我感戴难忘。顾胜,1968年与我同赴湾沟的患难之交,上海华东师大毕业之学者。他对我的"印象",鼓励甚多,但也不乏相知净语。

本书是我已近晚年的自选集。前面说过,价值不大,但愿能为吉林文学和电影留下一个侧面或若干细节的记录与述评。本书能够编辑出版,我内心的感动难以表白,只有一连串的感谢!

——感谢省委宣传部领导、省作家协会工作班子的关怀与支持,特别应提及许云鹏、张未民同志的关照;

——感谢平时一贯支持我信任我的吉林各地作家作者,长影的厂长、艺术家们;

——感谢全国资深编辑家,如《作家》郭志友、王成刚、宗仁发,时代文艺出版社张秀枫、长春出版社王占通、吉林大学出版社仲怀民、吉林人民出版社樊希安、刘文辉,《电影文学》张霁虹,《文坛风景线》张顺富,《吉林日报》赵培光、龚保华;又如《人民日报》缪俊杰、郑荣来、李德润、王必胜,《光明日报》李春利,《文艺报》李基凯、金坚范、高洪波、何孔周、彭家瑾、周玉宁,《诗刊》丁国成,《电影艺术》秦裕权、王人殷,《大众电影》苏欢等人多年来对我的扶植与栽培;

——感谢这次协助我出书,十分辛苦的黄晓梅、王禹琪,以及为本书设计装帧的王义璞。

还要感谢一直陪伴我呵护我爱我的家人，感谢一切真诚关心、帮助我的朋友！有了你们，为了你们，我耗费心血、苦度光阴所凝成的些许文字，才有了一点点切实的意义。

编辑书稿期间，恰逢习近平总书记亲莅北京文艺座谈会并发表重要讲话，学习总书记重要讲话，深受启迪和鼓舞，作为一名党员，一定要遵循党中央指引的文艺方向继续努力向前。最后，想重述一下 2000 年 1 月 29 日我在《文艺报》题写的"新春寄语"："谁也取代不了文学。文学无处不在。但文学应当更充满智慧和人生情趣，更有语言和思维的魅力，更富于人性、想象力和正义感。"

（时代文艺出版社，2015 年 10 月版）